星继承者 之 III

INHERIT THE STARS

巨人之星

［英］詹姆斯·P. 霍根 著

华龙 译

新星出版社　NEW STAR PRESS

Giants' Star by James Patrick Hogan
Copyright © 1981 by James Patrick Hogan
This edtion arranged with THE SPECTRUM LITERARY AGENCY through BIG APPLE AGENCY, INC., LABUAN, MALAYSIA.
Simplified Chinese edition copyright:
2022 Chengdu Eight Light Minutes Culture Communication Co., Ltd.
All rights reserved.
著作版权合同登记号：01-2019-8101

图书在版编目（CIP）数据

星之继承者．3，巨人之星 ／（英）詹姆斯·P.霍根著 ；华龙译. —— 北京：新星出版社，2021.4（2023.9重印）
ISBN 978-7-5133-4375-6

Ⅰ.①星… Ⅱ.①詹…②华… Ⅲ.①幻想小说－英国－现代 Ⅳ.①I561.45

中国版本图书馆CIP数据核字（2021）第039065号

光分科幻文库

星之继承者Ⅲ：巨人之星
[英] 詹姆斯·P.霍根 著；华 龙 译

责任编辑： 杨　猛
特约编辑： 余曦赟　田兴海　姚　雪
责任印制： 李珊珊
装帧设计： 张广学　付　莉

出版发行： 新星出版社
出 版 人： 马汝军
社　　址： 北京市西城区车公庄大街丙3号楼 100044
网　　址： www.newstarpress.com
电　　话： 010-88310888
传　　真： 010-65270449
法律顾问： 北京市岳成律师事务所

读者服务： 010-88310811　service@newstarpress.com
邮购地址： 北京市西城区车公庄大街丙3号楼 100044

印　　刷： 北京天恒嘉业印刷有限公司
开　　本： 910mm×1230mm　1/32
印　　张： 12
字　　数： 300千字
版　　次： 2021年4月第一版　2023年9月第12次印刷
书　　号： ISBN 978-7-5133-4375-6
定　　价： 69.00元

版权专有，侵权必究；如有质量问题，请与印刷厂联系更换。

献给杰基

序　章

　　二十一世纪三十年代拉开序幕时，人类似乎终于开始学习共同生活了，而这还是在飞向群星的路途中才开始的。舍弃耗费巨大的军备竞赛，遣散大批战略部队，超级大国转而投入巨额资金将西方的科学技术大规模转移到第三世界国家。随着财富的激增和生活标准的大幅度提高，全球工业化成了常态。伴随更加富裕的生活方式而来的是其安全性与丰富性：人口数量能够自我限制；饥饿、贫困，以及人类其他大多数由来已久的灾祸，仿佛终于要被永久根除了。美－苏之间的竞争转化为一场政治与经济的较量——这是在稳定的国家状态下，通过智慧与外交影响力来彰显力量的竞争。于是，人类的冒险欲望促成了一项生机勃勃的跨国合作太空计划。在特别组建的联合国太空军团的配合下，该计划随着新一轮探索与扩张行动迅速遍及整个太阳系。月球的发展与开发项目迅速实施起来，永久性的基地出现在火星上，也出现在金星的轨道上空，一系列大规模的采矿行动也在外行星上出现。

　　而这个时代最伟大的变革自然是科学上的剧变，这是随着探索月球和木星带来的几大发现产生的。不过才进入太空短短几年,一系列令人惊叹的发现便让那些自科学诞生之初便牢不可破的信仰彻底崩塌,也彻底改写了太阳系本身的历史,而人类与先进外星种族的第一次接触则更将这一切推到了顶峰。

一颗迄今为止尚无人了解的行星,被一群对它的一切都一无所知的调查人员命名为"慧神星"。它最初形成时,曾经占据着太阳系当中火星与木星之间的那块地盘,上面曾栖居着一个先进的外星种族,身高足有八英尺[1]。他们存在的第一个证据在木星最大的卫星木卫三上大白于天下,随即他们被称为"伽星人"。伽星人的文明在两千五百万年前盛极一时,之后便突然消失了。地球的一些科学家相信,可能是慧神星的环境恶化迫使"巨人"迁移去了其他星系,但麻烦并没有彻底解决。很久之后——按地球历史算,是大约在距今五万年前——慧神星被摧毁了。它的主体被甩到了太阳系边缘的一条偏心轨道上,成为冥王星。残余的碎片由于木星的潮汐力作用四散开来,形成了小行星带。

在这些谜团的碎片尚未完全清晰时,一艘来自远古伽星人文明的飞船"沙普龙号"出现了。由于相对论时间膨胀效应的作用,加上飞船的曲率驱动系统出现了技术故障,直接导致飞船上流逝的二十多年时间换算成地球年就变成了两千多万年。"沙普龙号"飞船是从慧神星上起飞的,起飞时,那场袭击或是别的什么灾难尚未降临在伽星人身上,飞船上的人也就无从确认地球研究者在这个研究项目上的推断是否合理。巨人们停留了六个月,与地球科学家一起悉心搜寻更多线索,竭力和谐地融入地球社会,人类与他们成了朋友,而这群伽星人幸存者也以为自己找到了一个新的家园。

但事实并非如此。调查揭示出一条新线索,伽星人的文明很可

---

[1]. 1英尺=0.305米

能迁移到了金牛座附近,那里有一颗恒星被称为"巨人之星"。虽然这事儿并不确定,但毕竟是个希望。之后不久,"沙普龙号"便离开了,任由被它撇在身后的这个世界独自伤心。不过,这个世界的智慧不可小觑。

月球背面的射电天文台向巨人之星发射了一束信号,预告"沙普龙号"即将到来。尽管信号跨越这段距离需要耗费许多年,但仍会赶在飞船之前到达。而令那些负责信号传送任务的科学家大为惊讶的是,信号发送后仅仅过去几个小时,他们便收到了一条自称来自巨人之星的回复,确认说那里确实是伽星人的新家园。可这时"沙普龙号"已经离开了,由于飞船的驱动装置在飞船周围引发了时空扭曲,飞船不能保证接收电磁信号的连续性,因此无法获知这一信息。地球上的科学家对此也无能为力。和来时一样,"沙普龙号"飞船再次消失在太空里,飞船上的伽星人又要耗费很多年的时间才能知晓他们的探寻是否徒劳。

月球背面的发射台在之后的三个月里依然周期性地发送着信号,但却再也没有收到过回信。

01

维克多·亨特博士梳理好头发，换上一件干净的衬衫，扣好扣子，然后停顿了一下。尽管浴室镜子里的自己睡眼惺忪，却也还算体面。他从镜子里注视着自己：一头浓密的深褐色头发如波浪般起伏，其中夹杂了几根灰白色的发丝，不过别人要想注意到却也并不容易。他的皮肤散发着令人满意的健康光泽；面颊和下巴的线条如刀劈斧凿般刚毅，他的腰带仍松松地搭在胯上，正准备执行好它的任务，让裤子挺拔起来，别把他的腰围显出来。总的来说呢，他心想，三十九岁的自己还不算太糟。突然，镜子里的那张面孔一皱眉，仿佛是例行公事地提醒说，他已经是电视广告里典型的中年大叔了；现在应该有一个心理失调、晃着酒瓶的老婆出现在门口，念叨着治头秃、身体除臭和呼吸不畅的秘方，或者随便什么事儿。这念头让他浑身一哆嗦，一下子把梳子丢进水槽上方的药橱里，然后关上橱门，慢吞吞地走进公寓的厨房。

"你用完浴室了吗，维克？"琳的声音从敞开的卧室门里传了出来。她的声音很清脆，很愉快，在清晨这样的时间发出这样的声音简直就是犯罪。

"你去用吧。"亨特在厨房的终端机上敲了一个代码，在屏幕上调出早餐菜单目录，研究了几秒钟，然后向机器人厨师输入菜单，点了炒鸡蛋、熏咸肉（要脆的）、吐司夹酸果酱，还有两份咖啡。随后，琳的身影出现在过道外面，亨特的浴袍松松地披在她的肩头，修长苗条的双腿和泛着金褐色光芒的胴体几乎暴露无遗。她冲他粲然一笑，然后一闪身进了浴室，一头蓬乱的红发披散在她的肩背上。

"饭这就好！"亨特冲着她喊道。

"又是老一套吧？"她的声音从门口飘了过来。

"你猜呢？"

"英国人都是一成不变的生物。"

"干吗要把生活搞那么复杂？"

这时候，屏幕上显示出一张储备量较低的食品杂货清单，亨特准许计算机向艾伯森超市的计算机传送一份订单，当天晚些时候送货。他从厨房往起居室走去，淋浴的声音响了起来，让他心中不由一动，琢磨着，这个世界能接受人们夜里讨论便秘、痔疮、头皮屑和消化不良，把这些情形展现在上百万陌生的观众面前，还觉得习以为常，但却又认为看漂亮女孩儿宽衣解带就是厚颜无耻。"再没有比人更怪的东西了。"亨特心中暗想，他那位出身约克郡的老祖母总把这话挂在嘴边。

并不需要神探夏洛克·福尔摩斯，就能根据眼前起居室的画面品读昨夜发生的故事。桌面终端机旁散乱的科学资料和笔记，随意丢弃的半满的咖啡杯、空烟盒、意大利比萨饼的残渣，这些都表明这个夜晚是带着纯而又纯的科研目的开始的，要研究的是对冥王星的又一次近距离探测。琳的背包放在门边的桌子上，她的外套扔在沙发一头，夏布利酒的瓶子已经空了，白色的卡纸盒子里还留着晚饭时本来要吃的咖喱牛肉，这一切意味着一次意料之外却又并非令人不悦的拜访打断了原本的晚餐。皱巴巴的垫子和那两双甩在沙发与咖啡桌之间的鞋子讲述着接下来的故事。噢,好吧,亨特心中暗想道,其实这并不会给这个世界其余的部分带来什么不同,只是呢,冥王星是如何出现在现在这个位置的,这个问题的答案又要再等二十四小时了。

他走到桌边,看看终端机夜里有没有收到什么邮件。有一份资料的草稿,是劳伦斯·利沃摩尔试验室麦克·拜罗的团队整合起来的,他们发现正在研究的伽星人物理学的某个理论指出,低温核聚变是可能实现的。亨特简短地浏览了一下,把文件转发去了自己的办公室,好在那里细读。还有几张账单和财务报表……累积的文件又一次堆在了月末。远在尼日利亚的威廉叔叔发来了一份视频录像;亨特输入播放命令,退后站定看起来。随后,闭着的门后面的淋浴声停了,琳慵懒地回到了卧室。

威廉说,亨特最近休假时去拜访他,他们一家都很高兴,特别喜欢听他讲在木星和跟伽星人一起回到地球的那段亲身经历……珍妮表妹已经在一家原子能炼钢综合企业找了一份管理工作,那家企业刚刚在拉各斯城外投入运营……伦敦家里的消息说一切都好,除了维克的哥哥乔治,他在酒吧里跟人争论了一番政治,结果被指控实施威胁性行为……亨特关于"沙普龙号"飞船的演讲让拉各斯大学的一群研究生入了迷,他们发来了一连串问题希望亨特能抽时间答复。

录像刚放完,琳就从卧室里出来了,穿着她昨晚的那件巧克力色短衫、带象牙绉的裙子,然后又消失在了厨房里。"那是谁呀?"她问道,同时传来碗橱门开开合合、杯盘放置到位的声音。

"比利叔叔。"

"就是几周前你去拜访过的住在非洲的那位?"

"没错。"

"他们怎么样?"

"他看上去不错。珍妮在我跟你讲过的那家新建的核企业里找到活儿了,还有我哥哥乔治又惹上麻烦了。"

"喔,怎么回事呢?"

"听上去就是他在酒吧里充当律师。有人认为政府不应该给罢工的人支付薪水。"

"他……是傻了吗?"

"家族遗传。"

"这可是你说的,不是我。"

亨特咧嘴一笑,"千万别说没警告过你呀。"

"我会记住的……吃的准备好了。"

亨特关掉终端机,走进厨房。早餐吧台将房间分隔成两部分,琳坐在吧台旁的凳子上已经开吃了。亨特坐在她对面,喝了口咖啡,然后拿起叉子。"干吗这么急?"他问道,"还早呢。我们又不赶时间。"

"我可不会直接从这儿走。我要先回家收拾一下。"

"你的一切在我眼里都很美——实际上呢,你的女人味儿简直无可挑剔。"

"你拍马屁的功夫简直无可挑剔。但不行啊……格雷戈今天有一些来自华盛顿的特别访客。我可不想让人看着像是'衣衫凌乱'的样子,那会毁了航通部的形象。"她笑了笑,转而模仿着英国口音说道:"人必须要始终保持标准姿态,你知道的。"

亨特嘲讽地哼了一声,"还需要加倍实践呀。访客都有谁?"

"我只知道他们来自国务院。格雷戈不久前搅进某件秘而不宣的事情……保密线路打进来了不少电话,通信员出现的时候总是带来必须亲启的密封包裹。别问我都是什么事儿。"

"他都没让你掺和进去?"亨特的声音透出惊讶。

她摇了摇头，耸耸肩，"可能因为我总是跟疯疯癫癫、不靠谱的外国人打交道吧。"

"但你可是他的私人助手啊。"亨特说道，"我还以为航通部的事儿你都知道呢。"

琳又耸了耸肩，"这次不灵了……至少不那么灵。我有种感觉，我今天可能就会知道底细了。格雷戈有意漏了点儿风声。"

"嗯……奇怪……"亨特的视线又回到他的盘子上，但心里仍想着这些事情。格雷戈·柯德维尔，联合国太空军团导航通信部的执行总裁，亨特的顶头上司。在柯德维尔的指导下，航通部将各种信息整合，把慧神星与伽星人的故事拼凑完整，在这一过程中扮演着领头羊的角色，而亨特也深入参与到伽星人造访地球之前以及造访地球期间的伟大传奇当中。由于他们的离去，亨特在航通部的主要任务也就变成了率领一支团队来配合那些在不同地方开展的研究工作，研究那些造访地球的外星人遗留下来的科学信息。尽管并非所有的发现与推测都公之于众，但航通部内部的工作氛围一般来讲都是坦率、开放的，所以琳描述的这种极端安保措施真是闻所未闻。好吧，总之是有什么不寻常的事情正在发生。

他向后靠在吧椅的靠背上，点了一支烟，看着琳又倒了两杯咖啡。她那双灰绿色的眼睛里永远都闪烁着一抹恶作剧式的光芒，那张微微噘起的嘴总是让人难以捉摸，让人说不清她心里在琢磨些什么，这让他觉得既好玩又兴奋——他猜美国人会说这叫"可爱"。他回想着"沙普龙号"飞船离开后的这三个月，试图搞清楚到底是什么东西让办公室里这个脑瓜聪明、长相俊俏的姑娘变成了在这间公寓或是另一间公寓里定期跟他一起吃早餐的人。但时间和地点并不重要，重要的是，事情就这么发生了。他可不是在抱怨呐。

她把锅放下的时候抬眼瞅了瞅，看到他正盯着自己。"看看吧，有我在就是不一样吧？早晨起来只能盯着显示屏多无聊啊。"她又来了……挺有趣的，只要他别那么正儿八经地当回事儿就行。一个人租房子比两个人更实际，公共设施一人份的账单要便宜得多呢，等等等等，诸如此类。

"我会付账单的。"亨特说着，恳求似的摊开双手，"你早些时候说过这句话——英国人都是一成不变的生物。不管怎样，我保持我的标准姿态。"

她应道："听上去你倒像是濒危物种。"

"我是……沙文主义者。总得有人坚守到底啊。"

"那你不需要我咯？"

"当然不。天呐，这想法真可怕！"他瞪着吧台对面，而琳抛回来一个顽皮的微笑。也许这个世界还能再多等上个四十八小时去揭开关于冥王星的一切。"你今晚干吗？有什么特别的事情吗？"他问道。

"我受邀参加一场晚宴，在汉威尔那里……就是我跟你说过的做营销的家伙，还有他老婆。他们邀请了一大群人，听起来似乎很有意思。他们让我带个朋友，但我觉得你对那种事肯定没兴趣。"

亨特皱了皱鼻子，眉头一拧，"是超感官知觉的那帮人？"

"没错。他们都很兴奋，因为今晚请到了一个心灵超能力者。他多年前就预言了关于慧神星和伽星人的每一件事。'这无疑是真的'——《惊奇超自然》杂志就是这么说的。"

亨特知道她是在开玩笑，但又无法抑制自己的恼怒。"噢，看在上天的分儿上……我还以为在这个正儿八经的国家里应该有一个教育系统呢！他们就没有任何的判断能力吗？"他一口喝干咖啡，把杯子蹾在吧台上，"要是他好些年前就预言了，为什么好些年前从没有任何人听说过呢？为什么还是要在科学界告诉了他之后，我们才听到他所做的关于这一切的预言？问问他'沙普龙号'飞船飞到巨人之星的时候会发现什么？让他写下来。我打赌这事儿从没在《惊奇超自然》杂志上登过。"

"这样就太一本正经了嘛。"琳轻声说道,"我去就是图一乐。给那些人解释'奥卡姆剃刀[1]'没什么意义,他们相信UFO是来自另一个世纪的时间飞船。此外呢,不考虑这些事情的话,他们其实都是很好的人。"

亨特心里琢磨着,为什么在伽星人出现之后还是有这种事情发生,他们驾驶星际飞船,在实验室里创造生命,建造具有自我意识的计算机。伽星人已经一再断言,没有理由假设宇宙中存在着任何超乎科学与理性思考的超能力者,但人们仍然在浪费自己的生命做着白日梦。

他变得太过严肃了,亨特心里念叨着,然后挥了挥手,咧嘴一笑,把这事儿抛在脑后,"走吧。我最好让你赶紧上路了。"

琳去起居室整理好鞋子、背包和外套,然后在公寓门口再次跟他黏在一起。他们互相吻了吻,凝视着对方。"回头见。"她轻轻说道。

"回见。当心那些疯子。"

亨特一直目送她消失在电梯里,然后关上房门,花了五分钟时间打扫厨房,让一片狼藉的房间多多少少恢复了一些原貌。最后他套上夹克,把桌上的一些东西塞进公文包里,乘电梯上了顶层。几分钟后,他的飞行车就升上两千英尺高空,融入了东行的交通走廊,前方的天际线是休斯敦林立的高楼大厦,阳光映在上面散发出彩虹般的光芒。

---

1. 即"奥卡姆剃刀定律",又称"奥康的剃刀",它是由14世纪英格兰的逻辑学家,圣方济各会修士奥卡姆的威廉提出。这个原理称为"如无必要,勿增实体",即"简单有效原理":如果用较少的东西就可以做好的事情,就没必要浪费较多的东西去做。

02

亨特的办公室位于休斯敦市中心航通部总部大厦的高层，等他溜达进办公室接待区的时候，那位微微有些发胖、人已中年、办事无比细致的秘书金妮早已忙碌起来。金妮有三个儿子，都年近二十了，她全身心投入自己的工作中，那股劲头让亨特有时候觉得可能代表着一种赎罪的姿态——因为她把那三个小子强加给了这个社会。他发现，金妮这样的女人干活儿总能令人满意。长腿金发女郎确实让人赏心悦目，可要是想让事情及时办妥，他宁愿找年龄更长的老大姐。

"早上好，亨特博士。"她露出笑脸迎接他。有件事他永远都没法让她完全接受，就是英国人并不期望，或者说真的不想时时刻刻都被人正式地称呼。

"嗨，金妮。你今天怎么样？"

"噢，我觉得还行啦。"

"那只狗有什么新动静吗？"

"好消息。兽医昨晚打电话来说，它的骨盆总算是没有骨折，歇几个星期应该就会好了。"

"那太好了。今天早上有什么新鲜事儿？有让人不安的事情吗？"

"没什么事。麻省理工的斯匹汉教授几分钟前打电话来，希望你能在午饭前回个话。邮件我马上就要看完了，有几件想必是你感兴趣的。从利沃摩尔实验室发来的资料稿，我猜你已经看过了吧。"

接下来，他们花了半个小时看邮件，安排当天的时间表。等到航通部里归亨特管辖的那些办公室都坐满了人，他便动身去几个正在运行的项目组了解最新的动向。

亨特的副手邓肯·沃特是一年半之前从太空军团的材料与结构分部调来的理论物理学家，他正在从全国诸多研究团队中搜集冥王星问题的研究成果。将目前太阳系的状态与"沙普龙号"飞船的记录做一番比较，就能看出两千五百万年前太阳系的真正模样，并进一步证实慧神星的主体确实变成了冥王星。地球最初形成时并没有卫星，月球曾是慧神星唯一的卫星。当慧神星爆炸的时候，它的月亮迎着太阳向内坠落。出于纯粹的巧合，它被地球俘获了，从那之后便绕着地球稳定运行。问题在于，到目前为止，还没有一个动力学的数学模型能够解释冥王星是如何获得足够的能量来对抗太阳引力，从而到达它目前所占据的位置的。来自世界各地的天文学家和天体力学专家尝试了各种方法解答这个问题，但都一无所获。既然伽星人自己都不曾得出一个令人满意的结论，那这样的结果也就并不令人意外了。

"唯一可行的方法就是假设一种三体式的反应。"邓肯说着，气恼地甩了甩手，"也许战争对此毫无贡献；也许让慧神星解体的是某个横穿太阳系的东西。"

三十分钟之后，顺着走廊往前几扇门的地方，亨特看到玛丽、杰夫以及另外两个从普林斯顿借调来的学生在兴高采烈地讨论着什么，墙上一块大显示屏上是一组偏微分张量函数问题。

"这是利沃摩尔的麦克·拜罗团队最新搞出来的。"玛丽对他说道。

"我已经看过了,"亨特回答,"不过还没时间仔细研究呢。关于冷核聚变的东西,对吧?"

"它说的似乎是伽星人并非必须生成高温能量才能克服质子对质子的斥力。"杰夫插嘴道。

"那他们是怎么做的?"亨特问道。

"动了些手脚呗。他们从中子微粒着手,所以根本就没有任何斥力。然后,当粒子达到强作用力范围之内,他们就充分增加粒子表面的能量梯度,促进电子对产生。中子吸收正电子变成质子,然后电子被甩出去,于是就得到了牢牢结合在一起的两个质子。砰!结果就是聚变。"

尽管亨特已经体验过太多伽星人物理学带来的震撼,可这一幕还是让他印象深刻。"而且他们能控制微观粒子?"他问道。

"这正是麦克的人推断的。"

没过一会儿,他们就一个细节展开了争论,于是亨特离开这群人,让他们自己去给利沃摩尔实验室打电话进行求证。

这样看来,伽星人留下的信息好像是立刻就开花结果了,每一天都会引发一些新生事物。柯德维尔的想法是将亨特的部门作为研究伽星人科学的国际情报交换站,目前已经有了起色。当关于慧神星和伽星人关系的最初线索浮出水面的时候,柯德维尔就让亨特的初始试验团队开展这类工作了。事实证明,这个团体很适合这项任务,如今已成为一支完善的团队,能够胜任最新研究的处理工作。

亨特的上一通电话是打给保罗·谢林的,他的人马驻扎在下面那层,占据了好几间办公室和一间计算机房。伽星人科技最具挑战性的一件事就是他们的"引力",他们能人工地将时空进行扭曲变形,而无需将质量进行大规模压缩。"沙普龙号"的驱动系统就利用这种能力在飞船前方制造一个"黑洞",让飞船持续地"坠入"其中,借此推进自身穿越空间;飞船内部的"重力"也是人工制造的,而不是模拟出来的。从罗克韦尔国际公司借调过来的引力物理学家谢林率领着一支数学家队伍,已经对伽星人的场方程和能量计量转换式研究了六个月了。亨特发现,谢林正盯着一幅标着等时线的扭曲时空网格图,看上去若有所思。

"就是这么回事儿。"谢林说着,眼睛始终盯着那些散发出柔和光芒的彩色曲线,从说话的声音听得出他已神游天外,"人工制造的黑洞……就是让它们按照要求不断开合。"

这个信息对亨特来说算不上什么惊喜。伽星人已经确认"沙普龙号"的驱动器确实已经做到这一步了,而亨特和谢林就此理论基础在很多场合进行过讨论。"你已经解出来了?"亨特问道,顺势滑进了一张空着的椅子里,研究起那幅图。

"不管怎么说,我们都在按照我们的路子走。"

"这会让我们距离点对点即时传送更进一步吗?"这是伽星人还做不到的,尽管其可能性在他们的理论体系中不言而喻。在普通的空间里,远远分散的黑洞似乎通过超域联通了起来。在超域之中,陌生的物理定律发挥着作用,相对论宇宙的一般概念和限制都不起作用。正如伽星人所认同的那样,这些还不怎么靠谱,因为尚无人知晓如何将它们变为现实。

"就是这个了。"谢林答道,"可能性就在这里,但还有一个方面让我困扰,而且是不可能将其分割出去的。"

"那是什么?"亨特问道。

谢林对他说道:"时间传送。"亨特皱起眉头。这话要是其他任何人说的,他准会毫无顾忌地表示质疑。谢林双手一摊,冲着屏幕做了个手势,"你撇不开这个。如果结论确认能通过普通空间进行点对点传送,那也肯定能通过时间来传送。如果你能找到实现其中一种的方法，就会自然而然实现另一种。那些矩阵积分是对称的。"

亨特等了片刻，以免让人觉得他是在有意嘲笑。"这信息量太大了，保罗。"他说道，"因果关系在哪儿呢？你永远无法理清这团乱麻。"

"我知道……我知道这理论听上去很怪异，但就是这么回事。要么我们走进死胡同，它什么用都没有；要么我们一下子就解决了两个问题。"

接下来的一个小时他们又扑在谢林的那些方程式上忙活开了，但最终毫无进展。加州理工、剑桥、莫斯科的太空科学部，还有澳大利亚的悉尼大学，所有这些团队也都发现了同样的事情。显然亨特和谢林并没想着立马就能破解这个问题，亨特最终带着一肚子的好奇与思索离开了。

回到自己的办公室，他拨通了麻省理工斯匹汉教授的电话。斯匹汉就五万年前俘获月球的过程所带来的气候剧变做了模拟模型，终于得到一些有趣的结论。然后，亨特处理了一下今早送来的另外几个紧急事项，刚安坐下来开始研究利沃摩尔的资料，琳便从大厦顶层柯德维尔的套房打来了电话。她的表情异常严肃。

"格雷戈想让你上来参加会议，"她开门见山地说道，"你能马上过来吗？"

亨特感觉出她时间紧迫。"给我两分钟。"他赶紧挂了机，把利沃摩尔的资料存放在航通部数据库某个未标识的深层目录下，然后告诉金妮，不管今天有多大的事儿，都去跟邓肯商议，接着就风风火火地离开了办公室。

03

上至遍布太阳系的由太空军团的飞行器、轨道及地面基站连接起来的那张通信网络，下到位于休斯敦等地区的工程与研究机构，但凡是航通部负责的项目，归根结蒂全都听命于总部大厦顶层的柯德维尔办公室。这是一间极其宽敞、装修极尽奢华的房间，有一面墙完全是玻璃，俯瞰着城市里那些稍显逊色的摩天大楼，以及远远的下方如蝼蚁般熙来攘往的行人。柯德维尔那张巨大的弧形办公桌顺着窗户的一角面向内摆放着，桌子对面的墙壁几乎完全就是一整面电视墙，让这里看上去更像是间控制室，而不是办公室。其余的墙面上挂着一些彩色图片，展示着联合国太空军团近年来一些万众瞩目的项目，包括一台七英里[1]长的光子驱动星际探测器，是在加利福尼亚设计的；还有一台在月球静海上建造的跨越二十英里的电磁弹射器，能将月球上人造的结构部件抛入轨道用于太空船的组装。

一位秘书将亨特从外间办公室带了进来，柯德维尔坐在他的办

---

1. 1 英里 =1.609 千米

公桌后面,还有两个人跟琳一起坐在另一张桌边,这桌子靠着办公桌的前缘排成了T字形。他们当中有位女士,年近五十的样子,穿着一件高领的藏青色女装,十分挺括,外面套着一件蓝白格的阔领夹克。她精心修饰的头发,犹如一片宁静的赤褐色大海垂到肩头。她的脸上略施粉黛,自带几分姿色,线条清晰的面孔,透着果断。她坐得笔挺,似乎很镇定,一副完全只听命于自己的姿态。亨特感觉自己以前在哪儿见过她。

跟她一起的是一个男人,干净利落地穿着一身炭黑色三件套西装,白衬衫,双色调的灰领带。他的脸是新刮过的,乌黑的头发剃得很短,像大学生一样梳理得平平整整,尽管亨特看他跟自己的年纪也差不了太多。他的眼珠乌黑,不时骨碌碌地转动着,让人感觉他正时刻警惕着什么,同时又在飞速思考着什么。

琳与那两位访客面对面地坐在桌旁,她冲着亨特笑了笑。她已经换了一身清爽的两件套正装,粉橙色绲边,头发高高绾起,看上去可一点儿都不"衣衫凌乱"。

"维克,"柯德维尔操着他那沙砾感十足的深沉低音说道,"我很高兴给你引见来自华盛顿国务院的卡伦·赫勒尔,还有诺曼·佩希,他是总统的外交关系顾问。"他冲着亨特做了个郑重其事的手势,"这位是维克多·亨特博士。我们派他去木星勘查一些早已灭绝的外星人留下的几件遗物,而他居然带着一船活生生的外星人回来了。"

他们彼此客套了一番。两位访客都知道亨特的功绩,那可是众所周知的啊。实际上,维克早就非常短暂地见过卡伦·赫勒尔一面,那是大概六个月之前,在苏黎世举办的一场伽星人招待会上。当然了,当时她不是美国的大使嘛……驻法国的对吧?没错。不过,她现在是美国驻联合国代表。诺曼·佩希也见过一些伽星人,那是在……在华盛顿了……只是亨特当时并不在场。

亨特坐到了桌子尽头一张空着的椅子里,脸迎着桌子的长边,正对柯德维尔的办公桌，注视着柯德维尔不久前才修剪过的银灰色头发。柯德维尔则皱着眉头垂目盯着自己的手，手指不住敲打着办公桌。随即他扬起脸，浓密双眉下的目光透着冷峻，直直地盯着亨特，亨特对于即将迎来什么样的开场白心知肚明，却并不期待。"有些事情，我本想早点告诉你的，但又没法跟你说。"柯德维尔说道，"大约在三周前，来自巨人之星的信号又开始发送过来了。"

尽管说起来只要有任何这类进展，亨特是应该知道的，可他这一刻对此大感意外。"沙普龙号"飞船离开时，乔尔丹诺·布鲁诺天文台发送的第一条信息得到了唯一的一条回复。这事儿已经过去好几个月了，在此期间，他的疑心有增无减：整件事八成是个骗局，是某些拥有太空军团通信网络权限的人利用外太空某个方向的太空军团硬件设施转发回了那条信息。他的思维已经足够开放了，觉得一个先进的外星文明什么都有可能做得到，但十四个小时的反馈时间，这怎么看都更像是一场骗局。不过，如果柯德维尔是正确的，那他的猜测就大错特错了。

"你确定那些信号都是真实的？"从最初的震惊稍稍缓过来之后，他半信半疑地问道，"难道那一切不可能是某个地方某个不正常的家伙搞的无聊玩笑吗？"

柯德维尔摇了摇头，"我们现在有足够的数据通过干涉测量法确定其来源。它远在冥王星以外，太空军团在那边的任何地方都没有配备任何设施。此外，我们还检查了所有硬件设施里每一个比特的数据流量，都没有问题。信号是真的。"

亨特眉毛一扬，深吸了一口气。好吧，那么他在这个问题上确实搞错了。他的目光从柯德维尔那儿转移到了面前桌子正中摆放的笔记和资料上。此时，一个念头冒了出来，让他眉头一皱。就像最初从月球背面发送的信息一样，来自巨人之星的答复是用远古的伽星人语言构成的，通信代码来自"沙普龙号"飞船的那个时代。在飞船离开之后，那条答复是由唐·麦德森翻译的，他是语言部门的负责人，就在这间办公室的下面几层，他曾在外星人停留期间专门学习了伽星人的语言。尽管那条答复很短，但翻译出来却需要费很大的工夫，亨特不知道哪儿还能找到别的什么人能够翻译柯德维尔正在谈论的这些信号。一般来说，亨特没那么多时间去注意礼节和手续上的事情，但如果麦德森在处理这事儿，那他理所当然也应该对此略有耳闻。"那是谁翻译出来的？"他心怀疑虑地问道，"语言部吗？"

"没有这个必要。"琳直截了当，"信号是通过标准数据通信代码发过来的，都是英语。"

亨特一下子靠在椅背上，大瞪双眼。令人啼笑皆非的是，这反倒证明了这绝非骗局；但凡有点理智的人，谁会用英语伪造外星人发来的信息？然后，一个念头冒了出来。"对啦！"他叫道，"他们肯定是用什么手段拦截了'沙普龙号'。喔，那可……"看到柯德维尔摇了摇头，他大感意外地收了声。

柯德维尔说道："从过去几周的对话内容来看，我们相当确定不是那么回事儿。"他神情凝重地望着亨特，"因此，如果他们并没有跟来过这里的伽星人交流过，却还这么了解我们的通信代码和我们的语言，那这对你来说意味着什么？"

亨特四下看了看，只见其他几个人都充满期待地看着他。于是他沉吟了半晌，然后，他的眼睛慢慢瞪大了，下巴也耷拉了下来，毫不掩饰内心的难以置信。"老天爷！"他急促地喘了口气。

"没错。"诺曼·佩希说道，"整颗地球肯定是处于某种监视之下……而且时间不短了。"亨特一时间惊得说不出话来。怪不得这整件事一直讳莫如深。

"布鲁诺天文台最新收到的这批信号当中，第一条便印证了这一假设。"柯德维尔继续道，"它以斩钉截铁的言辞说，不论什么消息，只要是涉及双方通信联系的,都不能通过激光、通信卫星、数据链接或是其他任何类型的电子媒介来进行。布鲁诺天文台那里收到信息的科学家都谨遵这条指示,从月球派来通信员告诉我这事儿。我用同样的方式把消息从航通部送往太空军团总部,并且告诉布鲁诺天文台的那些伙计,该干啥干啥,直到有人给他们回话为止。"

"这就意味着,至少有那么一部分的监视是通过渗透进我们的通信网络来进行的。"佩希说道,"不管是谁发送的信号,不管是谁在实施监控,他们都不是同一伙儿……'人',不管他们叫什么吧。跟我们交流的那些人,不想让另一伙儿知道这事儿。"亨特点点头,对此已经理出些头绪了。

"下面让卡伦来说吧。"柯德维尔冲着她的方向点了点头。

卡伦·赫勒尔身子往前一倚,双臂轻轻搭在桌沿上。"布鲁诺的那些科学家相当早就确信,他们确实是在跟那些从慧神星迁移的伽星人进行联系。"她说话的声调是经过刻意控制的,一起一伏十分自然,很容易听明白,"他们居住在一颗名为'苏利恩'的行星上,就位于巨人之星的行星系当中,或者就叫它'巨人星'好了,这个缩写似乎已经广为接受了。在这一切发生的时候,位于华盛顿的太空军团向联合国通报了此事。"她顿了顿,瞅了一眼亨特,见他对此没有疑问,便继续道:"联合国组建了一个只向秘书长汇报的特别工作小组专门讨论此事。最终,领导层表示这种性质的接触首先是政治和外交事件,于是做出了一个决定:更进一步的交流要由一个甄选出来的小规模代表团秘密负责,其成员都必须是安理会常任理事国代表。为了保密,其他人员在此期间一概不得知晓或涉足此事。"

"在领导层做出决定后,我不得不把事情严格控制起来,"柯德维尔看着亨特,突然插话道,"所以之前我也就没法跟你说任何与此有关的事情。"亨特点点头。现在这事儿说得通了,至少这理由让他感觉好受点了。

然而，他仍然高兴不起来。听上去好像这整件事情都有着典型的官僚主义的过度反应。行事安全到一个高度挺好，但这种超高级别的保密措施显然让事情有点太离谱了。联合国的想法使得所有人都跟这几个遴选出来的人隔绝开来，而这几个人显然都没怎么跟伽星人打过交道，这种做法令人很恼火。

"他们不想让任何其他人参与其中？"他迟疑地问道，"哪怕是一两个……认识伽星人的科学家也不行？"

柯德维尔说道："特别是科学家不行。"但没再深入解释。这整件事听上去开始变得荒谬起来了。

"作为安理会常任理事国成员，美国得到了联合国高层的通知，而且承受着相当大的压力在代表团行使职责。"赫勒尔继续说道，"诺曼和我受委派履行这个职责，从那时起，大部分时间我们都在乔尔丹诺·布鲁诺天文台忙碌，参与跟苏利恩人持续进行信号交流的事务。"

"你是说每一件事都是被那里一手操控的？"亨特问道。

"没错。禁止用电子方式进行任何通信交流的禁令得到严格执行。知道这些事情的人都是经过严格审查而且十分可靠的。"

"我懂了。"亨特身子往后一靠，双臂撑在面前的桌子上。从目前来看，这事儿有点神秘，而且出于某种原因有点让人不快，但刚才说的这些东西还没有阐明赫勒尔和佩希到休斯敦来干什么。"那接下来又如何呢？"他问道，"你们都跟苏利恩谈了些什么？"

赫勒尔冲着摆在她肘边的一份可加锁式文件夹点了点头。"接收到的和发送出去的每一个字都在这儿了。"她对亨特说道，"格雷戈有一套完整的复印件，既然从现在起你毫无疑问要牵涉进来，那你很快就能自己看了。总体来说，苏利恩来的第一通消息是想知道关于'沙普龙号'的信息——它的状况、它主人的情况以及他们在地球上的经历，诸如此类的事情。不论是谁发送的消息，似乎都很关心那艘飞船……好像出于某种原因，他们认为我们对它是个威胁。"赫勒尔停顿了一下，看到亨特的脸上泛出了不解的神情。

"你是说，在我们从月球背面发送第一束信号之前，他们并不知道那艘飞船？"他问道。

赫勒尔答道："看起来是这样。"

亨特思索了片刻。"那话说回来，不管是谁在实施监视，都没有跟发送这些消息的人有过交流。"他说道。

"确实如此。"佩希点点头，"'沙普龙号'在这里的时候，实施监视的那些人对此不太可能一无所知，如果他们对我们的通信网络有任何权限的话，肯定知道那么多新闻都在说这事儿呢。"

"奇怪的事情可不止于此。"赫勒尔继续道，"已经跟我们联系上的那些苏利恩人似乎对地球最近的历史形成了完全扭曲的认识。他们认为我们都准备着打第三次世界大战呢，只不过这一次是行星际的大战，从月球表面进行指挥，到处投放轨道炸弹、辐射武器、粒子束武器……随你怎么说吧。"

亨特听得愈发出神了。他现在看得出，为什么"沙普龙号"飞船应该不可能被拦截了——至少不可能被正在跟地球通话的这群苏利恩人拦截。因为飞船上的伽星人当即就会消除任何此类误会。但就算是正在通话的这些苏利恩人没有拦截过"沙普龙号"，他们也对地球有了个似是而非的印象。这就意味着，他们只能是从实施监视的那些苏利恩人手上获得的消息，而且他们得到的消息还是错误的。因此，要么是监视工作不怎么有效，要么就是传送过去的东西被扭曲了。但如果说发送来的消息是用英语写的，那就说明监视工作肯定十分有效啊，因此这就表明，传送这些信息的苏利恩人并没有原原本本地传送信息。不过，这也并没有多大的意义啊。伽星人并不玩那种不择手段的阴谋诡计，不会故意欺诈蒙骗另一方。他们的思维不是那样的，他们实在是太理性了……但如今存在于苏利恩的那些伽星人与"沙普龙号"飞船上的祖辈业已分隔了两千五百万年,也有可能在此历史进程中他们发生了什么重大的变化。这是一条思路,这段时间内可以发生很多变化。他心想,现在无法得出任何明确的结论,所以这个想法只能存放起来,留待以后进行完善和分析。

"听起来比较奇怪,好吧,"亨特在脑子里捋了捋,然后表示同意,"他们现在肯定是相当迷惑了。"

"已经很迷惑了。"柯德维尔说道,"他们之所以重启对话,就是因为想要亲身到地球来……我猜是想把整件事搞清楚。他们正努力要联合国的人安排这事儿。"

"不过是保密进行。"佩希看着亨特一脸的疑问,解释道,"不能公开报道或是进行任何类似的活动。这似乎意味着他们希望做一些不动声色的秘密调查,不使用那些会遭到监视的设备装置。"

亨特点点头。这个计划很合理。但佩希的话里另有玄机,有些话并没直说。于是亨特问道:"那有什么问题呢?"目光在佩希和赫勒尔之间来回转动。

"问题在于联合国内部最高层颁布的政策。"赫勒尔答道,"简而言之吧,他们很担心,如果我们这颗行星就这么轻易地向一个比我们先进数百万年的文明敞开怀抱……那我们的整个文明就可能被连根拔起;我们的文明可能会崩溃;我们会被那些尚未准备好去接受的技术搞得焦头烂额……诸如此类的事情。"

"可这太荒唐了!"亨特表示反对,"他们可没说想要来接管这个地方,只是想过来聊聊罢了。"他的手在空中一挥,做了个不耐烦的手势,"好吧,我很赞同我们必须谨慎行事,要防患于未然,要运用常识经验,但你所描述的听上去像是患了过度恐惧神经症。"

"确实如此。"赫勒尔说道,"联合国是很没有理性的——没有其他的词汇能描述了。月球背面的代表团正严格遵循政策行事,缓缓推进,能拖就拖。"她冲着之前示意过的那个文件夹挥了挥手,"你自己会看到的。他们的答复含糊其词,模棱两可,并没有就苏利恩人已有的错误印象予以纠正。诺曼和我已经就此尽力争取过了,但我们的意见遭到了否决。"

亨特绝望地在屋里扫视一圈,捕捉到了琳的眼神。她报以一丝笑容,几乎难以察觉地耸了耸肩,意思是说她知道他的感受。联合国内部的一个小派系很强硬,出于同样的原因,当时出乎意料地收到第一条回复之后,他们就想阻止月球背面的传送继续进行下去,亨特记得很清楚,在世界科学界的一番惊天动地的抗议后,他们的想法终于被否决了。看来现在那个小集团又活跃起来了。

"最糟糕的是,我们所疑虑的事情可能就隐藏其后。"赫勒尔继续道,"我们从国务院得到的指令,是要帮助这件事平稳地朝着拓宽地球与苏利恩通信交流的方向进行,在事态允许的情况下尽可能迅速推进,与此同时要保护本国的利益。国务院并非真的认同排除圈外人的政策,只不过由于联合国的协议而不得不依此行事。换句话说,美国迄今都是在尽力按部就班地做事,只是很不情愿。"

"我能想象到。"她停下的时候,亨特说道,"但那无非是说,你们由于进展缓慢而越来越灰心了。你话里好像还透露出事情不止于此。"

"没错。"赫勒尔肯定道,"苏联人在代表团也有一个代表席位——是一个叫索波洛斯基的男人。随着我们跟苏联人在各个领域展开竞争,比如南大西洋的核聚变协议、非洲的工业培训、科学辅助程序等等,世界形成了一种局面,就是双方都有权利从伽星人的技术中获得大量的优势。所以你会期盼着苏联人跟我们一样,巴不得让这个该死的代表团有点儿生气。但他们并非如此。索波洛斯基对联合国的官方路线唯命是从,毫无怨言。实际上,他有一半的时间都是在让事情变得复杂化,让事情推进得更加缓慢。现在,当那些事实一个接一个摆出来,你觉得那都意味着什么呢?"

亨特就这个问题想了想,然后一耸肩甩了甩手。"我不知道。"他坦率地说道,"我对政治不敏感。你直接告诉我吧。"

"那可能意味着,苏联正计划着设立他们自己的私人通道来制订苏利恩人的着陆方案,在西伯利亚或是某个他们能全权掌控的地方。"佩希答道,"如果是那样,联合国的路线就很适合他们了。如果官方通道保持淤塞,而美国按部就班跟着官方通道走下去,那不妨猜猜谁轻而易举就赚个盆满钵满了?如果全世界有几个指定的政府首脑暗中得到消息说苏联获得了大量我们所没有的技术知识,那力量的平衡会产生怎样的变化?想想吧。你看——这跟索波洛斯基的行为方式完全契合。"

"还有个更加严肃的问题,按照符合联合国政策的那条路走,对他们而言实在是太方便了。"赫勒尔补充道,"那可能就意味着,苏联人有些我们一无所知的方法在幕后操控着联合国的高层决策。如果这事儿是真的,那美国在国际上的形势就很严峻了。"

亨特心想,这些事情果然开始说得通了。苏联人能在西伯利亚轻松设置另外一套远程通信设施,没准儿就放在轨道上,靠近月球,让他们自己的线路能链接到远在太阳系边界之外的信号拦截设备上,从而截听月球背面发射的信号。任何返回的答复到达地球的时候,无疑变成了波束很宽的信号,这就意味着任何人都能接收到,而且知道除了联合国之外,某个地方还有人在搞鬼。但如果答复是用预定的代码,那就没人能截听或者知道他们到底要找的是谁。就算苏联人受到指控,但这种事情他们肯定会激烈地否认……那样的话,不管是谁,能做的恐怕也很有限了。

他觉得现在可以看出来自己为什么被拉进这件事当中了。赫勒尔早先已经露了马脚,她说"迄今为止",美国在尽力按部就班行事。作为国务院制订的预防措施,他们会建立自己的私人线路,但在地球周边这几十万英里的地盘上,什么东西都是会被探查出来的。所以他们应该把赫勒尔和佩希派去跟谁谈话呢？还有谁对伽星人和伽星人的技术如此了解呢？还有谁曾经是在木卫三上迎接伽星人到来的第一批人员呢？

此外，还有一点——亨特在木卫三上度过了大量时间，他在联合国太空军团的人员当中有很多关系亲近的朋友在"朱庇特四号"和"朱庇特五号"执行任务。木星距离地球这一带可算是极其遥远，这就意味着地球附近的任何地方永远都不会有接收器发觉有信号从太阳系边缘瞄准了木星，不论那束信号是否会大幅度扩散。而且，当然了，"朱庇特四号"和"朱庇特五号"旗舰一直都跟地球通过激光频道相连……柯德维尔和航通部正好对此全权负责。他心想，这一切可并不只是巧合啊。

亨特抬头望着柯德维尔，直视着他的眼睛看了几秒，然后转过头又看了看华盛顿来的那两位，"你们想通过木星设置一条巨人星的私人通信线路，好安排他们在这里着陆，还要求别被发现惹上任何麻烦，还要赶在苏联人有所作为之前就达成。"他对他们说道，"而且你们想知道，我是否能让'朱庇特'旗舰的人明白我们的想法，而且还让任何窃听激光链接的苏利恩人无法发觉此事。对不对？"他的目光又望向柯德维尔，脑袋一歪，"我能得几分，格雷戈？"

赫勒尔和佩希交换了一下目光，都对亨特刮目相看。

"打满分十分。"柯德维尔对他说道。

不过，赫勒尔应道："九分吧。"亨特好奇地盯着她。她的表情里隐藏着一丝笑意。"如果你能提出点有价值的东西来，就需要我们的全力帮助，以便于控制之后发生的任何事情。"她解释道，"联合国可能已经决定设法在没有伽星人专家的情况下实施行动了，但美国可没这打算。"

诺曼·佩希总结道："换句话说，欢迎入伙。"

04

"朱庇特五号"在木卫三上空两千英里的轨道上巡航,飞船长达四百多米,指挥中心靠近飞船的一端。约瑟夫·B.香农是"朱庇特五号"任务的总指挥,此刻正站立在指挥中心的仪表控制区,就在一小群呆呆出神的飞船军官和太空军团的科学家身后。

他注视着一块巨大的显示屏幕墙,上面显示出黑色的天空下蜷缩着一片起伏不定的大地,布满了橙色、黄色和褐色的斑块,一阵稳定而炽热的细雨从天空中落下来,激起一团迷雾;远处靠近天际线的地方,一些喷薄而出的五彩斑斓的沸腾气柱跃出画面,直冲云霄。

那已经是五十二年前了——那年香农刚刚出生——当时,位于帕萨迪纳喷气推进实验室的科学家对"旅行者"一号和二号探测器发送回来的木卫一的第一批特写镜头惊叹不已,并将这个令人称奇的斑驳的橙色圆盘称为"天空中的巨型比萨饼"。不过,香农从没听说过有任何比萨是这样子做出来的。

这颗卫星的轨道穿越了一束由木星磁场维持的等离子喷射流,

其平均粒子能量相当于十万开尔文[1]，这颗卫星就像一台巨大无比的法拉第发电机一样运行着，维持着自身内部五百万安培的环形电流，同时产生着万亿瓦特的功耗。由潮汐摩擦力产生的热量与它内部释放的能量不相上下，而木卫二与木卫三造成的轨道共振让木卫一在木星的重力范围内上下窜动。强大的电流与重力共同作用下产生的热量大量积蓄，让这颗卫星地表之下的硫黄与硫化合物熔融，最终向上刺穿地表的薄弱之处，喷发到完全零压力的外界环境中。其结果就是引发了有规律的火山喷发奇观，喷发出来的硫黄和二氧化硫雾气迅速凝固，同时向上喷射的速度可达每秒一千米，有时能喷到三十万米的高空，甚至更高。

香农此时正看着这么一座火山，是由木卫一表面的探测器发送回来的画面。为了这项任务，工程师与科学家耗费了超过一年的时间重新体验趴图板的经历，设计出了一台设备防护装置，好让其在木星持续不断的辐射、电子和离子的轰击下正常运作。因此，香农感到自己有义务亲自见证他们的最终成果。他本以为不过是一堆无聊的琐事，结果却大不相同。这场面太令人兴奋了，也让他不由得反思：高层指挥官太容易远离前线战壕里发生的一切了，时常接触不到这些事儿。他心想，自己未来要特别重视一件事，就是要多多关注进行中的各个科学项目的最新进展。

在完成自己的工作后，香农又在指挥中心待了整整一小时，商讨了一些探测器的细节，然后才终于回到自己的私人空间。他洗了个澡，换了身衣服，然后坐在自己这间舱室的桌边，打开终端机查看当天的邮件明细。其中有一封归类为文本信息的邮件，是航通部总部的维克多·亨特发来的。香农又是惊喜又是好奇。之前在木卫三的时候，他曾经跟亨特有过许多有意思的交谈，并没有看出亨特

---

1. 开尔文，温度单位，常用符号 K 表示。−273.15℃ =0K。

是那种喜欢花时间做琐碎社交活动的人,而这就暗示着肯定有什么有趣的事情发生了。带着强烈的好奇,他键入命令打开了亨特的信息。五分钟之后,他仍然呆坐在那里盯着这条信息,眉头拧成一团:

乔[1]:

为了避免产生更多疑惑,我在一本你提到过的书里寻找了填字游戏的一些线索,碰巧看到在第5页、24页,还有第10页有一些妙趣横生的参考点。等你解到第11题和第20题的时候,那该为自己竖起大拇指了。

至于他们是怎么做出第786个的,这依然是个谜。

祝好,
维克

这简直让他莫名其妙。他跟维克算是很熟了,所以这条消息背后肯定藏着什么重要的事情,而他所能想到的就是,亨特正试图告诉他一些高度机密的事情。但亨特为什么会费这种周折呢?太空军团不是有着非常完备的安保密码系统吗?当然了,不可能有人窃听太空军团的网络,因为不可能会有人装备起强大到能破解太空军团网络的计算机。可另一方面呢,香农清醒地意识到,在二战期间,德国人也是那样以为的,可英国人就是用他们在布莱切利小镇的"图灵机"读取了希特勒和军官们之间的所有无线电通信,甚至还常常在原本的收件人收到之前就截取了消息。当然了,眼前这条信息对于任何第三方来说都毫无意义,尽管完全是用直白的英语写的,但这更让它看上去无关紧要。可问题在于,对香农来说,这条信息并没有任何意义。

---

1. 约瑟夫的昵称。

第二天一早，在高级军官食堂坐下来准备吃早饭的时候，香农还在琢磨那条信息。他喜欢早点吃饭，赶在船长、第一领航员和其他那些换早班的人出现之前。这让他有时间理一理当天的思路，通过浏览《行星际日报》了解一下其他地方的事情——这份报纸是由太空军团从地球向遍布太阳系的各路飞船和设施发送的日报。他喜欢早起的另一个原因，就是这让他有机会做做《日报》上的填字游戏。自打他记事起，就对这东西不可救药地上了瘾，而且还振振有词地宣称清早起来破个谜题能让心思敏锐，为一天的操心事儿提前做好准备。他并不真的确定这说法是不是对的，但也并不太在意，这终归是个早起的好借口。今早的新闻没什么轰动性的消息，但他还是认认真真地快速浏览了一遍所有内容，服务员给他的咖啡续杯时，他也正好喜滋滋地翻到了填字游戏那页。香农把报纸折了一下，然后又折了一下，把它搁在桌边，漫不经心地浏览着线索提示，同时伸手到夹克里去摸钢笔。顶上的标题写着：日报填字游戏第786期。

香农一下子呆住了，手僵在夹克里。那个数字吸引了他的目光。"他们是怎么做出第786个的，这依然是个谜。"这句话立刻出现在了他的脑海里。亨特那条神秘消息的每一个字此刻都清晰无比。"786"和"谜"同时出现在这句话里。这可不是巧合，显而易见。然后他想起来，亨特也是个很厉害的填字游戏高手，在他不多的空闲时间里经常玩儿；他曾经给香农介绍过《泰晤士报》上密码一般的填字游戏，其中两个让他们在酒吧花了好长时间才破解。此时，他简直都要从椅子里蹦起来大叫一声"我知道了！"，但他抑制住情绪，赶紧把钢笔塞回口袋里，掏出塞在钱包里的那条消息。他把那张纸展开，在《日报》和咖啡杯之间铺平放在桌上。现在再读一遍，字里行间都散发出了新的光芒。

第一行写着"填字游戏",后边还跟着"线索"两字。它们的重要性现在不言而喻了。那其余的话呢?他从没跟亨特提起过什么书啊,所以这部分肯定只是充数的。大概接下来的那些数字有些深意。香农眉头一皱,仔细看着它们:5、24、10、11、20……这顺序让他好半天也没想出点眉目来。他已经试过用不同的方式把它们组合在一起,可依然毫无头绪;现在,当他按照新的语境再看这条消息时,之前几乎没怎么注意的两个词组蹦了出来,让他灵机一动:"妙趣横生"搭配5、24、10,紧接着"竖起大拇指"搭配11和20,显然这是暗示填字游戏的纵横方向。所以,不管亨特打算要说什么,都会与横排的第5条、第24条和第10条线索,以及竖排的第11条、第20条线索有关。只能是这样。

这股精神头儿一上来,他的注意力就全都放在《日报》上了。这时候,船长和第一领航员出现在房间另一头的门口,开心地聊着什么,正哈哈大笑着。香农从座位上起身,同时拿起那份《日报》。他们刚一进门,香农就从他们身边走了出去,快步朝着另一个方向走去,同时回过头匆忙招呼了一声"早上好,各位"。他俩莫名其妙地对视了一眼,转身看着任务指挥消失的那道门口,又彼此望了一眼,耸耸肩,坐在了一张空桌旁。

《日报》填字游戏第786期

(编者：D. 麦德森，休斯敦航通部总部)

横排

1 Watery Irish flower (7)

5 Find the meaning of a poem to Digital Equipment Corporation (6)

9 Guilty of having no money after the pub? Quite the opposite! (8)

10 A guiding light in what could be a confused voyage (6)

12 Writer, jumping into action, arrives at a profound conclusion (4, 3)

13 The ultimate in text remedies (7)

14 Oriental rule changed by Swiss mathematician (5)

16 Wild riot about the point of a short preamble, colloquially speaking (5)

17 Expert loses two-thirds but takes back art for something more (5)

18 A separated piece (5)

20 Continental one-fan car, maybe (7)

21 Ringing around to abolish a right (7)

23 Keep the elephant's head and tail in the rain (6)

24 Dianna's lock causes heartache (8)

25 After six months, men and I find a type of Arab (6)

26 Surrounds North Carolina with ease, to a point (7)

纵排

1 Win in a sled, perhaps? It's not fair! (7)

2 But the arms this noted lady was advised to get wouldn't have been much good to Venus! (5)

3 Powerful response, right from the heart? (7, 8)

4 Possibly did on gin? Can't — it's not habit-forming (3-9)

6 A wave from a charge of the Light Brigade (15)

7 Hydrogen makes harmony in turbulent star-core (9)

8 Norman's head in the lake? No — some other guy (5)

11 Let's fit a date to reorganize the experimental results (4, 4, 4)

15 It sounds like a lumberjack's musical number (9)

19 Hoover, initially in trust over the South, urges progress (7)

20 Argon beam matrix (5)

22 Deposit nothing in the smaller amount (5)

横排

1 沾水的爱尔兰花朵（7个字母）

5 找到一首描写数码设备公司的诗的真意（6个字母）

9 在酒吧喝了酒没付钱是有罪的？恰恰相反！（8个字母）

10 迷途旅行中的一盏指路灯（6个字母）

12 作家，进入写作行动，结尾大有深意（两个词，分别是4个字母和3个字母）

13 文字补救的最终措施（7个字母）

14 那条被瑞士数学家改变的东方法则（5个字母）

16 通俗地说，那个简写的前言在某个极点出现了疯狂的乱象（5个字母）

17 专家失去了三分之二的东西，但带回来了更多的本事（5个字母）

18 断下来的一片（5个字母）

20 可能是大陆上跑的只有一个风扇的车子（7个字母）

21 围成一圈废除一项权利（7个字母）

23 让大象的脑袋和尾巴留在雨里（6个字母）

24 戴安娜的一缕发丝引起心痛（8个字母）

25 六个月之后，人们和我发现了一种阿拉伯人（6个字母）

26 轻松环绕北卡罗来纳，来到一个极点（7个字母）

纵排

1 或许在雪橇比赛中赢了？这不公平！（7个字母）

2 但是建议这位著名的女士拿起那支武器对金星没有太多好处！（5个字母）

3 强有力的反应，发自内心？（两个词，分别是7个字母和8个字母）

4 有可能喝杜松子酒吗？不行——那没有形成习惯（两个词，中间以连字符相连，第一个词3个字母，第二个词9个字母）

6 轻骑兵发来的指示引发波动（15个字母）

7 氢元素在狂暴的恒星核心制造出和谐（9个字母）

8 诺曼的脑袋在湖里？不——是别的什么人（5个字母）

11 咱们找个日子重新整合实验结果（三个词，都是4个字母）

15 听起来像是伐木工的劳动号子（9个字母）

19 胡佛，最初在南方很受信赖，推动发展（7个字母）

20 氩原子束矩阵（5个字母）

22 连一丁点儿都没存下（5个字母）

回到私人舱室，香农坐到桌旁又打开了那张纸。横排第5条线索是，"找到一首描写数码设备公司的诗的真意（6个字母）。"这公司的名字在太空军团和科研人员中间人尽皆知，数码设备公司，简称DEC；木星和地球之间通过激光链接，持续不断的数据流需要进行预处理，着陆在木卫一上的机器人身上的各种设备都需要进行控制，如此种种都用的是DEC的计算机。"DEC"这几个字母肯定是答案的一部分。那其余的线索呢？"诗"，香农脑子里列出了无数同义词："诗体""抒情诗""史诗""挽歌"。这些都不对。他得找到三个字母的词来组成括号里提示的六个字母的词。"颂歌！ODE！"加到"DEC"后边就组成了"DECODE"，就是"解码"的意思，这就对了，就是"找到真意"了嘛。不算太难。香农填上答案，注意力放到了横排第24条线索。

"戴安娜的一缕发丝引起心痛（Dianna's lock causes heartache，8个字母）"。只有八个字母，"戴安娜的"可能会取用其缩写"Di's"。"tress"也有"一缕发丝"的意思。想了一会儿，香农成功拼出了"DISTRESS"，也就是"求救"的意思。

横排第10条线索是"迷途旅行中的一盏指路灯（6个字母）"。短语"迷途旅行"可能表示要把"旅途"这个单词"voyage"的字母顺序打乱，可这本身就是六个字母了。香农把这些字母摆弄了一会儿，但拼不出什么有意义的东西来，于是转向了纵排第11条。"咱们找个日子重新整合实验结果（三个词，都是4个字母）"。答案是三个词，每个词都是四个字母。"重新整合"看上去像是提示又要打乱字母顺序了。香农斟酌了一番包含着十二个字母的单词组合，很快就挑出了"咱们找个日子"（Let's fit a date）。他把这句短语随手写在了报纸边缘，再把字母来回调整一番，最终组成了"TEST DATA FILE"，也就是"测试数据文件"，他本能地告诉自己，这就是正确答案。

纵排第20条线索是，"氩原子束矩阵（5个字母）。"这条表达的意思不多，所以香农开始分析其他线索，好得到更多字母作为提示。后来，他终于发现横排第10条的线索应该是"指路灯"，BEACON，就是"信标"的意思。这个单词就在剩余的线索当中，一直瞪着他的面孔，好像是在提示："……迷途的。"这暗示着打乱字母是有意而为之的，就是为了误导。他心里琢磨，这心思得歪成什么样儿才能做出这样的填字谜。最终，"氩原子束"的谜底也揭开了，是"Ar"（氩的化学元素符号）加上"ray"（束），就得出了"ARRAY"，也就是"矩阵、阵列"了。有意思的是，第一条线索的答案，就是横排第1条，答案居然是"香农"，这不光是他的名字，也是爱尔兰的一条河，大概是专门用来给他确认的。

终于，按照亨特给出的数字顺序，用这些词拼出的完整信息现身了：

　　解码求救信标
　　测试数据文件阵列

香农靠回椅子上，琢磨着最终的结果，多多少少有了些成就感。尽管到目前来说还是没得到太多信息，可很明显，这跟伽星人有关，亨特牵扯进了一些与此大有关系的事情当中。

"沙普龙号"从太空深处出现在木卫三之前，太空军团探索木卫星系的任务就发现了古代伽星人太空船的残骸——深埋在木卫三的冰壳之下，距今已经两千五百万年了。在对这艘飞船的一些设备做实验的过程中，亨特和位于木卫三的坑口基地的工程师激活了一种伽星人的紧急传送器，它是利用引力波运行的，因为伽星人飞船所用的推进方法在主驱动器运行时会阻绝电磁信号；正是这件事诱使"沙普龙号"重归太阳系之后来到了木卫三。香农记得当初有个提议，就是用这个信标装置把巨人之星出乎意料的回复转发给已经离去的"沙普龙号",但因为亨特心存疑虑,觉得那条回复是骗局,便否决了这个想法。

那肯定就是亨特信息里的"求救信标"。那么要让香农解码的"测试数据文件阵列"所指的又是什么呢?伽星人的信标装置已经跟其他很多东西一起运回地球了,各种机构都想进行第一手的试验,安排监管那些试验的研究人员时常要特意把他们的试验结果通过激光链接发送回木星,让那里的相关团队随时知晓。香农唯一能想到的,就是亨特以某种手段安排了一些信息通过链接进行传送,伪装成普通的实验测试数据,并声称是跟信标有关的,里边自然是包含着一长串数字。现在,香农的心思转到了文件上,那些数字的读取方式最好别那么令人绝望,当然,肯定是要足够详尽地研读才行。

如果是这么回事儿,唯一知晓那些从地球发来的非同寻常的测试数据文件的人员,应该就是坑口基地下面的工程师了,那个信标装置从冰面下打捞上来之后,他们就一直在研究它。香农打开桌上的终端机,输入一条命令,打开了"朱庇特五号"的人员名单。几分钟后,他确认了负责那项工作的工程项目主管,是个加利福尼亚人,名叫文森特·卡里森,他是从太空军团的动力系统和推进剂部加入"朱庇特五号"的。在伯克利获得电气与电子工程学硕士学位之后,他在那里工作了十年。

香农的第一个冲动是直接打个电话去坑口基地,但一两分钟之后,他细细想了想,打消了这个念头。如果亨特大费周章避免让这件事留下任何痕迹,以免让通信网络察觉,那任何事都有可能发生。正当他苦思冥想该怎么办的时候,终端机上的电话铃响了。香农清空屏幕,点开了接听键,是他的副官从指挥中心打来的:

"抱歉,长官,按日程您要在五分钟后参加操作控制人员的情况简报会,在O-327室。因为今早没人看到您,我觉得可能应该打个电话提醒一下。"

"噢……谢谢，鲍勃。"香农答道，"你看，我碰上了点事儿，看来是没法儿参会了。替我告个假，行吗？"

"好的，长官。"

"噢，还有，鲍勃……"香农的声音突然提了起来，好像突然想到了什么。

副官正要挂电话，赶紧抬起头来，"什么事，长官？"

"办好之后你马上过来。我收到一条信息，想让人送到下面的地表去。"

"信使传送？"副官露出惊讶与不解之色。

"是的。要送给坑口那里的一位工程师。我现在没法解释，但这件事很急。如果你不浪费时间的话，应该能赶上九点钟的穿梭机前往主基地。我会把信息封装起来，等着你过来。把这作为 X 级别的任务来处理。"

副官的面色当即严肃起来。"我立刻就过来。"说完，屏幕熄灭了。

香农在午饭前不久收到来自坑口基地的一通简短的电话，说卡里森正通过木卫三主基地赶往"朱庇特五号"。卡里森抵达时，随身带了一份打印出来的数据文件，这应该就是对伽星人的信标进行测试的相关数据了，这数据是今天一早通过链接从地球传送过来的，在坑口的电脑里转化完成，然后转发到地表。坑口的工程师都被搞糊涂了，因为这文件的页眉顺序完全是乱的，所包含的参考信息与检索系统的数据库不匹配。对于页眉所提到的依照该日程安排所进行的测试，谁都一无所知。

正如香农所料，文件仅仅包含着数字——很多组数字，每一组都有一长串成对的数字。这是典型的实验报告样式，给出诸多相关变量的读数，而对于那些只看它字面意思的人来说，它根本就没什么意思。香农召集了一小组专家人员，都是信得过的人，没花多少时间就推断出每一组成对的数据都形成了一套数据点阵，通过x-y坐标在256乘256的矩阵阵列上呈现出来。这一线索在填字游戏里已经指出了。等到这些点阵绘制在计算机显示屏上时，每一组数据都形成了一个点阵图案，看上去就像是直线函数测试数据的统计离散分布图。但等到这些点阵图叠加到一起之后，它们又形成了一排排的文字，沿对角线方向写在屏幕上，这些文字组成了一条英语写成的信息。这条信息包含着其他数字文件的线索，那些文件也已经从地球通过信号束发送过来了，而且给出了将其解码的明确说明，等到做完这一步，它们所产生的信息总量就十分惊人了。

于是，他们得到了一整套极为详尽的指导，让"朱庇特五号"传送一长串伽星人通信编码组，但不是往太空军团网络内发送，而是向外，向着太阳系边缘外的坐标发送。指导中说，来自那个方向的任何回复内容都要以这种特定的方式伪装成试验数据，通过激光链接发送回航通部。

香农很疲倦，由于睡眠不足双眼通红，他坐在舱室的终端机前写了一条发送给地球的信息，收件人是休斯敦航通部总部的维克多·亨特博士。内容如下：

维克：

    我跟文森特·卡里森谈过了，现在搞得明白多了。我们正在就此做一些你要求的测试，如果有任何明确的结果，我就把结论直接发送过去。

祝好，

乔

05

亨特懒洋洋地靠在飞行车座椅里，漫不经心地望着下方玩具房子一般的休斯敦郊区，飞行车志得意满地发出呼噜声，由下面某个地方不时发出的二进制指令数据流所引导。这挺有意思，他心想，地面车辆的运动模式，如何在下方的大道上协调地川流、并线、减速、加速，似乎是出自某种宏大的、统一协奏式的设计——仿佛它们都是一篇复杂到难以想象的总谱的一部分，是由一位宇宙级的作曲家谱写的。不过这都是幻觉。每一辆交通工具都是根据其具体的目的地导航的，此外只有一些相对简单的指令用以应付沿途的路况；所呈现出来的这种复杂性是由于其数量庞大，同时又有许多相互综合作用的环境因素造成的。他心中暗想，生活也是如此。在岁月的长河里，人们祈求得到解释说，所有那些魔法般神秘的超自然力量，都是那些误入歧途的观察者臆想出来的，实际上并不存在于他们所观察的这个宇宙之中。他不由得思忖，人类有多少尚未利用的天赋被浪费在徒劳追寻那些一厢情愿的创造上。伽星人就不抱有这样的幻想，他们让自己孜孜不倦地专注于理解和掌握宇宙本身，而不是想当然地觉得它似乎是怎样的，或他们想让它怎样。也许这就是伽星人很早就能飞往群星的原因吧。

在亨特身边的座位上，琳低头看着几天前的《行星际日报》上那个填了一半的填字游戏，然后抬起头来。"这条有什么思路吗？——'听起来像是伐木工的劳动号子。'你会怎么解？"

亨特想了一会儿，问道："几个字母？"

"九个。"

亨特冲着面前那个控制显示面板一皱眉，上面持续更新着飞行系统状态概况。想了片刻，他说道："对数。"

琳想了想，然后轻轻一笑，"噢，我明白了——够贼的。听起来像'伐木工的节奏'[1]。"

"没错。"

"那这条没错了。"她把这个词写在了大腿上的纸上，"幸好香农碰到的麻烦比这少多了。"

"确实如此。"

香农确认自己理解了那条信息的答复是两天前发回来的。亨特之所以想出这种传递信息的方法，是因为他们在琳的公寓过夜那晚，在那堆《泰晤士报》的填字游戏里找了一个玩了玩。唐·麦德森是航通部的语言专家，他专职研究伽星人语言，也是《行星际日报》字谜栏目的长期供稿人，同时还是亨特的密友。所以，托柯德维尔的福，亨特尽可能多地跟麦德森讲了讲巨人星局势的问题，他们一起编辑了那条发往木星的信息。现在除了等待之外无事可做，希望能有个好结果吧。

这时，琳说道："希望墨菲定律[2]这次别应验吧。"

---

1. "对数"的英文是 logarithm，"伐木工的节奏"是"logger rhythm"，发音相近。
2. 由一位名叫爱德华·墨菲的美国空军上尉工程师在 1949 年提出，主要内容是：如果事情有变坏的可能，不管这种可能性有多小，它总会发生。

"永远别想。咱们还是希望能有人记得亨特的扩展定律吧。"

"亨特的扩展定律是什么？"

"每一件有可能搞错的事情都会出错……除非有人把它当成个事儿来好好对待。"

窗外粗短的机翼一颤，飞行车一斜，滑出了交通走廊，进入短程降落程序。大约一英里之外，有一片巨大的白色建筑群矗立在一处河岸上，建筑缓缓移动着，最后移到了挡风玻璃中心，位于正前方。

亨特沉默了片刻后，说道："他肯定当上保险推销员了。"

"谁？"

"墨菲。'什么事儿都会变得一团糟——现在就签下申请表吧。'除了卖保险的，谁还能想得出这种话？"

前方的那些建筑逐渐呈现出流畅简洁的线条，那是专属联合国太空军团生命科学部西木生物研究所的线条。飞行车放慢速度稍稍一停，在距离生化大楼屋顶五十英尺的高度盘旋，这栋楼和神经科学大楼、生理学大楼形成鼎足之势，面对着臃肿的行政与中央设施，它们中间隔着一个广场，广场上铺着五颜六色的马赛克，几片草坪和一组喷泉将广场分割开来，喷泉在阳光下跃动着。亨特目视了一下着陆区域，然后让计算机完成降落程序。几分钟后，他和琳来到顶层大堂的接待桌登记进入大楼。

"丹切克教授不在办公室。"接待员查看了一下显示屏，对他们说道，"输入对应他的路线通行代码后，显示他前往了一间地下试验室。我到那里试试。"她键入了另一个代码，片刻之后，屏幕上的字符消失了，化作一团彩色，随即显现出一位身材消瘦的秃顶男子，瘦骨嶙峋宛如鹰钩的鼻子上架着一副老古董式的金丝眼镜。他的皮肤让人感觉仿佛是后来才绷在他的骨架上的，几乎没富余出多少来包住他那桀骜不驯的、突兀的下巴。看起来，突然被人打扰让他不太高兴。

"谁呀？"

"丹切克教授，这里是顶层大堂。我这里有两位访客找您。"

"我实在是很忙。"他简短地答道，"他们是谁，想干吗？"

亨特叹了口气，将平板显示屏转过来面对着自己，"是我们，克里斯……维克和琳。你正巴望着我们来呢。"

丹切克的表情顿时缓和下来，嘴唇抿成一条线，嘴角微微向上翘了翘，"噢，当然。我很抱歉。下来吧。我在E层的解剖实验室。"

"你是一个人工作吗？"亨特问道。

"是啊。我们能在这儿聊。"

"我们几分钟后就到你那儿。"

他们走向大堂后面的电梯间。等电梯的时候，琳说道："克里斯肯定又在跟他那些动物打交道了。"

"我看自我们从木卫三回来之后，他就没上来透过气。"亨特说道，"我很惊讶，他居然没有开始变得像它们其中的一员。""沙普龙号"重返太阳系的时候，丹切克跟亨特都在木卫三。实际上，那整个故事当中最令人惊异的部分之所以能够拼凑起来，很大程度上都要归功于丹切克，而其中更为敏感的细节仍然不曾向这个毫无戒心、心理完全没有准备好的世界公布。

毫无疑问，伽星人在他们的慧神星文明繁荣昌盛的时期就曾造访过地球——那是两千五百万年前了。他们的科学家预言，慧神星会随着大气中二氧化碳浓度的增加而出现环境恶化，而他们对于高浓度的二氧化碳承受能力很低，所以对地球感兴趣的原因之一便是评估其作为移民候选目标的可能性。但他们很快就摒弃了这个想法，伽星人从祖先那里演化而来的生化机能，让他们无法应对突然出现的食肉动物。在他们身上，包含侵略性与残忍性在内的大部分与之相关的特质都受到抑制，难以发展。而正是这类特质造就了地球上弱肉强食的争斗。在地球上渐新世末期、中新世早期的环境里，那种丰富多彩的野性将这种特质糅合得异彩纷呈，但对于温柔的伽星人来说却实在是难以接受，所以在地球落户的想法也就不了了之了。

然而，这些前往地球的访问除了满足伽星人的科学好奇心之外，还有一个很切实的后果。在研究他们发现的那些地球动物时，他们甄别出了一种全新的、基于基因而产生的吸收二氧化碳的机制，这使地球的动物群体拥有更高的、更具适应性的耐受度。这就意味着，要解决慧神星的问题还另有途径可选。于是，伽星人引入大量地球动物物种到自己的行星，进行基因试验，目的就是要把地球基因编码组移植到他们自己的物种当中，此后便在其子嗣后代中自动遗传下去。那艘坠毁在木卫三的飞船上保存着一些早期地球动物的样本，已经从废墟中抢救出来，丹切克将其中很多都带回了西木研究所做细致的研究。

可惜的是，那些试验并不成功，之后不久，伽星人就消失了。地球物种留在了慧神星上，很快就让那些毫无防御能力的当地物种灭绝了。地球物种适应了那颗行星的环境，繁盛起来，继续演化……

大约两千五百万年后——大概距离地球目前这个时期五万年之前——慧神星上进化出了拥有智慧的、真正的人类。他们存在的痕迹随着2028年实施的月球探索计划而大白于天下，这个种族随即被命名为"月球人"。当时亨特第一次牵涉其中，从英格兰调到了联合国太空军团。月球人是一个暴力、尚武的种族，他们迅速发展出先进的技术，最终形成两个极为对立的超级大国：赛里奥斯和兰比亚，并引发了一场终极的、灾难性的大战，波及整个慧神星表面，甚至还扩散到星球之外。随着这场激烈冲突的升级，慧神星被毁，冥王星和小行星带诞生了，而月球成了孤儿。

到了这些事件趋于结束的时候，少数几名幸存者被困在了月球表面。后来，月球被俘获，最终稳定下来环绕地球运行，这些幸存者当中的一些人总算是成功登上了整个太阳系里仅存的庇护所——地球。历时千年,他们岌岌可危地徘徊在灭绝边缘,重拾野蛮愚昧,在这个过程中丢失了能够追溯本源的印迹。但后来他们又逐渐壮大,大肆扩张开来。他们替代了尼安德特人,那才是地球上未受侵扰进化演变的灵长动物的子嗣。最终,他们以现代人的形态统治了整颗星球。直到很久以后,当他们最终重新发现了科学,冒险重返太空,才发现用来重构他们起源故事的证据。

他们发现丹切克身穿一件污渍斑斑的试验室白大褂,正在测绘、检查解剖台上的一些样本组织碎块,那是从一具巨大的、褐色的、毛茸茸的尸体上取下来的。它肌肉发达,下颌已经去掉了,令人恐怖的、尖锐锋利的食肉动物牙齿暴露在外。丹切克告诉他们,这是跟中新世后期的达福兽[1]有亲缘关系的一个有意思的样本。它拥有独特的趾行动物的运动模式,这很明显:稳健的长腿,沉重的尾巴;此外,它的三颗上臼齿可以将其归类为半犬[2]以及所有现代熊类的祖先——这与新鲁狼很不同,这种东西丹切克也有个标本,它两颗臼齿的上牙结构将其定位在拟指犬和当代犬科动物之间。亨特对他的话深以为然。

亨特很务实地向柯德维尔坚称,如果他们要成功地为来自苏利恩的飞船安排着陆,丹切克必然要囊括在接待队伍当中;毫无疑问,在全世界科学界,就伽星人的生理和心理问题方面来说,他比其他任何人都更为了解。柯德维尔暗中跟西木研究所的主任提及此事,他同意了,并照此知会了丹切克。丹切克倒是不需要做太多工作。只是要充任身负处理地球大事之责的显赫人物,这种状态让他不怎

---

[1]. 又名熊犬,既像熊又像犬,是一种凶狠健壮的猛兽,生存于始新世末期至中新世。
[2]. 生存于渐新世末期至中新世早期已灭绝的犬熊属(或称半犬属),其形态既像熊又像犬。

么开心。

"整个情况都很反常,"丹切克焦躁地说着,同时把他用的那些器具放进屋子一侧的消毒柜里,"政治、戏剧般的间谍活动……这可是知识大发展的史无前例的良机,也是整个人类种族发展过程中进行量子级飞跃的好机会,然而我们却不得不在这里密谋,就好像是在对付违禁麻醉剂之类的东西。我是说,天呐,我们甚至都不能在电话上谈论这事儿!这太反常了!"

琳从解剖台上直起身来,她刚才好奇地研究着那头达福兽的内脏。"我猜联合国感觉安全行事是对人类负责。"她说道,"这是跟一个全新的文明进行接触,他们觉得前期工作应该由专业人士控制。"

丹切克砰地关上消毒柜,走到水槽前洗手。"在'沙普龙号'到达木卫三的时候,智人在那里进行会面的唯一代表是……我想想,就是太空军团木星任务的科学和工程人员。"他冷冷地指出,"他们的言谈举止堪称典范,在那艘飞船抵达地球之前很早就跟伽星人建立了完美的文明关系。那时根本就没有任何所谓的'专业人士'掺和,除了从地球发来一些言之无物的建议说局面应该如何控制,那些玩意儿在当时都只会被当作笑话。"

实验室的一角摆着一张桌子,几乎都被计算机终端设备和显示屏堆满了,桌边有把椅子,亨特坐在椅子上看着丹切克。"说实在的,关于联合国的路线嘛,有些事情得说说。"他说道,"我可不觉得你想过我们是在冒多大的风险。"

丹切克嗤了一声,回到台子旁边,"你在说什么呢?"

"如果我们不单独处理并安排着陆,那苏联人就会那么做了。国务院就是这么想的,否则我们也不会加倍谨慎。"亨特告诉他。

"我并不认同。"丹切克说道,"有什么可加倍谨慎的?伽星人的思维没那个本事去构想什么能对我们或是对其他任何人、任何生物构成威胁的事情,这你很清楚。他们没有经历过塑造智人的那些环境因素。"在亨特答话之前,他伸出一只手在面前摆了摆,"至于说你担心苏利恩人可能已经以某种方式发生了彻底的改变,你可能忘了,决定人类行为的最根本的特质能够建立起来,不是几千万年的事情,而是几亿年。我充分研究过慧神星的进化过程,令人满意的是,我可以很肯定地告诉你,伽星人也是这样的。在那样的时间尺度上,两千五百万年几乎不值一提,基本上没有可能引发你所提出的那么巨大的变化。"

"我知道这点,"趁着能插句话,亨特说道,"但你离题了。这不是问题所在。问题在于,我们可能根本不是在跟伽星人对话。"

丹切克一时之间似乎有点震惊,然后眉头一皱,仿佛亨特应该很清楚。"荒谬,"他说道,"还能有谁跟我们对话?月球背面最初传送的信号用的是伽星人的通信代码,而他们能看懂,对不对?有什么理由假设其接收者是其他什么人呢?"

"那他们现在用英语对话了,而且不是从伦敦发来的。"亨特答道。

"但他们是在巨人星进行对话的。"丹切克反驳道,"根据我们自己获得的证据,那不就是我们推断伽星人去的地方吗?"

"我们并不知道那些信号是从巨人星来的。"亨特指出,"他们是这样说的,但也说了各种各样奇怪的东西。我们的信号束对准了巨人星的方向,但太阳系边缘之外会有什么东西拾取到信号,我们一无所知。可能是伽星人转发的某种信号,利用我们在电磁学方面力所不及的方式进行转换,但话说回来,也可能不是这样的。"

丹切克回应道:"这当然是显而易见的。"声音里透出轻蔑的嘲讽,"伽星人迁移到巨人星的时候留下了某种监控设备,自然是为了侦测,只要出现任何智慧活动的迹象就警示他们。"

亨特摇了摇头,"如果是这样的话,那一百年前的无线电就把它激活了,我们也老早就知道它了。"

丹切克想了想这个问题，然后一龇牙，"这正证明了我的观点。它只对伽星人的代码有反应。我们以前从未发送过任何用伽星语编码的东西，对吧？因此它肯定是来自伽星人的。"

"而现在它说英语了。那是不是意味着它是美国的波音公司制造的呢？"

"显然英语是他们通过监听过程学会的。"

"或许他们也通过同样的方法学会了伽星语。"

"真是荒唐。"

亨特张开手臂恳请道："看在老天的分儿上，克里斯，我想要说的就是咱们现在要打开思维，接受这么一种情况，我们可能正让自己陷入某种预设结论的怪圈。你说他们肯定就是伽星人，你可能是正确的；而我认为他们有可能不是。这就是我要说的。"

"就像你本人曾经说过的，伽星人不玩间谍游戏，只跟事实打交道，教授。"琳插话了，她的语气显然是希望让事情缓和一下，"但不管那是谁，对于如何展开行星际联系，似乎都有一些可笑的想法……而且他们对于地球在这些日子以来的经历有一些相当诡异的认识，所以信息传递者肯定并没有直言不讳。这听上去可不怎么像伽星人，对吧？"

丹切克哼了一声，但似乎无言以对了。这时候，桌边一张靠边的工作台上响起了终端机的电话铃声，这缓解了他的尴尬。"抱歉。"他咕哝了一声，从亨特身边蹭过去接电话。"谁啊？"丹切克问道。

是金妮从航通部总部的办公室打来的，"你好，丹切克教授。我想亨特博士跟你在一起吧。我有一份给他的紧急信息。格雷戈·柯德维尔说要找他，让他立即知道此事。"

丹切克往后退了一步，亨特把自己的椅子往前挪到屏幕前方。"嗨，金妮。"他打了声招呼，"什么事儿？"

"'朱庇特五号'来了一条信息给你。"她向下看着，读着屏幕边缘下的什么东西,"是任务总指挥约瑟夫·B.香农发来的。内容如下:'试验室测试得到了你希望的结果。完整的结论文件现在正在整理以便传送。祝好运。'"金妮又抬起了头,"这就是你想知道的吗?"

亨特面露喜色。"一点儿不错,金妮!"他说道,"谢谢……太感谢你了。"金妮点点头,对他报以微笑,屏幕随即熄灭了。

亨特把椅子转了个圈,发现那两张正对着他的面孔充满疑惑。"我猜我们能停止对这件事的争论了。"他告诉他们,"看上去似乎用不了多久就能弄个水落石出了。"

06

乔尔丹诺·布鲁诺天文台的碟形主接收天线就像是独眼巨人的那颗巨大的眼睛——直径四百英尺的钢制网格抛物面天线屹立在繁星璀璨的天空下,漆黑的天空笼罩着了无生机的月球背面。两座格构式[1]塔架支撑着它,塔架位于圆形轨道的直径两端,可以沿着轨道运行。这便是天文台和基地最令人瞩目的地貌特征了。主接收天线一动不动地矗立着,倾听着来自遥远星系的低语,它投下的影子拖得老长,仿佛一只变形的漏斗罩在了攒聚在它周围的那些穹顶和小规模的结构体上,有些建筑从影子的一侧溢了出去,跟散落在远方的砾石、环形山混杂在一起,难以分辨。

卡伦·赫勒尔站在一座观测塔里,透过透明的墙壁凝视着这一切。这座塔从两层的主楼顶上拔地而起。由十一人组成的联合国月背代表团又一次完成了言辞尖刻的会议讨论。她独自一人走到这里,重新收拾一番自己的心绪,这次会议依然一事无成。他们最新

---

1. 由型钢、钢管等连接而成的杆系结构,多作桁架和格构柱。

的恐惧是信号可能并非来自伽星人,这得怪她,她很不明智地介绍了一星期之前去休斯敦时亨特吐露过的想法。现在,她甚至完全不确定自己为什么要提出这种可能,因为事后看来,这为联合国求之不得的延宕提供了一个加倍拖延的机会。正如她事后向大为意外的诺曼·佩希坦言,自己本想通过这个突袭来刺激产生一些积极反应,结果却是一步昏招,完全不奏效。也许她仍然因为当时没有考虑得太清楚而十分沮丧,可不管怎样,事情现在已经这样了。在最近一次发往巨人星的信息中,联合国对于在不远的将来实施任何着陆行动的可能性含糊其词,转而谈论大量涉及等级和礼仪的无足轻重的细节。讽刺的是,这应该就足够清楚地说明了,那些外星人并非心怀敌意,不管他们是不是伽星人吧。因为如果他们有敌意,自然早就来了,如果他们真想这样,那根本用不着等待热诚的邀请函。这一切让联合国的政策更加令人费解,让她和国务院的疑虑更重,愈加疑心苏联人正在自行其是,并在一定程度上操纵着联合国的决策。然而,美国会继续遵从规定行事,直到休斯敦成功通过木星建立起一条信息通道——假设休斯敦能成功的话。如果他们做到了,而且如果直到那时布鲁诺天文台为推进事态所做的种种努力依然没有成果,那美国推断自己被人掣肘这件事就会得到印证。

金属映着阳光在黑暗的天空中蚀刻出线条,她抬眼望去,令她惊诧的是,居然有这么一种智识和巧思,想要在远离地球百万英里的一隅贫瘠荒漠中创造一片生命的绿洲,建造如此规模的工程。甚至就在此刻,这些设备可能正在无声无息地探测着宇宙的边际。来自美国国家科学基金会的一位科学顾问曾经告诉她,大约一个世纪前,从射电天文学发源的时候算起,全世界的射电望远镜所收集到的能量最多相当于烟灰跌落几英尺所消耗的能量。而现代宇宙学所描绘的那幅奇妙的图景——坍塌的恒星、黑洞、爆发X射线的双星系,以及"银河犹如气体分子"的宇宙——在一定程度上来说,都是由天文观测到的信息重新构建出来的。

她对于科学家有着颇为矛盾的看法。一方面，他们那些充满智慧的成就往往令人困惑，时常就像眼前这番景象一样令人敬畏；另一方面呢，她经常感觉在更深的层面上，他们退缩进无欲无求的国度代表着一种彻底的放弃——是在逃避人类世界的负担。因为在人类世界里，知识的表达是需要具有意义的。就连生物学家似乎都将生命的表达简化为了分子和统计学的词汇。科学在一个世纪之前已经制造出了解决人类问题的工具，但它却又只能无助地站在一旁，任由人类将那些工具锻造成获取其他成果的手段。直到2010年代，联合国拥有真正的全球影响力后，战略裁军才成为现实，超级大国的资源才最终得以调配，用于建设一个更安全、更美好的世界。

更为令人悲哀与费解的是，联合国——在不久前还象征着全世界的决心，发誓要推进有意义的进程，充分实现人类的潜能——现在竟成了这一进程前进方向上的障碍。对于成功的社会运动和帝国来说，这似乎是一条历史法则：在促使他们进行转变的那种需要得到满足之后，他们便要抵制更进一步的变化了。也许呢，她暗想，在跟上不断加速的时代步伐的过程中，联合国已经开始显现出所有的帝国最终都不可避免的那种衰老的征兆了，那就是迟滞不前。

但行星依然按照它们预定的轨道运行，跟乔尔丹诺·布鲁诺天文台的设备相连的那些电脑所揭示的模式并没有改变。她所处的这个"现实"是否只是构建在流沙之上的幻影呢？科学家是否会为了某种更为宏大的、不可改变的现实——也是唯一事关永恒的现实——而避开这个幻影呢？某种程度来说，她无法将那个曾经在休斯敦会面的英国人亨特或是那个美国人描绘成只会躲到象牙塔里虚度生命的逃兵。

此时，一个移动的光点从洒遍星辰的穹隆上脱颖而出，越来越亮，渐渐显示出太空军团地表运输船的轮廓，那是从第谷环形山来的班机。它在基地另一头上空一停，悬停了几秒钟之后，缓缓降落到三号光学天文台和一堆储存罐与激光接收器中间，再也看不见了。船上应该是那名信使，带着经华盛顿发来的休斯敦的最新信息。专家们已经做出决定，如果对地球通信实施监控的幕后隐藏着伽星人的技术，那就什么事儿都有可能发生，因此禁止使用电子通信线路，甚至保密线路也不能使用。赫勒尔转过身走向穹顶另一端，在后墙那边叫了电梯。一两分钟后，她走出位于地下三层的电梯，步入一条灯火通明、墙壁雪白的走廊，然后朝着布鲁诺天文台地下迷宫般的中央枢纽走去。

她走过的时候，米科连·索波洛斯基，就是苏联派驻月背的代表，从一扇门里走了出来，一转身走到她的身旁，两人往同一方向走去。这个苏联人个子不高，但很壮实，头上全秃了，肤色粉红，即便在月球的重力下走起路来也是风风火火，这让她有一刻觉得自己像是小矮人身边的白雪公主。她从诺曼·佩希设法搞到的一份文件里得知，这人以前在红军里是陆军将军，专攻电子战及其对抗手段，在那之后还担任过多年的反情报专家。他出身的那个世界跟华特·迪士尼的世界风马牛不相及。

"多年以前，我花了三个月时间在太平洋的一艘核动力航母上指导设备测试。"索波洛斯基说道，"似乎不走那些看不到头的走廊就没办法从一个地方去往任何其他地方。而我在那些地点之间从没发现有什么其他东西。这个基地就让我想起了那儿。"

"这让我想起纽约地铁站了。"赫勒尔答道。

"啊，不过不同之处在于，这些墙壁清洗得更为频繁。资本主义带来的一个问题就是只有付钱才能办好事情。所以它只是穿了一件干净外套，遮住了下面的脏内衣。"

赫勒尔微微一笑。至少，在会议室桌子上爆发的异议能被留在那里，这还不错。在基地这种拘束的、公共的氛围之下，任何多余的事情都会令人无法容忍。"第谷环形山来的穿梭机刚刚着陆，"她说道，"不知道有什么新鲜事儿。"

"是啊，但我知道。毫无疑问有来自莫斯科和华盛顿的邮件给我们，好明天用来吵架。"原本《联合国宪章》规定，不许代表们接收来自自己国家政府的指示。但在月背，这种事儿堂而皇之。

"希望东西别太多。"她叹了口气，"我们应该考虑整个星球的未来。国家政治不应该搅进来。"她说话的时候，眼睛斜瞅着，想看看他的脸上有什么反应。华盛顿还没有人能确定联合国的姿态是否被克里姆林宫所左右，也不确定苏联人是否只是按照他们觉得有利于自己的路子往下走。而这个苏联人依然让人捉摸不定。

他们出了走廊，进入"公共房间"——通常是太空军团的军官食堂，不过暂时辟为来访的联合国代表团休息之用。空气暖暖的，有些闷热。大概有十几个人在这里，有联合国代表，也有基地的常驻人员。有人在阅读，有两个正全神贯注地下象棋，其他人三五成群地在房间周围或是另一头的小酒吧聊天。索波洛斯基继续走着，消失在远处的一扇门里，那扇门通往代表团的办公区。赫勒尔本来也打算去那边的，不过被尼尔斯·斯威兰森给截住了，他是代表团的主席，来自瑞典，刚从一小群人里走了出来，这几个人正好站在进门不远的地方。

"噢，卡伦，"他说着，轻轻拉住赫勒尔的胳膊肘，把她拉到一边，"我正找你呢。今天会议上有几个观点我们应该在明天的最终决议形成之前解决一下。我希望在它成文之前讨论讨论。"他又高又瘦，一头优雅的银发，身板儿傲慢地挺得笔直，总是让赫勒尔觉得他是最后一位真正出身名门的欧洲贵族。他的衣服总是中规中矩、毫无瑕疵，甚至在布鲁诺天文台这个人人穿衣都不拘礼节的地方也是如此。而且他给人一种印象，是在用某种近乎鄙视的眼光旁观着其他的人类，仿佛屈尊俯就，跟他们混聚一堂只是职责所迫。只要他出现,赫勒尔就感觉不自在,她在巴黎和其他欧洲方面的任务上花过不少时间,很难把这归咎于文化差异。

"喔,我正要去查看一下邮件。"她说道,"如果能晚一个小时进行讨论的话,我跟你就约在这儿见面好了。我们也许能边喝东西,边好好讨论讨论,或者找个办公室。有什么重要的事情吗?"

"一两个标题下的一些定义需要明确,程序方面存在几个问题。"斯威兰森不再像刚才那样扯着嗓门说话了,他挪着步子转了个身,好像要让他们之间的对话避开房间里其他人的耳目。他一脸好奇地望着她——一副道貌岸然的样子,显得很奇怪,既想表现得亲近些,又不愿太亲近。这让她感觉自己就像是一个厨娘被一位中世纪的老地主盯着看。"我想可能晚些时候会让人更舒服点儿。"他的语气现在充满了令人不安的神秘感,"或许可以晚饭时谈吧,如果我有那个荣幸的话。"

她答道:"我不太确定今晚什么时候能吃饭。"她心中告诉自己,希望她会错意了,"可能会挺晚的。"

"那是个更适宜共度的时刻,您同意吧。"斯威兰森犀利地咕哝道。

那种感觉又来了。他的话表面意思是他很荣幸,但他的举止无疑说明应该是赫勒尔的荣幸。"我想你说过需要在决议成文之前讨论。"她说道。

"按您说的办,我们会在一个小时之内把麻烦理清。那会让之后的晚餐更轻松自在。"

赫勒尔不得不强自镇定。他这是在调戏她。这样的事情就是会发生,这就是生活,但这事儿发生的方式太不真实了。"我认为您一定是误判了什么事情。"她简短地告诉他,"如果有事情要讨论,我一小时后跟您谈。但现在很抱歉,我得走了,行吗?"如果他就这么放弃了,那这事儿很快就会被忘掉。

可他没有。相反,他又走近了一步,让她本能地往后退了一步。

"你绝顶聪明,而且很有野心,同时还是个很有魅力的女人,卡伦。"他平静地说着,抛下了之前的姿态。"如今这个时代,世界上有那么多的机会——特别是给那些能在名流圈子里交朋友的人。我能为你做很多,你会发现那都是极其有助于你的,你知道吧?"

他简直太放肆了。"你正在犯一个错误。"赫勒尔深深吸了口气,努力让自己的声音不招来别人注意,"请别再错上加错。"

但斯威兰森仍然不为所动,仿佛这种话都让他的耳朵听出老茧了。"好好想想。"他催道,然后转身漫不经心地回到了之前那群人当中。他已经花了钱买了票,仅此而已。赫勒尔步出房间的时候,压抑在心里的恼怒简直炸开了锅,竭尽全力才能让自己的脚步保持正常。

几分钟后,当她到达美国代表办公室的时候,诺曼·佩希正在等她。他似乎有什么令人兴奋的事儿,简直都憋不住了。"大新闻!"她一进门,佩希立马没头没脑地大嚷起来。然后他的表情突然一变,"嗨,你看上去一肚子晦气。怎么了?"

"没事儿。什么新闻?"

"马里乌斯科刚刚到这儿了。"格里高·马里乌斯科是个俄国人,现任布鲁诺天文台的天文学主任,是那里的普通人员当中为数不多拥有特权了解跟巨人星对话内容的人之一。"一小时前来了一个信号,其实并不是发给我们的,用的是某种二进制数字代码。他根本就解不开。"

赫勒尔面无表情地看着他。这只能意味着:要么是地球上某个地方,要么是在它邻近的什么地方,已经有其他人开始向巨人星发送信号了,而且要独享回复。"苏联人?"她哑着声音问道。

佩希耸耸肩,"谁知道呢?斯威兰森肯定得召集一场特别会议,索波洛斯基会否认,我敢拿一个月的薪水打赌。"

他的声音里没有那种本该有的挫败感,而且他的话并不能解释赫勒尔一进门的时候在他脸上看到的那股欢喜劲儿。她问道:"还有别的事儿吗?"内心不住地祈祷,希望是她想的那样。

佩希再也憋不住了，脸上绽放出大大的笑容。他身边的桌子上摆着信使送来的包裹，已经打开了，前边放着一沓资料，他从中拿起一些文件在空中得意地挥了挥。"亨特搞定了！"他叫着，"他们通过木星做到了！着陆细节已经在一周前敲定，苏利恩人也已经确认。安排在阿拉斯加一个废弃的空军基地。全都安排好了！"

赫勒尔从他手中接过文件，高兴地松了一口气，露出笑容，她迅速浏览着第一页。"我们能做到的，诺曼。"她低声道，"我们会打败那群混蛋！"

"国务院已经召你回地球了，你可以按计划返回。这些月球飞行足够让你体会到太空飞行的乐趣。"佩希叹道，"我在这里坚守堡垒的时候会想你的。我只希望我也能走。"

赫勒尔说道："很快你就有机会了。"一切看上去又充满了光明。她突然从手里的文件上抬起头。"告诉你……今晚咱俩得用一顿特别的晚餐来庆祝……算是践行宴会，搞到多晚都行。香槟、红酒，还有这里的厨子在他的冷库里能搞到的最好的鸡肉。听起来怎么样？"

佩希答道："听起来很棒。"然后又一皱眉，忧心忡忡地揉了揉下巴，"可话说回来……这真是个好主意吗？我是说，就凭着一个小时之前发来的那个无法确认的信号，人们可能会猜疑，我们在他妈的庆祝什么呐？斯威兰森可能会觉得是我们，而不是苏联人在搞小动作。"

"我们就是啊，难道不是？"

"是啊，我猜是这么回事儿……不过得找个更好的理由。那不一样。"

"随他们去。如果苏联人觉得压力在我们这边，他们可能会对保密工作产生错误的感觉，也就不会推进得太快了。"一抹冷酷的满足感浮现在赫勒尔眼里，她想到了别的事情。"而且甭管斯威兰森怎么想，就让他去瞎琢磨吧。"她说道。

07

亨特穿着联合国太空军团标配的极地夹克、羽绒裤、雪地靴，站在一小队人中间，这些人个个都裹得像个球，不停地跺着脚，呼出的雾气凝聚在麦克拉斯基空军基地的水泥停机坪上空，基地位于北极圈内一百英里，坐落在阿拉斯加贝尔德山脚下。前一天的贴地雾已经淡去，变成了一层氤氲，黯淡的太阳透过来向着四野大地挤出一抹灰白色。他们身后那一幢幢半废弃的建筑中间，大多数生命活动的迹象都集中在以前的食堂大厅里，这里已经仓促地修补了一番，不再四处漏风，足以提供临时住宿办公之用，另外还有一间行动指挥所。若干太空军团的飞行器和其他交通工具停放在一堆堆沿着停机坪边缘堆放的供给品和设备当中，还有一队精挑细选出来的太空军团人员待在远处，拿着照相机、拎着话筒架准备记录即将发生的事件，这就是此刻眼前的图景。指挥所通过陆地线缆连接着当地的雷达网，已经为伽星人飞船设置好了着陆信标。在莫名的紧张氛围中，寂静笼罩着基地，只有那些在边缘围栏外的沼泽上盘旋起伏的三趾鸥不时啼唤几声，打破沉寂，另有一台发电机在一辆停在旁边的拖车上嗡嗡作响，为这里提供着电力。

这座基地距离人群聚居的中心和主要的空中交通航道都非常远，而且还在美国本土，但跟地球上其他任何一个地方一样，它仍然会被卫星探测到。为了尽可能掩饰着陆，太空军团已经发布消息说新型返回式航天器的测试将于本周在这一地区进行，要求航空公司和其他组织机构据此调整航线，直到进一步通知为止。为了让本地区雷达控制员对于反常的活动模式习以为常，太空军团还专门安排在阿拉斯加上空连续几天进行无规律飞行，并且还临时通知他们说，之前宣布的飞行计划要有所变化。除此之外，他们就做不了什么了。星际飞船到来这样的事情如何能在地球的观测者眼前保持机密，甚至还要躲过更先进的外星人监视系统，这种事儿谁也没把握。然而，不管是谁通过木星发来的信息，似乎都对这些安排很满意，而且申明他们会搞定其他方面。

最后一条通过木星发出去的信息列出了接待团的人员姓名、他们的身份，以及一份简短的介绍，说明他们是做什么的以及为什么被选中。外星人交换了一条回复，跟地球进行会晤的时候，他们当中有三名成员是首要人物。第一位是"凯拉赞"，他被描述为苏利恩及其伙伴世界政府的化身——这描述颇似那颗行星的"总统"。陪同他的是芙瑞努·肖姆，一位女性"大使"，她的职能应该是处理苏利恩社会各种区域之间的事务；还有一位是波辛克·伊希安，他涉及制订科学、工业以及经济等重要方面的方针政策。除此三人之外还有没有其他人员前来，外星人没有说。

"这跟'沙普龙号'抵达这颗星球时的盛况相比，真是天壤之别啊。"丹切克咕哝道，四下打量着他们周围的这个场面。日内瓦湖畔的那场盛事有成千上万的人亲眼见证，还在新闻网络广泛直播。

"这让我想起了木卫三主基地。"亨特应声道，"我们只要戴上头盔，再在周围摆上几艘'织女星'运输飞船就一模一样了。新纪元就是这样开启的啊！"

亨特旁边是琳，她的脸被超大号的绒毛兜帽裹得紧紧的，几乎都看不见了，她双手深深插在夹克口袋里，脚下踩着一摊混着融雪的烂泥。"他们就要到了，"她说道，"希望他们的刹车够好。"假设一切如预期进行，仅仅是在二十四小时之前，那艘飞船才离开苏利恩，然后就跨越了二十光年。

"我觉得我们对伽星人不应抱有任何不必要的恐惧。"丹切克颇有信心地说着。

"如果他们确实是伽星人的话。"亨特提醒道，尽管现在他对此已经不再有任何疑心。

"他们当然是伽星人。"丹切克不耐烦地哼了一声。

他们身后，卡伦·赫勒尔和美国国务卿杰罗尔·派克阿德站在那儿一动不动，一声不吭。他们已经说服总统要按照这个方向进行下去，根据所显示的情况来看，这些外星人，且不管是不是伽星人，都是友好的；如果他们搞错了，那就会让他们的国家陷入史上最糟糕的境地当中。总统曾希望亲临现场，但最后还是勉强接受了助手的建议，同一时间有太多的重要人物无缘无故地消失，这将会招致不必要的关注。

突然，食堂大厅里行动控制员的吼叫声从后边一根高杆上的扬声器里传来："雷达捕捉到目标！"亨特周围的那些人影明显立刻怔住了。他们身后的太空军团技术人员发了疯一般开始做着最后的准备和调试工作，借此掩饰自己的紧张。那个声音又传了出来："目标正从西面靠近，距离二十二英里，高度一万两千英尺，速度每小时六百英里，减速飞行。"亨特不由自主随着众人扭头向上望去，但阴云密布之下什么都别想看到。

漫长的一分钟过去了。"距离五英里。"控制员的声音再次响起，"高度降低到五千英尺。现在随时可以目视目标。"亨特一时间心潮澎湃。尽管这般寒冷,他却突然感觉里面的衣服都被汗泅湿了。琳伸出手臂挽住他的胳膊紧紧靠在了他身上。

紧接着,从山岭之间吹下来的东风带来了低沉的轰鸣声。声音持续了一两秒钟,便消失了,然后又传了过来,这次持续不断,缓缓增强变成一种稳定的呜呜声。亨特听着,眉头悄然皱了起来。他转身向后看了看,只见几个太空军团的人也正不解地交换着目光。有什么事情不对劲儿!这声音太熟悉了,不可能是任何星际飞船。大家都叽叽喳喳地小声议论开了,然后,随着一个黑乎乎的轮廓出现在云底,说话声戛然而止,它继续向着基地的方向下降。那是一架标准的波音1227中程跨音速垂直起降飞机——是国内航运公司广泛使用的型号,也是太空军团执行一般工作任务时最喜欢的机型。停机坪内外酝酿了半天的紧张情绪,登时随着一阵起哄和咒骂声松懈下来。

赫勒尔和派克阿德身后是柯德维尔,他脸色阴沉,转身对着一位大感不解的太空军团军官喝道:"这一地区应该是净空了啊!"

那名军官无助地摇摇头,"确实是。我不明白……有人……"

"把那个白痴从这儿弄出去!"

那名军官一脸无措,赶紧动身,消失在了大厅一扇敞开的门里。与此同时,里边控制室的说话声顺着扬声器传了出来,显然慌乱之中没人注意通话频道一直开着。

"我对那东西无能为力。它不回应。"

"使用应急频道。"

"我们已经试过了。没用。"

"看在老天的分儿上,这是怎么了?柯德维尔刚才都要把我吃了。联系'黄色六号',查查到底是谁。"

"我已经跟他们通过话了。他们也不知道,还以为是我们的人。"

"把那该死的电话给我!"

此刻,飞机已经到了一英里外的沼泽地边缘上空,还在不断靠近,浑不在意麦克拉斯基控制塔顶上醒目的红色拦截警示灯。它在接待团前面开阔的水泥地上方慢慢停住,悬停了一会儿,然后开始向地面降落。几个太空军团的军官和技术人员跑过去,一边跑一边在头顶上疯狂地挥舞着手臂示意它离开,但随着它自顾自落下来,停稳,他们又仓皇退后。柯德维尔走到队前,愤怒地做着手势,冲着那几个太空军团的人大喊大叫,那几人正聚向机首,朝着驾驶座舱示意着。

"蠢货!"丹切克咕哝着,"这种事永远都不该发生。"

"看起来像是墨菲休完假回来了。"琳在亨特耳边柔声说着。可亨特充耳不闻。他正死死盯着那架波音飞机,面色古怪。那架飞机有什么地方很怪异。它降落在一大片积雪中间,过去几天的活动把那里踩踏得如同泥浆,然而它的着陆喷射气流并没有溅起本该有的水花和雾气。所以,可能它根本就没有什么着陆的喷射气流。如果那样的话,那它可能就只是看上去像一架1227,但实际上并没使用那样的动力。而且看上去,驾驶座舱里似乎并没对下面人的荒唐行为有太多反应。实际上,如果不是亨特的眼睛骗了他,那就是座舱里根本没有任何人。亨特突然之间恍然大悟,脸上绽放出灿烂的笑容。

"维克,怎么了?"琳问道,"有什么可笑的?"

他问道:"要想在一个机场里瞒过监视系统来隐藏什么东西,最显而易见的方式是什么?"他朝着飞机做了个手势,但还不等他再说什么,一个声音从飞机的那个方向越过停机坪传了过来,是一个土生土长的美国人的声音。

"很高兴从苏利恩来到地球。喔,我们做到了。天气真是糟透了。"

飞行器周围所有的动静一下子全都停住了。现场一片寂静。随着消息传开，四下的脑袋一个接一个地左顾右盼，目瞪口呆，哑口无言。

这是一艘星际飞船？"沙普龙号"矗立在那里足有半英里高呢。可眼前这个就像是一个小老太太骑着自行车出现在第谷环形山。

紧接着，前面那扇乘客门打开了，一架阶梯展开伸到地面。所有的眼睛都望向打开的门洞。前边那些太空军团的人缓缓后撤，而亨特和他的同僚们向前走去，聚在柯德维尔身后，赫勒尔和派克阿德紧随其后，然后所有人又迟疑不定地慢慢停住了。他们后边是那些眼巴巴的照相机，全都坚定地聚焦着阶梯顶端。

"你们最好上来。"那个声音提议道，"在外边挨冻实在没什么意义。"

赫勒尔和派克阿德茫然地对视了一眼。他们在华盛顿所有的讨论与指导意见都对此毫无准备。派克阿德小声说道："我猜我们就即兴发挥好了。"他想尽量摆出一副宽慰的笑容，但怎么也挤不出来。

赫勒尔悄声道："至少这事儿没发生在西伯利亚。"

丹切克心满意足地看着亨特。"如果那些话不代表着伽星人固有的幽默感，那我就接受神造论。"他得意扬扬地说着。亨特心里很赞同，外星人本可以提醒他们这艘船有伪装，但显然他们忍不住就此开了个善意的玩笑。而且，他们明显没多少时间去搞浮华的繁文缛节。这听上去像是伽星人，没错。

他们开始跟着领头的柯德维尔朝阶梯走去，太空军团的人员纷纷闪开路让他们通过。亨特跟在柯德维尔身后一两步的地方。这时，柯德维尔的一只脚就要迈上第一级台阶了，但他突然惊呼一声，似乎被抬离了地面。其他人当即呆在了原地。只见他顺着阶梯向上飘起，身体的任何部分却都没有接触到它，然后他在门里站定，显然毫发无损。柯德维尔回头向下望着他们的时候，好像有一丝骇然，但马上镇定了下来。他大喊一声："好了，你们在等什么？"亨特自然是队伍里的下一个。他不安地深吸了一口气,耸了耸肩,迈步上前。

一种奇怪的令人愉快而温暖的感觉裹住了他,其中还带着一种向上的拉力将他的重量托了起来。他的脚底下隐隐约约有台阶的触感,随后就站在了柯德维尔身边,而柯德维尔正望着他,似乎还透出一丝笑意。亨特这下完全确信了——这不是1227飞机。

他们站在了一间相当小的没什么装饰的隔间里,墙壁是一种半透明的琥珀色材料,散发出柔和的光芒。这似乎是前厅,后方有另一扇门,不管那扇门后有什么,从那里透出了更为强烈的光线。还不等亨特留意更多细节,琳就飘了进来,轻轻落在他腾出来的地方。"您坐吸烟区还是无烟区?"他问道。

"空姐在哪儿?我要杯白兰地。"

紧接着,丹切克的叫嚷声突然从外面传了进来。"老天在上,这到底是怎么回事儿?对这见鬼的玩意儿做点什么吧!"他们回头向下望去,只见他正悬浮在阶梯上空一两英尺的空中,恼火地舞动着双臂,显然是跟着他们上来的时候停在了半路。"这太荒唐了!让我从这儿下来!"

"你们堵住门口了。"之前说话的那个声音从他们周围的某个地方提醒着,"挪一挪,让个地方好吗?"他们朝着里边挪了挪,几秒钟后,丹切克颇为恼火地出现在了后面。等到赫勒尔和派克阿德跟上来时,亨特和琳已经跟着柯德维尔进到了飞行器里面。

他们发现自己置身于一条短短的走廊,有二十来英尺长,通向机尾,最后止于另一道门前,那扇门关闭着。两侧的空间被一系列的隔板分割开来,隔板从地板伸到天花板,分出六七个很狭窄的小隔间,面朝里分列左右两侧。他们沿着走廊走的时候,发现所有的小隔间都是一模一样的,每个里面都放着某种躺椅,配以豪华的红色饰面,面朝里对着走廊,周围环抱的金属框架支撑着五彩缤纷的晶体材质的嵌板,还有一个安装布局十分精巧的装置,其用途谁也猜不透。然而,仍然没有生命的迹象。

"欢迎登船。"那个声音说道,"如果各位赏光,每人选一个座位,那我们就能开始了。"

"谁在讲话?"柯德维尔问道,前后左右、上上下下地打量了一番,"您若能表明身份,我们将感激不尽。"

"我叫维萨。"那声音答道,"但我只是飞行员和机组成员。你们想见的人几分钟后就到。"

他们自然是通过另一端的门进来,亨特心想。似乎有点太古怪了。这声音让他想起自己第一次跟伽星人会面的情形,那是"沙普龙号"抵达木卫三上空的轨道之后不久,就在飞船里。跟那个场面相同,与外星人的联系是通过一个能实时翻译的智能语音来进行的,后来发现它属于一个叫"左拉克"的实体——就是一台超级计算机综合体,贯穿于整艘飞船,负责飞船大部分系统和功能的操作运行。"维萨,"他高声说道,"你是嵌合在这艘飞行器里的计算机系统吗?"

"你可以这么说。"维萨答道,"这跟我们所表现出来的差不多。不过,还应该有一些小小的补充。我其余的部分还分布在整个苏利恩上,还要再加上其他所有行星和地点的部分才完整。你们已经有了接入网络的链接。"

"你是说,这艘飞船并不是自主运行的?"亨特问道,"你是实时地在这里和苏利恩之间交互信息?"

"当然。要不然我们怎么能从木星把信息转过来?"

亨特大为吃惊。维萨的话说明有一个通信网络遍布于星系之间,而且运行起来延时微不足道。这意味着点对点的传送技术是可行的,至少对于能量来说确实如此。他在航通部经常跟保罗·谢林讨论的就是这个问题。看来,这不仅在原理上得到了证实,也已经实际运行起来了。毫无疑问,柯德维尔看上去彻底震惊了;这简直是把航通部拉回了石器时代。

亨特意识到丹切克现在就在他身后，正好奇地四下张望；赫勒尔和派克阿德刚进门。那琳呢？仿佛是回答他无声的问题，她的声音从一个小隔间里传了出来："说真的，这感觉棒极了。没准儿我能在这儿待上一两个星期。"亨特转过身，看到她已经躺在了一张躺椅上，显然很是享受。他看了看柯德维尔，犹豫片刻，然后走进了相邻的隔间里，一转身坐下，让自己的身体陷进了躺椅贴身的曲线里。他颇有兴趣地注意到，这感觉更符合人类的身体比例，而不是伽星人的。他们难道为了这次会面，在一星期的时间里特意建造了这艘飞行器？这确实也像伽星人典型的作风啊。

一种温暖的、令人愉快的感觉再次袭遍全身，使他昏昏欲睡。亨特的脑袋不由自主地往后一沉，贴合着凹陷的靠枕。他感觉自己这辈子从未如此放松过，突然之间，觉得就算再也起不来了他也不在乎。有个女人的模糊影像——他记不起她的名字了——那个华盛顿来的什么什么秘书飘到他的面前，垂着头好奇地看着他，仿佛是在梦里。"试一下。你会喜欢的。"他听到自己的低语从远方传来。

亨特思维中的某个部分意识到，在片刻之前他还思维清晰，但他记不起真正要操心的是什么了，也不知道为什么要操心。他的思维停止了工作，犹如一个逻辑清晰的独立体，似乎拆成了各自独立的功能碎块，他能以一种超然于外的方式看着它们继续运作，但却是一个又一个独立的单元，而不能相互协作。他的一部分认知满不在乎地告诉其他部分，这应该让他不安，而其他的部分也表示同意……但他并没有丝毫不安。

此时，他的视线中出现了什么东西。隔间上方突然一片模糊，斑斑点点，毫无意义，然后很快就形成了一幅画面，不断膨胀、收缩，接着消失了，最终重新亮了起来。等它稳定下来之后，所有的颜色都不对劲儿，就像是由计算机生成的颜色失调的画面。那些色彩有几秒钟反转成了互补色,但效果太让人抓狂了,校正过度,然后突然之间,又变得正常了。

"抱歉,这些是预设处理。"维萨的声音从某个地方传来。至少亨特认为那是维萨;这声音勉强刚刚能让人领会,那声调在尖啸中滑过好几个八度,最后成了几不可辨的隆隆声。"这个过程……"接下来的话完全没法理解,"……一次,之后将不……"然后是一阵混乱的叠音,"……很快将得到解释。"最后这部分总算不那么拧巴了。

后来,亨特清晰地意识到了躺椅抵着自己身体的那种压力,感觉到自己的衣服贴着皮肤,甚至感受到了呼吸时鼻子里的气流。他的身体开始警觉地抽动。然后,他意识到自己根本就没动;这种感觉来自他全身皮肤产生的快速而敏感的变化。他感觉全身火热,然后冰冷,痒了一会儿,刺痛了一会儿,然后又是完全的麻木——最后突然之间,又恢复了正常。

一切都很正常。他的思维又重组起来,所有的官能都井然有序。亨特蜷了蜷手指,发现刚才那种浸润在胶体里的感觉消失了。他试着动了动一条胳膊,然后是另一条,每个零件都很好。

这时候,维萨说道:"要起来请自便。"亨特缓缓爬起来,回到走廊里,发现其他人也正在出来,看上去跟他一样满脸的莫名其妙。他的视线越过他们,望向尽头那扇封闭的门,但它仍然关着。

丹切克问道:"你觉得这番操练是啥目的?"他这是头一次看上去很迷惑的样子。亨特只能摇了摇头。

然后,琳的声音从他身后传来:"维克。"就一个词,但充满了不祥的语调,这让他立刻转过身去。琳正大瞪着双眼顺着走廊望向门外,望向他们进来时走的那扇门。他伸长脖子,偏过头顺着她的目光望去。

门洞被伽星人巨大的身躯填满了,只见他套着件银色的衣服,那样式介乎于短斗篷和宽松的夹克之间,里边是墨绿色的短上衣搭配一条裤子。这名外星人清澈的深紫色眼睛盯着他们看了几秒，那张面孔极为修长，向前突兀着。与此同时，他们也默不作声地看着他，等着迈出第一步。然后，那名伽星人开口了："我是布莱奥姆·凯拉赞。你们正是我们所期盼的人，我知道。请移步这边。在这里做介绍实在有点儿太挤了。"说着，他朝着外侧门走去。丹切克伸了伸下巴，挺直了身子，跟着他回到前厅。琳犹豫了一下，也跟了上去。

"这太荒唐了。"亨特跟在琳身后往外走时，丹切克的声音传到了他耳中。这话的语气可不太寻常。要知道，丹切克可是非常执着于理性的，而他此刻正在坚决否认身体的感官给他的反馈。紧接着，他又听琳倒吸了一口凉气，亨特随即便明白了原因。他本来猜想凯拉赞是从通往前厅的另一个隔间过来的，但那边并没有这样的隔间。也没必要有那么个隔间。其他的伽星人都在外面呢。

而麦克拉斯基空军基地、阿拉斯加，还有北极，全都消失了。他眼前是一个全然不同的世界。

08

那架飞机,那艘星际飞船,或者不管那只飞行器是什么吧,反正它不再停靠在户外空地上了。亨特发现自己目力所及是一个极为宏大的封闭大厅的内部空间,一些平面以难以想象的形式相互交错,构成了这个大厅,光滑的表面辉映出琥珀色和绿色的阴影。这似乎是一处忙碌的中央枢纽,交通要道、长廊、立柱朝着各个方向四下延伸,以三维形态错综复杂地交织在一起,将各个方向的空间连接起来,让感官一时之间有些迷乱。一些表面这么看应该是地板,那么看却又是那边的墙壁,再一看,又变成了另一个地方的屋顶,他尽力想要从这种矛盾感当中抽身出来,感觉自己就好像是走进了埃舍尔[1]的绘画。与此同时,在这片场景当中,有几十个伽星人的身影泰然自若地忙碌着自己的事情,有些在颠倒的区块里,其他几个在垂直方向上。一个区块融合进另一个,让人难以分辨到底是什么方向。

---

1. 毛里茨·科内利斯·埃舍尔(1898-1972),荷兰艺术家,精通创作利用视觉误差产生空间错乱感的艺术品,代表作有《瀑布》《巴别塔》《画手》等。

他的大脑努力了一番，想要搞清楚，但又放弃了。他无力接受这一切。

大概有十几个伽星人正站在门外不远的地方，就在凯拉赞身后几英尺。他们似乎是在等候。稍待片刻，凯拉赞挥手召唤起来。亨特已经彻底晕了，他的思维只能勉强意识到正在发生的事情，他感觉自己仿佛是被催眠之后拖出门一样，只能模糊地意识到自己走出去，走到了地面上。

身边的一切事物都在对他进行着轰炸。整个场景犹如五彩缤纷的旋涡一样炸开来，在每一个方向打着旋儿，让他对于周身事物仅存的方向感彻底崩溃。仿佛有上千个女妖哀号般的声音在碾压着他。他陷入了光芒夺目的雪崩当中。

旋涡变成了一条旋转的通道，他无助地在里面左冲右撞，不住加速。前方的光影飞速掠过，辨不出形状了，在他面前几英寸[1]的地方化作无数碎片。他这辈子从未真正体验过惶恐无措是什么感觉，现在可算是知道了。他手足乱抓乱蹬，大脑短路，就像是在噩梦里，什么都做不了，也醒不过来。

通道尽头，一片虚无的黑暗向他飞驰而来。突然，周围一片宁静。那片黑暗是……太空。漆黑、无边无际、繁星点点的太空。他身处太空，眼望繁星。

不。他是在什么地方的内部，看着一块大屏幕上的星星。亨特周围的事物幽暗朦胧——是某种控制室，有几个模糊不清的身影在他身边，是人类的身影。他能感觉到自己在发抖，汗水湿透了衣服，但已经不那么恐慌了，他的思维也正在恢复正常。

屏幕上一个明亮的物体正在变大，显然是正在从群星之中靠近。这画面有些熟悉。他感觉就像是在重新体验很久以前亲身经历过的事情。一个巨大的金属结构浮现在画面一侧的前景当中，被屏幕外

---

1. 1英寸=2.54厘米

什么地方射来的一道诡异的红光照亮。且不管这画面是从什么地方捕捉到的,这让人想起……某种太空飞行器的一部分。他正在一艘太空船上通过屏幕看着某个东西在靠近,而且他以前到过这地方。

那个物体继续变大,但用不着等到它变得清晰可辨,他就知道那是什么了——"沙普龙号"飞船。他这是回到了一年前,回到了"朱庇特五号"的指挥中心,像当时那样看着"沙普龙号"抵达,看着它第一次重返木卫三。从那以后,他就从太空军团的档案中多次看过这些画面,知道接下来的每一个细节。飞船逐渐减速,来到了五英里之外相对静止的平行轨道,然后一转身,亮出了它那半英里长的优雅的航天工程学曲线。

然后,完全出乎他的意料,有件事发生了。另一个物体快速运动着,尾部闪耀着白光,划出一道曲线从屏幕一侧冲了进来,冲到了"沙普龙号"舰艏近前,在距离很近的地方发出一团巨大的爆炸闪光。亨特盯着它,一阵眩晕。这可不是当时发生的事情。

然后一个声音从屏幕中传了出来——一个美国人的声音,是军队那种简洁明了的语调:"警示导弹已发射。攻击炮火准备完毕,锁定目标。T-射线设为近弹着点模式,驱逐舰调整为近距护卫队形。如果外星人企图逃跑,予以火力警告。"

亨特摇了摇头,拼命左右张望,但他周围阴影中的身形对他的存在毫无反应。"不!"他大叫起来,"不是这样的!全搞错了!"那些影子依然不动声色。

屏幕上出现了一支黑色的、凶恶的小型舰队,从各个方向涌入画面,占据了伽星人飞船周围的空间。"外星人正做出反应。"那个声音毫无感情色彩地说着,"开始进入停泊轨道。"

亨特再次大声抗议起来,往前一冲,同时扭转身子期望那些影子能有反应。但他们已经不见了。指挥中心消失了,"朱庇特五号"也完全不见了。

此刻,他正向下看着一簇金属穹顶和建筑物,它们矗立在一排"织女星"运输飞船旁,位于一片冰雪皑皑的荒原,头顶是亿万繁星。那是木卫三地表的主基地。综合楼体一侧有一片开阔地带,矗立着令人敬畏的"沙普龙号"。相较之下,前面那些"织女星"运输机显得十分渺小。他这是快进了好几天,再次目睹了飞船刚刚降落时的情形。

但这又不是他记得的那个简单而又令人感动的欢迎画面,他看到一队绝望的伽星人被夹在毫无感情、武装到牙齿的作战部队中间,被驱赶着离开他们的飞船、越过冰原。远处一些地方停靠着装甲车,上边重型武器的炮口指着伽星人。而基地本身更是布满了防御设施、武器阵地、导弹阵列以及各种从来都不存在的东西。简直太疯狂了。

他说不清自己是不是在当时身处的那个穹顶里朝外看着这画面,也说不清他这算不算是灵魂出窍似的在其他某个视角看着。再一次,他周围的一切朦胧难辨起来。他一转身,一举一动好像在做梦,他的身体变得虚无缥缈。然后,亨特发现自己孤身一人。尽管是身处冰冷且无尽空虚的太空之中,他却感觉浑身直冒冷汗,仿佛得了幽闭恐惧症。刚走出外星人飞船时的那种恐惧仍然牢牢攫着他,不住吞噬着他,侵蚀着他理性的力量。"这是什么?"他问道,可声音却噎在了喉咙后面的什么地方,"我不明白。这是什么意思?"

"你不记得了吗?"那个声音震耳欲聋地响了起来,不知从何处传来,又仿佛无处不在。

亨特发狂地望向各个方向,但没有人。"记得什么?"他低声问道,"这些我都不记得。"

"你不记得这些事件?"那个声音挑衅着说,"你当时就在那里。"

突然之间,亨特胸中腾起一股怒火——他的思维和感官已经遭受了好半天无情的折磨,这个自我保护的反应也太迟了。"不!"他大叫起来,"不是那样的!这些事从未像这样发生过。这都是什么愚蠢的东西?"

"那都是怎么发生的?"

"他们是我们的朋友,受到了欢迎。我们赠送了礼物。"他的怒火爆发了出来,"你是谁?你疯了吗?快站出来!"

这时候,木卫三消失了,一连串模糊的影像在他眼前倾泻而过,让他的思维莫名地凝聚起来,有了连贯一致的意义。现在又出现了一幅画面,伽星人被一支冷酷无情的美国军队俘虏……在同意向地球透露他们的技术并接受其他条件之后,伽星人才得到许可去修理他们的飞船……然后被卑鄙无耻地流放回了太空深处。

"难道不是这样吗?"那个声音问道。

"看在老天的分儿上,真不是!不管你是谁,你真是疯了!"

"哪部分不真实?"

"所有的。这到底是……"

接着,一个苏联的新闻广播歇斯底里地播报着。尽管是俄语,亨特多多少少也明白点儿:现在不得不开战了,要在西方把它的优势转化为某种实质性的威胁前……然后是一个在阳台上发表的演讲;人群高唱着颂歌,欢呼着……美国分导式多弹头武器和卫星发射……华盛顿的大肆宣传……坦克、导弹运输车、一列列进发的步兵……威力巨大的核武器隐藏在跨越太阳系的深层空间。随着乐队的表演,随着无数旗帜挥舞,人类这个彻底疯狂了的种族正大踏步走向末日。

"不——!"他听到自己的声音尖啸起来,似乎从各个方向传来将他吞没,然后又消失在远处的某个地方。

他的力量一时间荡然无存,感觉自己都崩溃了。

"他说的是实话。"一个平静而果断的声音从某个地方传来。他被混乱的大漩涡卷出了宇宙,而那个声音犹如一块神志清明的岩石孤立于漩涡之中岿然不动。

崩溃……坠落……黑暗……虚无。

09

  亨特昏昏沉沉的,感觉像是躺在一张软软乎乎、十分舒适的扶手椅里。他已经放松下来,精神焕然一新,就好像已经在这儿待了好长一段时间了。他所体验到的那段记忆仍然鲜活,但那只是萦绕在他心里的某种东西罢了,他只是以一种孤立的、近乎学术好奇心的方式去看待它。那种恐惧感消失了。周围的空气闻起来很清新,微微有些芳香,背景里飘来柔和的音乐声。过了一会儿,他听出那像是一支莫扎特的弦乐四重奏。亨特心想,现在又将是一番怎样的疯狂呢?

  他睁开眼睛,挺直了身子,四下环顾。他正坐在一张扶手椅上,椅子位于一间貌似寻常的房间里,按照当代的风格样式装潢,旁边摆着另一张类似的椅子和书桌。房间中央有一张大木桌,门边放着一张墙边桌,上面摆着一只华丽的花瓶,插着玫瑰;地上铺着厚厚的深褐色绒毛地毯,糅合了橙色和棕色的装饰花纹。房间里只有一扇窗户,就在他身后,拉着厚重的窗帘,外面吹来的清风将它微微掀动。他低头看了看自己,发现自己穿着一件深蓝色的开领衬衫,淡灰色的便裤。屋里没有别人。

过了一会儿,他站起身来,发现自己感觉很好,便迈步穿过屋子好奇地拉开窗帘。外面是一片惬意的夏日景象,酷似地球上任何一座大城市的一隅风景。高高的建筑在阳光下闪着清澈洁白的光芒,熟悉的树木和开阔的绿色空间十分诱人,亨特能看到一条大河在下方画出一条曲线,有一座老式的大桥,两侧是栏杆扶手,下面是圆形的桥拱,样式熟悉的地面车辆顺着道路跑着,天空中是一列列飞行车。他重新放下窗帘,看了看手表,它似乎在正常运作。从那架"波音"在麦克拉斯基空军基地降落到现在不超过二十分钟。一切都讲不通。

他从窗前转回身,把手插进口袋,同时回想着,努力回忆那些在他走出太空船之前就让他困惑的东西。那些琐碎的事情,就是从凯拉赞短暂地出现在飞船里开始,到亨特被邀请出去第一眼看到那令人瞠目的景象之间的这段空隙里,在一切都变得疯狂之前的那些琐碎的细节。从凯拉赞身上肯定能找到些端倪。

然后他想起来了。在"沙普龙号"上,左拉克解释过,伽星人和人类之间通过耳机和喉麦装置沟通,那些装置合成出正常的声音,但它并不与说话者的面部运动同步。可是,凯拉赞讲话时并不存在这样的辅助装置,而且他显然表现得毫不费力。这事儿之所以显得如此怪异,是因为伽星人的喉咙有着位置更低的喉部组织连接结构,完全无法模拟人类的音调,哪怕是模仿个大概也不行。所以,凯拉赞是怎么做到的呢?居然连一点点配音的迹象都看不出来。

他心想,好吧,站在这儿可找不到任何答案。那扇门看上去够普通的了,只有一种方法能知道它是不是锁着。亨特刚朝着它走了几步,门就开了,琳走了进来,看上去很精神,也很惬意,穿着一件短袖套头衫和一条便裤。亨特立刻站住了,盯着琳,心里不由自主呈现出这样的场面:她冲进屋子一头扎进他的怀里,搂住他的脖子泪水涟涟，就像女主角一贯的那样。结果相反，她进门就停住了脚步，漫不经心地站在那里打量这间屋子。

"还不赖嘛。"她做着点评，"尽管地毯有点太暗了，应该再偏铁锈红色一些。"于是，地毯立刻呈现出更偏铁锈红的色调。

亨特盯着它看了几秒，眨了眨眼，然后木然地抬起眼，问道："你他妈的是怎么做到的？"接着又低头看了看，确定那不是他想象出来的。确实不是。

她看起来很惊讶，"是维萨。它什么都能做。还没人跟你说这事儿吗？"亨特摇摇头。琳的脸上露出了困惑，"如果你不知道，那是怎么换上这身衣服的？你那身极地套装哪儿去了？"

亨特只能摇了摇头。"我不知道。我也不确定是怎么到这儿的。"他又看了看铁锈红的地毯，"太神奇了……我想我能来杯喝的吧。"

"维萨，"琳稍稍提高了声音说道，"来杯苏格兰威士忌，纯的，不加冰，好吗？"一只玻璃杯从虚无中幻化出来，放在亨特身边的桌子上，里面盛着半杯琥珀色的液体。琳若无其事地拿起来递给他。他犹犹豫豫地伸出手，用指尖碰了碰，同时暗暗希望它并不存在。但它确实存在。亨特心里很不踏实地从她手中接过杯子，抿了一小口尝了尝，然后一口饮掉了三分之一。一股暖流顺着喉咙滋润下去，流过胸口，不一会儿便产生了奇迹般的效果。亨特深深吸了口气，屏住呼吸，然后缓缓呼了出来，身体仍止不住微微颤抖着。

"来支烟？"琳问道。亨特想都没想就点了点头，而已经点好的一支烟霎时就出现在他手指间。千万别问怎么回事儿，他告诉自己。

这一切肯定都是某种精巧的幻象。怎么做到的？什么时候开始的？为什么要这样？这是在哪儿？这些他都不知道，但却似乎并没什么选择，只能跟着它走。也许这一整出预演的序曲都是苏利恩人设置的，为了给他提供一段时间进行调整和适应。如果是这样，他就明白他们的用意了。这就像是把中世纪的炼金术士丢到了电脑操控的化工厂。他意识到，苏利恩星，或者不管这是哪儿，都需要他慢慢适应过渡。想通了这点，他感觉自己肯定已经越过了最大的障碍。不过，琳是怎么这么快就适应了？也许科学家本身有着一些他以前从未想到过的缺陷？

亨特抬起头端详琳的面孔。现在他能看出，她那表面的镇定实际上是不得已的，是为了克制住内心的茫然与困惑，那可一点儿都不比他自己的差多少。她的思维意识只是暂时不去理会那一切带来的强大冲击，这可能类似于延迟性休克，就像是听到亲人去世的消息时，那种难以言表的痛苦带来的反应。他察觉不出琳经历了自己遭遇过的那番折磨。至少这挺让人欣慰的。

亨特走到一张椅子前，一转身坐在扶手上。"那么……你是怎么到这里的？"他问道。

"喔，我们全都走出飞机进入那个疯狂的地方之后，我就跟在你身后上了重力传送器，或者不管你把它叫什么吧，然后……"她看到亨特脸上闪过一丝困惑的表情，停了下来，"你不知道我在说什么？是吗？"

他摇了摇头，"什么重力传送器？"

琳惴惴不安地冲着他一皱眉。"我们全都走出那架飞机……到了一个巨大而明亮的地方，一切都是颠倒错乱的……不知什么东西把我们从阶梯上抬了起来，把我们升高，把我们送进一条管道——很大的黄白相间的管道……"她缓缓列举着一条又一条，带着询问的语气，始终紧紧盯着他的脸，好像是想全力帮他理清迷乱的思路，但是很显然，从一开始她就经历了完全不同的事情。

亨特在面前摆了摆手，"好了，跳过细节。你是怎么跟其他人分开的？"

琳又开始讲，然后突然停下来，一皱眉，就像是头一次意识到她的回忆并不是自己想象的那么完整。"我不确定……"她犹豫道，

"一定程度上来说呢,我停在……我不知道是什么地方……有个巨大的彩色的组织机构图框,里边都写着人名,一排排的,什么人是谁的属下——跟疯狂的美国太空军有关。"她重述着心中的记忆时,脸上更加迷惑了,"有很多我认识的联合国太空军团的人名,但相关的级别和事情都乱得一塌糊涂。格雷戈的名字作为将军列在那里,而我的名字就列在下面,是个少校。"她摇了摇头,那样子是告诉亨特,别再让她解释什么了。

亨特记起他曾经看过从月背收到的苏利恩信息的副本,上面很莫名其妙地提到军事化的地球分为东西阵营,这不由令人想起慧神星毁灭之前的情形,当时塞里奥斯人和兰比亚人之间最终那场灾难性的战争即将爆发。再加上他刚才经受的那番拷问,如果这么说没错的话,这一切都回应着同样的主题。这肯定有联系。"然后怎么了?"他问道。

"维萨开始说话,问我那是不是准确描绘了我为之工作的机构。"琳答道,"我告诉它大部分的名字是对的,但其他的都一团糟。它问了些关于几种武器项目的问题,说是跟格雷戈有关。然后向我展示了一些画面,一颗对地轰炸的卫星,说是美国太空军设置在轨道上的;月球上还有一台巨大的辐射发射器,可那是根本就不存在的。我告诉维萨,它这是疯了。我们又就此谈了一些其他事情,最后相处得很友好。"

发生的这一切远不止历时十分钟,亨特心想,肯定采用了某种时间压缩手段。"你有没有遭受什么……'高压手段'?"他问道。

琳看着他,一脸惊讶,"完全没有。一切都非常文明,非常和善。在我提到说我穿着那些厚重的衣服感觉很怪之后,突然之间……"她冲着自己做了个手势,"立刻换装了。然后我就发现了更多维萨搞的小花招。你觉得IBM把这种新技术推向市场还需要多长时间?"

亨特站起来,开始在屋里踱步,不经意间注意到在他走动的时候,香烟似乎不会产生任何烟灰。他暗想,这就是某种交互程序吧。苏利恩人显然对于如今地球的情况掌握得很混乱,不知什么缘故,对于他们来说了解正确的情况很重要。如果是这么回事儿,他们这么做当然不算是浪费时间。也许亨特的经历是一种震慑手段,专门设计来在最恰当的时机得到最直接的答案——那个时候,他已经完全没有防备,茫然无措之间无法去编造任何东西。如果是这样,那这招很管用,他厌恶地想着。

"那之后,我就问你在什么地方。维萨指引我出了一扇门,顺着一条走廊,我就到这儿了。"琳说完了。

亨特刚要回应什么,电话铃响了。他四下看了看,头一次注意到还有可视电话。那是个标准的家用数据网络终端机,跟周围的物件放在一起很自然,所以先前都没留意到。接着,电话铃又响了。

琳提议说:"最好接一下。"

亨特走到角落里,拉过一把椅子坐下,按了按终端机上的接听键。然而,当时眼中所见让他难以相信,亨特嘴巴张得老大,再也合不拢了,他发现自己屏幕上的身影是麦克拉斯基空军基地的那名行动控制员。

"亨特博士,"控制员说话的声音听上去像是总算松了口气,"就是常规检查,看看每个人是不是都还好。你们几位已经进去好半天了。有什么问题吗?"

仿佛过了很久很久,亨特都只是面无表情地盯着屏幕。他以前从没听说过来自真实世界的电话能打到幻境里来。这肯定也是幻觉的一部分。一个人跟幻觉里的操作员能说什么呢?"你是怎么跟我们通话的?"他最后决定这么问,好歹算是尽量让自己的声音听上去正常些。

"我们刚才从那架飞机上收到一条信息,说用低功率窄波束直接对准飞机就行了。"控制员答道,"我们设置好,等了片刻,但没动静,所以就想最好试试呼叫你们。"

亨特的眼睛闭了一会儿,然后睁开,看着一旁的琳。她也不明白。他的目光望回屏幕,问道:"你是说这架飞机仍然停在那里?"

控制员看上去一脸茫然。"怎么……当然……我正看着它呢,就在窗外。"稍一停顿后,继续道,"您确定里边一切都好吗?"

亨特木呆呆地往后一靠,心乱如麻。琳走到他身边俯身看向屏幕。"一切都很好,"她说道,"你看,我们现在有点儿忙。过几分钟再打给你?好吗?"

"我们了解情况了就好。没问题,回头联系。"屏幕上的控制员消失了。

琳的沉着冷静也随着画面一起消失了。她低头看着亨特,从进屋到现在,她脸上第一次有了担忧与恐惧的神色。"它仍然在那儿……"琳努力控制着自己,声音里却透出了惊慌,"维克……出什么事了?"

亨特环视着房间,眉头紧锁,他那股已经压下去的怒火最终又涌了上来。"维萨,"他破口叫道,"你能听到我吗?"

"我能听到。"那个熟悉的声音答道。

"那架在麦克拉斯基降落的飞机……它还在那里。我们刚才跟他们通了电话。"

"我知道。"维萨并无异议,"是我接通的电话。"

"是不是应该告诉我们了?这都他妈的是怎么回事儿?!"

"苏利恩人打算在你们会面的时候就此做出解释,很快就会安排。"维萨答道,"你们理应得到歉意,他们想亲自致歉,而不是通过我。"

亨特又说道:"那你介不介意告诉我们,这是在该死的什么地方?"他并没有因为这番陈词就顺了这口气。

"当然。你们是在感知机里,正如你刚才告诉我的那样,这架飞机就在麦克拉斯基的停机坪上。"亨特跟琳沉默地对视着,交换着困惑的目光。她无力地摇了摇头,跌坐在一把椅子里。"看上去你们并不是很信服。"维萨说道,"也许要点小小的证明?"

亨特感觉自己的嘴张了张,又闭上了,听到有声音冒出来。但并不是他自己那么做的。他像个木偶一样被看不见的线绳牵着做动作。"抱歉,"亨特的嘴说着,同时他的头自动转向了琳,"别担心这事儿……维萨会解释的。我几分钟后就回来。"

然后,亨特发现自己躺在了什么柔软贴身的东西上。

"这就好了!"维萨的声音从头顶某个地方传来。他睁开眼睛看了看四周,但过了好一会儿才意识到自己在什么地方。

亨特回到了那艘降落在麦克拉斯基的飞船上,就在一个小隔间里的躺椅上。

一切似乎都很平静。他起身站起来,移步到走廊上,看着毗邻的隔间。琳仍然在里边,躺在躺椅上,看上去很放松,她的眼睛闭着,面色宁静。他低头看了看,第一次注意到自己跟她一样,还是穿着太空军团的极地服。他顺着走廊走下去察看另外的隔间,发现其他所有人也都在那里,看上去一切如常。

"到外边看看。"维萨的声音说道,"等你回来的时候,我们仍在这里。"

亨特晕晕乎乎地走到走廊前头的门口,停了一下,定了定神,迈步穿过了前厅。麦克拉斯基和阿拉斯加回来了。透过敞开的外层门,他能看到自己出现之后,外面的人影晃动着向前拥来。他朝着门口走去,几秒钟之后,就站在了舷梯下面。人们围住了他,在他穿过停机坪往大厅走去的时候,各种兴奋的问题从各个方向向他抛来:

"里边发生了什么事情?"

"伽星人在里边吗?"

"他们会出来吗?"

"他们有多少人在那里？"

"也就是……就是谈话。什么？是的……喔，算是吧。我不确定。你看，我需要几分钟时间。我要检查一些东西。"

亨特走进大厅，径直去了控制室，就在前边的一个房间里。控制员和他的两个操作员透过正对着停机坪的窗户已经看到了亨特，他们正眼巴巴等着他呢。"维克，怎么样啊？"他进门的时候控制员问候道。

"很好。"亨特心不在焉地咕哝着。他瞪眼打量着安置在房间四周的控制台和屏幕，努力让自己的思维回到他们进入飞船之后发生的事情上。他现在看到的都是真实的。他周围的每一件事物都是真实的。那通电话是某个不真实的事物当中的一部分。显然不可能反过来；现实是没法通过无线电进入幻境之中的。这不是显而易见的吗？

他转身看着控制室的工作人员，问道："我们进去之后，你们有没有跟那架飞机联络过？"

"怎么……联络过啊。"控制员看上去突然有点紧张，"您几分钟前亲自跟我们通过话。您确定一切都很好吗？"

亨特抬起一只手，揉了揉自己的额头，让自己脑袋里的一团乱麻有时间平静下来一点。"你是怎么接入的？"他问道。

"我们先是收到它的一个信号，告诉我们说，能通过低功率波束接进去，就跟我告诉您的一样。我就直接点名找您了。"

"再来一次。"亨特说道。

控制员往前挪到总控台跟前，在触摸板阵列上键入了一项指令，然后对着主屏幕上的双向音频麦克风说道："麦克拉斯基控制台呼叫外星人。外星飞船，请求通话。"

"确认。"一个声音回答。

"是维萨吗？"亨特说着，辨认出它的声音。

"嗨，再打个招呼。现在确信了？"

亨特的眼睛若有所思地眯缝着，盯着空白的屏幕。最后，他感觉就像是大脑里的齿轮自行分门别类地转了一通，然后重新排列整齐，套在了正确的轴上。

他还有一件显而易见的事情要做。"给我接通琳·加兰德。"他说道。

"稍等。"

接着，屏幕亮了起来，琳从屏幕里望着他，背景正是他刚刚进过的那个房间。对方的屏幕上肯定是同样清楚，亨特正在从麦克拉斯基通话，但她的脸上没有任何过分的惊讶之色。维萨肯定已经做了一些解释。

她干巴巴地说道："你真是说走就走啊。"

亨特脸上显出一抹笑意，犹如一抹阳光穿透了阴云。"嗨，"他说道，"有个问题：我最后跟你谈话之后发生了什么事情？"

"你一下子凭空消失了……就这样。我有点儿害怕，但维萨向我澄清了很多事情。"她抬起一只手，在面前转动着手指，同时惊诧地摇着头，"我无法相信自己其实并不是真的在这么做。这都只是我脑袋里的东西？太不可思议了！"

亨特心想，这个时候她可能比他知道的细节更多。不过他想，好歹自己现在有了个笼统的想法。即时通信链接到苏利恩星……奇迹如家常便饭……伽星人讲英语……

维萨把那艘船叫什么……感知机？碎片开始拼凑起来了。

"继续跟维萨谈谈，"他说道，"我几分钟后回来。"琳做了个微笑的模样，好像在说她就知道一切都会顺顺当当的；亨特对她眨了眨眼，关掉了屏幕。

"您介不介意告诉我们发生了什么事情？"控制员问道，"我是说……我们只是被安排执行这些行动的。"

"给我点时间。"亨特说着，输入代码激活通信频道。他转过脸对着麦克风,"维萨?"

"什么事?"

"我们走出感知机之后进入的那个地方……那是真实存在的吗?还是说,是你凭空造出来的?"

"那是存在的。它是威兰尼克斯的一部分,是苏利恩的一座古城。"

"我们看到的就是它现在的样子吗?"

"是的,没错。"

"所以你必定是在这里和苏利恩之间即时传送信息了。"

"你说到点子上了。"

亨特想了想,"铺着地毯的那间屋子呢?"

"那是我造出来的。一个特效——假的。我们认为周围有一些看上去熟悉的东西会帮助你们习惯我们做事的方式。其余的你都弄明白了吗?"

"我试试,不知道成不成。"亨特说道,"全方位感知模拟与监测,再加上即时通信链接,我们其实从没到过苏利恩,是你把苏利恩带到这里了。琳从来没接过电话,你是直接把电话接入了她的神经系统,跟其他所有她以为在做的那些事情一样,你一手制造了所有相应的视听数据通过本地通信波束进行发送。是这样吗?"

"棒极了。"维萨答道,尽力在声音里注入了一种强烈认可的音调,"那你准备好再次加入队伍当中了吗?几分钟后你们就要会见苏利恩人了。"

"我过会儿跟你说。"亨特挂掉了电话。

"现在您介不介意告诉我们,这到底都是怎么回事儿?"控制员央求着。

亨特的表情仿佛心不在焉,他若有所思地缓缓地说着:"外面停机坪上的只不过是个会飞的电话亭。它内部有些设备可以在一定程度上直接连到神经系统的感知部位上,从很遥远的地方给它传送完整的感知信息。你刚才在屏幕上所看到的是直接从琳的思维中提取出来的。一台电脑把它翻译成视听调制信号束,再发送到你的天线里,而这里发送的信号则以相反的形式进行处理。"

十分钟后,亨特再次进入感知机,坐在他之前的那张躺椅上。"好了,咱们出发吧!"他大声说道。

这一次,没有先前的感官失调的感觉。亨特立刻就回到了琳的那个房间里,她似乎正盼着他重新出现呢;维萨显然是提前给她预告了。他好奇地打量着房间,看看自己能否察觉一些痕迹,说明它是由计算机造出来的,但找不到。每一个细节都极为逼真。真是超乎想象。维萨说的是英语,而且还有把感知机伪装成波音飞机所需的数据,所有这些信息肯定是从地球的通信链接里提取出来的;事实上,每一件这里所需的物品都是在某个时间通过电子线路从一个地方往另一个地方传送过来的。难怪苏利恩人特意要让跟这一切有关的事物都隔绝在网络之外!

他伸出手,用一根手指试着抚在琳的手臂上,那感觉温暖而坚实。整件事确实就跟他向维萨说的那样——全面的感知模拟过程,也许是直接作用在大脑中枢,超越了神经输入系统。太神奇了。

琳低头看着他的手,然后抬眼疑惑地盯着他。"我也不知道这是不是真的那么逼真。"她对他说道,"不过现在我没那么好奇了。别管了。"

不等亨特答话,电话铃又响了。他接了起来,是丹切克,看上去已经准备好要大动干戈了。

"太可怕了!令人发指!"看得出他太阳穴上的血管正怦怦直跳,"你知道我遭受的那种挑衅是怎么回事吗?你在这个计算机搞的疯人院里的什么地方?什么样的……"

"别急,克里斯,镇定。"亨特抬起一只手,"不是像你想的那么糟。所有这……"

"不那么糟？看在老天的分儿上，我们在哪儿呢？我们怎么出去？你跟其他人说过话吗？这些外星生物有什么权力擅自……"

"你哪儿也没去，克里斯，还在麦克拉斯基的地面上。我也是。我们都是。"

"别犯傻了！很明显这个……"

"你跟维萨说过话吗？它会比我解释得更到位。琳跟我在一起，而且……"

"不，我没跟他聊，我可没有闲心去干那样的事情。如果这些苏利恩人不具有一般的谦逊之礼……"

亨特叹了口气，"维萨，把教授带出去，让他了解清楚，好吗？我想我现在没工夫对付他。"

维萨答道："我来处理。"于是，丹切克立刻从屏幕上消失了，屏幕的画面中只剩下空荡荡的房间。

"太奇妙了。"亨特咕哝着。他心想，真希望自己什么时候也能对丹切克采用那种特效。

此时，一阵轻轻的敲门声传来。亨特和琳一起转过身去看着门口，又转回头望了望彼此不解的眼神，然后又盯着门。琳耸了耸肩，往门前走去。亨特关上终端机，一抬头，看到一个八英尺高的伽星人从门洞钻进来，挺直了身子。琳拉着门，惊讶得说不出话来，只是站在那里。

"亨特博士，加兰德小姐。"伽星人说道，"首先，我代表我们全体，为这场有些荒诞的欢迎仪式表示歉意。出于某种很重要的原因，这是十分必要的，这将会在我们聚齐之后予以解释，就在稍后不久。我们把你们这样单独留在这里，希望不算是十分的礼数不周，我们认为有一点调整适应的时间对你们可能会有好处。我是波辛克·伊希安——你们预期会见的人之一。"

10

在他们一路行走的时候,亨特注意到伊希安的形貌和"沙普龙号"上的那些伽星人有些细微差异。他有着同样硕大的躯干,披着宽松的黄色坎肩,精心织造的红色衬衫上还缂着琥珀色的金属丝线;他的手同样长着六根手指,每只手都有两个拇指,但肤色比亨特印象中那种灰色更深一些——几乎成了黑色——而且似乎更为光洁细腻;他的体型更轻盈、更纤细一些,身高略矮;面庞下部以及颅骨尽管仍然拉得很长,却不显得那么前突了,而且脑袋更宽、更圆一些,更接近于人类的轮廓。

"我们可以瞬时将物体从一个地方移动到另一个地方,用的是人工制造的旋转的黑洞。"伊希安告诉他们,"正如你们自己的理论所预言的那样,快速旋转的黑洞会被甩成碟形,最终成为一个质量集中在边缘的超环面。这种情况下,奇点就会越过中心孔,我们就能沿着中轴线靠近,而无需遭受毁灭性的潮汐效应[1]。这个中心孔为我

---

[1] 任何物体非常接近黑洞的时候就会受到巨大的引力潮汐作用,被引力撕碎。

们提供了一个进入超域的'入口',而这样的环境是不受普通时空的物理定律限制的。制造这样一个入口还会引发超对称效应,也就是在普通空间的另一个地方出现一个投影,其作用相当于打开了一个相应的出口。通过控制维度、旋转方向,确定好初始黑洞的其他参数,我们就能以相当高的精度选择相应的出口位置,抵达数十光年之外。"

伊希安走在维克和琳中间,他们正沿着一条宽阔、封闭、灯光明亮的拱廊走着。拱廊的顶部线条高耸,两旁林立着散放微光的雕像,无数巨大的开口通向其他地方。眼中所见,到处都是埃舍尔式的扭曲与倒错的画面,令人目不暇接,但已经不像他们在感知机里第一次看到时那样令人惊骇。显然,伽星人重力工程技术的花样在苏利恩星与建筑水乳交融。因为这就是苏利恩。他们从屋里出来,急匆匆随着伽星人穿过一系列廊道和一处巨大的穹顶空间,最终到了这个地方,虚拟场景流畅地融合在现实当中,以至于亨特这一路都不曾留意到从一个地方进入另一处时发生转换的点。伊希安告知他们,两个世界之间的会晤即将举行,他受命亲自陪同他们过去。毫无疑问,维萨能够一瞬间就把他们全都送过去,但亨特心想,介于他们仍在"适应",这么做似乎是更加理所应当的。至少有个机会来非正式地提前了解一下这位外星人,有助于之后的进程。这自然才是伽星人考量的因素吧。

"你们一定也是这样把感知机送到地球的了。"亨特说道。

"差不多。"伊希安告诉他,"当黑洞大到能吸收一个大质量物体时,就会在相当大的范围内产生明显的重力扰动。因此,我们不会把那样的东西投射到行星系中间去;那会对时空造成扰动。我们让感知机在太阳系外就从出口出来,以更为常规的方式完成最后的行程。"

"所以走一个来回就有四个阶段。"琳评论道,"来时两个,回时两个。"

"正确。"

亨特说道："这就解释了它从苏利恩到地球为什么要花一天时间。"

"是的。行星到行星的即时跳跃是不可行的。但通信就完全是另一码事了。我们能通过伽马频段微激光束把信息发送到微型黑洞的超环面里，微型黑洞可以在设备内生成，在行星表面运行，而不会产生不必要的副作用。因此，行星到行星的即时数据链接是可行的。另外，生成微型黑洞不像传送飞船的黑洞需要那么大的能量，因此我们很少进行人的瞬时转移，除非万不得已；我们更喜欢传送信息。"

这跟亨特已经了解的情况一致：他和琳确实是在麦克拉斯基，他们感知到的所有信息都是通过维萨传送来的。"这解释了信息是如何传送的，"他说道，"但又是怎么输入系统的呢？最初它是怎么生成的？"

"苏利恩是一颗完全'连线'的星球，"伊希安解释道，"银河系当中我们分布其间的大部分其他行星也都是如此。维萨存在于所有这些世界当中，也包括其他一些地方，感应器密集地分布在这个网络当中，遍布建筑物和城市，难以察觉地散布在山川、森林、平原，以及星球上空的轨道上。通过在数据输入端对信息进行整合，它能够计算并合成完整的感官输入端信息，这样，在任何特定地点的任何人就都能体验到了。

"维萨绕过一般的输入通路，直抵大脑，利用高解析度的空间压力波聚焦阵列模拟出相一致的神经模式。因此，它能直接将所有的信息注入思维里，这样，只要是在指定地方的人，不管是在哪里，都能接收到这些信息。它还监测着自主运动系统的神经活动，生成极为逼真的肌肉运动的感官反馈信号。其结果就是营造出一个与真实体验一般无二的、但实际上地处遥远的事物的幻象。就算是亲临其境,也不会有更多的感受了。"

琳低声道:"就是星际旅行的简化版。"来到拱廊尽头时,琳环顾四周,他们拐上了另一条路,弯弯曲曲,向前绵延而去。刚才这里看着还像是一面墙,但现在,他们走上来之后,它似乎又慢慢扭转着,随着扭转的角度越来越大,在他们身后支撑起了拱廊和与其相接的所有建筑。"这一切都是真实的?在二十光年之外?"她说着,声音里还是透出难以置信的味道,"我真的从没到过这里?"

"你能说说和真实的有什么区别吗?"伊希安问她。

"那你呢?波辛克?"亨特心中冒出一个新的念头,"你也是真的在这里……那里……管他是哪儿呢,你是在威兰尼克斯还是在哪儿?"

"我在距离苏利恩星两千万英里之外的一个人造世界里。"伊希安答道,"凯拉赞在苏利恩,但是在距离威兰尼克斯六千英里的一个叫作'苏里奥斯'的地方——那里是苏利恩的首都。威兰尼克斯是一座古城,我们是出于怀旧和传统的原因将其保留下来的。芙瑞努·肖姆,她也是你们即将会见的人之一,是在一颗名为科雷赛思的行星上,它位于距离巨人星大约九光年的一个恒星系当中。"

琳看上去一脸迷惑。"我不是很确定自己能搞明白。"她说道,"我们都在不同的地方,那是怎么获得协调一致的印象的呢?我怎么能看到那边的你?维克就挨着你,还有我们周围所有这些东西,全都分布在整个银河系不同的地方啊。"亨特一时间仍然被伊希安适才所说搞得大为惊惑,都想不出要问什么了。

"维萨从源自不同地方的数据中制造出合成的感官影像,并把它做成完整的数据包进行传送。"伊希安答道,"它能合成视觉、触觉、听觉以及其他环境细节,都是根据连入系统的其他人的神经活动数据合成的,给每一个个体都提供完整的、个人化的感官印象,感知环境以及跟其他人之间的肢体和语言的相互作用。我们借此就能拜访其他的世界,在其他的文明中旅行,在其他的星系召集会议,参观外太空的人造世界……而且一瞬间就能回家。当然了,我们在一定程度上来说也真正地去了一些地方,比如为了消遣或是需要亲临现场的某些活动。不过,我们大多数的远距离事务和旅行都是通过电子和引力装置进行的。"

地势绵延曲折,他们来到一处宽阔的圆形眺台,从栏杆扶手向下望去,能看到下面一层是一个令人眼花缭乱的广场。曲折盘桓的曲线和平面将那片空间与上方隔绝开来,他们能看到刚刚走过的那条拱廊的一部分地面。至少,在当时来说那像是地板。不过现在,他们已经开始习惯这种状况了。

"我们一开始在麦克拉斯基的那架飞机上坐好时,我所有的感官有好一会儿都乱套了。"琳回想着说道,"那是怎么回事儿?"

"维萨在根据你的大脑模式和活动水平进行调整,"伊希安告诉她,"这种调整在它获得正确的反馈后就结束了。这些东西因人而异。这种过程一次就行。你可以把它看作是类似于指纹识别的技术。"

"波辛克,"等他们说完话,继续前行的时候,亨特开口道,"一开始你们对我玩的那个小花招——搞了一些关于地球的乱七八糟的故事,是你们要验证真相,对不对?"

"那太重要了,凯拉赞会解释的。"伊希安答道。

"但有什么必要呢?"亨特问道,"如果维萨能直接获取到神经模式,干吗不直接从我的记忆当中取出它想要知道的东西呢?那么做就不会有得到错误答案的风险了。"

"技术上来说是可行的。"伊希安表示同意,"然而,出于个人隐私的缘故,这种事情在我们的法律中是不允许的,维萨就是以这种方式编程的,限制它把主传感输入端探入大脑,只对自主机能和其他的输出端进行监测。它只与那些会被看到、听到、触到的东西进行信息交换;它不读取思维。"

"我们其他人呢？"亨特又问道，"你知道他们现在怎么样了吗？我可真的不敢说你们这种欢迎仪式是交朋友的好方式。"

伊希安的嘴噘了噘，那表情亨特很久以前就搞清楚了，是伽星人相当于微笑的样子。"你不需要担心。他们可不都像你一样这么快就能摸到维萨的底，他们中一些人仍然有点迷惑，但除此之外他们都很好。"

亨特突然意识到，那种迷惑是有意为之的。这是经过精心策划的，在经过最初的威吓战术之后，借此来消除任何残留的恶意。看样子，不管伊希安陪同他们要去的地方是哪里，无疑也都是计划的一部分。他又说道："可在你来之前那几分钟，从我跟克里斯田·丹切克通的电话来看，似乎并不太像是这么回事儿啊。"他瞥到了琳的表情，心里暗暗一笑。

"实话实说，你和丹切克教授相对来说都吃了更多苦头。"伊希安承认道，"我们很抱歉这样，但你们俩很独特，你们对于跟'沙普龙号'有关的事情都有着第一手的了解，而那也是我们特别渴望获得的信息。你的其他同僚所经历的更多是针对他们不同专业领域的幻象。他们的反应完美地相互印证。这很具有启发性。"

琳望向亨特，问道："你跟克里斯遭遇什么了？"

他答道："我回头跟你细说。"亨特略带羡慕嫉妒地暗暗想道，他们所做的可能确实并不常规，但却很起作用。在最开始的那几分钟里，伽星人获得并证实的信息，平时就是聊个几天几夜也聊不出来。如果这件事那么重要，那他就不能责怪他们了。要知道，在联合国的方针指导下，他们可是在月球背面耽误了人家不少事儿啊。他怀疑柯德维尔和其他人是否以同样的方式看待这些事，但用不了多久就能知道了。他抬眼一看，发现他们似乎已经到了目的地。

他们走下一条浅浅的、扇形的坡道，穿过最后一道拱门，进入一片开阔地，出现在一片空地当中。从上往下依次是环环相扣的几何形状的台阶与小广场，形成一个巨大的半圆，呼应着对面同样的设计。最下面的中心区域，也就是他们的正前方，有一个论坛，座位如阶梯般排布在四周，围成矩形，彼此相对。整个地方就是一件巨大的艺术品，将色彩和形状置于缓缓流动的河水与喷泉当中，并将荧光液体灌注其间加以渲染。若干身影聚集在底层的三个方向上，都是伽星人，全站在那里，似乎正在等待着。前面，站在逐渐抬升的一侧座位区域中间的正是凯拉赞，他那身深绿色的上衣和银色的斗篷让人一眼就能认出。

然后，亨特看到柯德维尔粗壮的身形从右侧一片开阔区域远端的另一个入口处现身，有个伽星人陪在他身边……柯德维尔之后，赫勒尔和派克阿德随同另一个伽星人出现，赫勒尔镇定地走着，一脸自信；派克阿德左右四顾，看上去迷惑不解。亨特转过头望向另一边，正好看到丹切克穿过一条拱廊走来，挥舞着双臂向着身旁的伽星人表示抗议，显然得派出两个人才能控制住他。他们都同时到场，安排得很完美。这不可能是巧合。

突然，琳倒抽一口气，停住了脚步。她扬起脸望着头顶的什么东西。亨特顺着她的目光望去……也停下来，倒抽了一口凉气。

只见三座纤细的尖塔如同粉红色的象牙从他们所处的地方向上探了出去，它们从三个侧面的边缘外向上伸出，在头顶上方不知多远的地方渐渐汇聚，然后融入了一大片倒转的台阶与护墙之中，那片地方向上、向远方扩展开去，足有数英里。在它上面——这么说其实毫无意义，但就在它上面，本应该是天空的地方，呈现出一片蔑视人类思维的景象，方向维度错综复杂的无数建筑往一个方向铺展开去，直至目力所不能及，另一个方向遥远的边际是一片汪洋。这肯定就是威兰尼克斯城。但它完全悬在他们头顶数英里的地方，而且还是上下颠倒着的。

然后他回过神来。他们其实是走进了天空。从他们周围"升起"

的那三座粉红色的尖塔，实际上是位于一座极其宏伟的高塔顶端，这座塔从城里拔地而起，支撑着一个圆形的平台，而平台托举着他们所处的这个地方。但他们所在的地方却是它的底面！他们的感官在伽星人的迷宫里转得都错乱了，完全没有意识到自己倒转了过来，他们是在某种人造重力的作用下走出来的，却发现自己仰视着在头顶铺展开来的苏利恩的大地。

柯德维尔和其他人也看到了，他们都站在那里，呆呆地望着。甚至连丹切克也不再出声了，只是仰着头，嘴张得老大。亨特心想，这是伽星人的王牌，绝妙的一招。就算他的同伴当中有任何人还存有一些怨愤之情，也会被此情此景彻底征服——这时间正好卡在会议正式开始之前几分钟，震撼他们一下——令人再也无法强烈地表示抗议。他喜欢这些外星人，他心中暗想，尽管在这个特别的时刻有如此想法实在是有些奇特。他总是很喜欢看到那些专心做事的专业人员。

一个接一个，眼花缭乱的地球人缓缓回过神儿来，开始继续移动，朝着论坛中心走下去，伽星人正等在那里。

11

"我们欠你们一个道歉。"相互介绍完毕,凯拉赞直截了当地说道,"我知道,按照地球的风俗,那不是开启会面最好的方式,但我从未真正搞明白是为什么。如果要说的话,那咱们就说说吧,然后就不用再理会这事儿了。就像你们现在一定已经领会到的那样,我们需要审查一些对我们来说至关重要的事实,我觉得对你们来讲也一样。我们所做的似乎也不过如此。"

亨特宽慰地注意到这件事远不如他预料的那么严重。他怀疑自己听到的东西是不是对凯拉赞的话做出了精准的翻译,或者干脆就是由维萨随意发挥的。他原本猜想这场会面免不了一番唇枪舌剑,他都准备当场动武了。但当他四下环顾的时候,看得出伽星人的缓和策略达到了预期的效果。柯德维尔和赫勒尔好像很沉着,看上去态度坚定,似乎不打算让情况往那个方向发展。但与此同时,他们也完全缓和下来,等着看在小题大做之前到底会怎么发展。丹切克进来时显然一心要大干一场,但心理上挨了伽星人突然使出的一记左勾拳——这毫不夸张——在最后一刻便把这想法从脑袋里暂时抛出去了。派克阿德露面时有些恍惚,在他身上嘛,也许镇定效果有些太好了。

停了片刻后,凯拉赞继续道:"我代表我们整个种族,欢迎你们到我们的世界来,来到我们的社会中。追溯我们两个物种进化的那两条线,直到不久前还彼此隔绝的两条线现在终于交会了。我们希望从此刻起,为了我们所有人的利益以及更伟大的新知,这两条线将会继续保持交会融合。"说完,他坐下了。亨特心想,发言很简洁,而且似乎能推进事态的良好发展。

接着,地球人的面孔都转向了派克阿德,他是官方级别最高的,因此是指定的发言人。过了好一会儿,他才意识到其他人都在看着自己。他忐忑地左顾右盼,抓住椅子边,润了润嘴唇,缓缓站起,脚下有些摇晃,"为了……政府……的利益……"然后就没词儿了。他站在那里微微有些晃动,目瞪口呆地盯着眼前一排排的外星人面孔,然后仰起头,望着大都市威兰尼克斯的高塔奇观,望着向四面八方延伸出去的苏利恩全景风貌,难以置信地摇了摇头。一时间,亨特觉得他就要崩溃了。然后他消失了。

维萨通知全体说:"很遗憾,国务卿显示出暂时的身体不适。"

这足以打破魔咒了。柯德维尔立刻站起身来,他的眼神钢铁般坚定,嘴唇紧闭,嘴角向下垂。赫勒尔也想站起来,但柯德维尔比她稍快一步,她便坐了回去忍住没动。"这太离谱了。"柯德维尔的声音很刺耳,双眼紧盯着凯拉赞,"好话先留着。我们来此是很诚心的。你们欠我们一个解释。"

转瞬之间,每一件事物都发生了变化。论坛、高塔、威兰尼克斯以及头顶那个苏利恩形成的华盖统统消失了。一转眼,他们全都到了室内,房间挺大,但不算夸张,屋顶是一个穹顶,里面有一张很宽大的圆桌居中而设,是用五色缤纷的晶体做成的。主要的与会者都被安排在了桌子周围,彼此之间的相对位置和刚才柯德维尔站在那里时一样；其他那些当时在场的伽星人坐在他们身后依次渐高的座位上观望着。相对于之前的设计来讲，这个地方让人很有安全感。

"我们低估了那些体验带来的冲击。"凯拉赞急忙说道，"也许这里更接近你们习惯的环境。"

"别管爱丽丝漫游奇境似的效果了。"柯德维尔说道，"好了，你证明了你的观点——我们印象至深。但我们来这里是依照你们的请求，结果有些人却失去了理智。我们认为这一点都不好笑。"

"那并非我们的预期。"凯拉赞答道，"我们已经表达了我们的歉意。你们的那位同僚将很快恢复正常。"如果这番唇枪舌剑发生在地球上，其中的含义可就大不相同了，亨特听着的时候心里有数。鉴于伽星人的起源，他们确实是不会寻求恐吓手段，同样也不会对恐吓手段做出回应。他们根本就不是用那种方式思考的。凯拉赞只不过是陈述事实，没有任何言外之意。人类文明的标准和影响对这种局面毫无用武之地。柯德维尔也知道这点，但必须得有人来设置明确的底线。

"那咱们就直奔主题好了。"柯德维尔说道，"你说我们两个种族各自独立发展，直至现在。这并不完全正确——这两条线在久远的过去就曾经交会过。由于你们搜集的那些关于我们的信息似乎在一些地方有失偏颇，那就由我先概括一下我们已经知道的事情，可能会有助于澄清许多不确定的状况，并节约我们的时间。"没等对方做出反应，他便继续道，"我们知道，你们的文明曾存在于慧神星上，直至大约两千五百万年前，当时你们运送了大量地球生物到那里，可能是打算利用基因工程解决环境问题。月球人的祖先就在它们当中，在你们离开之后，月球人进化了出来。我们还知道五万年前的月球人战争，以及月球被地球俘获，而我们本身就是这一系列事件之后月球人幸存者的后裔。到此为止，我们的说法都一致吗？"

一阵低语在伽星人中间扩散开来。他们似乎很惊讶。显然地球人知道的事情比他们预料的多得多。亨特心想,这会给事情带来一个有趣的新视角。

芙瑞努·肖姆,那位苏利恩的女性大使,答道:"如果你们已经知道关于月球人的事情,那应该很容易就找到一个问题的答案,这个问题也正是你们想询问的。地球处于监控之下是出于我们的关切,因为它可能走上月球人先祖的老路,成为一颗技术先进而又好战的星球。月球人在扩张出太阳系之前便毁掉了自己,地球可能不会。但我们在地球上看到了一种潜在的威胁,它危及银河系其他一些地方,也许终有一天会危及整个银河系。"肖姆给人的印象是对此深信不疑,即便是现在。亨特心想,这位绝对不是亲地球派。这个理由一点都不令人意外。按照伽星人的思维方式以及月球人的所作所为,事情肯定就是这样。

"那为什么一切都处于保密状态?"赫勒尔在柯德维尔身边发问。柯德维尔坐下来,让她继续谈。"你们声称代表苏利恩种族,然而很明显,你们并不是代表他们每一个人讲话。你们不想让那些负责这类监控的人对这场对话产生关注。那么,你们真的是自己所说的那样吗?如果真是那样,为什么要在你们自己的人民眼前掩盖你们的行动?"

"监控是由我们体系下一个自主的……我们该怎么说呢,'机构'实施操作的。"凯拉赞答道,"我们有理由怀疑汇报上来的一些信息的准确性。对于我们来说,对它进行核实显得十分必要……必须谨慎行事,万一我们搞错了呢。"

"怀疑'准确性'!"亨特重复了一句,他在桌上摊开双手做出拜托的手势,"你们让这事儿听上去就像是有些地方出现了偏差而已。老天啊……他们甚至都没有告诉你们'沙普龙号'已经返回了,就在地球上——你们自己的飞船载着你们自己的人!你们得到的那个关于地球的画面可不仅仅是不准确；它是系统化地进行了扭曲。这一切都他妈的是怎么搞出来的？"

"这是苏利恩的一件内部事务，我们现在就要对此有所行动了。"凯拉赞向他保证。他似乎有点慌乱，也许是因为柯德维尔所揭示的事情显示，地球人其实知道得相当多，这是他完全没有预料到的。

"这可不仅仅是内部事务，"赫勒尔坚持道，"这涉及我们整个星球。我们想知道是谁在歪曲，以及为什么。"

"我们不知道为什么。"凯拉赞直截了当地告诉她，"那也是我们正在尽力搞清楚的。第一步就是我们直接获取事实。我再次向你们致歉，但我想我们已经达到目的了。"

柯德维尔一脸怒容，"也许你们应该让我们跟这个'机构'直接谈谈。"他低沉地说道，"我们会搞清楚原因。"

"那是不可能的。"凯拉赞说道。

"为什么？"赫勒尔问他，"我们当然对这一切有着合理的兴趣。你们现在已经就你们审慎核查的事实有所了解，得到了你们想要的答案。如果你们确实代表那颗星球，有什么会阻碍你们行事呢？"

"你就有权提出这样的建议吗？"肖姆咄咄逼人，"如果我们对于形势的理解是正确的，那你们也并非是整个地球社会的官方代表团。这一职能理应隶属于联合国，难道不是吗？"

"我们已经跟他们联络若干星期了，"凯拉赞接过肖姆的话，"他们没有做任何事情来消除我们已有的那些对地球的错误印象，他们似乎不愿意跟我们会面。但你们的信息是从太阳系另一个完全不同的方向发来的，这也许暗示着你们并不希望我们的答复广为人知，因此你们也同样涉及保守机密。"

肖姆问道："联合国这种怪异的态度所为何来？"她的目光扫过一个又一个地球人，最后落在了赫勒尔身上。

赫勒尔不耐烦地叹了口气。"我不知道。"她承认道，"也许他们对于跟极为先进的外星文明发生冲突的可能性持谨慎态度。"

凯拉赞应道："那或许我们自己的一些族人也这么想。"亨特心想，按苏利恩的标准来看，地球可不算是先进啊，真是怪事年年有，今年尤其多。

"所以我们可能应该坚持同联合国直接交谈？"肖姆尖刻地说道。对此无人回应。

亨特靠在座位上，尽量在脑海中重建起苏利恩人经历整件事的顺序，还有些事情让他想不明白。一段时间以来，他们根据那个神秘"机构"提供的材料构建了一个好战且军事化的地球，但完全没说过"沙普龙号"的事情。然后有了一个信号，是伽星人的编码，突然直接发送到了凯拉赞这一方，说那艘飞船上路回家了。这之后，来自月背的更进一步的信息积累起来，显示出一个跟监控报告所描述的情况极为不同的地球。但对于苏利恩人来说，为何确认哪个版本是正确的这件事这么重要呢？他们为了查明真相所采取的措施已经非常清楚地说明，这个问题受到了极其严肃的对待，要比纯粹的学术好奇心所能解释的或是改正某些内部管理问题的必要性要重大得多。

他在脑子里把这事儿理顺了之后，开口道："咱们还是从那个信号转发装置开始说吧——不管你们把它叫什么——就是你们已经送到太阳系外围的那个。"

"那不是我们的。"坐在凯拉赞身边、肖姆对侧的伊希安立刻说道，"我们也不知道那是什么。你看，不是我们把它放在那儿的。"

"但肯定是你们啊，"亨特辩驳道，"它用的就是你们的即时通信技术。它对伽星人的通信协议有反应。"

"然而这是个谜。"伊希安说道，"我们猜测它肯定是监控系统硬件的一个组件，但不是由我们操控的，而是由负责那项活动的机构操控，它有点失灵了，于是把信号发到了我们的设备上，而不是它本应送达的目的地。"

"但你们做出了应答。"亨特指出。

"当时我们以为那个信号来自'沙普龙号'本身。"凯拉赞答道,"我们迫切地期望让它上面的人知道,他们的信息已经被接收到了,他们精准识别出了巨人星,而且前进的方向是正确的。"亨特点点头。换作是他也会那么干的。

柯德维尔一皱眉,似乎他仍然对某些事情没搞清楚,"好了,不过还是回到信号转发器这个问题上——为什么你们没有发觉那到底是什么?你们一天之内就能从苏利恩把东西发送到地球啊。为什么就不能发送一些东西来核实一下?"

"如果确实是监控硬件当中某个出了故障的部件给我们架起了一条直通连线,我们可不想让它引起注意。"伊希安答道,"我们正通过它获取一些有意思的信息。"

"你们不想让那个……'机构'知道这事儿?"赫勒尔问道,看上去很不解。

"正确。"

"但他们已经知道了啊。巨人星来的答复传遍了地球的新闻网。他们肯定知晓此事,如果是他们运行着监控的话。"

"但他们并没有把你们的信号跟那个转发器联系起来,"伊希安说道,"如果他们有的话,我们会知道的。"在"沙普龙号"离开之后,月背曾一连几个月发送信号,亨特突然意识到巨人星为什么没有回应月背的信号了:苏利恩人不想言明他们和地球的新闻网络有着直通连线。这也跟他们坚决反对通过网络进行通信这件事吻合,最终他们还是选择了另开一条通信线路。

赫勒尔停了片刻,伸手摸了摸眉毛,理了理思路。"但他们不可能就那样把它留在那儿。"她抬起头来说道,"根据从新闻网里拾取到的信息,他们就会知晓你们已经了解'沙普龙号'了——那是他们没有告诉你们的事情。他们不可能无动于衷……不会连一丝疑心都没有。他们那个时候不得不跟你们说起这事儿，因为他们知道，如果他们不说，你们就会去找他们询问一些令人尴尬的问题。"

"他们确实就是这么做的。"凯拉赞认同道。

"那你们难道就没问他们，为什么没早些通报此事？"柯德维尔问道，"我是说……该死的，那艘飞船在那儿停了六个月啊。"

"是的，我们问了。"凯拉赞答道，"他们给出的理由是，他们担心'沙普龙号'的安全，唯恐干涉的企图让它处于更危险的境地。对也罢，错也罢，他们做出了决定，要等到它离开太阳系之后再通报这消息，这样做对我们来说更好。"

柯德维尔哼了一声，显然并没有被那个神秘"机构"的说辞打动，"你们有没有要求看看他们通过监控获得的记录？"

"我们要求了，"凯拉赞回答说，"他们的记录从方方面面完全证实了对于'沙普龙号'的担忧。"

现在亨特终于知道他看到的那些"沙普龙号"到达木卫三的不实的记录画面都是从哪儿来的了：那个"机构"伪造了它，正如同他们一直以来假造关于地球的报告那样。而那些正是凯拉赞的人看到的版本。那些画面令人恐怖地混合了现实与幻想，看上去无比令人信服，如果事情真是这样，那毫无疑问，这种蒙蔽已经持续多年了。

亨特说道："我看过其中一些记录。"听上去他心怀疑虑，"你们是怎么开始怀疑它们可能有假的？那些东西做得太像真的了。"

"不是我们，"伊希安告诉他，"是维萨。也许你们已经意识到了，'沙普龙号'的驱动方法会造成飞船周围时空畸变。主驱动器运行时尤为显著，即便是辅助驱动器运行时，在一定程度上也会有影响——足以让飞船外轮廓附近的背景星宿的位置产生显著偏移。维萨注意到有由此产生的偏移出现在发给我们的一些画面中，但在另一些画面中则完全丢失了。因此，关于'沙普龙号'的报告受到了质疑。"

"不仅如此,"凯拉赞说道,"借助一些潜藏的信息来看,我们收到的每一份关于地球的报告也都存疑,不过我们没法进行比照核对。"他的目光庄重地望着面前那一排地球人的面孔。"也许现在你们能明白我们为什么如此关切此事了。我们对地球有着两种彼此矛盾的印象,而且没有办法知道每一种的真实性有多少。但是假设地球确实像我们多年来被引导着相信的那样,好斗、不讲理,也确实接收了'沙普龙号'上的人,而且就像给我们描述的那样对待他们……"他这话并未说完,"喔,站在我们的立场上,你们会怎么想?"

桌边一片寂静。亨特心中不由得承认,苏利恩人不知道应该相信什么。他们核查事实的唯一方法就是秘密地跟地球另开一条通信线路,建立面对面的接触,而这正是他们所做的。那为什么这件事如此重要呢?

琳的嘴突然一张,她大瞪着眼睛盯着凯拉赞。"你们是害怕我们可能已经炸掉了'沙普龙号'之类的吧!"她倒抽一口气,一脸惊恐,"如果我们跟那些故事里讲的一样,就永远不会让那艘船飞到苏利恩来向任何人讲这事儿了。"她的话让一张张面孔露出震惊之色,突然间,所有人都领会了,甚至柯德维尔一时之间似乎都没了神采。杰罗尔·派克阿德离场的方式让人遗憾,但没有人能责怪苏利恩人如此行事。

过了一会儿,亨特开口了:"不过你们不必在这儿死等事实真相啊。你们能跨越数光年投射黑洞入口,为什么不直接拦截那艘船,尽快将它带到这里呢?他们显然是核查你们那些监控报告的不二人选啊,他们在地球驻留过六个月。"

"技术原因。"伊希安答道,"苏利恩飞船能一天之内游遍一个行星系,是因为它船上携带着与传送入口相互作用的设备,以及让引力扰动相对集中的设备。'沙普龙号'自然是没有这类装置的。我们需要给它好几个月的时间,这样才能避免扰动你们的行星轨道。如果我们的恐惧是空穴来风,那可就太尴尬了。不过我们已经冒险了。我们终于进行到这个关键点了,必须要知道那艘船是否安全——就是现在,不能再有任何延误与阻碍。"

"不管怎样,我们决定先走一步,显然跟联合国没法有所进展了。"凯拉赞告诉他们,"只是当你们开始从木星发来消息时,我们才决定让'沙普龙号'多等一会儿。我们那时已经备好了所需的飞船和发生器,从那时起就随时待命,只需要等我们的一个信号就可以开始运行。"

亨特靠回椅子里,长长松了一口气。这可真是千钧一发。如果不是约瑟夫·香农在"朱庇特五号"上费了一两天时间把事情想得那么明白,那地球上所有的天文图表就都得重新算一遍了。

"你们最好快点发出信号。"

这声音突然从地球人队伍的一端传来。每一个人都转过头去看,大吃一惊,发现丹切克咄咄逼人的目光从桌子的一边望向另一边,好像是在请诸位做出一些显而易见的推论。一众地球人和伽星人一脸茫然地看着他。

丹切克摘掉眼镜,掏出一块手帕擦拭着,然后重新架回鼻子上,那姿态就像是一位教授容许一班迟钝的学生多用点儿时间来思考他向他们提出的论点。维萨没有理由制造出只存在于某个人头脑里的眼镜片起雾的画面啊,亨特心中暗想;这番动作只不过是下意识的习惯动作罢了。

最后,丹切克抬起头来。"似乎很明显,这个,嗯,'机构'负责监控活动,且不管它的性质是什么,它看不出'沙普龙号'到达苏利恩对它有什么好处。"他顿了顿,让众人好好领会一下。

"现在呢,让我推测一下,如果我处在那个机构领导的位子上,我会怎么安排?"他接着说,"假设我对这次会议或者苏利恩和地球之间的任何对话都一无所知,因为我的消息源是地球的通信网络,而且所有关系到这类事实的参考资料都被排斥在系统之外了。如此一来呢,我就没有理由相信我篡改过的那些地球资料会受到质疑。现在,如果'沙普龙号'在恒星之间的某个真空地带不幸遭遇一场事故,我就会有各种理由信心十足地认为,假如苏利恩人碰巧怀疑这是一桩暴行,那地球就会列在他们嫌犯清单的最前边。"他颔了颔首,龇了龇牙。桌边众人领会了他的意思之后,不由得纷纷露出惊骇之色。

"就是这么回事!"他大声说着,望向凯拉赞,"如果你有意将那艘飞船从它目前的困境中解救出来,那我强烈建议你立即行动,不要再有任何耽搁了!"

12

尼尔斯·斯威兰森在乔尔丹诺·布鲁诺天文台专属自己的行政级房间里,倚着胳膊肘靠在枕头上,看着房间另一头在梳妆台旁穿衣服的姑娘。她很年轻,也很可爱,肌肤光洁,讨人喜爱,典型的美国人相貌,松散的黑发在雪白的肌肤上勾勒出诱人的线条。他心想,她应该多用用健身房里的阳光射线装置。与她的大多数女性同胞一样,她那种在大学里很适用的伪理性主义是多么肤浅,就跟她皮肤中的色素一样浅薄;在皮囊之下,她跟其他人一样轻率无知——这挺可悲的,但在严肃的生活之余,总需要这么一点儿并非令人不快的消遣。"你只想要我的身体。"这么多年了,她们一直都在这么愤慨地呐喊,而他的回答总是:"除了这个,你还能给我什么?"

她扣好衣衫,转过身对着镜子急匆匆地梳理头发。"我知道现在走很奇怪。"她说道,"相信我,早班要换班了。我又得迟到了。"

"没什么,"斯威兰森对她说着,声音里加入了更多的关切,"重要的事情优先考虑嘛。"

她从梳妆台边的椅背上拿起夹克搭在肩头。"你拿到记忆卡了?"

她问道，转身面对着他。

斯威兰森打开床头柜的抽屉，伸手取出一个火柴盒大小的微型电脑记忆卡，"在这儿呢。记得要小心。"

那姑娘走过来，拿过记忆卡，包进一张纸巾里，然后把它揣进夹克的口袋，"我会的。下次什么时候再见？"

"今天会很忙。到时候我肯定会告诉你的。"

"别太久了。"她宛然一笑，俯身亲了亲他的额头便走了，轻轻关上了房门。

十分钟后，她抵达了主碟形天线的控制室，乔尔丹诺·布鲁诺天文台的天文部主任格里高·马里乌斯科教授看上去不怎么高兴。"你又迟到了，珍妮特。"她把夹克挂在门边的衣橱里，换上白色工作服时，他不住抱怨着，"约翰不得不赶紧离开，因为他今天要去托勒密环形山，我只能代班。不到一小时后我还要去开个会，还得预先做些东西。这种情况简直让人无法容忍。"

"我很抱歉，教授，"她说道，"我睡过头了。不会再发生了。"她快步走到总控制台前，开始用她那灵活、熟练的手指按部就班地调出夜间状态日志。

马里乌斯科站在他办公室外面一排排的设备旁边郁郁地看着，尽量不去注意她那身白色的衣服勾勒出的紧致、苗条的身段，还有那随意披散在她衣领上的乌黑亮泽的卷发。"又是那个瑞典人，对吧？"他忍不住咆哮着说道。

"那是我的事儿。"珍妮特连头都没抬，尽可能放胆让自己的声音听起来很坚定，"我已经说了——不会再迟到了。"她把嘴紧紧抿成一条线，狠狠敲打着键盘，在面前的屏幕上调出另一些数据。

"577B的相关性检查昨天没有完成。"马里乌斯科冷冷地说，"按照计划，要在下午三点前做完。"

珍妮特停了停手头的活儿，眼睛闭了一会儿，一咬嘴唇。"见鬼！"她在喉咙里咕哝了一声，然后大声说道，"我今天中午就不休息了，会把它搞定的。没剩多少了。"

"约翰已经完成了。"

"我……很抱歉。下次换班我替他多干一小时作为补偿。"

马里乌斯科怒目盯着她又看了几秒钟，然后转身离开了控制室，没再多说一个字。

检查完状态日志后，她关掉显示器，走到传送子系统的通信辅助处理器前面，打开一块面板，把斯威兰森给她的那个记忆卡插进一个空槽。然后，她转到系统控制台前面，启动例行程序，把贮存在记忆卡里边的内容载入到信息缓存当中；那里面是已经汇编好的信息，将会在今天稍晚的时候进行传送。是要发往哪里，她并不知晓，但联合国代表团到布鲁诺天文台的部分原因就是为了这个。马里乌斯科在这件事上一直都是很小心地亲自去处理，从来不跟手下的其他人谈论此事。

斯威兰森告诉她，记忆卡里包含着一些例行的数据，从地球发晚了，没来得及附加在已经合成好的传送内容当中；按理来说，每一样发送出去的东西都要得到全体代表正式批准，但就为了盖这么个图章就把他们所有人叫到一起真是太蠢了。他们当中有几个人很敏锐，他是这么说的，所以她千万要谨慎。她喜欢这种感觉，有人给她透露联合国的重要事务，哪怕是些鸡毛蒜皮的事儿，特别是这么个老于世故的人跟她说的。这简直太浪漫了！而且，谁能知道呢？根据斯威兰森所说，从长远来看，她这是在给自己铺一条飞黄腾达的大道。

"他是这里的客人，就跟你们其他人一样，我们已经尽我们所能提供方便了。"那天早上晚些时候，马里乌斯科在苏联代表的办公室里对索波洛斯基说道，"但这跟天文台的工作有冲突。我可不想为了给人提供方便让自己的工作受影响。此外，我反对在自己的地盘上有人做出那种事儿，特别是对于他那个位子上的人。这事儿不合适。"

"我几乎没法出面干涉私人事务，那又不是代表团的业务。"索波洛斯基说道，尽其所能打着外交辞令，他察觉得到这位科学家的义愤填膺可绝非做做样子。"对你来说呢，更恰当的做法是尽量跟斯威兰森直接谈谈。她毕竟是你的助手，受影响的是部门的工作。"

"我已经这么做了，但他的反应很令人不满。"马里乌斯科硬邦邦地答道，"作为一个俄国人，我希望我的投诉能传达到苏联政府涉及代表团事务的不管哪个办公室去，并要求他们通过联合国施加一些适当的影响。因此，我是作为这里的代表跟你谈话的。"

索波洛斯基对马里乌斯科的嫉妒毫无兴趣，他特别不想用这些事打搅莫斯科；太多人想要知道代表团在月背的首要任务是什么，这会招致各种质疑和刺探。可另一方面呢，马里乌斯科显然想要个结果，如果索波洛斯基拒绝了，那这位教授可能就会打电话给下一个不知什么人。真是没太多选择。"很好，"他叹了一口气，"交给我好了。我看看今天能否跟斯威兰森谈谈，或者明天吧。"

"太谢谢你了。"马里乌斯科很正式地道了谢，然后走出办公室。

索波洛斯基坐在那儿想了一会儿，然后伸手打开身后的一个保险柜，从里面取出一份文件，这是苏联军方情报部门里他的一个老朋友按他的要求，通过非官方渠道发送到布鲁诺来的。他花了些时间翻阅其中的内容，让自己加深一下记忆，然后又进一步考虑了片刻，一转念，改了心思。

文件里记录了尼尔斯·斯威兰森不少奇怪的事情——瑞典人，据说1981年生于马尔默，在非洲当过雇佣兵，年近二十的时候突然失踪，十年后重新出现在欧洲。他去过哪里，做过什么，处处充满矛盾。他是如何从寂寂无闻之辈，摇身一变成为腰缠万贯的社会名流的？对于他那段时间的活动痕迹，完全没有追踪记录。他是如何建立他的国际关系的？这也是人所不知的。

不过，他玩女人的花样倒是由来已久，线索清晰。跟德国金融家妻子的风流韵事很有意思……情敌当众发誓要报仇，然后在不到一个月的时间里遭遇滑雪事故，当时情况相当可疑。大量证据表明很多人被收买，调查也被终止了。索波洛斯基心想，没错，斯威兰森是个人脉复杂、手眼通天的人物，他做事不喜欢张扬，如果有必要，他会毫不留情地使用那些关系。

近些时候——实际就在上个月——斯威兰森为何定期地秘密跟卫瑞科夫联系？卫瑞科夫是莫斯科科学院的太空通信专家，苏联与巨人星的通信频道是最高机密，此人直接参与其中。苏联政府并不理解联合国表面上的政策，但很配合，这就意味着独立存在的线路必须在联合国眼前藏匿起来，而且最需要隐瞒的就是联合国。美国人毫无疑问已经推测出发生什么事了，但他们没法证实。这是他们的失误。如果他们坚持把自己捆绑在他们那种公平理念上，那就由他们去吧。但卫瑞科夫为什么要跟斯威兰森联系？

最后嘛，多年以来，斯威兰森一直都是联合国推进战略裁军的杰出人物，而且世界范围的合作以及增强生产力方面他都有可圈可点的贡献。但他为什么现在要如此活跃地支持联合国这项政策呢？人类现在有了前所未有的最伟大的机会获得一切，可联合国的政策却是反对。这似乎太奇怪了。跟斯威兰森有关的每一件事情都透着诡异。

不管怎样，他对马里乌斯科的助手又在搞什么鬼？她是个美国姑娘，马里乌斯科说的。也许他能想个办法理清这件让人心烦的事情，同时又不引起斯威兰森的注意，他很小心地避免这件事引人注意。抛开国家立场，他其实挺欣赏佩希的。佩希在赫勒尔离开之后继续为推进他们国家的理念而战斗着，私下里他对这个美国人很熟悉。实际上，在这一特定问题上，苏联和美国并不是站在同一边的，这很令人遗憾；本质上说，他们双方似乎有着更多的共同点，胜过代表团其他各方。但他心中也得承认，不管怎样，在很长时间里情况不会有太大改变。正如卡伦·赫勒尔有一次说的，这是全人类的未来，他们应该好好想想。作为个人，他是赞成她的；如果跟巨人星联系的意义跟他所想的那种意义一样，那么在未来五十年的时间里就不必担心什么国家差异了，可能甚至都不存在国家了。不过那是作为个人而言的。但与此同时，作为一个俄国人，他还有工作要做。

他合上文件，放回保险柜里，暗自点了点头。他会跟诺曼·佩希谈谈，看看佩希是否会跟那个美国姑娘平静地聊一聊。然后嘛，幸运的话，整件事很快就会烟消云散，不会引起一丝波澜。

13

　　房间的一面墙几乎全被屏幕占据了，屏幕上显示着一颗行星，是从数千英里之外的太空拍摄的。它的表面大部分都是蓝色的海洋和涡卷的云层，隐现其间的是一块块大陆，从黄褐色与绿色纷杂各异的赤道绵延至霜白的两极。这是一个温暖、阳光、惬意的世界，这画面是几个月前拍摄的，当时，遍布其上的那种生命活力让加鲁夫无比震撼；而如今，画面依旧，却不再有那种激动了。

　　加鲁夫是远距离科学任务飞船"沙普龙号"的指挥官，此刻正坐在他的私人舱室里看着最后拍摄的地球画面，思索着那个不可思议的种族。他的飞船在神秘的时空里经历了复杂的时间膨胀效应。经历了漫长的流浪后，迎接它返回的正是那些地球人。两千五百万年前，尽管对于"沙普龙号"上的时间来说只是二十多年，加鲁夫和他的同伴们离开了慧神星上那个繁荣的文明，去一颗名为"伊斯卡里"的星球进行科学试验。如果试验按计划进行，他们就会在时间流逝二十三年后返回家园，而他们自己的生命中只不过会过去不到五年。但试验并没能按计划进行，在"沙普龙号"返回之前，伽星人已经从慧神星消失了；月球人出现了，建立了他们的文明，分化成对立的两大阵营，最终毁掉了他们自己和那颗行星；其后智人重返地球，书写了数万年的历史。

"沙普龙号"就这样发现了他们。曾经是伽星人遗留下来的可怜的畸形变异体，在一个严酷而毫无怜悯的环境里希望渺茫地独立生存着，后来却进化成为一种高傲的、蔑视天下的生物，不仅生存了下来，还轻蔑地嘲笑着宇宙抛在它前进道路上的每一个障碍。太阳系曾经是伽星人文明独享的天地，但早已理所应当地变成了人类的领地。于是，"沙普龙号"再次跃入虚空，近乎无望地奔向了巨人之星。他们相信，那里是伽星人的新家园。

加鲁夫叹了口气。凭什么相信？只是毫无根据的推测罢了，最初级的逻辑学的学生才会接受其作为证据；凭着一个微乎其微的可能性试图做出一个极其理性的决定，其原因只有加鲁夫和他的几位副官知道；那是用地球人的思维编造出来的，他们的乐观与热情没有边际。

不可思议的地球人。

他们让自己相信了巨人之星的神话是真的，而且在飞船离开的时候齐聚一堂祝福伽星人。他们也相信加鲁夫所阐述的离开的原因，就跟"沙普龙"号上的大部分人一样相信——地球脆弱的文明还太年轻，无法承受与外星人共存的压力，因为外星人的数量与影响力都会逐渐增强。但是肯定有少数人，就像那个美国的生物学家丹切克那样，还有那个英国人亨特，他们肯定猜到了真实的原因——很久以前，伽星人创造了智人的先祖。尽管伽星人给他们设置了重重阻碍，但人类还是幸存了下来并繁荣昌盛。地球争取到了自由的权力，不再受伽星人的干涉；伽星人的干涉已经够多了。

所以加鲁夫让他手下的人相信那个神话，并跟随他进入虚空之中。他告诉自己，这个决定很艰难，但他们理应在希望中找到安慰，至少能撑上一段时间吧。希望已经支撑着他们完成了从伊斯卡里星到这里的漫长航行；现在，他们一如既往地信任他。这么做并没有错，等到不得不揭晓真相的时候，再让他们知道吧。而此时，这个真相只有加鲁夫和寥寥可数的几个人知道，当然了，还有像丹切克和亨特那样的地球人也应该已经知道。不过他永远也无法确定，他那两个朋友到底知道多少。那个种族真是狂躁，有时候像是好斗的矮人，但他们又是如此地令人惊叹。他再也见不到他们了。

自从飞船离开地球之后，加鲁夫已经多次独自一人默默无声地看着这幅画面。星图上显示着那遥远的目的地，还要走很多年，它就像是无数光点中一个毫不起眼的小亮点罢了。当然，那是个机会，地球的科学家说得没错。希望总是有的——他突然克制住了自己。他是在让自己陷入遐想当中啊。这只不过是遐想而已。

他在椅子里挺直了身子，从白日梦里醒过来。还有事儿要做呢。他大声说道："左拉克，删除这幅画。通知施洛欣和孟查尔，我今天晚些时候想见见他们，如果可能的话，就在今晚的音乐会之后。"地球的画面消失了。"我还想再看看那份修改第三阶段教育课程的提议。"屏幕立刻亮了起来，显示出一张统计表和一些文字。加鲁夫研究了一会儿，一边评论一边让左拉克记录下来作为附录，然后按顺序调出下一页。他为什么要急着搞教育课程？这不过是必须予以维持的日常模式的一部分啊。就因为他做出这样的决定，连同其他人一起，孩子们注定要耻辱地死去，飘荡在群星之间的虚无之地无人祭奠，只知道"沙普龙号"是他们的家。他为什么还要让自己操心教育课程的细节？它毫无意义。

加鲁夫断然抛开种种思绪，把心思完全放在了任务上。

14

"你看,我知道我无权干涉你的私人生活,我也不想那么做。"诺曼·佩希坐在布鲁诺天文台自己房间的扶手椅上说道,几小时前索波洛斯基跟他谈到了珍妮特。他尽量让自己的声音通情达理、和蔼可亲,同时又不失坚决果断,"但是如果事情到了把我也扯进来的地步,而且还影响了代表团的事务,那我就不得不说一说了。"

椅子对面,珍妮特绷着脸听着。她的眼睛有一些湿润,可佩希说不清那到底是懊悔、愤怒,还是鼻窦有些不适造成的。"我想这的确有点儿蠢。"最后她用很小的声音说道。

佩希心里叹了口气,尽最大可能不表现出来。"不管怎样,斯威兰森应该知道轻重。"他希望这能有点安慰。"天呐……看,我不能告诉你该干什么,但至少聪明点儿。如果你想要听听我个人的看法,那我得说,忘掉这整件事吧,集中精神做好你在这里的工作。但事情取决于你。如果你决心不这么做,那就别把事情闹得让马里乌斯科有理由来向我们抱怨。我说得够坦率了吧?"

珍妮特用一个指节叩了叩嘴唇,轻轻一笑,"我不确定能不能做到。"她坦白地说,"如果你想知道让他心烦的真正原因嘛,是因为自从我到这儿来以后,他就对我有那种想法了。"

佩希暗暗咕哝了一声。他感觉自己渐渐化身为一个父亲的角色,而她还在积极配合。现在,她这一生的故事就要滔滔不绝地往外倒了。他可没这个时间。"噢,天啊……"他恳切地摊开双手,"我真的不想太过于干涉你的个人生活。我只是觉得这件事儿我得说点什么,纯粹是作为美国代表团的成员来讲讲。咱们就把这事儿彻底放下,好吗?"他做出一个微笑的模样,恳切地盯着她。

但她还是想解释每一件事。"我猜这里的一切事情都很奇怪、很不一样……你知道……就是在月球背面这里。"她看上去有点忸怩,"我不知道……我以为跟某个人很友好地会面是好事。"

"我理解。"佩希半抬起手,"你可不是第一个……"

"跟他聊天,他是那么与众不同……他什么都理解,就像你一样。"她的表情突然一变,用一种奇怪的样子看着佩希,就好像不确定自己该不该说脑子里正在想的事情。佩希正要站起来结束此事,别等着让她把这间屋子变成私人忏悔室,但不等他起身,她就开口了:"还有件事我很不确定……我是否应该向什么人说说。当时这事儿似乎没什么,但是……噢,我不知道……这事儿总让我心烦意乱的。"她看着他,好像是在等他示意让自己继续说下去。佩希回视着她,丝毫没有表示出一丁点儿的兴趣。她自顾自地继续说起来:"他给了我几次微型记忆卡,里边有一些额外的数据,要附加到马里乌斯科掌管的那些传送信号里。他说那就是些额外的琐碎的东西,但……我不知道……他说起这事儿的那种样子总让人觉得有点怪。"她长长松了口气,似乎是解脱了,"不管怎样,那个……现在你都知道了。"

佩希顿时形容大变。他身子往前一探,盯着她,面色大为震惊。她惊得双眼圆睁,意识到自己所说的要比想的严重得多。"多少次?"

他简明扼要地问。

"三次……最后一次是今天早上。"

"第一次是什么时候?"

"几天前……也许更早。是卡伦·赫勒尔离开之前。"

"都说了些什么?"

"我不知道。"珍妮特无助地耸了耸肩,"我怎么会知道呢?"

"啊,得了吧。"佩希不耐烦地摆了摆手,"别告诉我说你一点儿都不好奇。你那套设备能在屏幕上读取记忆卡的。"

"我试过。"过了一会儿她承认了,"但那有密码,不允许用控制台的例行程序读取。它们肯定都植入了一次性激活序列,在发送时激活。之后就自动清除了。"

"这就没让你产生怀疑?"

"起先我认为那就是某种联合国惯用的安保程序……但后来我就不确定了。就是从这儿开始让我心烦意乱的。"她紧张地盯着佩希看了一会儿,然后胆怯地继续说道:"他确实说那只不过是些琐碎的附加内容。"她的语调说明,她现在也不相信这话了,然后便陷入了沉默。佩希靠回椅子里,脸上的表情高深莫测,下意识地啃着自己的大拇指,同时心思飞转,琢磨她说的这些话可能意味着什么。

最终,他问道:"他还跟你说过什么?"

"还说过什么?"

"任何事。尽量想一想,他做过的或是跟你说过的任何奇怪的或者是不寻常的事情——哪怕听上去很蠢的事。这很重要。"

"喔……"珍妮特皱起眉头盯着他身后的墙壁,"他跟我说起过他为裁军干过的所有工作,还有他是怎么参与其中,把联合国变成一支高效的全球性的力量……他认识全世界所有身处高位的人。"

"嗯哼。这些我们都知道。还有别的吗?"

珍妮特嘴角闪出一丝笑容,"他非常生气,因为你似乎让他在代表团的会议上不好过。我有个印象,他认为你是个十足的混蛋。我也说不清是为什么。"

"没错。"

她的神色突然一变,"还有别的事,不久之前……就是昨天。"佩希等着,没有开口。她想了想,"我在他的房间里……在浴室。代表团里的另一个人突然进了前门,很兴奋。我不确定是哪位。不是你或那个小个子秃顶的俄国人,但是个外国人。不管怎样,他不可能知道我在那里,就直言不讳地说开了。尼尔斯让他闭了嘴,听上去是真的气急了,但在他发飙之前,那个家伙已经讲了一些事情,说是收到了一些消息,说在很遥远的外太空的什么东西很快就会被摧毁了。"她的眉毛拧了起来,然后摇了摇头。"没什么别的事情了……不管怎样,后面的我就没听清了。"

佩希深表怀疑地盯着她,"你确定他是那么说的?"

珍妮特摇了摇头,"听起来像是那样……我不能确定。水龙头开着,而且……"她话没说完。

"你记不起来还听到什么了?"

"没了……抱歉。"

佩希站起身来,缓缓向门口走去。停了停,他又转身回来,站在珍妮特面前低头看着她,"你看,我觉得你并没有意识到自己搅进什么事情里了。"他的声音里注入了一些不祥的意味。她抬起头惊恐地看着他。"认真听好。你绝对不能把这事儿告诉其他任何人。明白吗?任何人!如果你还打算让自己变得聪明点儿,那就从现在开始。你绝不能把告诉我的话再给别人透露一个字。"她无声地摇了摇头。"我需要你保证。"他对她说道。

她点了点头,过了一两秒又问道:"这是不是说我不能再见尼尔斯了?"

佩希一咬嘴唇。获得更多消息的机会很诱人,但他信得过她吗?

佩希想了想,然后答道:"如果你能管住嘴,不到处乱说你听到的和说过的话就行。如果还有别的不寻常的事情发生,要让我知道。别像个间谍那样到处找麻烦。只要睁大眼睛支棱起耳朵就行了,如果你看到或是听到任何奇怪的事情,就告诉我,别告诉其他任何人。别记录任何东西。好吗?"

她又点了点头,想尽量笑一笑,但实在是笑不出来。她回答说:"好的。"

佩希又盯着她看了一会儿,然后伸开手臂示意他说完了,"我看现在就这样了。抱歉,但我还有些事情要做呢。"

珍妮特赶紧起身出门。她正要关门,佩希叫道:"还有,珍妮特……"她停下脚回头望去。"看在老天的分儿上,尽可能按时上班,别再招惹你那个俄国教授了。"

"我会的。"她挤出个笑容,离开了。

佩希已经注意到一段时间了,跟他一样,索波洛斯基似乎也被排除在斯威兰森那个小圈子之外,他越来越相信那个俄国人为了莫斯科的利益正在玩单人游戏,只是将联合国的政策作为权宜之计。如果是这样,那珍妮特捕捉到的那片鳞半爪的信息不管是什么,索波洛斯基都不会跟它有关系。涉及与苏利恩有关的事务都要与地球保持无线电静默,所以他决定凭直觉行事,安排当天晚些时候在一个贮藏室会见那个俄国人,那里是基地当中很少有人去的区域。

"虽然我无法确定,但那可能就是指'沙普龙号'。"佩希说道,"似乎是有两个苏利恩的集团,他们相互之间并不是那么开诚布公。我们在这儿已经跟其中一个集团联络上了,显然他们对那艘飞船的安危十分关切,但我们怎么能知道咱们这里有没有其他人在跟另一个集团联络呢?又怎么知道那个集团是否也是同样的感觉?"

索波洛斯基专心地听着,"你是想说那些经过编码的信号吧。"

不出意料，每一个人都否认跟它有关。

"是的，"佩希答道，"我们之前假设那是你们的人，因为我们很清楚那他妈的不是我们。但我愿意承认我们可能搞错了。假设联合国在布鲁诺搞的这整件事情就是表面功夫，与此同时，它还在幕后玩着另一个游戏。他们可能就是在拖延，同时在我们背后跟……我不知道，也许是跟苏利恩的一方，也许是另一方，或者是跟他们双方都在进行联络。"

"那是什么样的游戏呢？"索波洛斯基问道。他显然是想探得更多想法，因为自己暂时还没什么想法。

"谁知道呢？但我真正担心的是那艘飞船。如果我想错了，那就错了，但我们不能静观其变，只是在心里默默希望是那样。如果有理由假设它可能有危险，那我们就必须得让苏利恩知道。他们可能有能力做些事情。"他想了好久，要不要冒险跟阿拉斯加联系一下，但最后还是决定不那么做。

索波洛斯基深入地想了好一会儿。他知道那个编了码的信号跟苏联有关，但当然不能承认。然而，跟那个瑞典人有关的怪事又冒出来一件，这让索波洛斯基很想看个究竟。莫斯科希望跟苏利恩人保持良好的联系，此外莫生枝节，那么就利用一下佩希心中所想好了，且不管那到底是什么事儿，反正合作起来警告他们一下也没什么损失。索波洛斯基看得出，就算美国人的担心被证实是毫无根据的，也不会有什么永久性的害处。不论是什么情况，都没时间跟克里姆林宫交涉了。"我尊重你的信任，"他最后真心实意地说，佩希也看得出来，"你想让我做什么？"

"我想用布鲁诺天文台的传送器发送一条信号，"佩希答道，"显然不能让代表团知道，所以我们得直接找马里乌斯科来关照技术方面的事情。他是个挺烦人的家伙，但我想我们能信任他。要是我一个人去找他，他不会理我的，但他可能会听你的。"

索波洛斯基吃了一惊,眉毛微微一扬,"你怎么不去找那个美国姑娘?"

"我想过,但我没法足够信任她。她跟斯威兰森走得太近了。"

索波洛斯基又想了好一会儿,然后点点头,"给我一个小时,然后我到你房间找你,不管到时候是什么消息。"他忧郁地嘬了嘬牙,好像是在心里估量了一番,然后又说道:"我觉得对那姑娘不用太警惕。我有一些关于斯威兰森的报告,他才是威胁。"

夜班换班之后,趁着当晚值班的天文学家们去喝咖啡的空儿,他们到主碟形天线控制室找到了马里乌斯科。马里乌斯科同意了他们的要求,只是要索波洛斯基签一份免责声明,说这个行动是他要求的,是作为苏联政府代表以他的官方身份进行的。马里乌斯科把这份声明锁在了他的私人文件当中。然后,他关上控制室的门,使用总控制台的主屏幕合成并发送了佩希口授的信息。这两位俄国人都想不明白,佩希为什么坚持要把他自己的名字加上。这里边有一些他秘而不宣的事情。

15

加鲁夫听到紧急呼叫便立即赶往"沙普龙号"的指挥舱,一到这里,只见他的副指挥官孟查尔看上去很紧张。"有某种我们以前从没见过的东西在影响飞船周围的应力场。"他回答着加鲁夫无声的询问,"某种外部偏压正在干扰纵向节点模式,并缩短了短程线[1]的流形曲线。图形坐标已乱作一团,左拉克无法做出解释。它现在正尽力重新计算。"

加鲁夫转向任务首席科学家施洛欣,她站在几人中间,正在研究周围显示屏上一列列的信息。"出什么事了?"他问道。

她无助地摇摇头,"我从没听说过这样的事情。我们正在进入某种时空不对称状态,坐标正在反向转换成为一种几何级数框架。我们所处的这一空间区域的整个结构正在崩塌。"

"我们能机动吗?"

"似乎没什么办法。转向器不起作用,纵向均衡器甚至在满负荷

---

[1] 相对论中距离最短的曲线。

状态都无法均衡补偿。"

"左拉克,你的报告呢?"加鲁夫大声问道。

"无法构建出与普通空间协调一致的图形坐标。"计算机答道,"换句话说,我迷路了,不知道我们在什么地方,也不知道我们会到什么地方,甚至不知道我们是否能去什么地方,而且无论如何都失去控制了。除此之外,一切良好。"

"系统状态呢?"加鲁夫问道。

"所有的传感器、通信线路、子系统都查过了,运行正常。不……我没病,我也不是在幻想。"

加鲁夫站在那里大感不解。指挥舱中的每一张脸都在看着,都在等着他的命令,但出了什么事,他并不知道;如果真有事儿的话,有什么能做的,他更是一点头绪都没有。这该怎么发布命令啊。"呼叫所有岗位进入紧急状态,警告他们随时待命等候进一步指示。"他说着,并没有任何明确的理由,只是为了让众人心里踏实一点。一旁有一名船员答应一声,转身到一块面板前传达命令。

"应力场完全紊乱。"施洛欣低声说着,看着屏幕上最新的数据。"我们被隔离在一切可识别的参考物之外了。"她周围的科学家们一脸阴沉。孟查尔紧张地抓着身边控制台的边缘。

此时,左拉克的声音又响起来了:"报告过的那些动态开始迅速逆转。耦联和转化功能模块正在重新生成新的图形坐标。各项参照正在回到平衡状态。"

"我们可能正在脱离困境。"施洛欣平静地说道。四下里都是充满希望的喃喃低语。她又看了看显示屏,明显松了口气。

"应力场没有恢复正常,"左拉克又说道,"正受到外部压制,强迫逆转到亚重力速度。空间重新整合不可避免而且即刻发生。"有什么东西减慢了飞船的速度,并且迫使它跟宇宙的其他部分重新接触。"重新整合完成。我们再次接触宇宙……"然后是一阵久到异乎寻常的沉默。"但我不知道是宇宙的哪个部分。我们似乎已经改变了我们在空间中的位置。"地板上出现了一个球形,显示出飞船周围的星域。看上去跟太阳系一带的样子完全不同,从"沙普龙号"离开地球的时间来算,现在到达的地方应该还能辨识出来才对。

"有几个巨大的人工结构体正在靠近我们。"左拉克停了片刻,说道,"那种设计并不熟悉,但它们显然是智慧的产物。这意味着:我们被某种未知的手段蓄意拦截了,目的未知,智慧体未知,转移去的目的地也未知。除了这些未知之外,其他一切都显而易见。"

加鲁夫命令道:"给我们看看那些结构体。"

指挥舱周围的三块显示屏显示出了从不同角度获得的画面,有好几个硕大的飞行器,那样式加鲁夫从未见过,缓缓从背景的星空里飘来。加鲁夫和他的军官们只能站着,默默地看着,充满敬畏。不等任何人出声,左拉克告知他们说:"我们收到来自不明飞行器的通信信号。他们正在使用我们的标准高频谱制式。我正把它传入主监控屏。"几秒钟后,俯视着地板的巨大屏幕显现出一个画面。指挥舱里的每一个伽星人都呆住了,被他们眼前所见惊得目瞪口呆。

"我叫凯拉赞,"那张面孔说道,"欢迎你们这些很久以前去往伊斯卡里星星的人。很快你们就将抵达我们的新家园。请耐心等候,一切都会得到解释的。"

那是个伽星人——稍稍有些变化的伽星人,但确实是伽星人。难以置信中夹杂着欢喜与兴奋在加鲁夫的头脑中爆发。这只能意味着……地球人从月球发送出去的信号被接收到了。

突然间,他的心一下子飞向了那些鲁莽的、无拘无束的、肆意放飞的地球人。他们终究是对的。他爱他们,爱他们每一个人。

惊喜的欢呼声从四面八方爆发出来,大家一个接一个意识到发生了什么。孟查尔原地直转圈,舞动着双臂,难以控制地释放着情绪,而施洛欣已经瘫坐在一个座位里,只是大瞪着眼睛盯着屏幕,什么都说不出了。

然后，左拉克确认了他们都已经知道的事情："我根据记录用外推法比对了一下星域，确认我们的位置。别问我是怎么做到的，不过看起来这趟旅程结束了。我们到达了'巨人之星'。"

不到一小时后，加鲁夫带领伽星人的第一支队伍走出"沙普龙号"一艘子飞船的气闸，进入了来自苏利恩的一艘飞行器里面灯火辉煌的接驳站。他们走向那排静静等候着的身影，进行了一番简短的欢迎仪式，那种压抑终于打破了，所有的痛苦和希望爆发出来，流浪者们一时之间悲喜交加，笑声与泪水都毫不吝啬地抛洒出来。终于结束了。漫长的流放结束了，被流放的人终于到家了。

之后，新来的人被迎进旁边的一间舱室，他们需要躺在沙发上好好歇歇。这样做的目的并没有得到什么解释。这些伽星人体验到了一系列奇怪的感知扰动，然后一切又都恢复了正常。接着，他们被告知说这个过程完成了。几分钟后，加鲁夫离开这间舱室，带着他的队伍重新进入了苏利恩人齐聚一堂的地方……他突然停住了脚，眼睛难以置信地瞪了起来。

苏利恩人前头不远，居然站着一小群很熟悉的粉红色小矮人，居然正毫不愧疚地哂笑着大惑不解的伽星人。加鲁夫的嘴耷拉下来张得老大，半天都合不拢，过了好一会儿才无声地闭上。有两个人走上前来，其他的人类跟在他们后面，不是别人——"咋才来，加鲁夫？"亨特开心地问道，"你是在路上错过路标了吗？"

"请谅解我对你的这番笑话。"丹切克说着，止不住呵呵直笑，"但恐怕你脸上的表情实在是太好笑了。"

他们身后，加鲁夫又看到了另一个熟悉的身影——身材粗壮，银灰色中夹杂着灰白色的头发，五官鲜明；那是亨特在休斯敦的顶头上司，他身边是那个红发女郎，也是在那儿工作的。他们身边是另外一对男女,他都不认识。加鲁夫努力让自己的脚走动起来,眩晕之中,他看到亨特按照地球人的礼仪伸出一只手表示迎接。加鲁夫跟他亲热地握了握手,然后依次跟其他人握手。他们可不是某种光学影像;他们是真的。苏利恩人肯定是为了这个场合把他们从地球带过来了,用的是慧神星时期的人不知道的手段。

他退后站定,让他的同伴们拥到地球人跟前,加鲁夫用喉麦平静地说着话,这东西仍然将他跟"沙普龙号"连接着,飞船就在苏利恩飞船旁不远。"左拉克,我不是在做梦吧,这件事真的发生了?"左拉克可以通过头戴式微型视频摄像机监控视觉画面,"沙普龙号"的伽星人大部分时间都戴着。

"我不懂你是什么意思。"左拉克的声音在加鲁夫的耳机里答道,"我所看到的就是天花板。你正躺在那里的某种椅子里,而且已经几乎有十分钟没动过了。"

加鲁夫有些困惑。他四下看了看,只见亨特和凯拉赞穿过那群伽星人和地球人朝他走来。"你看不到他们吗?"他大惑不解地问道。

"看到谁?"

不等加鲁夫回答,另一个声音响了起来:"实际上那不是左拉克。那是我,在重复并模拟着左拉克。请允许我做自我介绍——我叫维萨。也许是时候让我们解释一些事情了。"

"在大堂里可不行。"亨特说道,"咱们还是进入飞船吧。得有好些事情需要解释呢。"加鲁夫更茫然了。亨特居然听到了交谈而且听懂了,尽管他并没有佩戴辅助通信设备,而且交谈都是用的伽星语。

凯拉赞站在那里等着,直到所有的问候和介绍一一结束。然后他招呼一声,带着伽星人和地球人的队伍进入了巨大的苏利恩太空飞船腹地,现在只剩几小时路程了。

16

亨特和丹切克正身处浩瀚太空中的某个地方。他们周围是一大片黑暗的区域,这地方由许多被围墙封闭的区域组成,看着像是无数电话亭,四面延伸的地板将它们连接起来,在暗淡的光线之下伸展开,渐渐没入四周的阴暗当中。最主要的光源是一团柔和而苍白的光芒,是头顶的群星散发出来的,每一颗星星都很明亮,一眨不眨。

在巨人星系之外某个地方迎接"沙普龙号"之后,杰罗尔·派克阿德已经恢复了正常,他决定让那两群伽星人单独待一会儿,不要地球人去打扰。其他人同意了。他们抓住眼前的机会进行一些短时的"参观",经维萨协助,他们体验了苏利恩文明的其他方面。派克阿德和赫勒尔去苏里奥斯更进一步学习了他们的社会组织系统;柯德维尔和琳进行了几光年的旅行,在若干地点欣赏了许多苏利恩的太空工程;而亨特和丹切克呢,在经历了拦截"沙普龙号"的操作后,他们大感兴趣,想要看一看是如何利用能量生成巨大的黑洞超环面并投射在飞船路径上,并且又是如何跨越如此巨大的距离的。

维萨答应给他们展示苏利恩的一处电力设施，紧接着，他们就发现自己到了这里。

他们身处一个巨大透明的气泡下方，它是某种结构体的一部分，悬浮在太空中。不过这个结构体的规模到底有多大呢？气泡外面的前后左右，结构体的外部绵延出去，向上伸出的四条微微弯曲的梁臂都是极为精妙繁杂的金属结构，随着距离越来越远，它们也越来越细，随之而来的那种巨大的纵深感几乎令人惊惧。亨特和丹切克就像是站在两弯新月的交叉点上，这两个月牙垂直相交，如同地球仪上的赤道与经线彼此交叉那样，形成四条臂状物，每一条的末端都连着一个很长很细的圆柱体，似乎都指着远处的某个点，犹如四支训练有素的巨型枪筒将火力集中在一个遥远的靶子上。它们伸出去有多远，连猜都别想猜，因为根本没有熟悉的东西能比对着看尺寸。

在一侧更远的地方，在他们目力能及的尽头，还有一个结构体，跟他们所处的这个结构体十分相似：包含着一个类似的双月牙形十字构件，上边也有四个圆柱体，但远端的细节由于距离太过遥远而无法看清。另一侧的空间里还有一个，上方也有，下面也有。亨特一边看一边想，这一整套东西是对称分布在太空中的，围绕着一个公共的中心点，共同形成一个巨型球面，就像是工程师绘制的工程爆炸图[1]上的零件，那些枪筒沿着半径指向球体内部。在这一布局结构当中那个遥远的焦点上，模模糊糊有一团诡异的光晕，杂乱的星光飘浮在虚空之中，晕染上了一抹紫色。

让他们在这场景里欣赏了一段时间后，维萨告诉他们："你们现在位于巨人星系外大约五亿英里的地方。你们脚下的这个东西叫应

---

1. 做机械设计图的时候，完成整台机器或整组部件的装配图之后，绘制成爆炸图状态可以让所有的零件按照一定方式有规律地分离开，使图示装配关系更为清晰明了。通常是以三维图形式做爆炸图。

力发生器，它们总共有六个，可以在太空中生成一个球形的边界。外面的每一条梁臂都有五千英里长。那些圆柱体伸出去的距离也是这么远，这能让你们对它们的尺寸有个了解。"

丹切克瞠目结舌地看了看亨特，再次仰起头望着头顶的景象，然后又看了看亨特。亨特只是出神地回望着他。

维萨继续道："应力发生器会感应生成一个时空扭曲的区域，其强度向着中心方向增强，最终会在焦点处坍缩形成黑洞。"一团红色的环形在光晕朦胧的那个区域亮了起来，显然是维萨在他们的视觉输入端运用了叠加效果。"黑洞就在光环中心，"维萨告诉他们，"光环是背景的星光被扭曲之后的效果——这一区域就像是一个引力透镜。黑洞本身大约距离你们一万英里，你们所处的这片空间实际上是被高度扭曲了的。不过我能删改掉混乱的数据，所以你们能像平常一样感觉和行动。

"在应力发生器所生成的这个区域后面，是投射器阵列，它们利用物质湮灭产生高强度的能量束，并将它们从应力发生器射向黑洞。能量在那里通过更高层级的维度网络重新定向并分配出去，然后集中回到普通空间里需要使用它的地方。换句话说，这整个过程构成了进入超域的能量分配网络，可以将能量传送去任何地方，瞬时跨越星际间的距离。喜欢吗？"

过了好半天，亨特才发出声音来，他问道："在另一头连接着什么样的东西？我是说，这东西能供应一整颗行星……或是与此相当的能量？"

"分配模式很复杂。"维萨答道，"有几颗行星的能源就是从伽尔法朗提供的，就是你们所在的这个地方，苏利恩人在不同地方的很多高耗能工程也是从这里供能的。不过，对于较小的单元，我们可以在任何地方将其接入能量网络，比如太空船、其他的交通工具、机器、寓所……任何使用能源的东西。连进网络的本地设备的尺寸都不大。我们降落在阿拉斯加的那台感知机，就是通过能量网络在常规层级从它通往地球的出口提供动力的。如果它携带自身的机载式推进能源，那机身就得做得很大了。我们几乎没有多少机器是用机载的自主能量源的，它们用不着。能量网络通过巨大的集中式发生器和再定向分配器给每一件东西提供能源，就像你们身处其间的这个东西，它远在深空。"

"这太难以置信了。"丹切克呼吸急促，"想象一下，五十年前，人们还担心能源会被耗尽。这也太……太令人叹为观止了。"

"主能源是什么？"亨特问道，"你说输入的能量束是由物质湮灭产生的，是用什么湮灭的呢？"

"主要是燃尽的恒星内核，"维萨答道，"部分生成的能量要输送出去驱动一个传送站网络，目的就是从遥远的地带将物质传送过来，那里剥离出来的恒星内核就成了湮灭的原料。从伽尔法朗生成的能量会输送进网络，其日均净产量相当于每天要消耗一个月球的质量。不过燃料还是很充足的。任何危机对我们来说都还很遥远。不用担心这方面的问题。"

"你们能够从这里将能量集中起来，跨越若干光年的空间，穿过某种……超维度，在遥远的地方制造出一个用于传送的超环面。"亨特说道，"它总能像对'沙普龙号'的操作那样精准吗？"

"不。那是特殊情况，需要极为精准的操作和对时间的把控。普通的传送相对来说很简单，就是常规程序。"

亨特沉默了一会儿，又仔细观察了一番头顶的奇观，然后回想起他目睹过的一些关于那次操作的细节。

布鲁诺天文台发来了一条令人困惑的信息，警告说那艘飞船有可能陷入某种危险，署名是诺曼·佩希。一看到这条信息，凯拉赞决定不再耽搁，尽快拦截"沙普龙号"。苏利恩借助各方信息才获知有此风险，而佩希是绝无可能从这些渠道获取消息的。所以，佩希到底是如何知晓的，这是个谜。

当然了，那个"机构"跟凯拉赞的人一样，都拥有能追踪"沙普龙号"的设备，而凯拉赞并不情愿让那艘船从既定的航线上消失，从而暴露他的行动。因此他召集来伊希安的工程师团队更改了操作方案，不只是掩盖了在二十光年外拦截飞船的行动，还建造了一个替代物以骗过那个"机构"的追踪设备。但其中有个风险，这个过程中产生的重力扰动可能会被探测到，不过从技术上来说，持续不断的监控是不现实的，因此有不错的机会可以在最短的时间内执行操作，让那个替代物悄无声息地出现。一切依计划进行，转换过程迅速而顺畅，如果一切顺利，那个"机构"目前就是在接收来自替身的追踪数据；与此同时，"沙普龙号"实际已经远在数光年之外了，几乎已经要抵达苏利恩星。时间无疑会证明这个转换过程是否足够迅速和流畅。

这两伙伽星人可能是竞争对手，亨特不知道他们之间的这场欺诈与反欺诈的游戏是怎么回事。就像丹切克从一开始就认定的那样，这种反应跟伽星人的思维方式不匹配。亨特试过几次，想要从维萨那里套出一些隐藏在这后面的线索，但那台机器很坚定地按照指示运行，不讨论这些问题，只是一再重申说，凯拉赞会在合适的时候亲自谈论这个话题。

不过不管出于什么原因，"沙普龙号"没有像佩希所担心的那样遭到攻击或是侵扰，它现在受到了妥善的保护。亨特唯一能得出的结论是，佩希完全误解了什么东西，做出了过度的反应。以亨特的眼光来看，佩希那样的人做出这样的事真是太奇怪了。坦率地说，亨特在重新考虑此事时也承认，佩希实际上并没有很确定地讲"沙普龙号"受到了威胁；他所说的是他有理由相信，外太空有某个东西处于毁灭的危险当中，他很关切地表示那可能是"沙普龙号"。凯拉赞决定不碰运气，亨特当然不会为此责怪他。而那条警告所暗示的，似乎就只是佩希令人失望地搞错了一些事情。但他到底错没错？亨特不住思忖着。

亨特突然感觉身体不舒服。他心想，当然得不舒服了。那些构成他虚拟身体的感官数据包不可能那么完美。那问题在哪儿呢？

他不由自主地看了看四周，发现自己已经回到了感知机的躺椅上，回到了自己的身体里。维萨的声音告诉他："卫生间在走廊尾端。"亨特坐起身来，惊讶地摇摇头。总是这样，伽星人考虑到了每一件事。所以那扇神秘的门就是为此而设的。

几分钟后，他又回到了巨人星，发现丹切克在等着他，一脸郑重。"你不在的时候传来了一些不妙的消息。"教授对他说道，"消息显示我们那位在乔尔丹诺·布鲁诺天文台的朋友并不像咱们猜测的那样犯错误了。"

"出什么事了？"亨特问道。

"在月背和苏利恩星之间转发信息的那台设备停止运行了。根据维萨说的来看，是有什么东西把它摧毁了。"

17

诺曼·佩希在月背孤军奋战，与外界毫无接触，他是如何得知转发信息的设备要被摧毁的？他能接触到的太阳系外唯一的消息源，就是巨人星的苏利恩人发来的信号，而苏利恩人自己也对此一无所知啊。而且佩希明显是背着联合国的月背官方代表团发出警告的，为什么会这样呢？更进一步讲，他是如何得到授权使用设备的？又是怎么知道如何操作的？简单说吧，月背到底发生了什么？

杰罗尔·派克阿德请求苏利恩人提供一套他们与地球的所有交互信息记录，要苏利恩人手里的版本，从整件事一开始的时候算起。凯拉赞同意提供，维萨将其打印出来，用的是停在麦克拉斯基的那台感知机上的设备。当那里的小队把苏利恩人手里的副本与他们自己的进行比对之后，一些特殊的差异浮出水面。

第一部分包含着来自地球的单向通信信息，就是"沙普龙号"刚刚离开那段时间，当时布鲁诺天文台的科学家顶住了联合国的压力，继续发送信息，期望重新建立对话，这场对话最初是由来自巨人之星那个短暂却出乎意料的信号开始的。这些历时数月的消息当中包含的信息所反映的地球文明与科学发展状态开始逐步表明，这跟若干年来由那个依然很神秘、很模糊的"机构"所提供的描述完全不一致。也许就是这些不一致，使得苏利恩人开始怀疑那些报告的真实性。无论如何，地球和苏利恩的这两套记录是完美契合的。

下一组往来信息标记的时间从苏利恩人再次联系开始，这时候联合国开始着手操控地球这一端的决策。于是，月背发送的信息的语调有了明显不同的味道。正如卡伦·赫勒尔在休斯敦第一次会见亨特时告诉他的那样，也正如他自己证实的那样，那些信息都变得消极、摇摆不定了，不愿意消除苏利恩人对地球军事化的看法，还否决了他们着陆与直接对话的提议。在这些信息当中，出现了第一个差异。

在赫勒尔身处月背的这个时期，月背发送的每一条信息都忠实还原了苏利恩人的记录。但有两条追加信息——从它们的格式和页眉规范就看得出来，毋庸置疑是从布鲁诺天文台发出的——都是她之前从未看到过的。让这一切显得更为神秘的是，它们的内容是公然宣战且充满敌意的，其消极态度在一定程度上让联合国代表团永远都难辞其咎。其中说的一些事情全然是不真实的，其要旨是说地球有能力管理自己的事务，不想也不会容忍外星文明干涉，如果有任何着陆企图，将会予以武力应对。更令人费解的是，有些细节跟亨特和其他人初次会见苏利恩人之后看到的那些经过篡改的画面有关，这两边的内容简直对应得严丝合缝。但布鲁诺天文台怎么会有人知道这些事情？

后来，亨特开始从木星发送信号了——用伽星语编码，欢迎实施着陆，建议合适的地点，表现出完全不同的态度。毫无疑问，苏利恩人被搞糊涂了！

这之后是苏联的信号，还附上了完整的用于回复的保密编码。派克阿德成功说服了凯拉赞把这部分信息也拿出来，借口是他们这几个地球人已经被折腾得够惨了，特别是他自己。原来，苏联人也表现出对着陆接触的兴趣，即便态度上明显比亨特从木星发送的信息更为谨慎。这个主题贯穿在苏联的大部分信号当中，不过还是有一些内容显得特立独行，其中有三条表达出跟布鲁诺天文台发送的"非官方"信息类似的情绪。更令人惊奇的是，它们在一些重要的细节上与布鲁诺天文台那些追加的特殊信息相吻合，这绝非巧合。

苏联人是怎么知道布鲁诺天文台发送的非官方信号的？甚至连卡伦·赫勒尔在那里的时候都不知道啊。显然，唯一的可能，那就是苏联人发送的。那么，这是否意味着克里姆林宫在相当程度上左右着联合国，以至于整个布鲁诺天文台的运作都只是装个样子，为了分散美国和其他知晓巨人星的国家的注意力，也为了让代表团表面上一团和气，暗中却处处掣肘，很可能是某些人为此有意识设置的——也许是索波洛斯基的手法？根据可靠消息，布鲁诺天文台的天文学主任也是个俄国人。但有个事实是明摆着的，俄国人这样做的话，自己的努力也就遭到了蓄意破坏。所以，终究还是看不出个究竟。

再之后有三分之一的内容都是从布鲁诺发出的非官方消息，是在卡伦·赫勒尔离开之后发送的，其攻击性达到了新的高度，宣称地球正在切断联系，即将着手行动，确保让对话永久中断。最后，就是诺曼·佩希的警告了，说有外太空的东西可能被摧毁；之后不久，那台信息转发装置就停止运行了。

这些谜题的答案在阿拉斯加可找不到。派克阿德等着，直到国务院的一位信使抵达麦克拉斯基带来了官方消息，说与巨人星的通信已经中断，联合国代表团正返回地球，然后他随同柯德维尔一起去往华盛顿。为了在跟佩希交流之后尽快返回麦克拉斯基反馈最新情况，琳跟他们同行。

亨特和丹切克站在麦克拉斯基的停机坪上，看着飞往华盛顿的联合国太空军团喷气机载着派克阿德、柯德维尔和琳腾空而起，急速爬升往南飞去。他们不远处，一组人员正忙着把雪扫进一个个凹坑里，都是被感知机的起落架轧出来的。此刻，感知机已经跟太空军团的其他飞机在停机坪一侧排成了一行，这样会给那个"机构"的监控设备提供一个正常的画面。尽管飞船内通信系统的黑洞是微型的，但其质量还是相当于一座小山，麦克拉斯基的停机坪可不是为这种重量设计的。

"你想想这事儿，挺滑稽的。"亨特看着那架飞机在远处的山梁上空渐渐缩小成一个黑点，"从威兰尼克斯到华盛顿距离有二十光年，但所有的时间都花费在了这最后四千英里的距离上了。也许等我们把这件事处理完，就能考虑一下把这颗星球上的几个地方连入维萨的网络。"

"也许吧。"丹切克的声音不置可否。从早餐时起，他就明显安静了许多。

"这会让格雷戈在运输方面省不少钱。"

"我看也是。"

"把航通部总部和西木连接进去怎么样？然后我们就能直接从办公室去苏利恩了，还能回来吃午饭。"

"嗯……"

他们转身朝着大厅走去。亨特瞥了一眼教授，目光里颇为好奇，可丹切克显然没有注意到，只是继续往前走。

到了大厅里，他们发现卡伦·赫勒尔躬身趴在一堆通信文本和她在布鲁诺天文台做的笔记上。他们进来的时候，她把那堆资料一把推开，靠回椅子里。丹切克走到一扇窗户跟前，默不作声地望着那架感知机；亨特转过一把椅子反向跨坐在上面，在一个角落里面对着整个房间。"我就是不明白这到底怎么搞的，"赫勒尔叹了口气，"不可能有任何渠道让这些信息被这里或是月球上的任何人知道啊，除了我们——除非他们已经跟凯拉赞说的那个'机构'进行联系了。那可能吗？"

"我也在怀疑同样的事情。"亨特答道，"编码的信号又是怎么回事？也许莫斯科根本就不是向凯拉赞一方传送的信息。"

"不，我查过，"赫勒尔冲着她周围的那堆资料做了个手势，"我们拿到的每一条信息都是由凯拉赞的副官发送的。它们都有据可查。"

亨特摇摇头，双臂环抱着搭在椅背上。"这也让我很困惑。咱们先等等，看看诺曼回来后能给我们带来什么信息吧。"接着便是一阵沉默。丹切克沉浸在自己的思绪之中，一直望着窗外。过了一会儿，亨特说道："你知道，这很滑稽——有时候当事情变成一团乱麻的时候，你就会觉得永远都搞不清其中的意义，但其实只需要一个简单明了的事实就能让每件事拼凑在一起，而这个事实却是每个人都视而不见的。记得几年前，当时我们正努力要搞清楚月球人到底是从哪儿来的，什么进展都没有，直到我们意识到肯定是月球移动过。然而回过头去看的话，这简直再明显不过了。"

"我希望你是对的。"赫勒尔一边把资料收拾进文件夹，一边说道，"还有些事情我不明白，就是所有这些保密措施。我觉得伽星人可不像是这样做事的。然而我们在这里跟一伙人做着一件事，有人又跟另一伙人做着别的事情，而这两伙人都不想让对方知道任何情况。你比大多数人都了解他们。你觉得这是什么情况？"

"我也不知道。"亨特承认道，"还有，谁炸了通信转发装置？凯拉赞的人没干，所以肯定是另一伙人。如果是那样，他们肯定已经发现了，我们做了那么多预防措施也没用。可话说回来，他们为什么会想要炸了它呢？这对于伽星人的行事方式来说也太奇怪了，好吧……或者至少可以说，相对于两千五百万年前的伽星人来说太怪了。"他下意识地转过头,对着丹切克说完最后这些话,而丹切克却仍然背对着他们。亨特还是不相信这么长的一段时间跨度,无法让伽星人的本性发生本质性的转变,可丹切克还是不为所动。他以为丹切克是没听到,但过了会儿,教授一动不动地答道:

"也许你最初的假说需要多加斟酌才行,我当时也一直没想清楚。"

亨特等了等,但丹切克却没再说什么了。最后,他追问道:"什么假说?"

"也许我们根本不是在跟伽星人打交道。"丹切克的声音很恍惚。一阵沉默后,亨特和赫勒尔对视一眼。赫勒尔一皱眉;亨特耸了耸肩。他们当然是在跟伽星人打交道。两人又充满期待地望向丹切克。他突然一转身面对着他们,抬起手理了理自己的衣领。"想想那些事实吧。"他提示道,"我们面对的这种行为模式,跟我们所了解的真正的伽星人的本性完全矛盾。这种模式涉及这两群人之间的关系。其中一群人我们已经见过并且知道那就是伽星人;而另一群我们却不被允许见面,理由也已经给出了,我毫不客气地将其视为托词。因此,可以得到一个合乎逻辑的结论,第二群人不是伽星人——对不对?"亨特只是一脸茫然地望着他。这结论太明显了,让人无言以对。他们都曾假设过那个"机构"是伽星人的,而苏利恩人并没有说过任何话来改变他们的想法,但苏利恩人也从未说过任何对此予以肯定的话。

"还有一点,"丹切克继续道,"人类同伽星人大脑的结构组织和神经运动模式是非常不同的。我发现我很难接受这么一件事:一种设备要是设计来与某一种形态的生物进行高度耦合的交互,而它竟然还能对另一种形态的生物发挥完整的作用。换句话说,停机坪上那艘飞船里的设备不可能是给伽星人设计使用的标准模型,纯粹是因为走运,才碰巧能有效地对人类的大脑进行操作。这种情况不可能啊。能让那些设备如此运行，唯一的解释，就是它原本就是为了跟人类中枢神经系统进行耦合而建造的！因此，设计者肯定对神经系统最为细致的内部活动都了如指掌，而通过他们的监控活动，根据当代地球医疗科学来研究这些东西是远远不够的。因此，这些知识只能是从苏利恩自己那里获得的。"

亨特深表怀疑地望着他，"你在说什么呢，克里斯？"尽管他的声音已经相当平淡了，可还是透出一丝不自然，"苏利恩上既有伽星人，也有人类？"

丹切克坚定地点了点头，"一点不错。当我们第一次进入感知机的时候，维萨就能够在极短的时间内调整参数，让感应模拟器达到正常水平，并对我们神经系统运动区域的反馈指令进行解码。可它是怎么知道人类神经系统一般状态的呢？它是怎么知道什么样的反馈模式是正确的？唯一可能的解释就是，维萨对人类有机体早已有着丰富的经验。"他来回打量他们俩，希望对方有所回应。

"可能是这样。"卡伦·赫勒尔深吸一口气，领会着他的话，缓缓点了点头，"或许这也解释了为什么伽星人没有急急忙忙将事情告诉我们，非得等他们对我们的反应更有把握后——特别是他们对我们有那些先入为主的看法。这也让另一件事说得通了，正因为另一伙人是人类，所以才那么迫切地执行监控程序盯着地球。"

她想了想自己说的话，又点了点头，觉得自己说得没错，然后眉头一皱，好像想起了什么。她抬头看着丹切克，"那他们是怎么到那儿的？他们可能是进化过程中的某个独立的谱系？在伽星人到达苏利恩之前就已经存在于那里……可能是类似这样的？"

"噢，那太不可能了。"丹切克不耐烦地说道。赫勒尔看上去有些惊讶，张嘴要反驳，但亨特瞥了她一眼表示警告，几乎是难以察觉地摇了摇头。如果她让丹切克开始做进化论的演讲，他们就得听一整天了。她一边的眉毛稍稍一挑，表示收到，没有继续追问。

"我认为我们没有必要就这个问题的答案去做太遥远的探寻。"丹切克心不在焉地对他们说着,身子挺得笔直,紧紧抓着自己的领口,"我们都知道伽星人大约在两千五百万年前从慧神星迁移去了苏利恩星。我们还知道,那时候他们已经获取了相当数量的地球生命物种,包括进化到那个时期的灵长类。确实,我们在木卫三的飞船上也发现了一些,我们有一切理由相信那肯定跟迁移行动有关。"他停了一会儿,好像是在考虑剩下的话该怎么讲清楚,然后继续说道:"他们显然是带着一些类人猿的早期人科动物样本跟他们一起,这些样本的后代就此发展壮大,成为人类群体,在苏利恩社会里享有完全同等的公民权,维萨对他们和伽星人都可以进行同等的服务,这一事实正好证明了这件事。"丹切克垂下手,握在背后,下巴向前一伸,显然是很满意了。他最后总结道:"还有,亨特博士,如果我错得不是太离谱,那么这显然就是你们正在寻找的缺失的一环。"

18

诺曼·佩希抬起手做了个警告的手势，关上门，外边的办公室里，秘书正在指示两个太空军团的士兵把箱子装上一辆手推车。珍妮特坐在椅子里看着，她刚把椅子里的一堆资料和文件夹拿开，都是等着准备打包的，代表团即将离开布鲁诺天文台。"现在说吧。"他对她说着，转身从门前走了过来。

"是昨晚，也可能是今天凌晨……确切时间我不确定。"珍妮特紧张地拨弄着实验服上的一枚纽扣，"尼尔斯接了什么人的一个电话——我想是那个欧裔美国人，戴尔丹尼尔——说有些事情他们得马上谈谈。他就开始说什么事情，是跟一个叫卫瑞科夫的人有关的，听上去像是这么个名字，但尼尔斯阻止了他，说他会过去在那边跟他谈。我假装一直在睡觉。他穿上衣服溜出去了……小心翼翼地，好像特意不想惊醒我。"

"好的。"佩希点点头，"然后呢？"

"喔……我记得之前他正在看什么资料，就是我进门的时候。他把它放到一个文件夹里了，但我肯定他没上锁。我就决定冒个险，看看那是什么。"

佩希一咬牙,尽量不让自己的情绪流露出来。这可是他一再警告她不要去做的事情,但听起来后果挺有意思。"然后呢?"他诱导着。

珍妮特突然一脸迷惑,"里边的东西当中有份文件。边缘是亮红色,里边是粉红色。引起我注意的是封皮上边有你的名字。"

佩希听着,眉毛拧在了一起。珍妮特所描述的东西听上去像是标准的联合国文件格式,是用于高度机密备忘录的。"你看里边了吗?"

珍妮特点点头,"很诡异……报告指责你们在这里做事的方式是在妨碍会面,结尾部分说,如果美国表现出更多的合作态度,代表团将会取得更大进展。这听上去可一点都不像是你啊,所以我才觉得这很诡异。"佩希一语不发,盯着她。不等他想出该说什么,她又摇了摇头,好像是觉得需要澄清一下她即将说的话不是她的意思,"而且这部分当中是关于你和……卡伦·赫勒尔的。它说你们俩是……"珍妮特犹豫了一下,然后抬起一只手,食指和中指交叉在一起,"……像是那样,而且是那种……该怎么说?……那种'公然轻浮的举止实在与这种性质的任务不相称,有可能是美国政府妨碍事态进程的手段。'"珍妮特靠回椅子上,又摇了摇头,"我知道这报告完全不属实……而且是他写的,好吧……"

她这话只说了一半就收住了。

佩希坐在一个打包装了一半的箱子边缘,狐疑地盯着她。过了好一会儿才说出话来。"你确实看到所有这些了?"他最后问道。

"是的……我没法跟你一个字一个字地背,但就是那么说的。"她犹豫着说道,"我知道这太疯狂了,如果那有助于……"

"斯威兰森知道你看过这份报告吗?"

"我看他没这本事。我把每样东西都原样放回去了。我猜我原本能给你搞到更多的东西,但我不知道他要离开多久。结果他走了好一段时间呢。"

"这就很好了。你做得对,不要冒险。"佩希低头看着地板,看了好一会儿,感觉完全糊涂了。然后他又抬起头问道:"我们要走了,他现在有什么奇怪的举动?可能是任何……不好的事情?"

"你是说恶意威胁,让我别乱讲关于计算机的事情?"

"嗯……是的,可能吧。"佩希好奇地看着她。

她摇摇头,微微一笑,"事实上恰恰相反。他非常亲切,还说简直太可惜了。甚至暗示说回到地球之后我们还能重聚——他能给我安排个收入不菲的工作,能遇到各种有意思的人……诸如此类的。"

太聪明了,佩希暗想。让人抱有美好的希望便不会产生背叛。"你相信他吗?"他问道,挑起一边的眉毛。

"不信。"

佩希赞成地点点头。"你成长得很快。"他打量了一下办公室,疲惫地揉了揉额头。"我现在得做些事情了。我很高兴你告诉我这些。但你已经换上了工作服,这就是说你马上要回去工作了。咱们还是别再让马里乌斯科不高兴了。"

"他今天请假了。"珍妮特说道,"但你说得对——我必须得回去了。"她站起身来朝门口走去,就要开门的时候又转回身,"我希望一切都好。我知道你说过要低调行事,别来代表团办公室,但这事似乎很重要。而且大家都要走了……"

"别担心。没问题。我过些时候再见你。"

珍妮特走了,佩希示意她让门开着。佩希坐了一会儿,开始反复思忖她说的那些话,但思路被太空军团的士兵打断了,他们进来整理准备搬走的箱子。他决定去公共休息室喝杯咖啡,好好想想这事儿。

几分钟后,佩希进入公共休息室的时候,斯威兰森和戴尔丹尼尔正在那里,另外还有两个代表,都聚在吧台前。他们客气地点了点头算是跟他打了招呼,便继续交谈。佩希在房间一侧的点单机上要了杯咖啡,坐在远处角落的一张桌子边,满心希望自己方才选的是别的地方。他端着杯子暗暗观察着其他人,心里列出了关于那个高个子、道貌岸然的瑞典人的一些未解答的问题,那个人正站在吧台边,被一群狗腿子围在中间。

也许佩希对于"沙普龙号"的担忧放错了地方。珍妮特无意中听到的那件事会不会跟巨人星突然停止通信有关?两件事紧接着相继发生,太可疑了。如果是那样,除了斯威兰森,代表团里至少还有一个人是知情的,但他们又是怎么知晓此事的?而且,斯威兰森和戴尔丹尼尔又怎么跟卫瑞科夫扯上关系了?佩希从中情局的报告上得知此人是苏联太空通信方面的专家。如果莫斯科和联合国内部的小派系之间有猫腻,为什么索波洛斯基会跟佩希合作?也许是出于某种更诡谲的阴谋。他信错了俄国人,佩希苦涩地向自己承认。他应该利用珍妮特,而不是让索波洛斯基和马里乌斯科掺和进来。

最后嘛,对他进行人格侮辱背后的动机又是什么呢?还殃及了卡伦·赫勒尔,肆意歪曲他们在布鲁诺天文台的形象。有件事似乎很奇怪,斯威兰森竟认为这计划能运行起来,因为珍妮特所述的那份文件不会得到所有代表团会议官方记录的证实,而且纽约的联合国总部还会收到一份副本。再者,斯威兰森跟任何人一样都是知道这一点的:不管他有什么毛病,总不至于那么天真无知。然后,随着真实情况浮现出来,他胸中的怒火油然而生——他没有办法确认自己看过并批准的那些逐字逐句记载着会议讨论过程的记录,跟将要送到纽约去的那个版本是完全一致的。就佩希所能窥见的那个在幕后推进的阴谋诡计来看,任何事都有可能发生。

斯威兰森正在吧台那边说着:"按我的观点来看,如果南太平洋的交易交到美国人手里,那就太好了。随着美国让自己的核工业在世纪之交之前几乎彻底破坏掉,苏联人实质上垄断中部非洲的大部分地区也就不足为奇了。地区间彼此影响力的均衡发展以及就此产生的胶着竞争,只可能给各方带来更好的长期利益。"他周围的三人附和地点着头。斯威兰森做了个漫不经心地抛开一切的动作,"说到底,在我的位置来看,我几乎无法容许自己为纯粹的国家政治所左右。总体上来说,种族更长期的进步是重中之重。这就是我一直以来所坚持的,也是应该继续坚持下去的。"

在经历了这么多之后,这番话让佩希再也抑制不住了。他咽下一口咖啡,把杯子重重地蹾在桌上。吧台旁的人一齐吃惊地转向他。"谎话连篇!"他冲房间另一头的他们喝道,"我从没听过这样的鬼话。"

斯威兰森对这通发作一皱眉,显然颇为不满。"你什么意思?"他冷冷地问道,"最好自己解释清楚。"

"你自己手中就有着有史以来最大的机会让种族进步,而你却把它抛开了。我就是这个意思。我从没听人说过这么虚伪的话。"

"我恐怕不明白你的意思。"

佩希简直不敢相信,"该死的,我指的是咱们跑到这里弄出的整场闹剧!"他听到自己的声音高叫起来,知道这可不妙,不过就是压不住火儿,"我们已经跟巨人星联系了好几个星期。我们什么都没说,我们什么都没得到。这是哪门子'坚持取得进步'?"

"我同意。"斯威兰森说着,保持着镇静,"但我发现有件事很不对劲儿,你应该以这样不羁的方式去抗议嘛。我得忠告你,不要向你们自己的政府提出这些麻烦事儿。"

这说不通啊。佩希摇了摇头,一时之间恍惚了,"你在说什么?美国的政策一直都是推动此事。我们从一开始就想要让他们着陆。"

"那我就只能说你为此所做的一切是极其不称职的。"斯威兰森答道。

佩希眨眨眼,似乎无法相信自己的耳朵。他看着其他人,但在他们脸上看不到任何预期的同情。他的脊髓里突然冒出一丝寒气,开始意识到问题了。他的眼睛迅速在他们的脸上转来转去,无声地寻求他们做出反应,然后直勾勾地盯着戴尔丹尼尔,让这个法国人的眼神无法逃避。

"咱们这么说吧,对我来说很明显,对话的成效本来很有可能获得相当大的提升,如果不是美国代表一而再再而三地提出消极的看法。"戴尔丹尼尔说着,并没提及佩希的名字。他说话的声音很勉强,就像是被迫给出一个答复,而他宁愿没说过这话。

"最令人失望的是,"巴西人萨拉昆兹评论道,"我原本对那个最先把人类送上月球的国家抱有更美好的希望,期望对话有朝一日能够重启,失去的时间能有所补偿。"

整个局面太疯狂了。佩希目瞪口呆地盯着他们。他们都是阴谋的一部分。如果回到地球之后要讲的版本就是这样,文件记录的备份就是这样,那么没人会相信他对于这些事情的描述。就连他自己都不能确信自己该相信什么了,而他还没离开布鲁诺呢。他的身体开始无法控制地颤抖,怒不可遏。他站起身绕过桌子往前走去,直对着斯威兰森。"这是怎么回事儿?"他威吓着问道,"我不知道你觉得自己是什么人,你举止傲慢,摆臭架子,道貌岸然。从我到这里的时候起,你就让我觉得恶心。但现在咱们忘掉所有这些。我想知道到底是怎么回事儿。"

"我强烈建议你不要把个人问题带到这里边来。"斯威兰森说着,又犀利地加了句,"特别是你……很轻浮地喜欢某个人。"

佩希感觉自己气血上涌。"你这又是什么意思?"他喝道。

"噢,得了……"斯威兰森皱了皱眉,目光游移了一下,好像是希望避免如此敏感的问题,"当然了,你不能指望你跟你美国同僚的事情能完全躲开大家的注意。真的……这种事情很尴尬,没必要。我倒是愿意我们放下这事儿。"

佩希盯着他看了好半天,毫不掩饰难以置信之情,然后目光转向戴尔丹尼尔。那个法国人转身拿起酒杯。他又看向萨拉昆兹,但这位也避开了他的目光,什么都没说。最后他转向冯·基林克,那个南非人,他一直只是听着。"这很不明智。"冯·基林克这么说了一句,几乎是带着愧悔的声音了。

"是他!"佩希指向斯威兰森,目光再次扫过其他人,这一次充满了咄咄逼人的气势,"你们就让他站在那儿满嘴喷粪?就他这样的人?你们不是当真的吧?"

"我不敢说我喜欢你的语气,佩希。"斯威兰森说道,"你想要暗示什么?"

这情况确实到了这个份儿上。斯威兰森真是无耻至极。佩希感觉自己的拳头紧贴在自己身侧,但强忍着没有挥出去。"你是不是打算告诉我说我是在做梦?"他低声道,"马里乌斯科的助手……从来没这事儿?你的这些傀儡也打算在这事儿上支持你?"

斯威兰森倒是真的做出了震惊的样子。"如果你是在暗示那样的事情,那我就得忠告你,立刻收回这话并且道歉。这不仅是侮辱,对于身处你这个地位的人来说也是自降身份。用这种陈词滥调编造事实不会打动这里的任何人,而且回到地球,你毫无疑问会因为自己的所作所为而名声扫地,看起来你做任何事都无法挽回了。我原本还以为你相当有智慧的呢。"

"太糟了,太糟了。"戴尔丹尼尔摇着头呷了一口酒。

"闻所未闻。"萨拉昆兹咕哝着。

冯·基林克不安地盯着地板,但什么都没说。

恰在此时,天花板里隐藏的扬声器传出呼叫打断了这一切:"呼叫联合国代表团的斯威兰森先生。紧急呼叫。斯威兰森先生请接电话。"

"必须向各位致歉了,先生们。"斯威兰森叹了口气。他狠狠地看着佩希,"我准备将这可悲的表演归咎于你不适应外太空环境而产生的反常行为,别再说这事儿了。"他的声音带上了更为阴险的语调,"但我必须警告你,如果在我们离开这个组织机构之后,你仍然顽固地一再重复这样的诽谤,我将被迫以更为严肃的态度来对待此事。如果是那样,你将发现其结果不论是对你个人的处境还是对你未来的职业前景都没有什么好处。我相信我说得很清楚了。"说完,他一转身,摆出帝王般的姿态离开了房间。另外三位赶紧喝完酒,也紧跟着溜了。

那天夜里是佩希在布鲁诺天文台的最后一夜。他心里是又糊涂又沮丧又愤怒,根本睡不着。他在房间里坐立不安,踱来踱去,回想着这一切的每一个细节,审视着整个形势,先是从一个角度,然后从另一个角度,但每一件事怎么都拼凑不到一块儿。他又一次想要联系阿拉斯加了,但还是忍住了。

当地时间接近凌晨两点时,传来一阵轻轻的叩门声。佩希一阵迷惑,他正窝在椅子里,连忙起身去看,是索波洛斯基。这俄国人迅速蹿进来,等着佩希把门关好,然后伸手到夹克里掏出一个大信封递过来,一语不发。佩希把它打开,里边是个粉红色的文件夹,大红色的镶边,封面的标题栏是:

机密。报告 238/2G/Nrs/FM. 诺曼·H.佩希——个人简介及说明。

佩希难以置信地看着它,打开迅速翻了翻内容,然后抬起头。

"你怎么搞到这个的?"他的嗓子都哑了。

"自有办法。"索波洛斯基含糊其词地说道,"你知道这东西吗?"

佩希有所保留地告诉他:"我……有理由相信可能存在着这样的东西。"

索波洛斯基点点头,"我想你可能希望把它放到什么安全的地方,或者干脆烧了。只有一份拷贝,我已经销毁了,所以你可以安心了,不用怕它会去什么它本该去的地方了。"佩希又低头看着文件夹,简直晕得厉害,都答不出话了。"还有,我不经意看到一卷非常奇怪的代表团会议记录——我根本不记得有那些内容。我用你和我都见过的并且经过咱俩核对认可的一套副本替换掉了。相信我,送到纽约的就是这些。在它送往第谷环形山之前,我亲自把它们重新封装进信使包裹里的。"

佩希只是说道:"但是……怎么做到的?"

"我可一点都不打算跟你说。"俄国人的话说得很简略,但眼睛里闪着光芒。

突然之间,佩希笑了,因为心里浮起了一个念头:并非世界上的每一个人都是他的敌人。"也许是时候让我们坐下来交换一下意见了。"他说道,"我想我这地方可没有伏特加。杜松子酒怎么样?"

"我来这儿也正是为此。"索波洛斯基说着,从内层衣兜里掏出一沓笔记,"杜松子酒很好——我挺喜欢的。"他把夹克挂在门边,让自己舒舒服服地坐在一把扶手椅里,佩希进到里屋拿酒杯。进去的时候,他看了看制冰机,确保够用。他有一种感觉,这将会是漫长的一夜。

19

  加鲁夫这一生有二十八年都是在"沙普龙号"上度过的。古慧神星的一群科学家提出了一种大规模的气候与地质工程项目来控制未来二氧化碳浓度的增加。然而该计划极其复杂，而且模拟的模型显示出一种高风险性，将会扰乱温室效应，让这颗行星更早而不是更迟地变得不宜居住。因为慧神星与太阳的距离无比遥远，温室效应能够帮助维持上面的生命。作为规避风险的保险措施，另一群科学家提出一个方法来增加太阳的辐射输出量，改变太阳自身的引力，而气候与地质工程的想法可以先行实施，如果造成的不稳定性逼近了破坏温室效应的临界点，加热太阳的方法可以作为补偿。因此，综合来看，慧神星的情况怎样都不会变得更糟。

  保险起见，慧神星政府决定首先测试一下后一种方法，便派遣"沙普龙号"执行一项科学任务，在一颗跟太阳类似的恒星"伊斯卡里星"上进行一次全真模拟试验，该行星没有任何形式的生命存在。所幸他们这样做了，但因为出了一些差错，导致伊斯卡里星变成了新星。当时，"沙普龙号"的主驱动系统正在维修，远征队被迫赶紧逃离，无法等到把它完全修好了。飞船急剧加速到最大速度，而减速系统也失灵了，"沙普龙号"返回太阳系时，船上的时间只过了二十多年，而在高速叠加的时间膨胀效应下，外界的时间流逝是飞船的上百万倍。就这样，飞船最终来到了两千五百万年后的地球。

加鲁夫站在飞船内学校的一间讲堂门口，望着一排排空荡荡的座位、满是刮痕的操作台、高高的讲台以及远端的屏幕阵列，心里回想起了那些日子。他们跟随他离开慧神星，不止一次，他相信他们中没有人能看到这一天。但正如生命的模式那样，一代新人换旧人——新人在这空旷的太空里出生、成长，他们只在地球上短暂停留，除此而外，对他们来说飞船就是家园。加鲁夫从各方面都感觉自己像是一位父亲，他们所有人的父亲。尽管他自己的信念不止一次动摇过，但他们却从未摇摆，一直坚信他会把他们带回家。但现在他们会怎样呢？他心中思虑着。

现在，这一天终于到了，他发现自己的情绪很复杂。理性上讲，他很开心，自然了，他们这些人漫长的流放结束了，而且他们最终跟自己的族类重聚了；但在情感深处，他会怀念这个微型的、自给自足的世界，如今这已经成了他唯一熟悉的世界。这艘飞船，它的生活方式，它具体而微又极为紧凑的社区，都是他的一部分了，正如他也是它的一部分。但现在，这一切都结束了。他还能不能以同样的方式归属于苏利恩这个天翻地覆的世界？它的科技近乎魔法，人口以万亿计，分布在若干光年范围的太空中，分散在若干恒星系里。我们这些人能如此生活吗？如果不行，还能属于哪里呢？

站了好一会儿，他转身缓缓走过空荡荡的走廊和通信舱，走向一个通往运输通道的转接点，那会把他送回飞船指挥舱。地板因长年累月的踩踏已显出斑驳，墙角已然磨损。每一个印记、每一条划痕都有自己的故事，都记录着那些年在某个地方发生过的某件事。这一切如今都会被忘记吗？

从某些角度看，他感觉这儿其实已经被遗忘了。"沙普龙号"在苏利恩的高空轨道上运行，里边的大部分人员已经被带到地表住进了为他们安排的住地。没有公众庆典或是欢迎仪式，事实上，这艘船被拦截这件事仍然要严加保密。只有可数的几个苏利恩人真正了解加鲁夫和他的人的存在。

他到指挥舱时，施洛欣正等在那里，研究一块显示屏上的信息。他走近的时候，施洛欣转头看了看。"我真想不到拦截飞船的操作是如此的复杂。"她说道，"一些物理技术太令人叹为观止了。"

"具体说说？"加鲁夫问道。

"伊希安的工程师制造了一个复合式超通道——一个双重作用的超环面，其功能是一端作为入口，同时另一端作为出口。他们就是这样迅速地放好替代物的：替身从一端进入的时候，我们从另一端出来。但要想不露破绽，他们不得不把时间控制在皮秒[1]级。"她停了停，探问地看了看他，"你看上去不太好。有什么问题吗？"

他模棱两可地冲着来时的方向做了个手势，"噢，就是……在船上走了走……空荡荡的，没有人。毕竟在船上待了那么久了，需要适应一下。"

"是的，我懂。"她的声音沉下来，透出理解之意，"但你不应该觉得伤心。你兑现了承诺。他们很快就将过上自己的生活了。一切都会变得好起来的。"

"希望是吧。"加鲁夫说道。

这时候左拉克说话了："我刚刚又通过维萨收到一条信息：凯拉赞现在有空，说只要你准备好了，他马上见你。他建议在一颗名为'魁瑟'的行星上见面，大约离这里十二光年。"

加鲁夫说道："我们这就上路。"离开指挥舱的时候，他朝着施

---

1. 一皮秒等于一万亿分之一秒。

洛欣茫然无措地摇了摇头,"我不确定我能习惯这一切。"

"地球人似乎适应得很好。"她答道,"我上一次跟维克多·亨特谈话的时候,他正试图想办法在办公室安装一台耦合器。"

"地球人能适应任何事。"加鲁夫叹了口气。

他们进到一个房间,苏利恩人已经在里面安装了一排便携式感知耦合单间,一共四间,由于"沙普龙号"没有接入维萨的网络,这就是接入苏利恩系统的唯一手段了——而凯拉赞也因此不能"拜访"这艘飞船了。如果飞船不是在轨道上处于失重状态,那这些通信组件里的微型超环面的重量就足以让船舱严重变形。加鲁夫进入一个单间,施洛欣进了另一间,他躺在躺椅上让自己的思维与维萨相连。片刻之后,他就站在了凯拉赞身边,在一间大屋子里,这是飘浮在魁瑟星上空五十英里的人工岛的一部分。几秒钟后,施洛欣出现在了他的身旁。

"地球人比你想的要精明得多。"待他们三人聊了一会儿后,加鲁夫说道,"我们一起生活了六个月,已经很了解了。对于伽星人的思维来说,要想理解欺诈以及辨别欺诈行为是很困难的;而对他们来说,这只是生活的一部分罢了。他们对此有着天生的洞察力,很快就能得出真相。如果想把事情多隐藏一会儿,等到他们自己搞明白了,局面只会令我们所有人都更为尴尬。你现在应该对他们坦白。"

"此外,这也不是伽星人处事的方式。"施洛欣说道,"我们已经告诉你地球上的真实情况,我们是如何受到欢迎,并以各种可能的方式得到帮助。你之前的怀疑是基于谎言做出的判断,那是杰乌伦人汇报给你的,但不再成立了。你欠地球人的,也欠我们的,现在就告诉他们全部的事实吧。"

凯拉赞挪开了一点距离,转过身背着双手站在那儿思考他们说的话。他们所处的房间悬挂在岛屿下方,形成一个椭圆形的凸起。它的内部是一坪凹陷的地板,四周环绕着连续倾斜的透明墙壁,可以全方位地俯瞰魁瑟星那紫色的、云气斑驳的表面。墙壁外的上方，硕大的人工岛赫然在目，一系列金属曲线、气泡、凸起物随着弧度渐渐汇聚在一起，渐渐远去，渐渐从头顶上方游离出视野。"所以……我们没法对他们隐瞒真相了。"凯拉赞最后说道，没有转过头来。

"要记得，是地球人最先看出那个阴谋的，杰乌伦人计划要摧毁'沙普龙号'，同时设计让地球受到指责。"加鲁夫提醒他，"苏利恩人永远不会想到这种事儿。咱们诚实些吧——地球人和杰乌伦人的思维方式很相似，而伽星人的思维方式很不同。我们不是猎食者，没有演化出敏感的猎食者的那种技艺。"

"出于同样的原因，你可能会发现我们非常需要地球人帮忙去摸摸底，看看杰乌伦人到底要做什么。"施洛欣补充道，"你是否探知到一点儿他们常年系统性篡改地球报告的原因了呢？"

凯拉赞从观景墙前转过身再次面对着他们。"没有。"他承认道。

"很多年了啊。"加鲁夫强调道，"而你什么都没怀疑，直到你开始收到来自月背的信号。"凯拉赞想了想，然后叹了口气，无奈地点了点头。"你是对的——我们什么都没怀疑。直到最近我们都相信杰乌伦人很好地融入了我们的社会，成了我们的科学与文化最热心的学生。我们将他们看作是同等的公民，跟我们一起向着其他的世界扩散……"他朝身后和下方做了个手势。"比方说，这颗星球。我们甚至帮助他们建立了他们自己自主管理、完全自治的星球，使其成为一个新文明的摇篮，伴随我们一起跨越银河系。"

"喔，有些事情在某些方面显然是错得离谱了。"施洛欣评论道，"也许需要地球人的思维来探究一下到底是怎么回事了。"

凯拉赞盯着他们看了好一会儿，然后再次点了点头。"官方层面，芙瑞努·肖姆负责代表我们跟地球交涉。"他说道，"我们应该跟她谈谈此事。我看看现在能不能把她找到这儿来。"他转过脸，稍微提高声音呼叫道:"维萨,找一找能否联系上芙瑞努·肖姆。如果她在,给她看看我们这里这场对话的回放,问问她看过之后能否加入我们。"

维萨应道:"我知道了。"

沉默片刻后,施洛欣提醒道:"根据威兰尼克斯会议的回放记录来看,我可不觉得她对地球人有多么强烈的好感。"

"她从来不信任杰乌伦人。"凯拉赞答道,"她的情绪显然也扩展到了地球人身上。也许这并不令人意外。"再次沉默片刻后,他继续道,"魁瑟星是个有趣的世界,新兴的智慧种族扩张到了它大部分的表面。杰乌伦人在过去与我们合作,将许多类似的行星并入我们的系统。他们似乎具备一种天生的才能跟原始的种族打交道,那种方式是伽星人很难领会的。我要向你们展示一个范例。维萨,咱们再去我之前看的那个地方看看。"

地板中央的空地上出现了一幅立体影像,是一处城区的俯视图,一块块经过雕琢的岩石或是经过烧制的黏土砌成粗陋的建筑,其曲线设计十分奇特。它们都攒聚在一座更大的、更壮观的建筑基座周围,它的六个侧面都有宽阔平坦的阶梯,顶部修有坡道和立柱。加鲁夫看着这座建筑,模模糊糊地想起自己在地球上见过的古代神庙的画面。一侧台阶底部的空地上密密麻麻聚集了许多身影。

"魁瑟尚未连入维萨的网络。"他们观看的时候,凯拉赞告诉他们,"因此我们无法到那里去。这是从轨道上捕捉到的高解析度的画面,输入到你们的视觉皮层上。"

随后,视野变窄了,放大率不断提高。原来,蜂拥在一起的这些生物是双足的,有两条手臂,一个脑袋,但它们身上未被粗陋的衣物遮掩的部分似乎更像是某种粉红色的闪光的晶体,而并非皮肤。它们的头纵向伸长,顶部和后面覆盖着泛着红色的肉垫,肢体修长纤细,举手投足飘飘欲仙,十分优雅,令加鲁夫莫名地着迷。

让他惊讶地大瞪起双眼的，是一伙五人团体，他们正在台阶顶部众人头顶之上摆出姿势，一动不动地站得笔直，穿着飘逸的礼服，带着高高的、精致的头饰。他们似乎很超然，藐视一切。然后，加鲁夫突然意识到那些纤细的、粉红色的外星人的动作是什么意思了。那些动作表达着祈求与尊敬——几乎算是崇拜。星际飞船的指挥官猛地转过头质疑地望向凯拉赞。

"魁瑟人认为杰乌伦人是神灵。"凯拉赞解释说，"他们从天空乘坐神奇的飞船降落，施展奇迹。杰乌伦人有时候用科技手段安抚原始的种族，在把它们从野蛮向着文明改造之前，给它们灌输要尊重并信任他们的思想。显然他们是从地球得到的这种想法——从他们长久以来的监控中观察来的。"

施洛欣似乎很担心。"这样明智吗？"她问道，"如果一个种族的文明是建立在这样一种非理性的基础之上，那它怎么会有希望向着理性和对环境进行有效控制的方向进步呢？我们知道地球上都发生过什么。"

"我一直在想你们会不会说这样的话。"凯拉赞说道，"我自己也怀疑过同样的问题。也许，在最近的这些事情发生前，我们都太过信任杰乌伦人了。"他郑重地点了点头。"我想我们在不远的未来会看到一些重大的变化。"

不等那二位作答，维萨插话了："芙瑞努·肖姆现在要加入你们了。"

凯拉赞说道："我们不再需要这个图像了。"于是魁瑟的画面消失了，一两秒之后，肖姆站在了凯拉赞身旁。

"我可不喜欢这样。"她单刀直入，"地球人将会要求面见杰乌伦人，那将意味着各种各样的问题。整个形势已经够复杂了。"

"但我们确实让杰乌伦人控制着对地球的监控。"凯拉赞指出，"为什么就不应该接受其后果呢？"

"我们并没有让他们那么做，"肖姆说道，"是他们争论并且一再竭力要求的，直到当时的苏利恩政府机构让步。他们实际上已完全接管了。"她忧虑重重地摇了摇头，"而且，让地球人插手我们的调查，这个想法让我紧张。我不喜欢这个想法：让他们有权获得苏利恩级别的技术。记住月球人发生的事情。再看看杰乌伦人获得他们版本的维萨之后的所作所为。这就是他们这个族类的通病——如果掌握了先进的技术，就会滥用。"她看着加鲁夫和施洛欣，目光又回到了凯拉赞身上。"我们关心的是'沙普龙号'。现在它安全地来到了苏利恩。如果其余的事情都能由我一人做主，那我现在就会切断跟地球的联系，让他们完全隔离在外，我们自己来纠正跟杰乌伦人之间的关系。我们不需要地球人。他们可以功成身退了。"

"我必须抗议！"加鲁夫高声喊道，"我们视他们为亲密的朋友。如果不是他们的帮助，我们永远都不会到达苏利恩。我们无法简简单单地漠视他们。这对于'沙普龙号'上的每一个伽星人来说，都将是一种侮辱。"

不等凯拉赞开口，维萨打断了他们："再次抱歉，波辛克·伊希安请求加入你们。他说很紧急。"

"好的，反正我们一时半会儿也解决不了问题。"凯拉赞说道，"好了，维萨。我们欢迎他。"

伊希安立刻现身了。他说道："我刚刚在苏利恩与亨特和丹切克会面。"苏利恩人对于维萨太习以为常了，从来不会因为预处理过程犯愁。"我其实差不多料想到了……他们已经发现了关于杰乌伦人的事情，要求跟咱们好好谈谈。"

凯拉赞一脸惊惑地盯着他。其他人也都大吃一惊。"怎么会？"凯拉赞问道，"他们怎么可能知道？维萨已经从发往地球的数据流信号束当中删掉了所有跟他们有关的参考资料。他们不可能在其中看到一点点杰乌伦人的痕迹。"

伊希安答道："他们推断出这里有人类。"随即稍微修改了一下他之前的陈述，"他们分析出监控肯定是由人类执行的。我们必须得做些什么了。我觉得我没法和他们拖太久——特别是丹切克。"

加鲁夫转向凯拉赞和肖姆，与此同时摊开双手，"我不喜欢说'早跟你们说过了'，但事实就是如此——你们在地球人面前无法保守秘密。现在你们得跟他们谈谈。"凯拉赞探询地看着肖姆。

肖姆在脑子里搜索着其他选项，但找不到。"好吧，"她无奈地同意了，"如果必须这样的话。既然咱们都在，那就带他们到这里来吧，告诉他们事实。"

"卡伦·赫勒尔在吗，维萨？"凯拉赞问道，"她此时此刻是否也在耦合系统里？"

"她正在苏利恩查看早些年间的监控报告。"维萨答道。

"既然这样，就邀请她加入我们吧。"凯拉赞指示道，"然后等他们一准备好，就把他们都带到这里来。"

"稍等。"然后是片刻的沉默，"她这就完成一些笔记的硬拷贝并发往麦克拉斯基，半分钟后过来。"与此同时，亨特和丹切克出现在地板中央。

"我还是得说我永远都不会习惯这样。"加鲁夫低声对施洛欣说道。

20

"从人类文明起源之时，我们就对地球进行监控了。"凯拉赞说道，"大多数时间里，其操作都是委托给我们社会中一个叫作'杰乌伦人'的种族去做的，这就是我们此前未让你们知晓的事。正如你们自己已经推断出的那样，就形态而言，杰乌伦人完全就是人类。"

"智人在一定程度上来说……很暴躁。"芙瑞努·肖姆补充道，好像是感觉必须要追加一些说明，"人类对于竞争有着极为强烈的本能。我们认为这个问题太过敏感，容易让你们情绪波动。反正事实迟早会暴露，但我们一旦说了，就覆水难收了。"

"你们看，"丹切克发声了，就站在卡伦·赫勒尔的稍远处，带着某种明显的满足感望着亨特，"正如我认定的那样——远古灵长类有一支独立发展的人科动物的后代，在慧神星大迁移时期被带到了苏利恩。"

"哦……不。"凯拉赞略带歉意地说道。

丹切克眨眨眼，盯着这个外星人，仿佛他是在当面扯谎。"抱歉，我没听明白。"

"杰乌伦人跟智人的关系要近得多。实际上他们就是月球人的后代,跟你们自己一样……源自五万年前的月球人。"凯拉赞不安地看着肖姆,然后又望向地球人,等着他们的反应。加鲁夫和施洛欣一语不发地候着,他们已经知道整个故事了。

亨特和丹切克对视了一眼,同样迷惑不解,然后又望向伽星人。月球人的幸存者从月球到了地球,怎么会有人到苏利恩呢?唯一的可能就是,是苏利恩人把他们带走的。但是,苏利恩人能从哪里带走他们呢?慧神星上不可能有任何幸存者。突然之间,亨特心里爆发出无数疑问,他一时不知从何问起。丹切克似乎也一样。

最后,卡伦·赫勒尔开口了:"咱们回到这一切的开始,看一下最根本的问题。"她始终看着凯拉赞,直接向他发问,"我们一直猜想月球人是在慧神星进化出来的,其源自地球的先祖是你们前往苏利恩时留下来的。这没错吧?还是说漏掉了什么事情?"

"不,这很正确。"凯拉赞答道,"而且一直到五万年前,他们演化到了科技文明相当先进的程度,正如你们设想的那样。到这时候为止,都跟你们推测的一样。"

"不管怎样,能知道这些很好。"赫勒尔点点头,听上去松了口气。"那你们干吗不从这里开始继续讲述这个故事呢?让之后发生的事情充实起来,就按照它发生的顺序。"她说道,"这就能解决很多问题了。"

"好主意。"凯拉赞表示同意。他顿了顿,理了理思路,然后来来回回看了看他们三个人,继续说道:"伽星人迁移到苏利恩的时候,在慧神星上留下了一个观测系统监视其发展。那时候,他们并没有我们今天所拥有的这些尖端的通信系统,所以他们接收到的信息都是零散的、不完整的,但足够对所发生的事情勾勒出一个合理完整的图像了。也许你们想看看当时由传感器捕捉到的慧神星画面。"他向维萨发出一条指令,退后几步,用期待的目光注视着地板中央。

一幅巨大的画面出现了，看上去十分逼真，也很立体，简直像是伸手就能摸到。那是一颗行星的画面。

亨特熟知慧神星的每一条海岸线和每一处地表特征。近些年最令人难忘的发现之一，那就是"查理"，在月球挖掘期间发现的一具身着太空服的月球人遗骸——实际上，正是这一发现开启了一系列的调查活动，它证明了慧神星与伽星人的存在，甚至比"沙普龙号"的出现还要早。从查理身上发现了一些地图，航通部的研究人员就此重建了一个直径六英尺的行星模型。但亨特此时注视着的这幅画面没展现出巨大的冰盖和狭窄的赤道带，亨特记得那个模型上是有的。那两大块陆地还在，尽管轮廓线明显有了变化，因为有了一个更为广阔的大陆延伸开来，向着南北一直伸展到了比模型上更小一些的冰盖地带——比地球现在的冰盖大不了多少。这不是五万年前月球人时代的慧神星，这是两千五百万年前的慧神星。眼前的画面栩栩如生，一如往昔，这可不是利用地图重建的模型。亨特看了看丹切克，教授早已看得出神了。

接下来的十分钟，他们一边看，一边听。凯拉赞回放了一系列从轨道上捕捉到的镜头，展现出从地球引进的动物不断进化、扩散，消灭了慧神星本土的物种，不断适应、扩张，每分钟播放两百万年的变化，直到最终在一条谱系中出现了第一个人猿社群，其源头是引进的灵长类经过人工改造的一个品种。

多年以来，人们一直推测地球就是按照这种模式发展的，直到2028年，才进一步猜测这一切都发生在其他的行星上，或者至少从公元前五万年前那个时期的化石来看，那是属于另一种人科动物谱系的。但其中存在一个全然出乎意料的阶段，地球上的人类学家拼凑起来的故事里从来就没有出现过：在人猿时代早期，这个物种曾一度重返半水栖环境，主要是由于其身体无法应对陆地上的猎食者。因此，他们踏上了与鲸鱼和其他水生哺乳动物相同的道路。不过，当他们不断增长的智慧使其有办法保护自己的时候，便又掉头离开了水里。这时候，他们的身体尚未发生很大的变化。这一阶段造就了他们直立行走的姿态，褪去了体毛，拇指与食指间的蹼退化掉了，泪腺有了排盐的功能，也产生了其他一些让地球上的专家们争论了很多年的特征。丹切克在这星期剩下的时间里会没完没了地谈论这些，但亨特劝他还是另找时间再跟伊希安讨论此事吧。

接下来就是发现工具和火，建立部落，演化出社会秩序，让原始的狩猎采集式经济进入到农业与城市建造阶段，进而发现科学，开始工业化进程。而正是这部分历史，亨特认为，让他们和地球人类走上了不同的道路：实事求是地讲，月球人做了他们能做到的一切。他们充分利用了自己的资源和天赋，没有像数千年来的地球人那样陷入无谓的迷信和"魔法"当中去解决问题。对于他们的早期猎人来说，更好的武器和更出众的技术决定着成败，而不是异想天开地去幻想什么神仙。对于种庄稼的人来说，所要做的是更好地去了解植物和土地的知识，以及各种能够增产的因素。仪式和咒语可不行，很快就被摒弃了。这之后不久就有了测量、天文观测，以及理性的力量，揭示了统治着宇宙的法则，打开了新的眼界，利用能源，创造财富。结果呢，月球人的科学与工业突飞猛进，一路摸索着走向启蒙时代，后来类似的模式在地球重新上演的时候，启蒙时代的到来就晚得多了。

地球上的科学家通过在月球人身上找到的信息，将他们描绘成侵略性十足的、不可救药的好战种族，他们对于先进的科学技术的发现不可避免地酿成了最终的自我毁灭。但亨特和其他人现在都明白了，这番描绘并不准确。在月球人历史的早期，存在着纷争和战斗，这是事实，但到了工业时代早期，这类事情就很少了。一个更为伟大的共同事业使慧神星的诸多国家联合起来。他们的科学家认识到，随着冰川纪到来，环境将逐渐恶化，整个种族便开始着手科学大发展，试图搬迁到一颗更为温暖的行星上。当时的天文学家认为，火星和地球是最佳殖民地。事关生死，没有资源可以消耗在内部矛盾上，直到……

大概在那场最终的灾难性战争发生之前的两百年，一些事情改变了一切。凯拉赞解释道："可能是种族固有的基因不稳定性造成的结果。大概在他们刚刚学会使用蒸汽、开始探索电的时候，一支超级月球人种族突然出现了，产生了量子级的飞跃，大大领先于那颗星球上的其他月球人。他们是从哪里、从何时出现的，我们并不知道。数量上来说，他们一开始很少，但却迅速扩张、强大起来。"

"是不是那颗行星开始两极分化的时候？"赫勒尔问道。

"是的。"凯拉赞答道，"这个超级种族变成了兰比亚人。他们极为冷酷，推进军事化，形成了集权政权，在其他国家能够集结起力量予以对抗之前，它便武力统治了那颗行星的绝大部分。他们的目标是完全独享慧神星工业与技术的控制权，以此保证他们自己能迁移到地球，这就意味着要排挤掉那些为此目标一起奋斗的国家。顺从就意味着灭绝。其他国家没有选择，只能联合起来武装起来，保护自身的安全。他们成了赛里奥斯人。情势不可挽回地朝着两个集团你死我活的方向走了下去。"

亨特看到了更多的画面，慧神星逐渐变成一台巨大的军事与生产机器，只为了战争做准备。随之而来的悲剧令他骇然。这实在是没有必要啊。更多的努力用在了军备上，不然足够让整个月球人种族往地球搬迁两次还不止。如果兰比亚人没有像画面中那样行事，那慧神星上的人就会完成那个壮举。努力了千年之后，再有不到两百年他们就能完成目标，拯救自己免于灭绝，延续文明，可这时候，他们把这一切全都抛到了九霄云外。

维萨开始展示战争的画面。数英里高的大火球将许多城市蒸发掉，让整个世界震颤；大海沸腾了；森林瞬间燃起烈火化为灰烬，在狂暴的气流中翻滚着。铺天盖地的烟雾和尘土遮蔽了星球表面，让这颗行星变成了一个黑褐交杂的昏暗球体。之后，出现了点点红色和缓缓脉动的黄色，开始时零零星星，光色暗淡，之后逐渐明亮起来扩散开来，最后融合成一片，那是大陆在分崩离析。行星爆炸了，把地壳的碎片抛向太空。于是小行星带诞生了，最终变成冥王星的那部分便成了整个种族的墓碑，命中注定要在远离太阳的地方永远流浪。尽管加鲁夫和施洛欣之前已经看过这些画面，他们还是沉寂无语了；所有在场的人当中，只有他们将慧神星视为真正的家园。

凯拉赞稍停了片刻，等着情绪稍缓，然后才继续说道："伽星人因为他们的道德心苦恼了很久，觉得这与他们早些年间改动月球人祖先的基因不无关系。因此，他们对于慧神星的政策就是不干涉它的事务。但你们刚刚看到这造成的后果了。灾难过后，少数幸存者搁浅在月球上，生存无望。这时候，苏利恩已经完善了黑洞技术，可以实现即时通信与物体传送，所以伽星人是实时知悉这些事情的，他们可以介入。在目睹了自己的政策造成的后果之后，他们无法坐视不管、任由幸存者自生自灭。因此，他们组织了一次救援行动，派出几艘巨大的飞船到达了邻近月球与慧神星的区域。"

亨特花了一点时间，才明白凯拉赞所说的这些事件。他突然望着这位伽星人，大惊失色。"不是在太阳系之外？"他问道，"我想你说过你们不会在行星系内部建造大型超环面。"

"那是紧急状况，"凯拉赞答道，"那一次伽星人决定不管那些规矩了。他们没有多余的时间。"

亨特的眼睛睁得更大了，因为他意识到：冥王星就是这样被甩到现在的位置的！慧神星和它的月亮之间的引力关系也就是这样被破坏的。这样一句简单的事实，却足以令航通部他手底下一半的人失业了。

"所以，月球人，人类种族的祖先，从来也不是随着月球到地球的，"卡伦·赫勒尔说道，"他们是被伽星人送到那里的。月球后来才到场。"

"是的。"凯拉赞简单地应道。

这也解开了另一个谜团。所有的数学模型都显示，这一过程需要很长的一段时间，才能让月球从慧神星轨道转换到地球轨道。科学家们曾经有过很多疑问，这么一小撮月球人居然能够维持那么长时间，更不用说抵达地球需要多少资源了。但是，随着伽星人介入的因素加入方程，一切都改变了。借助伽星人的帮助，那一小撮人为自己建立了安全的殖民地，有望开始重建他们的文明。所以，他们又为什么会倒退回蛮族呢？如此般浪费了上万年的时间。唯一的答案应该是后来月球被俘获所引发的剧变。真相真是太讽刺了，亨特心想：如果他们没有被自己的月亮从背后插上一刀，可能早在公元前四万五千年就返回太空了，没准儿更早。

"不过并不是所有人都送到地球去了。"丹切克总结道，"还有一群被带回苏利恩，从此变成了杰乌伦人。"

"是这样。"凯拉赞予以肯定。

"即便是这一切发生之后，"肖姆解释道，"赛里奥斯人和兰比亚人还是水火不容。由于兰比亚人是惹祸的根源，当时的伽星人认为把兰比亚人带回苏利恩会让他们从善，也希望他们能融合进伽星人的习俗与社会当中。按照赛里奥斯人自己的要求，他们被带去了地球。伽星人本可以给他们提供持续的帮助进行文明重建，但他们谢绝了。所以，这套监控系统并不是为了监视他们——而是为了保护他们。"亨特大感意外。如果监控系统已经设置了那么久，伽星人一定早就知道他们协助建立的殖民地崩溃了。为什么他们会任其发生呢？

"那其他人是如何应对……兰比亚人的？"赫勒尔问道，"那时候他们还没管着监控呢。兰比亚人是如何把监控搞到手的?"

凯拉赞重重地叹了口气,"他们那时候给苏利恩造成了很多的问题。所以当月球被地球俘获,引发大范围灾难,摧毁刚刚在那里扎根的赛里奥斯人脆弱的新社会的时候,我们就只能听凭其变了。苏利恩人自己家里一堆麻烦,不解决的话可能重蹈慧神星的覆辙,所以无暇他顾。"他耸了耸肩,仿佛说不管是对是错,当时只能那样。

然后他又接着说道:"但随着时间流逝,兰比亚人一代代繁衍生息,情况似乎有所好转。有迹象表明他们能够完全融入伽星人社会,于是伽星人的领导采纳了一条绥靖政策,期望加速这一进程。其结果之一就是,杰乌伦人就此获得了监控系统的控制权。作为兰比亚人的后裔,他们从那时就被称为杰乌伦人了。"

"这是一个错误。"肖姆评论道,"他们应该被流放。"

"事后看来,我也同意。"凯拉赞说道,"但那已经是很久以前的事了。"

"跟我们讲讲这个系统怎么样?"亨特问道,"它是如何工作的?"

伊希安答道:"基本是从太空操作的。直到大约一个世纪前,都还是相对比较简单的技术。自从地球进入电子和太空时代,杰乌伦人就不得不更加小心了。他们的设备非常小,几乎无法被探测到。他们大部分是截取和转发你们的通信,比方说木星和地球之间的激光链接。在你们太空时代的早期,他们曾经制造了一些跟你们自己的太空垃圾很像的设备,不过当你们开始清理那些东西的时候,他们就不得不停止了。尽管如此,那种尝试也有些用处,我们就是据此想到了建造一台看着像波音飞机的感知机。"

"但他们怎么能伪造出像模像样的报告呢?"亨特问道,"他们肯定有着自己的一套智能系统,就像维萨那样的。一般的电脑可做不出来。"

"他们有的。"伊希安告诉他,"很久以前,当时似乎有理由对杰乌伦人持乐观态度,于是苏利恩人帮助他们建立了自己的自治世界:就是杰乌伦星,位于我们太空扩张区域的边缘,它配备的智能系统叫作杰乌克斯,与维萨类似,但彼此独立。跟维萨一样,杰乌克斯通过自己的系统连接着很多星系。监控地球的系统接入了杰乌克斯,我们收到的报告都是由杰乌克斯传送给维萨的。"

"所以也就不难理解那些编造和歪曲的东西都是怎么搞出来的了。"肖姆说道,"看看慈善的后果吧。永远都不应该允许他们染指那样的系统。"

"可是他们为什么这么做?"卡伦·赫勒尔问道,"我们仍然没有答案。他们的报告原本相当准确,直到大约二战时期才变味儿了。二十世纪后半叶的问题一定程度上夸大了,但最后的三十年完全就是编造的。他们为什么想要你们认为我们仍在准备打第三次世界大战?"

肖姆反问:"谁能理解人类的思维有多扭曲?"她无意识地使用了统称。

亨特捕捉到她说话时无意间朝着凯拉赞使了个眼色。他意识到这一切背后还另有隐情——是一些苏利恩人到现在还不愿泄露的事情。不管是什么,就在这一刻,他确信加鲁夫和施洛欣对此也一无所知。不过,他感觉这可不是当面质问的时候。相反,他让话题转回到一些技术细节方面。"杰乌克斯都有些什么类型的档案记录?"他问道,"能回溯到慧神星时代的伽星人文明吗?就像维萨那样?"

"不行。"伊希安答道,"杰乌克斯针对的是更近的时代。没有必要把维萨的档案全都载入其中,这些档案只跟伽星人有关。"他好奇地看了亨特一眼,"你是不是想到了维萨在'沙普龙号'的镜头里注意到的背景星空位移的反常?"

亨特点点头,"这就能解释问题所在了,对吧?杰乌克斯不可能知道星空发生了变化。维萨有权限查看飞船的原始数据,但杰乌克斯不行。"

"正确。"伊希安说道,"还有几个其他的反常现象,不过都很类似——都是由旧的伽星人技术引起的,杰乌克斯不可能知道那么多。我们也就是从那时开始怀疑的。"亨特明白了,从那之后,但凡是来自杰乌克斯的东西都会被质疑。但苏利恩人不可能完全瞒过杰乌伦人去核查任何其他东西,所以只能直接探察信息源——地球。而他们的人正是这么做的。

凯拉赞似乎不想他们再谈论这个话题了。安静了片刻后,他说道:"加鲁夫想让我向你们展示另一个相关的问题,他认为你们会很有兴趣。维萨,给我们看下伽星人在戈尔达着陆时的情形。"

亨特惊讶地抬起了头。这名字很熟悉。丹切克也是一脸的难以置信。赫勒尔眉头紧皱,颇为不解,目光在众人之间扫视。她不像他们那样熟悉查理的故事。

唐·麦德森在航通部的语言学小组最终成功破译了查理的一本笔记,其中有个谜很久都无法解开。它记述了查理每一天的经历,他是人数迅速减少的赛里奥斯幸存者队伍中的一员。他们孤注一掷跨越月面,长途跋涉要去一个基地,要想逃离月球,那里是最后的希望——如果还有任何希望的话。这份记录一直延续到查理抵达他后来被发现的那个地方,那时,各种磨难已经把他的队伍减少到两人——他,还有一个名叫寇里尔的同伴。查理在那里时已经快不行了,生命维持系统出了故障;而寇里尔独自一人走了,发誓要抵达基地。显然他再没返回。基地的名字正是戈尔达。

此时,一幅新的画面出现在地板中央。一片遍布砂石的荒野,在繁星密布的漆黑天空下触目惊心。大地被难以想象的战火灼烧过,炸得一片狼藉,只剩下形状难辨的大片残骸,那曾是一个巨大的基地。就在这片废墟中,矗立着一个突兀的物体,看上去几乎完好无损——那是一座小屋,像是某种披着装甲的穹顶结构,或是某种炮塔,一边已经被炸开了,里面一片漆黑。

"戈尔达就剩下这些了。"凯拉赞说道,"你们正在看的画面就是一架苏利恩飞船拍到的,当时它刚刚着陆不久。"

接着,一架小小的飞行器缓缓从镜头背后移入画面。它大体呈长方形,不过表面有一些杂乱的吊舱和突出物,飞在距离地面大约二十英尺的空中。这架飞行器停靠在那个穹顶旁,随后一小队穿着太空服的伽星人出现了,开始小心翼翼地穿行在废墟当中,朝着那个开口走去。然后,他们突然停住了。前方的阴影里有东西在动。

后边某个地方射来一道光,照亮了开口。更多的身影显现出来,也都穿着太空服,站在一个看着像是入口的地方,看样子那里通往穹顶的地下。这些身影看起来不太一样,站着要比伽星人矮一头还多,面向伽星人站在几米之外。他们都拿着武器,但看样子并没有什么把握,神色紧张地跟自己人对视了一下,又盯着伽星人。似乎他们当中没人知道该做什么或是该期待什么。除了一个人。

他站在其他人前面,一身蓝色太空服上沾满了尘土,布满灼痕,几乎看不出本来的颜色。他的双脚分开,如磐石般伫立,一只手里稳稳端着一柄类似步枪的武器指着领头的伽星人,另一只手冲着身后打了个手势让其他人上前,动作果断而威严。其他人遵命而行,有一些走上去站在他身旁,有一些则散开在周围的废墟中找到防御位置,围住了伽星人。他的个头比其他人高,体格魁梧,面罩后面那张脸上的嘴唇狠狠地咧着,露出雪白的牙齿,跟他那黝黑的、满脸胡子的下巴和面颊形成鲜明对比。这时,传来一阵令人费解的说话声。尽管那些话完全没法儿听懂,但那种挑战和藐视的语气十分明显。

"我们的监控手段那时候还不那么完备。"凯拉赞说道,"所以并不懂得那种语言。"

他们面前的画面里,伽星人首领正在用他自己的语言答复,显然是想通过语调和手势来缓解紧张的气氛。随着交流继续，气氛似乎缓和下来。最终那个高大的人类放下了武器，其他的人也开始再次现身。他召唤伽星人跟上，身后的人随即让开一条路，他转身往回走，带着众人下到地下入口。

"那是寇里尔。"加鲁夫说道。

亨特已经猜到了。不知为什么，他感觉松了一口气。

"他成功了！"丹切克长出了一口气。他的脸上显出喜色，用力咽了咽口水，"他到了戈尔达。我……我知道这个真是太高兴了。"

"是啊。"加鲁夫说着，看到亨特脸上露出更多的疑问，"我们研究了那艘飞船的日志。他们返回去找了，但寇里尔的同伴已经死了。他们找到他之后，便将他原封不动地留在了那里。不过他们想方设法援救了路上掉队的其他人。"

"之后呢？"丹切克问道，"我们经常思考的另一件事就是，寇里尔到底在不在那些最终到达地球的人中间。现在看来似乎他确实做到了。你们是否碰巧知道他到底在不在呢？"

作为回答，凯拉赞调出另一幅画面。这是十几栋小巧的建筑，设计风格很陌生，矗立在一条河的岸边，背景是亚热带森林，一脉远山雾气缭绕。地面看上去有一堆供给物资，一排排的板条箱、圆筒和其他容器。有一群人，大约两三百之众，正聚集在前面——那是人类的身影，大都穿着简朴实用的衬衫、裤子。很多人都拿着武器，要么插在腰间的枪套里，要么扛在肩上。

寇里尔就站在他们前方，身形高大，肩宽背厚，黑发浓密，不苟言笑。他的拇指搭在腰带上。两名副官站在他左右两侧身后一步远的地方。这时，人群中的一些人开始举起手臂挥手道别。

然后，画面逐渐拉远。这片聚居地迅速缩小，消失在无边的树冠当中，这片森林随即也化作一团雾气朦胧的绿色图景，随着比例缩小，周围更多的景色跃入画面。凯拉赞说道："那是飞船离开地球，返回苏利恩时最后看到的画面。"一条海岸线映入眼帘,看得出是红海的一部分,随着画面不断拉远,出现了中东地区熟悉的地理特征,只是由于角度关系,边缘有些变形了。最后,星球的轮廓出现了,已经明显能看出弧形。

他们无声地看了很久。最终丹切克低声道:"想象一下……整个人类种族就是从这么一小撮开始的。经历了所有这一切后,他们征服了整个世界。他们绝对是杰出非凡的种族。"

这是亨特亲眼见到的为数不多能让丹切克动了真情的事。他也有些感动。亨特又回想了一下那些画面,月球人大战以及杰乌伦人伪造的那些地球人迫不及待朝着同样的灾难发展的录像。然而,那一切差点就成了现实。非常接近——可以说是千钧一发。如果地球当时没有改变发展路线,再过二三十年,那一切就会成为现实了。然后,查理、寇里尔、戈尔达、苏利恩人的努力、那一小撮幸存者的奋斗、他刚才看到的一切,以及他们在那之后所经受的一切,就都付之东流了。

这让人想起了威灵顿在滑铁卢战役[1]后说的话:"这是险胜,该死的险胜——这是你这辈子见过的最惊险的胜利了。"

---

1. 1815 年 6 月 18 日,英国将军威灵顿率领英普联军在比利时小镇滑铁卢进行决战,击败拿破仑率领的法军。

21

听完诺曼·佩希汇报布鲁诺天文台发生的事后,杰罗尔·派克阿德向中情局的一个办公室提出一项秘密请求,希望根据多年来积累的文件提供一份涉及斯威兰森的情况概要,同时对联合国月背代表团的各位成员进行全面评估。克利福德·本森是中情局的探员,在接到这项请求的一天之后,便去派克阿德位于国务院的办公室参加了闭门会议,并做了总结:

"斯威兰森于2009年重新出现在西欧,此时在他身边已经建立起一个社会和金融关系的圈子。至于是如何建立的,尚不清楚。关于他在那之前十几年的情况,我们找不到任何可证实的痕迹——准确地说,就是从他被认定在埃塞俄比亚遭到杀害之时起。"

本森冲着黑板做了个手势,上边汇总了许多姓名、照片、组织机构以及彼此相互关联的图表,"跟他关系最紧密的是法国-英国-瑞士投资银行财团,其中大部分仍然由一些家族运营,正是这些家族在十九世纪建立了东南亚一带的金融操控网络,用于给不法生意洗钱。有意思的是,那个财团里,法国方面最有名的一个人物跟戴尔丹尼尔有血缘关系。实际上,这两个名字已经有三代的亲缘了。"

"那些人真是相当抱团。"柯德维尔评论道,"我不知道是否要给这样的事情贴上重大问题的标签。"

"如果是单一事件,我觉得问题不大。"本森同意道,"但看看其余部分。"他指了指图表的另一部分,"英国和瑞士方面控制着全世界大部分贵金属生意,而且跟伦敦黄金市场及其在南非的附属矿产链关系紧密。看看我们在这条线最后的那些名字中发现了什么知名人物吧。"

琳狐疑地问道:"斯威兰森的追随者冯·基林克也是同一家族的?"

"是的。"本森说道,"他们有不少人,全都跟同一宗生意的不同部分有关联。这是很复杂的布局。"他停了停,然后接道,"直到本世纪最初几年,冯·基林克控制的大量资金还通过暗中破坏政治与经济的稳定来维护其利益。为了在贸易禁运中以武力维系他们自身的地位,这个家族甚至还通过中间人组织军火交易。"

"那个巴西人就是干这个的吧?"柯德维尔问道,挑起了一边的眉毛。

本森点点头,"在其他人里,萨拉昆兹的父亲和祖父都是商品融资的巨头,特别是石油方面。二十世纪后期的乱局跟他们有着千丝万缕的关系,其影响力不亚于冯·基林克家族。他们的主要目的是要在全世界走向核能之前,让石油的利益在短期内最大化,这也解释了为何在同一时期,有人蓄意谋划在公众当中散布反对核能的观点。由此还产生了一个对萨拉昆兹有利的效果:人们对中美洲石油的需求增加了。"本森耸耸肩,双手一摊,"还有很多其他事情,相信你们能看出关键所在。同样的情况在代表团里的另几个人身上也存在。这个快乐的大家庭简直无处不在。"

本森说完后,柯德维尔带着新的兴趣研究起图表来。过了一会儿,他靠回椅子上问道:"那这是告诉我们什么呢? 月背发生的事情跟这有什么关系? 搞清楚了吗?"

"我只是搜集事实。"本森答道,"其余的问题靠你们了。"

派克阿德走到房间正中。"这当中还有个有趣的方面。"他说道,"他们的整个关系网代表了一种常见的意识形态——封建主义。"其他人好奇地看着他。他解释道:"克利福德已经明确提到了他们三四十年前就已经掀起了反对核能的狂潮,但远远不止于此。"他朝着本森的那个图表挥了挥手,"就拿让斯威兰森起步的那个银行财团来说吧。在二十世纪的最后二十多年里,他们用'恰当的技术手段'糊弄第三世界国家,给各种反进步、反科学的游说集团提供了大量的幕后支持。在非洲南部,同一网络的另一分支还推行种族主义,阻止当地政府改革,阻碍工业化和全面教育的推进。在泛大西洋地区,一系列反动政权通过军事接管来保护少数人的利益,与此同时给正常的发展设下重重阻碍。你们看,这一切全都归结于同样的意识形态——维续权力结构中的封建制特权与利益。我想,这一切都没发生过什么重大的变化。"

琳一脸不解。"但已经变了,不是吗?"她说道,"如今的世界可不是那样的。我想这个叫斯威兰森的家伙和其余那些人的所作所为正好相反——要让整个世界进步。"

"我的意思是,这些人仍然存在着。"派克阿德答道,"但你是对的——他们的根本政策似乎在过去的三十多年里有所改变。斯威兰森的银行家们给尼日利亚的核聚变与钢铁业提供宽松信贷,甚至低于金本位标准,如果没有像冯·基林克这样的人合作是很难实施的。通过带头使用氢基替代物,南美帮助缓和了中东局势,这也是让裁军成为可能的原因之一。"他耸了耸肩,"突然间,一切都变了。出现了一种新力量,让那些本该在五十年前就变为现实的事情实现了。"

"那他们在布鲁诺天文台的那条支线又是怎么回事？"柯德维尔又问道，看上去很迷惑，"这可讲不通啊。"

沉默片刻后，派克阿德继续道："看看这个说法怎么样？只控制少数人永远都无法在变化中获益。这就解释了他们在整个历史中一贯反对科技的原因，除非他们能因此牟利。这意味着，只要他们能把控这些东西，一切就都不是问题了。因此，我们看到了他们一直持续到上世纪末的那种做派。但是到了那个时候，世界的发展形势明显变了，如果有些事情不迅速改变，那么自然有其他人捷足先登。到那时候，甭管什么样的水塘都不存在了，要想捞一条鱼都不可能了。所以，唯一的选择不是推进核反应堆，就是研制核弹。所以他们成就了这场变革，并打算在这一进程中保有控制权——这还挺方便的。

"但是苏利恩及其所代表的一切就都得另说了。等到苏利恩带来的变革尘埃落定时，这群人将会被弃如敝屣。所以他们将联合国的决策逼进了死角，竖起一道墙，直到想出一些办法看看下一步怎么走。"他双手一甩，环顾众人，希望得到一些回应。

"他们是怎么发现转发装置的？"诺曼·佩希在角落里问道，"我们从格雷戈和琳所说的事情里知道，编码加密的信号与此无关。我们也知道索波洛斯基没搅进里面。"

"他们肯定要想办法把它清除掉。"派克阿德答道，"我不知道怎么做的，但我想不到别的可能。他们可能是利用了太空军团一些认识的人，那些人不会谈论此事，或者可能是某个政府或商业机构私自发射了一颗炸弹之类的东西，就在几个月前收到巨人星的第一次信号之后不久。所以他们所做的一切都是在拖延时间，直到炸弹打到那里。"

柯德维尔点点头，"这说得过去。把这事儿交给他们办——他们自然要把这事儿拖住。如果不是麦克拉斯基，谁会知道呢？"

接下来是良久的肃静。最后，琳露出询问的目光，挨个儿看着众人。"那现在怎么办？"她问道。

"我不确定。"派克阿德答道，"整个形势很复杂。"

她看着他，心里拿不准主意，"你不是说他们就这样逃脱干系了吧？"

"有可能。"

琳紧盯着他，好像不相信似的，"但这太荒唐了！你是在跟我们说……我不知道已经有多少年了，这样的人让所有的国家倒退，阻碍教育事业，支持各种愚蠢的宗教和宣传，就是为了站在顶端，让其他任何人都无能为力？这太疯狂了！"

"我并不是说情况如此极端，"派克阿德说道，"只是说局势很复杂。虽然我们都相当确信，但能否予以证明就是另一回事了。我们将不得不做更多的工作来查个水落石出。"

"但是，但是……"琳找着合适的词儿，"你还需要什么别的信息？都总结到位了。炸掉冥王星外面那个转发装置就足够说明问题了。他们那么做的时候，可并不是代表整颗星球做的，自然也不是出于整颗星球的利益。要戳穿他们，这肯定就足够了。"

"我们并没有任何方法确保那就是他们做的。"派克阿德指出，"这纯粹是推测。也许转发装置只是坏掉了，也可能是凯拉赞那边的那个机构干的。你没法让斯威兰森跟这件事扯上任何关系。"

"他知道这事儿即将发生啊。"琳反对道，"他当然牵扯进去了。"

"谁这么说过呢？"派克阿德反驳道，"布鲁诺天文台的一个小姑娘，她认为自己可能偷听到了一些东西，但她并不明白对方说的是什么，仅此而已。"他摇了摇头，"你听过诺曼的故事了。斯威兰森能找来一整屋子的目击者证明自己跟那姑娘没有任何关系。她是迷恋斯威兰森昏了头了，斯威兰森对她没兴趣，她就跑到诺曼那里讲了个愚蠢的故事当作报复。这种事随时都会发生。"

"他让她发送的那些假信息又怎么说？"琳坚持道。

"什么假信息？"派克阿德耸了耸肩，"都是同样的把戏，是她编造的故事。从来都不存在那样的事。"

"但是苏利恩的记录上有。"琳说道，"你不必现在就告诉全世界阿拉斯加的事情，但等到时机成熟，你就能让全体伽星人来支持你的说法。"

"没错，但他们所能确认的也就是收到了一些奇怪的信号，不是官方发送的。他们并不能确认它们是从哪里发送，或是谁发送的。页眉格式可能是假造的，搞得像是月背代表团的而已。"派克阿德又摇了摇头，"等你把事情想透了，就会发现这些证据其实毫无用处。"

琳转过脸恳求地望着柯德维尔，他遗憾地摇了摇头，"的确在理。我跟你一样，很愿意看到他们全都落网，但看起来事情似乎也只能这样了。"

"问题是你永远没法接近他们。"本森又参与到了谈话中，"他们没留下任何疏漏，就算是有，你也永远不会有机会在场看到。偶尔，你会得到一些泄露出来的东西，就像在布鲁诺那样，但永远都构不成有效的证据。而我们需要的就是确证的东西。我们需要在他们内部安插一些人，接近斯威兰森。"他狐疑地摇了摇头，"但那种事情需要进行大量的研究和计划，还要花费很长时间选择合适的人。我们这就开始着手，但别指望马上就能有个结果。"

琳、柯德维尔还有佩希都住在华盛顿中央希尔顿酒店。他们那天夜里一起吃晚餐、喝咖啡的时候，佩希讲了好些在派克阿德办公室知道的东西。

"你可以在历史中追溯同样的争斗。"他告诉他们，"两种对立的意识形态——一边是封建贵族，另一边是工匠、科学家、城市建造者。你可以参照古代奴隶制经济去想，还有中世纪欧洲教会的愚民策略，不列颠帝国的殖民主义，以及后来西方的消费主义。"

"让他们努力工作，给他们一个信仰，不要教会他们思考，对吧？"柯德维尔评论道。

"没错。"佩希点点头，"你最不想要的就是受过良好教育的、富裕的、摆脱束缚的民众。权力是围绕着对于财富的限制和控制来玩花样的。科学和技术可以提供无限的财富，因此科学和技术必须要被控制。知识和理性都是敌人；神话和愚昧就是你用来对抗它们的武器。"

一小时后，琳还在想着那些谈话，他们三人在大堂尽头一个安静的卡座里围坐在一张小桌旁。他们已经要了今晚的最后一杯酒，然后就打算走了，可酒吧那边似乎人太多了，还在喧嚣不止。她意识到，不管是有意还是无意，这都是维克已经为之战斗一生的斗争。斯威兰森差点就断绝了地球与苏利恩的联系，他与那个强迫伽利略放弃自己观点的宗教裁判所、那些反对达尔文的大主教、那些让美洲充当英国垄断市场的英国贵族，以及那些用原子弹勒索整个世界的政治家简直是臭味相投。她想要为亨特的斗争做些事情，哪怕只是做出个姿态来表明她是站在他这边的。但是怎么做呢？她从未感觉如此焦虑，又如此无助。

最后，柯德维尔想起来要给休斯敦打个紧急电话。他道别后站起身来，说很快就回来，然后便消失在了通往电梯间的拱廊走道，廊道两侧都是纪念品与男装商店。佩希懒懒地靠在椅背上，摘下眼镜放在桌上，看着琳。"你太安静了，"他说，"牛排吃多了？"

她笑了笑，"噢……就是在想事情。别问具体是什么。我们今天已经说了太多正经事儿了。"

佩希伸出手，从桌子中央的碟子里拿起一块饼干丢进嘴里。"你常来特区吗？"他问道。

"常来。不过我不常待在这里，通常是在君悦酒店或是宪法大道那边。"

"大多数太空军团的人都是。我猜这也是政治人物最喜欢的两三个地方之一。有时候就像是业余时间的外交俱乐部。"

"对太空军团来说,君悦确实如此。"

"是啊。"佩希顿了顿,"你是从东海岸来的,对吧?"

"纽约出身——上东区。大学后,我搬到南方加入了太空军团。我想我是打算成为宇航员来着,但最后'驾驶'的却是一张办公桌。"她叹了口气,"尽管如此,也没什么抱怨的。跟格雷戈工作也蛮带劲儿的。"

"他是条汉子。我想跟着这样的老板干活儿会挺得心应手的。"

"他说到的就一定会做到,做不到的事情他从不说。航通部大部分人都很尊敬他,哪怕他们并不总是认同他。不过这是相互的。你知道,他经常做的一件事——"

此时,呼叫系统传来的声音打断了谈话:"呼叫诺曼·佩希先生,请诺曼·佩希到前台来。有一条紧急信息在等您查收。前台有诺曼·佩希的紧急信息,谢谢。"

佩希从椅子里起身,"真不知道是什么破事儿。抱歉。"

"没关系。"

"要我再给你点一杯喝的吗?"

"我自己来就好。你快去吧。"

佩希穿过大堂过去了,大堂里人来人往,络绎不绝,不断有一伙一伙来用餐的人。他走近时,前台的一位接待员询问地抬起眉毛。"我是佩希。刚才呼叫我了。这里的什么地方应该有一条信息找我。"

"稍等,先生。"接待员转身去看身后的信件格,片刻后拿着一个信封转回身。

"诺曼·佩希先生,3527房间。"佩希向接待员亮了亮钥匙。接待员递过信封。

"谢谢。"佩希稍稍走了几步,到角落里的东部航空公司电话亭旁打开信封。里面是一页纸,上边手写着:

很重要,我要马上跟你谈。我就在大堂另一头。建议我们用你的私人房间。

佩希一皱眉,然后抬头看了看,在大堂里扫视了一圈。几秒钟后,他看到一个穿着一身黑西服、个头挺高、皮肤黝黑的男人正看着他。那人站在一伙吵吵闹闹的男女旁,但他显然是独自一人。他微微点头。佩希犹豫了片刻,还是回应了一下。那人漫不经心地看了看手表,四下瞅了瞅,接着朝通往电梯间的廊道走了过去。佩希看着他消失,然后走回琳那边。

"有点事情。"他告诉她,"很抱歉,但我必须马上去见个人。替我向格雷戈道歉,好吗?"

"需不需要我告诉他是什么事?"琳问道。

"我自己也不知道呢。我不确定得花多长时间。"

"好的。没关系,我就在这儿看着世界流转好了。回头见。"

佩希返身穿过大堂,走进拱廊,正好错过一个身材高瘦、满头银发、衣着无可挑剔的身影。那身影从接待台上拿过房间钥匙转身离开,不紧不慢地走到大堂中央,停下来环顾四周。

佩希一分多钟后出现在了三十五层,那个肤色黝黑的男人正等在离电梯间一段距离的地方。佩希靠近他的时候,他默不作声地转过身领路到3527号房间,然后站在一边等佩希开门。佩希让他先进了房,然后跟进去关上门,对方打开了灯。"什么事?"他问道。

黝黑的男人说道:"你可以叫我伊万。"他有浓重的欧洲口音,"我来自华盛顿的苏联大使馆,受命将一条信息转交给你本人:米科连·索波洛斯基希望尽快会见你，涉及一些相当重要的事情，据我了解，你清楚是什么。他建议跟你在伦敦会面。我有详细地址。你可以通过我传达回话。"佩希迟疑地盯着他，不知道该怎么说。那人看了佩希几秒钟，然后伸手从夹克里抽出一张像是折叠起来的硬纸，"我被告知如果把这个给你，你就会相信信息是可靠的。"

佩希接过那张纸，打开一看，是一张空白的文件封皮，粉红色，大红镶边，联合国机密信息专用。佩希盯着它看了好半天，然后点了点头，"此时此刻，我没法以我自己的权限给你回话。我得在今晚晚些时候再跟你联系。可以吗？"

"我猜也是这样。"伊万说道，"离这儿一个街口有家咖啡店，叫'半月'。我在那里等着。"

"我得先去个地方。"佩希提醒道，"可能得花点儿时间。"

伊万点点头。"我会等着的。"说完，他走了。

佩希关上门，又在房间里来回踱了几分钟想着这事儿。然后他坐在数据网终端机前将它激活，拨打了杰罗尔·派克阿德家里的私人号码。

楼下大堂一侧的那个卡座里，琳正在想着埃及金字塔、中世纪大教堂、英国无畏舰和二十世纪后半叶的军备竞赛。她思忖着，它们也都是那个模式的一部分吗？不管科技能把人均财富增加多少，总有一些东西去吸收剩余价值并迫使普通人终生劳作。不管生产力增加多少，人们似乎从来不会减少劳动，只是干的活儿不同而已。所以如果他们不收割成果，谁来收割呢？她开始以一种前所未有的眼光来看待很多事情。

她并没有真的注意到有个男人坐在了佩希几分钟前空出来的座位上，直到他开口说话："我能否陪您坐一坐？忙了一天后，能有几分钟空闲真是太惬意了，只管坐在这儿，看着旁人各忙各的。我希望您别介意。这个世界孤独的人太多了，他们坚持给自己营造一个孤岛度过可悲的一生。这总是让我感到遗憾，而这大可不必嘛。"

琳手中的杯子几乎掉落，她发现自己正看着的这张面孔，一个小时前才刚刚出现在克利福德·本森挂在派克阿德办公室墙上的图表里。这人正是尼尔斯·斯威兰森。

她一口干掉了杯子里的残酒，差点呛着，尽力说道："是啊……确实，不是吗？"

斯威兰森问道："您是住在这里吗？如果您不介意我问问的话。"她点点头。斯威兰森笑了起来。她不得不承认，他的贵族风范和精心打造的冷傲气质让他在男性群体里显得鹤立鸡群，其言谈举止无疑会令许多女人禁不住诱惑。一头茂密的银发，小麦色的容貌，他就是……好吧，算不上《花花女郎》杂志上那种标准的英俊，但却无可否认地勾人魂魄，而且他深邃的目光几乎能将人催眠。他问道："就你一个人吗？"

她又点了点头，"算是吧。"

斯威兰森眉毛一扬，冲着她的酒杯歪了歪头，"我看你的杯子空了。我正要去吧台放松放松。似乎嘛，至少暂时来说，我们俩就是九十亿人的世界上的两座孤岛——虽然不幸，但我确信我们可以借此做一些正确的事。如若我邀请您跟我一起，您是否觉得唐突？"

佩希走进电梯，发现柯德维尔也在，显然是要回大堂。

"花的时间比我想的要久，"柯德维尔说道，"休斯敦预算分配方面的麻烦事儿太多了。我打算尽快赶回去。我离开的时间也太久了。"他好奇地看着佩希，"琳去哪儿了？"

"她在楼下。刚有人找我来着。"佩希盯着电梯门看了一会儿，"索波洛斯基通过这里的苏联大使馆联系我了。他想在伦敦见我谈些事情。"

柯德维尔眉毛一扬，深感意外，"你要去？"

"过会儿就知道了。我刚给派克阿德打过电话,现在得找辆出租去他那边跟他说说这事儿。我打算今晚晚些时候见那个苏联人好告知他们情况。"他摇了摇头,"我本以为这会是个安静的夜晚。"

他们走出电梯,穿过拱廊,走向佩希离开琳的地方。卡座是空的。他们四下看了看,但视线所及之处都没有她的影子。

"也许她去洗手间了。"柯德维尔说道。

"可能吧。"

他们站了一会儿,聊着等着,但始终不见琳的影子。最后佩希推测:"可能她想再喝一杯,在这儿没人伺候,就去酒吧了。她可能还在那儿。"

柯德维尔说道:"我去看看。"他转过身迈步往大堂走去。

过了一会儿,他回来了,那一脸的表情就好像是他正在希尔顿酒店里想着自己的事情,然后有人推着车从后面撞了他一下。"她就在那边。"他的声音很沉闷,一屁股坐在一个空位里,"她有个伴儿。你自己去看看吧,但藏在门后看。然后回来告诉我,那是不是我想的那个人。"

片刻之后,佩希跌坐在对面的椅子里。看上去就像是被同一辆推车给撞了。"是他。"他面无表情地说着。似乎过了很长时间,然后佩希咕哝着说道:"他在康涅狄格州有个住所,肯定是从布鲁诺返回的路上要在特区停留几天。我们真该另找个地方。"

"她看上去怎么样?"柯德维尔问道。

佩希耸了耸肩,"很好。似乎大部分时间都是她在聊,看上去很自然。如果我不知情,肯定以为某个家伙要上钩了,不破费个几百块钱不算完。看起来,她能照顾好自己。"

"但是该死的,她以为自己在干吗?"

"你告诉我呗。你是她的老板。我都不怎么认识她。"

"但是老天啊,我们不能就这么把她撇在那儿。"

"我们能干吗？她自己走过去的，她已经够大了，能喝酒了。不管怎样，我不能过去，因为他认识我，而且也没有找麻烦的必要啊。看你的了，你要怎么做？——当个到处扫人兴致的老板还是怎么着？"柯德维尔恼怒地盯着桌子，似乎是要憋出个答案来。沉默了片刻，佩希站起身来抱歉地摊开双手，"你看，格雷戈，我知道这听上去不怎么好，但我必须得撇下你一个人处理这事儿了，看你用什么办法吧。派克阿德现在正等着我呢，有很重要的事。我必须得走了。"

"对，好吧。"柯德维尔含糊地挥了挥手，"你回来的时候给我打电话，让我知道什么情况。"

于是佩希走了，是从侧门出去的，以免从吧台前面经过大堂。柯德维尔郁闷地坐了一会儿，然后耸了耸肩，困惑地摇了摇头，回他自己的房间去了。他要继续读书，等着佩希的电话。

22

丹切克盯着苏利恩实验室里并排展现的两幅立体图像,看了很久。它们是一对有机体细胞的高倍放大复制品,是从伽星人某个星球的海洋底栖蠕虫类生物身上获得的,显示了其内部结构,通过染色增强能轻松识别出细胞核和其他组成部分。他最后摇了摇头,抬起眼,"我恐怕得低头认输了。这两者在我看来别无二致。而你们说其中之一根本不属于这个物种?"听上去他很迷惑。

在他身后不远处的施洛欣笑了,"左边那个是单细胞微生物有机体,其体内的酶既定的程序是分解自身细胞核的DNA,将碎片重新按照宿主有机体的DNA进行重组。"她说道,"等这一过程结束,整个结构就迅速转变为寄生物所寄居的这个细胞的复制品,不管是什么样的细胞。在那之后,寄生物便分毫不差地变成了宿主的一部分,根本无法与宿主本身自然产生的细胞区分开来,因此不会遭受宿主自身的排异反应。它完成进化的那颗行星遭受着一颗相当炽热的蓝巨星散发出的强烈的紫外线辐射,也许是因为细胞修复机制,让这一物种避免了极端变异,最终稳定下来。就我们所知道的来看,这是一种独特的适应性。我认为你看到这个会很感兴趣的。"

"不可思议。"丹切克咕哝着。他走到那台光亮洁净的由金属与玻璃组成的设备前,形成图像的数据就是从那里生成的,他俯身仔细察看那小小的盛放着组织样本的容器。"我最有兴趣的是回去之后亲自对这种有机体做一些试验。啊……你认为苏利恩人是否能让我带走一个样本呢?"

施洛欣笑了起来,"我确定他们会很欢迎你这么做的,教授,但你打算怎么把它带回休斯敦呢?你忘了,你可并不是真的在这里啊。"

"该死!我太蠢了!"丹切克摇了摇头,退后几步看着他们周围的设备,大多数东西的功能他仍然无法理解。"有太多东西要学啊。"他低声自言自语。"太多要学……"他想了想,眉头皱了起来。最后他又转向施洛欣说道:"就整个苏利恩文明来说,有些东西让我不解。我不知道你能否帮助我。"

"我会尽力的。什么问题?"

丹切克叹了口气,"好吧……我说不清……都过了两千五百万年,苏利恩应该要比现在这样先进得多啊,我是这么想的。要比地球领先太多了,这毫无疑问,但是我看地球就算达到苏利恩今天这个水平,也不用花这么久的时间啊。这似乎……很奇怪。"

"我也有同样的想法。"施洛欣说道,"我跟伊希安谈论过此事。"

"他提到过什么原因吗?"

"是的。"施洛欣停了好一会儿,丹切克一直好奇地望着她。然后她说道:"苏利恩的文明停顿了很长一段时间。反常的是,恰恰是由于其先进的科学才导致了这个结果。"

丹切克的眼睛在他的镜片后不明所以地眨着,"怎么可能?"

"你已经广泛研究过伽星人的基因工程技术。"施洛欣答道,"迁移到苏利恩后,他们甚至做得更为深入。"

"我想我没看出其中的关系。"

"苏利恩人完善了他们几代人梦寐以求的一种能力——给自己的基因编程,抵消身体老化和损耗……无限期地。"

过了好一会儿,丹切克才抓住她话里的要点。然后他吸了口气,"你是说永生?"

"不错。很长一段时间里,似乎乌托邦已经降临。"

"似乎?"

"并非所有的结果都能预见。过了些时候,他们所有的文明进程、创新、创造性都停滞不前了。苏利恩人变得太聪慧了,懂的太多了。特别是当他们知晓为什么有些事情不可能做到,为什么再也无法获得更多,他们知晓其中的一切原因之后。"

"你是说他们停止梦想了。"丹切克伤心地摇了摇头,"太不幸了。人类的很多成就都源于某人梦想着要做到某件不可能的事。"

施洛欣点点头,"在过去,年轻的一代总是太幼稚、太缺乏经验,他们无法认清事情的不可能性,不够聪明,所以做出了各种尝试。令人惊讶的是,他们居然一而再再而三地取得了成功。不过后来呢,当然了,不会再那么年轻幼稚了。"

丹切克听着,缓缓点着头,"他们变成了心灵衰老的社会。"

"确实。当他们意识到发生了什么,就又走上了老路。但他们的文明已经停滞很久了,结果就是,他们大部分具有突破性的奇迹都是在相对近期的时代出现的。瞬时传送技术发展出来的时候,刚刚能赶上去干涉月球人战争的尾巴。而像超空间能源分配网络、神经直联耦合机这类东西以及最终出现的维萨,都是更晚的时候了。"

"我能想象这里的问题所在。"丹切克自言自语地咕哝着,"人们抱怨生命苦短,他们想要做的事情又太多,可是没有那种限制,他们也许就什么都做不成。有限的时间产生的压力也是最大的动力。我时常怀疑,如果永生的梦想有朝一日能实现,结果八成就会是那样。"

"喔，如果按苏利恩人的经验来看，你是对的。"施洛欣对他说道。

他们又谈了很多关于苏利恩人的事情，然后施洛欣不得不返回"沙普龙号"，去见加鲁夫和孟查尔。丹切克留在实验室里研究维萨展示出来的更多苏利恩生物样本。在这上面花了些时间后，他决定趁着这些细节在他心里印象还很深刻，还是跟亨特讨论一下他看到的东西，便向维萨询问亨特目前在不在系统里。

"不，他不在。"维萨告诉他，"他十五分钟前乘坐一架飞机离开了麦克拉斯基。如果你需要的话，我可以给你接通那边的控制室。"

"噢，啊……好的，如果你不介意。"丹切克说道。

通信屏幕的画面出现在丹切克面前几英尺远的半空中，显现出麦克拉斯基值班控制员的容貌。"你好，教授。"控制员招呼着，"我能为你做什么？"

"维萨刚才告诉我维克去别的地方了。"丹切克答道，"我不知道是出什么事了。"

"他给你留了个信儿，说他早上要去休斯敦。但没再讲更多细节。"

"是克里斯田·丹切克吗？我来跟他说。"卡伦·赫勒尔的声音从背景里飘了过来。几秒钟后，控制员挪出屏幕一侧，赫勒尔进入画面，"你好，教授。维克等不及琳从华盛顿带消息回来了，所以他给休斯敦打了电话。格雷戈回去了，但琳没回去。维克过去看看是怎么回事。我能告诉你的也就这些了。"

"噢，我明白了。"丹切克说道，"太怪了。"

"我还有些别的事情要跟你讲。"赫勒尔继续道，"我跟凯拉赞和肖姆一起忙了半天，查阅了一些月球人的历史，事情更有意思了。有些问题我希望能得到你的解答。你多久能回来？"

丹切克低声咕哝了几句，眼巴巴地看了看伽星人的实验室，然后意识到他通过维萨收到身体传来的信号,他的身体已经饿了。"实际上,我这就要回来了。"他答道,"也许我能跟你在食堂聊聊,十分钟后见,好吗?"

"好的,到那儿见。"赫勒尔表示同意,随后屏幕消失了。

十分钟后,丹切克在麦克拉斯基狼吞虎咽地吃着盘子里的培根、鸡蛋、香肠、洋葱煎土豆,同时赫勒尔坐在桌子对面一边吃着三明治,一边说着话。太空军团的大部分人都正忙着改造另一栋建筑,用于存放更多的永久性设备,除了附近的厨房里传来一些叮当乱响的声音,他们周围没有什么生命的迹象。

"我们正在分析月球人文明和地球文明的发展速率。"她说道,"差异大得惊人。他们在开始使用石器之后几千年就进入了蒸汽机时代。我们花费的时间十倍不止。你觉得为什么会这样?"

丹切克一边嚼着,一边皱起眉头。"我想月球人加速发展的决定性因素已经相当明显了。"他说道,"按年代算,他们距离伽星人当初做基因试验的时间更近,因此他们拥有更强大的基因不稳定性,随之而来的就是更为极端的变异。兰比亚人的突然出现无疑就与此大有关系。"

"我还不确信这种解释。"赫勒尔缓缓答道,"你自己就说过几次,数万年不足以造成很大的差异。我让维萨做了一些计算,基于'沙普龙号'在地球上的时候左拉克获得的人类基因数据,结果似乎也证实了。这种模式在兰比亚人出现以前很久就建立起来了。而他们只不过是在大战前两百年才出现的。"

丹切克给一片吐司抹着黄油,哼了一声。政治家可没有资格充当科学家。"月球人会发现大量早期伽星人文明留在慧神星的东西。"他说道,"从这种源头获得的知识让他们有了一个飞跃式的开端,远超地球。"

"但是来到地球的赛里奥斯人也来自一个很先进的文明。"赫勒尔指出道,"所以这也就扯平了。那还有什么能制造出差异呢?"

丹切克的鼻子皱了皱,面露愁容。政治家假扮科学家真让人难以容忍。"月球人的文明是在逐渐恶化的环境条件下发展起来的,冰川纪正在逼近。"他说道,"这提供了额外的压力。"

"赛里奥斯人到达地球的时候,这里也是冰川纪,之后还延续了很长时间。"赫勒尔提醒他,"所以这也扯平了。因此还得问——到底是什么造成了差异?"

丹切克有些恼怒地把叉子扎进食物里。"如果你想要作为生物学家和人类学家怀疑我说的话,你自然有各种权利那样做,女士。"他摆出架子说道,"依我看,没有什么正当的理由去忽略最起码的事实,转而投奔什么假说。我们已经知道的东西很完美地支撑着那个结论。"

赫勒尔似乎早就预料到会这样,她没有反应。"也许你像生物学家一样思考得太多了。"她说道,"试着以社会学的角度看看,从另外的方向问问题。"

丹切克的表情似乎在说,不可能有任何另外的方向。"你什么意思?"他问道。

"别问是什么加速了月球人的发展,试着问问是什么减缓了地球的速度。"

丹切克沉着脸盯着自己的盘子看了一会儿,然后抬起头龇了龇牙,"地球俘获月球导致的剧变。"

赫勒尔看着他,明显一脸怀疑,"让他们倒退数万年从头开始?不可能!也许顶多几个世纪就了不得了,绝不会那么久。我可不买这个账。肖姆也不会。凯拉赞也不会。"

"我懂了。"丹切克看上去有点吃惊。他默默无言地吞下培根,吃了一会儿,又说道:"我可否问问,如果有的话,那你能提出什么不一样的解释呢?"

"一些你至今还未曾提及的东西。"赫勒尔答道,"月球人很早就发展出了理性、科学性的思考,从他们文明的一开始就完全依赖于此。相对来说,地球有数千年的时间走了旁门左道,相信魔法、神秘主义、圣诞老人、复活节兔子和牙仙[1]会解决问题。只是到了近代才开始发生改变,可是甚至到今天仍然有不少那种事。我们让维萨进行评估,跟这个相比,所有其他因素加在一起都黯然失色。就是这个造成了差异!"

丹切克就此想了想,然后略微有些勉强地答道:"很好。"他防御似的把下巴往前一伸,"但是我确实看不出为了提出一个不同的见解,有什么必要搞出耸人听闻的说法。在早期采用理性方法能加速一个种族的发展,而缺乏理性会让另一个种族停滞,这两种说法都是对的。你说的这些东西,关键是想表达什么?"

"自从我跟凯拉赞和肖姆交谈并询问他们原因后,我想了很多。维克说每一件事必有原因,哪怕要费些工夫挖才能发现。那么对于整颗行星来说,数千年来顽固地秉持着许多无意义且迷信的事情又会是什么原因?哪怕只需要一点点的观察和常识就能证明那些都毫无用处啊。"

"我想,也许你低估了科学方法的复杂性。"丹切克告诉她,"为了可靠地鉴别出事实与谬误、真理与神话,要历经若干世纪、许多代人才能发展出所需的技术手段。它自然是不可能一夜之间就出现的。你还能盼着其他什么呢?"

"那为什么这些问题没有阻挡月球人?"

"我想不出答案。你呢?"

"这也是我正在深入思考的问题。"赫勒尔往前一靠,隔着桌子

---

[1] 欧美等西方国家传说中的精灵。相传小孩子乳齿脱落后,将乳齿放在枕头底,夜晚时牙仙会取走枕底的牙齿,换成一个金币。

坚定地盯着他,"你觉得这样一种说法怎么样?对于神话和魔法的信仰深植于地球文化中,而且持续了那么久,其原因可能是:在我们文明的最早期阶段,它是起作用的。"

丹切克刚刚咽下一大口食物,顿时就给噎住了,憋得满脸通红,"什么?太荒诞了!你是说,支配宇宙运行的物理法则在过去的几千年里发生了改变?"

"不,我可没说。我说的……"

"我从未听过如此荒唐的说法。还没用占星术、超自然感官或是其他任何你脑子里那些愚昧无知的东西来解释,这整件事就已经够复杂的了。"丹切克不耐烦地看了看周围,叹了口气,"说真的,如果你不能区分科学与少年杂志上的那些无稽之谈,那就是花再多的时间也解释不清楚的。记住我的话好了,你是在浪费你的时间……也许还要再加一句,也是在浪费我的时间。"

赫勒尔尽量让自己保持镇定。"我说的可不是那种东西。"她的声音里有了一丝紧绷感,"平心静气地听两分钟,好吗?"丹切克什么都没说,隔着桌子满脸质疑地盯着她,继续吃着饭。她继续道:"考虑下这个设想。杰乌伦人从未忘记他们是兰比亚人,我们是赛里奥斯人。他们仍然将地球看作是对手,一直都是。后来他们被带到了苏利恩,利用一切机会吸收掌握伽星人所有的科技,而地球上的对手则随着月球被俘获带来的灾难被打回起点。此外,他们还获得了监控的控制权,也许到了这时,他们自己就能将飞船和任何东西瞬时转移到银河系任何地方了。因为他们已经有了自己独立的人工智能,杰乌克斯,就在独属于他们的行星上。而且他们的身体也是人类的形态——跟他们的对手在身体上没什么区别。"赫勒尔往后一靠,期待地看着丹切克,仿佛是在等待他自己补充其余的部分。他停下了送到嘴边的叉子,不可置信地盯着她,目瞪口呆。

"他们能实现那些魔法和奇迹。"赫勒尔过了一会儿继续说道,

"他们可能安插了自己的……'特工'到我们远古的历史文化当中，有意识地灌输一些系统性的信仰，我们至今仍然没有完全从中解脱——这些信仰是要保证让对手花费极为漫长的时间才能去重新发现科学，去发展技术。这样一来，就没有必要再去担心对手了。与此同时，杰乌伦人给自己腾出大量时间在他们自己的世界里立稳了脚跟，扩展杰乌克斯，榨取更多的伽星人知识，以及任何他们想要的东西。"她往后一靠，摊开双手，期待地看着丹切克，"你怎么想？"

丹切克盯着她似乎看了很久。"不可能。"他最后说道。

赫勒尔的耐心终于耗光了。"为什么？这个理论有什么问题？"她问道，"事实就是有什么东西减缓了地球的发展。这说得通，而你那套行不通。杰乌伦人有方法，也有动机，而且答案与证据吻合。你还想要什么？我想科学至少是要有开放的思维的。"

丹切克反驳道："太牵强了。"他是在公然讽刺了，"科学还有一个原则，你似乎对此有所忽视，一个人要尽力通过实践来验证假说。我想不出你能用什么办法验证你这个异想天开的说法，但作为建议，我忠告你可以试着咨询一下《超人》连环画的创作者们，或是为廉价小报供稿的作者。"说完，他的注意力就完全放在了自己的餐食上。

"好吧，如果这就是你的态度，那就好好享用你的午餐吧。"赫勒尔愤然站起身来，"我听说维克为了让你接受月球人确实存在这一事实，不知费尽了多少该死的唾沫星子。我现在知道是为什么了！"她一转身，大步离开了房间。

三十分钟后，卡伦·赫勒尔仍然怒气难消，她站在停机坪边缘一栋建筑旁边，看着太空军团的人员安装一台永久性的发电设备。一段距离之外，丹切克走出大厅门，看着她，然后缓缓走向相反的方向。他的双手握在背后，走到边缘围栏的时候，他停下来，站了很长时间，望着远处的沼泽，时不时转回头看看赫勒尔站立的地方。

最终，他转过身若有所思地走回大厅门前。快要走到门口的时候，他停住脚步，又望向她，犹豫了一会儿，然后改变方向朝她走来。"我……我很抱歉。"丹切克说道，"我想你可能说对了一些事情。当然，你的推论要进一步验证才行。我们应该联系其他人，尽快告诉他们这件事。"

23

"她怎么样了?"

航通部总部大厦顶层通向柯德维尔办公室的走廊里,亨特走到半路一把抓住柯德维尔的胳膊,把他拽得停了下来。

"他告诉琳,下次她去纽约看她妈妈的时候给他打电话。"柯德维尔说道,"所以我就让她休个假,去看看妈妈。"柯德维尔把亨特的手指头从他夹克衫的袖子上掰开,继续往前走。

亨特怔在那儿半天没动,然后疾走几步赶上前去,对柯德维尔说:"这他妈的是怎么回事儿?……你不能那么做!碰巧她对我来说很特别。"

"碰巧她还是我的助手。"

"但是……等她见到他的时候,会做什么呢?……念诗吗?格雷戈,你不能那么做。你得让她离这事儿远点儿。"

"听起来你就像是一辈子没结过婚的老姑妈。"柯德维尔说道,"我什么都没做。是她自己安排的,我看不出干吗不利用这机会。这可能会产生些有用的东西。"

"她的工作守则从来也没说要当玛塔·哈丽[1]。这是公然强迫个人做超出单位合同责任限制的事情,不可饶恕!"

"一派胡言。这是职业发展的机会。她的工作守则强调积极性与创造性,这就是。"

"什么样的职业?那家伙的脑袋里只想着一件事。你看,这事儿可能像是个意外惊喜,但我可不想让她成为缝在他衬衫上的又一枚徽章。也许我有点老派,但我并不觉得那是为太空军团工作要干的事。"

"别再过度反应了。没人说过任何那样的话。这可能是个机会,填补我们错失的一些细节。这机会突然就从天上掉下来了,而她抓住了。"

"我已经从卡伦那里听够了细节。好吧,我们知道规矩,琳也知道规矩,但他可不知道规矩。你觉得他会怎么做?——坐下来填写问卷吗?"

"琳有谱的。"

"你不能让她那么干。"

"我拦不住她。她在休假呢,去看她妈妈。"

"那我想请个假,立刻马上。我有紧急的个人事务要去纽约。"

"不行。你在这儿有太多更重要的事情要干。"

他们穿过办公室外间的时候,都不说话了,静静地往柯德维尔的私人办公室里走。柯德维尔的秘书正在把一份口述备忘录往音频转录器里传,抬眼看了看,点头打了个招呼。

"格雷戈,这事儿操之过急了。"等他们进了里间,亨特又开始了,"这事儿……"

---

1. 玛塔·哈丽(1876-1917),荷兰人,在巴黎当脱衣舞女,一战期间周旋在法国、德国之间充当双面间谍,是史上最有名的间谍之一。

"这事儿比你想的复杂得多。"柯德维尔告诉他,"从诺曼·佩希和中情局的反馈来看,这种机会很难得,很值得去抓住。琳也知道。"柯德维尔把夹克挂在门边的衣帽架上,走到自己办公桌的另一边,把放在桌上的公文包里的东西都倒了出来。"关于斯威兰森,有很多该死的事情我们做梦都想不到,还有更多我们想要了解却不知道的事。所以别再发神经了,坐下来,好好听五分钟,我还要给你简要说说。"

亨特长叹一声,算是投降了,屈从地把手一摊,一屁股坐在椅子里,"我们需要的时间远不止五分钟,格雷戈。"柯德维尔面对他坐下来的时候,亨特说道,"你先等等,先听听我们昨天在苏利恩发现的事情吧。"

距离休斯敦四千五百英里的地方,诺曼·佩希坐在伦敦海德公园九曲湖旁边的一条长凳上。这是一年当中天气初暖、艳阳高照的日子。穿着开领衫和夏装的游人给郁郁葱葱的草木带来了一抹亮色,绿树之上看得到远处恢宏的建筑。在过去的五十多年里,这些建筑风貌如故。他看着眼前的风景,听着周围的声音,心中暗想,这就是他们想要的一切。全世界的人想要的就是过自己的生活,不赊不欠,无所挂怀。所以,那极少数心中另有打算的人是如何强行兜售他们自己和他们那个体制的?到底孰优孰劣呢?是心怀动机的狂热分子,还是一百个闲极无聊、毫不在乎的人?然而,这些人对自由的极度在意也成了一种动机,让他们同样变成极端的守护者。一万年来,人类始终都在跟这样的问题角力,却从未找到答案。

这时,一片阴影飘了过来,米科连·索波洛斯基挨着他坐在了长凳上。尽管天气晴朗,索波洛斯基还是穿着一身厚西装,打着领带,阳光映出了他脑袋上细密的汗珠。"跟乔尔丹诺·布鲁诺天文台真是天壤之别啊。"他说道,"如果月海真是大海,那可就是天翻地覆的进步了。"

佩希转过头来,收回望向湖面的目光,咧嘴一笑,"再种上几棵树,岂不更棒?鉴于太空军团要冷却金星以及要给火星充氧,我想月球还排不上号呢。即便不是如此,我也不确定谁能想出什么好办法来。但谁知道呢?也许总有那么一天吧。"

俄国人叹了口气,"也许我们手里本就掌握着那样的知识,但我们把它丢掉了。你是否意识到我们可能目睹了人类历史上最重大的犯罪?也许整个世界永远都不会知道。"

佩希点点头,片刻后摆出更像是谈生意的姿态,问道:"所以呢?……有什么消息?"

索波洛斯基从胸前的口袋里掏出手帕,擦了擦额头。"你们怀疑巨人星发来的那些加密信号是在回应我们私下设立的传送设备,怀疑得没错。"他答道。

佩希毫不意外地点了点头。他已经从柯德维尔和琳·加兰德在华盛顿透露的情况中知道了,但当然不能那么说。佩希问道:"你有没有发现卫瑞科夫和斯威兰森是怎么勾结在一起的?"

"我觉得有点眉目。"索波洛斯基说道,"他们似乎是某种全球性行动的一部分,想方设法要切断这颗星球和苏利恩之间任何形式的通信。他们用的是同样的方法。卫瑞科夫是一个强大集团的成员,该集团强烈反对苏联另开一个通信频道。他们的理由跟联合国的一样。正如后来所示,在组织起一次有效的封堵之前,他们大吃一惊,因为一些信号已经发送出去了。跟斯威兰森一样,卫瑞科夫在秘密发送的那些额外信号中起了很大作用,专门就是为了阻碍任务执行。至少我们认为是这样……但我们没法证明。"

佩希又点了点头。这个他也已经了解到了。"你知不知道他们说了什么?"出于好奇,他问道,尽管自己已经看过柯德维尔从苏利恩拿来的通信记录了。

"不,但我猜得出。这些人提前就知道了连接巨人星的信号转发装置会停止工作。这告诉我,他们肯定脱不了干系,想必是几个月前就通过某个独立的发射组织安排了此事,或者可能是太空军团里他们认识和信任的什么人……我不知道。但我猜测,他们的策略是通过这两条线路一起来延误与外星人联系的进程,直到转发装置永久失效。"

佩希望向湖对面一片封闭的水域,一群孩子正在里面游泳,在阳光下玩耍。叫喊声、嬉戏声不时随着微风飘来。到目前为止,除了确认卫瑞科夫涉足其中,他还没得到什么新消息。"这事儿你怎么看?"他没有转回头。

沉默了很久后,索波洛斯基才答道:"本世纪最初的几十年间,热核武器战争的威胁结束了,更为光明的国际主义出现了。人们一起创造了相互理解与共同进步的新气象。"此时,索波洛斯基叹了口气,伤心地摇摇头,"但苏利恩事件表明,让俄国陷入黑暗的那种力量并没有消失,其目的也并没有改变。"他犀利地看着佩希,"而给西方带来宗教恐怖和经济压榨的力量也没有消失。那种力量只是改变了形态,让自身免遭毁灭罢了。有一张网络覆盖着这整颗星球,将许多斯威兰森和许多卫瑞科夫连在一起。他们举着自由的大旗、喊着口号,但他们所寻求的只是自己的自由,与那些追随他们的人毫无关系。"

"是的,我知道。"佩希说道,"我们也发现了。那该怎么应对呢?"

索波洛斯基抬起一条手臂,冲着湖水对面做了个手势,"就我们所知的来看,那些孩子长大后本可能去看看其他太阳下面的新的世界,但其代价就是要获取知识,不论暴政乔装改扮成何种形式,知识都是它的敌人。知识从贫困和压迫中解救出来的人民要比其他任何因素解救的人加起来还要多。所有压迫的根源都是思想的压迫。"

"我不确定你在说什么。"佩希承认道,"你是说,想要到我们这边来之类的事情吗?"

那个俄国人摇了摇头,"这场战争跟举什么旗帜没有关系。它是发生在这样两群人之间的:一群人让孩子们的思想自由开放,另一群人则向孩子们否认苏利恩的存在。之前的最后一场战斗已经输了,但战争仍将继续。也许有一天,我们将会再次跟苏利恩交谈。但现在,另一场为了控制克里姆林宫的战斗正在逼近莫斯科,那是我必须要去的地方。"他伸手到身后拿过一个放在长凳上的包裹,递给佩希,"我们处理内部事务的时候,难免有些残酷,你们是无法想象的。很可能在接下来的几个月里会有很多人无法幸免于难,我可能是其中之一。如果是那样,我相信自己的工作并非毫无意义。"他放下包裹,收回胳膊,"里面是我所知道的全部记录。鉴于我那些同僚未来的状况跟我差不多,都充满了不确定性,它放在我们手里肯定不太安全了。但我知道你会明智地使用这些信息,因为你跟我一样明白,在那场真正的战争里,我们是站在同一边的。"说着,他站起身来,"很高兴我们会面了,诺曼·佩希。令人感到安慰的是,我们双方都能看到这一点,真正的纽带是超越地图上的色块差异的。希望我们能再次会面,但万一……"他话没说完,伸出了一只手。

佩希站起来紧紧地握住了他的手。"我们会的。一切都会好起来的。"他说道。

"希望如此吧。"索波洛斯基松开手,转过身,沿着湖边走了。

佩希的手指紧紧抓着包裹,站在那里望着那个粗壮的身影匆匆离去,奔赴命运之约,甚至可能英勇就义,只为了能让孩子们欢笑。他意识到自己不能让他就这么离开。他不能让对方毫不知情地就这么走了。"米科连!"他叫道。

索波洛斯基停下了,回头看过来。佩希等着。俄国人顺原路折返。

"那场战斗并没有失败。"佩希说道,"现在还有另一条通往苏利恩的通信线路在运行……在美国。它无须转发装置。我们已经跟苏利恩交流了好几个星期了。所以卡伦·赫勒尔才会返回地球。一切都好。世界上所有的斯威兰森现在都无法阻止它。"

索波洛斯基盯着他看了很久,半天说不出话来。最后,他的头缓缓动了一下,几乎难以察觉地点了点,他的脸毫无表情,一片茫然,静静地咕哝着:"谢谢。"然后他转过身,再次离去,这一次他走得很慢,似乎正呆呆地出神。等他走出二十多米,突然停下脚步,再次回过头来,抬起手臂无声地打着招呼。然后一转身,继续走了下去,几步之后,他的步伐轻松起来,加快了脚步。

甚至在这个距离,佩希都看得到他表情中的兴高采烈。佩希看着,一直等到索波洛斯基消失在湖岸边船库周围散步的人群里。然后他一转身,走上了相反的方向,走向九曲桥。

24

尼尔斯·斯威兰森的百万美元豪宅位于康涅狄格州,距离纽约城四十英里,坐落在一片草木葱郁、方圆二百英亩[1]的大庄园的边缘,俯瞰着长岛湾。这栋房子围拢在一个巨大的三叶草形的泳池两侧,池岸有层层阶梯和丛丛灌木。另外两侧分别有一个网球场和一些外部建筑,正好将泳池完全围拢在中间。这栋房子相当时尚,宽敞、明亮、通风,大平面式的屋顶简洁明快,顺势而下的线条在一些地方几乎延伸到了地面,勾勒出建筑的轮廓,形成抽象雕塑般的美感。另一些地方则往回收拢,显露出打磨光亮的褐砂石、马赛克瓷砖或是玻璃墙构成的垂直立面与倾斜的墙面。这栋壮观建筑的中央部分有两层高,里边有极为宽敞的房间和斯威兰森的私人空间。一边的侧翼只有一层高,有六间客卧和起居空间,专为他经常在周末举办的聚会或是其他情况的客人使用。另一侧翼也是两层,只不过不如中央部分那么高。这里包含了斯威兰森和一位秘书的办公室,一间

---

1. 1英亩=4047平方米

图书馆，以及其他工作用途的房间。

纵观斯威兰森这栋房子的历史，有些事情颇为诡异。

琳是和克利福德·本森手下的一位特工一起飞到纽约的，此人将她介绍给中情局当地办公室，一起查看了他们手中关于斯威兰森的相关的信息。结果显示，他的房子是十年前由威斯芒德工业公司的建筑师修建的，那是一家经营范围很广的大型企业。该公司是工业建筑而非私人住宅的承建商，而且显然就是因为这个原因，他们还从外面找了几个建筑师和设计师作为高级顾问。让这件事显得尤为奇怪的，是威斯芒德的大本营在加利福尼亚。为什么斯威兰森要用他们？本地区就有不少够格的公司啊。

进一步调查表明，威斯芒德工业公司的股票大都握在一个加拿大保险财团手里，它跟那个英国－法国－瑞士的银行财团有着千丝万缕的关系，正是该财团让斯威兰森突然重新现身，从寂寂无名之辈跃然成为事业辉煌的人物。斯威兰森只是为了报恩吗？还是说有其他原因让他感觉需要用这么一家跟他关系密切，或者说关系神秘的公司来给自己造房子？

琳穿着比基尼躺在泳池边的躺椅上，透过层层花圃和灌木端详着这栋房子，心中不由得又想到了这个问题。斯威兰森戴着太阳镜，穿着一条鲜红的泳裤，正坐在几英尺外一张撑有太阳伞的桌子旁喝冰镇柠檬汽水，跟一个男人说着话，他介绍过那人，名叫拉里。一个名为切莉尔的金发女郎正趴在不远处的另一张躺椅上裸着身子日光浴。另外还有两个姑娘，桑蒂和卡萝尔，她们正在泳池里跟一个叫恩里克的家伙嬉笑打闹，这家伙生就一副地中海式的相貌。桑蒂上身赤裸，显然这番打闹的目标是让她的下半身也暴露无遗。还有一对儿早就来了，只是一个小时前就没了人影。此时是星期五下午，随着夜晚临近，还会有更多的人来，另外还有几个会在第二天早晨到达。星期四早上琳给他打电话的时候，斯威兰森将这次聚会描述为"一些有趣的朋友聚在一起乐一乐"。

她看着这栋房子的时候,心中暗想,它唯一看起来有些不寻常的地方就是办公室那侧。斯威兰森之前带她参观的时候,强调说那边不对客人开放。她思忖着,看似理由充分,但有些事情不对劲。建筑的那个部分设计得不像其他部分那样通透,别的地方都是大面积的玻璃窗和推拉式玻璃门,四通八达。那里却非常坚固,窗户很小,而且距离地面很高。窗户看起来很厚实,似乎是为了把阳光以及其他一切都挡在外面。她更仔细地看着,看出了些门道:一开始看着像窗户上的装饰物的东西实际是经过精心伪装的护栏,确保能阻挡任何东西进入——不只是小偷,连坦克都挡得住。外面根本没有门,那个区域唯一的入口在房子内部。如果不是她特意留心看,是绝不会注意到的,因为办公室这边的外表面装修得跟这栋房子其他部分很一致,可实际上就是一座堡垒。

泳池里喧嚣起来,紧接着是一片尖叫,只见恩里克从一片水浪和身体中间钻了出来,把桑蒂下半身的泳衣得意扬扬地顶在头上。"搞定一个,还剩一个。"他大喊着。

"不公平!"桑蒂尖叫起来,"我被水呛了一下。这是耍赖!"

"轮到卡萝尔了。"恩里克叫道。

"见鬼去。"卡萝尔笑道,"这可不公平。桑蒂,帮我一把,咱们一起收拾这个流氓。"喧嚣声再次涌来。

"听起来好像她们需要个帮手。"斯威兰森说着,转过头看向琳,"去跟她们一起玩儿吧。在这里你可以随心所欲地享乐,百无禁忌,你知道的。"

她让自己的脑袋靠在躺椅的靠枕上,挤出一个微笑,"噢,有时候当观众也有不少乐趣。管它呢,看上去她们什么都搞得定。我就算是后备队吧。"

"她很聪明,是在积攒能量。"拉里对斯威兰森说道,同时向琳挤了挤眼。她假装没注意到。

"太明智了。"斯威兰森说道。

"真正过瘾的得过会儿才开始呢。"拉里笑着解释说。琳挤出半个笑容，与此同时思考着该怎么掌控局面。"我们会给你找一大堆新朋友。他们都是这里有头有脸的人物。"

"我可等不及了。"琳干巴巴地说道。

"她是不是很迷人啊？"斯威兰森说着，看向拉里，又赞赏地看了看琳，"我是在华盛顿遇到她的，你知道——一次绝妙的邂逅。她在纽约这里要拜访些人。"这让她感觉自己像是一件商品，而这么评价她的处境倒是很相称。她并不特别意外；如果没有做好乔装打扮来演戏的准备，她也不会从一开始就搅进来。

"我经常去华盛顿。"拉里说道，"你是在那里工作，还是怎么着？"

琳摇了摇头，"不，我在休斯敦的太空军团里干活儿——计算机、激光，还有些整天谈论数字的家伙——但那就是生活。"

"啊，不过我们就要改变那一切啦，对不对，琳？"斯威兰森说着，看了看拉里，"实事求是地讲，我正在考虑华盛顿的一些事务挺适合她的，而且更有意思，我保证。你记不记得菲尔·格拉赞比？最近我在那里的时候，有一天跟他一起吃午饭，他想要个聪明的、有魅力的人去管理他开设的新代理机构。而且他谈论的可不是小钱啊。"

"如果你能搞定，我们就得一起过去了。"拉里冲着琳说着，做了个鬼脸，"噢，不过那是公事，还得好长时间呢。为什么非得等到华盛顿？我们在这儿就可以结识一下了。你在这儿是单独一人吗？"

"是的，她是单身。"斯威兰森低声道。

"太棒了！"拉里叫起来，"我也是，而且要想有人介绍这里的新面孔，我是不二人选。相信我，甜心，你做出了正确的选择。你肯定有着很好的品位。告诉你……之后有个游戏咱俩可以搭伴儿。我们成交了，对吧？"

"我只活在当下。"琳说道，"以后的事情还是以后再说吧，好吗？"她舒展了一下，对着太阳眯起了眼睛，然后又看向斯威兰森，"此时此刻，我唯一关心的事情就是如果没东西盖着，恐怕我会晒伤的。我想到荫凉的地方去，再披上点儿东西，等凉下来再见？"

"悉听尊便，亲爱的。"斯威兰森说道，"我们最不希望的就是让你成了伤病员。"琳从躺椅上起身，朝着房子走去。"我看你可能是在玩欲擒故纵的小游戏啊，等到……"她听到斯威兰森低声说着，后边的话淹没在了泳池里的尖叫声中。

琳消失在灌木之间的时候，切莉尔抬起头看了看。"拉里，你真是一事无成。"她说着，"现在我能向她展示什么是真正不一样的美好时光了。"

"那我们一起怎么样？"拉里问道。

琳的房间里并排放着两张特大号的床，房间装修陈设极为奢华，跟这栋房子的其他部分一样。她被安排跟一个叫唐娜的人住在一起，但她还没到。琳进了屋，脱掉比基尼，穿上衬衫和短裤，然后站在窗前思考了片刻。

房间里有个数据网终端机，但她不想打任何电话，因为里边很可能有猫腻。不管怎样，如果她想出去也不需要打电话，因为克利福德·本森的人已经预先做了安排。她放在壁橱的背包里有个微型电子通信器，看着就像是粉底盒，当她打开安全钮按下伪装的开关之后就能发送信号。如果按一次，中情局的一个特工就会在数秒钟内给房间打电话，假装是琳的兄弟，说家里有急事，叫了一辆出租车过去接她。如果按三次，停在门前马路上一英里之外的一辆飞行车就会带着两名特工在半分钟内过来，但这个选项只能是她真的遇到麻烦时才用。不过她可不想这么就走了。这房子现在空荡荡的，会比这个周末接下来的任何时间都安静。再也没有更好的机会能冒点险去四处看看了。她告诉自己，待了几个钟头都没拿到什么值得汇报的东西，她可不想一直这么畏畏缩缩的。

琳深吸一口气，紧张地一咬嘴唇，走到门前，一点点打开它，侧耳听了听。一切似乎都很平静。就在她要动身走进过道的时候，一阵憋不住的偷笑声从对面的房门后传了出来。她停了停。没其他声音了，她悄声朝着房子的中央部分走去。

过道穿过一间小室进入宽阔的中庭，这里一下子挑高到了整栋建筑的顶部，一侧是倾斜向上的玻璃墙，面对着房子的后方。这间屋子是L形的，铺着厚厚的地毯，砖砌的大壁炉前面有一块地面是下沉的，铺着地板，周围的地面高出一些，转过一个直角便能看到几处门洞和楼梯，从那里可以去往这栋房子的其他部分。

隐隐约约的人声和厨房做菜的声音从一条走廊传过来，但她在四周看不到有斯威兰森侍从的身影。她缓缓察看着家具、装饰物和墙上的画，还有头顶的小装置，但找不到任何显得突兀的东西。她停下来在心里回想着楼层布局，想起一条窄窄的走廊似乎是通向办公室区域的，便循了过去。

她对这条走廊上的诸多房间探查了一番，其中大部分在斯威兰森带她做简短的参观时都已经见过了。最终，她回到了似乎是通往办公区域的唯一的那扇门前。琳轻轻试了试把手，是锁着的，正如她所料。她用指节敲了敲，声音听上去很闷，应该很坚实，尽管看上去就是普通的木门。可能表面是木板，里面包的是其他东西；这扇门设在这里要保护的可不仅仅是大笔钱款。没有凿岩机或是军事爆破队，她可别想再进一步，于是她返回了房子的中庭。几步之后，她回想起在中庭见过的一尊雕塑。当时并没太引起她注意，不过现在又想起来时，她意识到那东西似曾相识。肯定不会的，她一边想着，一边尽力让它在脑海里重新显现。但根本就不可能嘛。她一皱眉，不由得加快了脚步。

这个雕塑立在壁炉旁一个明亮的龛座上——某种呈现出银色和金色的半透明晶体构造出一个抽象的造型，大约八英寸高，嵌在一个结实的黑色底座上。至少，在几分钟前她的目光不经意间扫过它的时候，她觉得那样子很抽象。可现在，当她拿起来在手里翻来覆去地看的时候，她更加确定了，它的形状做成这样绝非巧合。

它最下面的部分是许多几何形状组合而成的，很难说是什么含义，不过从中部往上构成设计主体的是一个锥体，那斜面、层次以及顺着独特的曲线向上伸出的支撑结构雕刻得十分精致。这是不是代表一座塔？她寻思着。她很久以前见过这样一座塔。三根纤细的尖塔从主柱体顶端一直向上延伸——三座尖塔在最高点下面一点点的位置支撑着一个圆盘。似乎是一个平台？圆盘的表面上有更为精致的雕刻。她把雕塑翻了过来……倒吸一口凉气。更多的细节刻画出清晰可见的许多同心圆图案——那就是平台的底面！她看到的正是威兰尼克斯城中央塔的模型。这不可能啊。但又绝不会是别的东西了。

她小心翼翼地把雕塑放回龛座的时候，手不住地颤抖。她把自己搅进什么该死的事情里了？琳问自己。她第一个念头就是赶快回房，收拾东西，马上离开。可是等她强迫自己镇定下来，等思路更清晰一些之后，她克制住了这种念头。要想了解更多的东西，这机会可是太难得了，机不可失时不再来啊。肯定还有更多的东西，如果她现在不找出来，那就没人能知道了。她闭上眼睛缓了缓，深吸了一口气，调动起潜藏在体内的力量誓要探个究竟。

她必须找到更多关于办公室区域的东西，但似乎没办法进去。也许她能另辟蹊径……从下面进去？也许能行？像这样的房子肯定有地窖。也许通往厨房方向的什么地方会有楼梯。她顺着那个方向走出了走廊；嬉闹声仍然可闻，但听上去隔得很远。这里有两扇门是壁橱。她试的第三扇门露出一截木楼梯直通地下。琳走进去，让门在身后虚掩着，然后一路向下。

她发现自己进来的这个地窖看着很普通，摆着一只凳子和一些置物架，这是一个储物间，有很多管线。某种机械在一侧的一扇门后面嗡嗡作响，可能是中央空调。从这里往前有两条通道，每一条分别通往这栋房子的两翼。她走进了通向办公区的那条。还是储藏区，满是箱子和富余下来的装修材料。一道隔断墙封住了去路，墙中间有个口子。琳跨过去往那个洞口里面看。地窖并没有延伸到办公区下面，隔断墙后面的空间不大，再过去就只是光秃秃的墙面了。琳四下看了看，研究了一下周围的环境，她意识到自己所在的这部分地窖区域跟这栋房子其他部分的建筑结构有着奇怪的差异，特别是她面前那堵光秃秃的墙面。

墙壁和天花板相接的地方是一根钢梁，从边缘部分看肯定至少有十五英寸厚，另两根钢梁竖立着支撑着它，都是同样粗大的构件顺着两边直插到地下，从墙根看，一直深入到坚实的水泥地基里了。天花板也用钢梁加固，边角用支撑架做了斜角支撑。一切都涂成白色，跟地下室其他部分的背景基本一致，不留心的访客也许永远都注意不到；不过对于特意寻找不寻常之处的人和那些对于房子有着特别兴趣的人来说，这么粗大的建筑构件真是太惹眼了。

所以，办公区下面并没有地下室，但它的地基异常结实，她看着一侧的地基和支撑物。修建它的材料和方式足够支撑起一艘战舰了。楼上能有什么东西会压垮普通的房屋地基呢？居然需要如此加固？她心中不由得疑虑重重。

然后她想起来在麦克拉斯基见过的伽星人飞行器在水泥上轧出的坑。

苏利恩的星际通信系统运行的时候，会开启一个人工生成的微型黑洞超环面。

但这想法太疯狂了。这栋房子是十年前建的。2021年还没人听说过伽星人呢,更不用说苏利恩了。

她缓缓从隔断墙那里退出来,一肚子迷惑地朝着楼梯走了回去。

到了楼梯顶上,她停住脚步站了一会儿,让剧烈跳动的心脏缓和下来,也让纷乱的思绪安稳下来。然后她将门打开一条缝,把眼睛凑了上去,正好看到斯威兰森走过那间L形转角屋后墙的墙角。他一边走着,一边把头转来转去,好像是在找什么东西……或是什么人。琳立刻又是一阵哆嗦。突然间,航通部和休斯敦似乎是那么遥远。如果她能离开这里,她再也不想离开自己那间安逸的办公室了。

如果斯威兰森正在找她,他肯定已经敲过她房间的门了。琳心中自责地想着,她需要找个理由说明不在房里的原因。她想了想,然后步入走廊,从另一条路进了厨房。过了一会儿,她端着一杯咖啡出来了,走向这栋房子的会客区。

"噢,你在这儿呢。"不等她绕过转角屋里那片抬高的地板,斯威兰森的声音从她身后传来。她赶紧停住了,否则咖啡和杯子肯定全都得掉在地毯上了。斯威兰森从一间侧房走了出来,她转过脸面对他。他仍然穿着泳裤,不过脚上蹬了一双凉鞋,肩头搭着一件衬衫。他正狐疑不定地瞅着她,好像有点怀疑什么,但又不是很确定,不敢直言。

她说道:"我去弄了些咖啡。"就像是这还不够明显。她随即觉得自己像是那种典型的蠢女人,不过至少她赶紧让自己收了口,没接着加几声蠢笑。她很确定斯威兰森正越过她的肩头看着那个凳座上的雕塑。她心里简直都能感到那雕塑在高叫着:"我被动过了。"不管怎样,她总算是克制住了回头的冲动。

"我没想到来自休斯敦的人会害怕晒太阳,"他说道,"特别是像你这样肤色健美的人。"他的声音貌似漫不经心，却潜藏着让对方解释一下的语气。

有那么一两秒，她觉得自己都要上套了。然后她说道："我就是想单独待会儿。你的朋友……拉里，一上来的劲头有点儿猛。我觉得需要点儿时间适应下。"

斯威兰森狐疑地看着她，好像她恰好证实了他的某种担心。"喔，我真心希望你松弛一点，可别花太长时间。"他说道，"我是说，到这里来的意思就是让自己享受。如果有一个人拘束着，毁了其他每个人的兴致，那就太遗憾了，对吧？"

琳心中慌乱，没法让自己的声音保持镇定。"你看……我来这里确实不是想要这样的。"她告诉他，"你从没说过任何关于扮演玩物的事情。"

斯威兰森脸上浮现出痛苦的表情，"噢，亲爱的，我希望你并不是打算搞一场中产阶级道德讲座。你盼望的是什么呢？我说会让一些朋友来娱乐一下，我希望他们能找到乐趣，觉得按照他们自己的品位受到了最好的招待。"

"他们的品位？你真是太贴心了。他们肯定为此感激你啊。可我的品位呢？"

"你是说我结交的人物配不上你的标准？太逗了。你已经把你的品位暴露无遗了——你渴望奢华，这个圈子最不缺的就是这个。好吧，你可以拥有。但你自然不会指望着这辈子得到的任何东西都是免费的。"

"我可不指望着像块糖果一样挂在外面那群长不大的孩子面前。"

"你说起话来就像是青春期的孩子。难道我就没有权利期望你，作为我的客人，应酬一下，作为我殷勤好客的回报吗？或者说你是不是幻想着我是某种乐善好施的主，向全世界敞开家门就是出于纯粹的善心？我向你保证，我绝不是那类人，任何足够聪明、能理解生活现实的人都不会那样。"

"谁说过任何指望你发善心的话了?难道不应该在任何地方都尊重人吗?"

斯威兰森哂笑起来。显然并非如此。"又一通中产阶级的鬼话。我所能对你说的,就是不管你心里怀有什么样的幻想,显然都是虚幻的,太可悲了。"他叹了口气,耸了耸肩,明显是已经不抱期待了,"享受生活的机会给你了,完全不用操心花钱的事,反之亦然。不过,抓住这机会需要你抛下许多从幼年起就有的愚蠢的自我保护观念,对你自己的状态做个实际的评估吧。"

琳的眼前一阵眩晕,但她尽力控制住自己的声音。"我想我刚刚已经做了评估。"她的语气说明了一切。

斯威兰森不动声色。"就这件事呢,我建议你打个电话叫辆出租,别再有任何耽搁,赶紧返回你自己那个充满了错位的浪漫主义和无法实现的梦想的世界去吧。"他说道,"对我来说,真没什么影响。我用不了一个小时就能再找些人到这儿来。选择权完全在你。"

琳一动不动地站在那里,强忍住把咖啡泼在他脸上的冲动。然后她转身离开了,竭尽全力让自己保持镇定,走向她的房间。斯威兰森的眼睛冷冷地盯着她看了一会儿,然后轻蔑地耸耸肩膀,随即从边门出去,回到了泳池那边的其他人中间。

两小时后,琳坐在开往华盛顿的飞机上,身边是那个陪她到纽约的中情局特工。他们周围的乘客有的携老扶幼,有的成双成对,有的孤身一人,有的三五成群;有的穿着商务正装,有的穿着夹克,还有的穿着休闲的衬衫、毛衣、牛仔裤。他们在聊天、在欢笑、在阅读、在睡觉——都是普通的、正常的、文明的人,都在想着自己的事情。她想拥抱他们每一个人。

25

在维萨创造的那个虚拟的世界里,卡伦·赫勒尔飘浮在足有五亿英里高的太空中。她眼前是一个松散的双星系,两颗恒星犹如乒乓球大小,一颗是黄色,另一颗是白色,正在她眼前缓缓旋转着,无尽的黑暗中有无数亮点熠熠放光,向各个方向扩散开。那两颗恒星共同的质量中心位于一个拉得很长的椭圆形的一个焦点上,维萨在图像上做了叠加,标出了行星"宿里奥"的轨道。

丹切克悬浮在赫勒尔身边的太空中,看上去就像是宇宙之神正在凝视着这个有形的宇宙,仿佛那只是一个玩物罢了。他伸出手臂指了指那颗行星,它正沿着轨道按维萨设定的模拟状态高速运行。"宿里奥星在椭圆轨道的两个端点遭遇的环境完全不一样。"他说道,"一头极为接近两颗太阳,因此非常炎热;另一头又远离它们,因此极其寒冷。这让它的一年存在两个阶段:漫长的寒冷季,这时行星上有海洋;而在同样漫长的炎热季,宿里奥根本就没有水圈。伊希安告诉我说,这是苏利恩人迄今为止发现的诸多星球中最独特的一个。"

"太梦幻了。"赫勒尔被迷住了,"你说尽管环境如此恶劣,那里也有生命。听起来不可能啊。"

"我原本也是这么想的。"丹切克告诉她,"伊希安给我看了这个,才让我改变了想法。这也就是我想给你看的。咱们下去,凑近了看看这颗行星本身。"

维萨对口令做出响应,他们仿佛迎着宿里奥星直冲下去。群星消失在他们身后,行星迅速变大,随着他们从天空落下,球体在他们下方迅速延展,一转眼就变得平坦了。这是寒冷的海洋季,随着两人向下冲去,他们的体型尺寸也在收缩,大海像平时一样向着四面八方一直伸展到天边。

然后他们到了水下,奇异的外星生命在他们周围的海水里游动扭摆着。

这时,出现了一条黑色的像是鱼的生物,隐隐约约让人想起某种鲨鱼,特别显眼。他们跟着它走,视线也随之移动着。然后,维萨的提示信息嵌入到了他们的视觉系统里,那个生物的身体和柔软的组织变成了半透明的雾状,清晰显露出它的骨骼结构。上方透入水下的光芒突然熄灭了,然后又亮了,接着稳定而又缓慢的闪烁起来。那条鱼的图像在他们眼前固定不动。"昼夜循环。"丹切克看到赫勒尔一脸问号,便给她解释,"维萨正在加快时间流逝,并且静止了这个画面,以便让我们能观察它。你有没有注意到白昼正在变长?"

赫勒尔注意到了。她还注意到这个生物的骨骼开始发生细微的变化。它的脊椎在缩短、变粗,鱼鳍内部的骨头在拉长,分化成为明显不一样的关节。还有,鱼鳍慢慢向着生物身体下方转移。"那是怎么回事?"她指着问道。

"这是一种适应性,我想你可能会有兴趣看看的。"丹切克答道,"这时候正在变暖,我们周围的海洋已经开始迅速蒸发。"维萨很配合地把他们又升到了水面上,对这番话予以证明。行星表面已经变得跟他们刚到的时候大不一样了。海洋萎缩成连绵不断的陡坡盆地，如今宽阔的大陆架暴露出来，把散布的岛屿和大陆连接成辽阔的土地。茂密的植被紧跟在退缩的海岸线后面蔓延着，并且向上覆盖了曾经荒凉的山区。浓密的云层已然形成，绵绵不绝的大雨泼洒在高地上。

他们看着地表不断变化，然后再次落在一片浅浅的河口湾区，看到了更多细节。一条河流从雨量充沛的内陆地区吸收水分，经由一条沟渠穿过暴露的大陆架流入一片正在缩小的海洋盆地。他们之前研究过的那个生物现在成了生活在滩涂上的两栖动物，腿的雏形已经在发挥作用了，还有一个完全分化成形的灵活的脑袋。"它的骨头通过一种在环境刺激下分泌的特殊液体溶解掉了，生长出新的骨骼结构，更适于在变化之后的环境生存。"丹切克讲解着，"太了不起了。"

对赫勒尔来说，这似乎是一种过于剧烈的解决方式。"它就不能保持鱼的状态，多走几步到海里去吗？"她问道。

"很快就不会有任何海洋了。"丹切克告诉她，"等着看吧。"

接着，大海收缩成了泥沼中间一个个孤立的水塘，然后完全干涸。随着气候越来越热，高地上的河水流到山下就成了涓涓细流，不等流到盆地就蒸发掉了，曾经是海床的地方变成了沙漠。大陆架上的植被开始缩减，直至成为零星的生命绿洲，顽固地盘踞在最高的高原和山峰上。此时，那种生物已经向上迁移，完全适应了陆地生活。它长着鳞状皮肤，前肢能够抓握，很像地球早期的爬行动物。"现在它处于完全转化的状态。"丹切克说道，"随着宿里奥星走过一年，这种动物的生命周期也年复一年不断地从一种极端形态转化到另一种极端形态。一个令人惊叹的生物样本，身处不利的环境中是如此顽强，你能接受吧？"

随着双日相叠带来的炎热季，白昼明显延长了，然后随着宿里奥星绕过轨道顶点，白昼又开始缩短，它又朝着另一个寒冷季开始进行漫长的旅行。植被开始向山下蔓延,那种生物的四肢开始萎缩,整个情形又开始缓缓倒转。"你认为这样的地方能否出现智慧呢?"赫勒尔好奇地问道。

"谁说得准呢?"丹切克答道,"几天前我还会说我们刚刚目睹的一切都是难以想象的呢。"

"这太梦幻了。"赫勒尔敬畏地说道。

"不,这是现实。"丹切克说道,"现实要比人类想象力构想出来的任何事物都更为梦幻。比方说,思维无法想象出一种新的颜色,比如红外线或紫外线。它只能综合地控制诸多已经体验过的元素。而每一件全新的事物都只能来自广阔的宇宙。科学的作用就是去发现那些真理。"

赫勒尔狐疑地看着他。"要不是跟你这么熟,我会觉得你是要开始辩论了。"她取笑道,"咱们还是趁着话题没展开,赶紧看看维克有没有打电话来吧。"

"我同意。"丹切克立刻说道,"维萨,请回到麦克拉斯基。"

他从躺椅上起来,走到了感知机旁的走廊里,等了一会儿,赫勒尔从另一个单间出来了。他们穿过前厅,被送到地面,几秒钟后沿着停机坪的边缘朝大厅走去。

"我可不会让你得逞的。"赫勒尔沉默了一会儿,开口道,"我是做法律出身,这其中也有很多东西会揭示真理,你知道的。而它的方法同样具有科学性。只不过你们这些科学家需要计算机去为你们工作,可这并没有给你们权力在逻辑上独断专行。"

丹切克想了想,"嗯……很好。如果有人因为对数学一窍不通而得不到好的发展,那法律是个不错的选择。"他傲慢地表示。

"噢?真的吗?学法律可是讲究智慧的。更进一步讲,它需要我们用智慧克服的困难是科学家不曾面对的。"

"多杰出的一番陈述啊!我可否一问,那又是怎样的困难呢?"

"大自然通常很复杂,但从来不会不诚实,教授。你隔多长时间会对付一次蓄意伪造的证据呢?或是碰到一位对手,他对于遮掩真相的兴趣不亚于你揭示真相的兴致?"

"哼!你上一次通过实验去严格证明自己的假设是在什么时候?嗯?回答我这个问题。"丹切克挑衅道。

"我们可没法儿耗巨资无休止地进行实验。"赫勒尔答道,"没有多少罪犯会在实验室可控的条件下重演他们的罪行。所以,你看,我们不得不让我们的头脑保持足够的敏锐,确保一次就得出准确的结论。"

"嗯嗯嗯……"

他们返回麦克拉斯基的时间安排得刚刚好,刚一走进控制室,亨特的电话就到了。"你多快能回这儿来?"丹切克问他,"卡伦有了一些非同寻常的想法,我经过一番思想斗争被迫同意了她的观点。我们需要尽早进行讨论。"

"格雷戈和我马上就动身了。"亨特告诉他,"我们刚刚听说约翰来访的最新情况。这让一切都有了全新的面貌。我们需要尽快跟董事会谈谈。你能帮帮忙吗?"这暗语的意思是说派克阿德就佩希会见索波洛斯基所做的报告已经送到休斯敦了,跟凯拉赞和苏利恩人的会议迫在眉睫。

"就交给我吧。"丹切克应道。

一小时后,亨特和柯德维尔还在路上,丹切克已经跟凯拉赞做好了安排。这时候,杰罗尔·派克阿德从华盛顿打来了电话。"少安毋躁,"他指示道,"琳回来了。我们正送她上飞机立刻赶到你那边。不管你觉得你已经知道什么了,我保证全都赶不上这事儿的一半。她刚刚在这儿简直让我们瞠目结舌。什么都别做,等着她跟你们谈吧。"

"我立刻通知他们。"丹切克叹了一声。

26

伊麦尔斯·布罗格胡里奥是杰乌伦世界联邦的首相,也是苏利恩文明当中杰乌伦人的族群首相。对于他来说,过去的几个月一直被意想不到的危机困扰,这已经威胁到他们许多代人精心实施的计划了。

首先是"沙普龙号"突然地,而且是完全无法预料地重新出现在了地球上。苏利恩人本来对此一无所知,直到飞船离开时,地球人发送的信号不知怎的没有经过杰乌克斯就被直接转发到了维萨那里。这一切是如何发生的,是一个谜,而且仍未解开。布罗格胡里奥别无选择,只能抢先一步,有些东西杰乌伦人已经盖不住了,于是他率先向凯拉赞坦白了一些棘手的问题,也就是杰乌伦人最不愿意让苏利恩插手的问题:地球人的好战和不稳定已经给局势造成了极大的不确定性,因此,不管是对是错,他们选择了延缓宣布任何新消息,直到飞船安全离开地球。迫不得已之下,杰乌伦人仓促设计了这些解释,不过凯拉赞拿到相关资料时似乎是接受了。转发信号的那个设备并非苏利恩人放置在太阳系附近的,凯拉赞对于布罗格胡里奥的指责始终表示抗议；苏利恩人并没有破坏他们的协议，确实把监控地球的事务全权交给了杰乌伦人。然而，私下里，布罗格胡里奥的专家们也没法儿对那个转发装置做其他解释。说到底，苏利恩人似乎比他认为的更深谋远虑。

这种怀疑在几个月后被加重，当时苏利恩人秘密重新开启了跟地球的对话，其目的真是史无前例，要核查杰乌克斯提供的信息。布罗格胡里奥无法公然挑战这一变化，因为那么做会暴露他们在地球上的信息源，那可是绝不能让苏利恩人发现的，但是通过玩一些手腕，他已经打消了苏利恩人的这种企图，至少有一段时间不用担心了，方法就是完全控制地球那端的通信链接。他本想阻止苏联开通第二条通信频道，但不怎么成功，于是被迫诉诸更为铤而走险的方式，让链接失效——这是他一直避免使用的手段，因为太冒险了，但他别无选择，如果继续下去，苏利恩人会利用更为直接的方式继续对话。他计算过，他们会犹豫很长时间，然后才可能堂而皇之地破坏他们双方的协议。

苏利恩人没有通过提及那次事故来透露他们跟地球的联系。布罗格胡里奥的顾问们将此解读为他们的策划成功了，苏利恩人已经相信是地球方面摧毁了转发器。而更深层的原因是，那个营造出地球充满敌意和侵略性的影像起了作用。那足以让苏利恩人放弃着陆或采取进一步行动了。

因此，度过了一段令人焦虑的时间后，这场赌博似乎是赢了。唯一遗留的问题就是"沙普龙号"。它正从太阳系向外跃迁，已经越过了不利于拦截的临界点，在此操作，对行星轨道的影响微乎其微。布罗格胡里奥猜测苏利恩人会走比较保险的路子，因为他们这个种族谨小慎微，做事都要留有充足的余地。据此，他首先处理了那个转发器，利用它测试一下苏利恩人是否会轻易接受他们的说法，认为地球人的所作所为就是公然的敌对行动。如果他们接受这个说法，那么下赌注就更有把握了,他们也会认为地球要对摧毁"沙普龙号"负责。现在,苏利恩人已经通过测试,伊麦尔斯·布罗格胡里奥距离最后解决这个问题只有一线之隔了,这个问题已经折磨他太久了。

他站在作战室的一端,内心深处对于目前的局面深感满意。作战室位于杰乌伦星的山区地下深处,在他周围的随行顾问和军事战略师,正在浏览若干光年外追踪"沙普龙号"的设备通过杰乌克斯传送回来的跟踪报告。他的目光缓缓掠过一排排身着全黑色杰乌伦军官制服的将军,望着一列列在他的帝国收集信息和传达指示的设备,他感受到了一种深切的、令人心潮澎湃的成就感,命运赋予他的使命就要完成了。这是杰乌伦人优越性与钢铁意志的体现,而他是这一耗时漫长的事业的最后一位缔造者,也是其最终极的化身,这一事业很快就将跨越银河系。

他们身上的制服尚未公开穿着,这个地方也并不为那些拜访杰乌伦星的伽星人所知,尽管他们有时候会出于各种理由多留些日子。组织、计划以及训练仍在秘密进行,但已经有一支稚嫩的军官队伍准备就绪,同时还建好了一条指挥链,由训练有素的军官来指挥。基于此,在极短的时间里就可以拟定细致的士兵招募程序。地层深处隐藏着无数工厂的尤坦星,那是杰乌伦人控制的一颗遥远的星球,已经历时数年稳定地积累着武器和军需物资,将杰乌伦人的工业和经济机器全面转换到战时状态的计划已经进入了一个更高的阶段。

但时机并不成熟。在过去几个月发生的事件中,有那么一两件事让他在心慌意乱之下差点做出一些过激反应,险些在辅助力量不足的情况下过早行动。但经过深思熟虑,凭着勇气和强大的意志力,他已经带领杰乌伦人越过一个又一个障碍,解决了一个又一个问题,最后只剩下"沙普龙号"这个麻烦了。现在这事儿得尽快处理。他已经经受住了考验,证明了自己的能力,就像赛里奥斯人一样,只要甩掉苏利恩人约束他们的枷锁,就会自己发现一切。不过此时还不行……还不是时候。

"目标接近了。"杰乌克斯提示着。房间里的气氛既期待又紧张。"沙普龙号"正在接近那个早就传送到它路径上的装置,那是几天前通过一个超环面投放的,保证其重力扰动范围不在当时苏利恩追踪飞船的任何设备的探测范围内。这个装置本身包含着一个数千兆吨级的核弹头,编程设定为近距离自动引爆,不受重力影响,不会记录在苏利恩的追踪系统上,它通过飞船驱动装置产生的应力场来计算空间位置。杰乌克斯的这段提示意味着,炸弹将会在追踪系统的下一次扫描信息更新之前引爆。

伽韦恩·埃斯托杜是布罗格胡里奥的一位科学顾问,他似乎很紧张。"我不喜欢这样。"他咕哝着,"我还是要说,应该转移那艘飞船,把它扣留在尤坦星或是什么地方。这样……"他摇了摇头,"太极端了。如果苏利恩人发现了,我们毫无对策。"

"这可是千载难逢的机会。伽星人从心理上就已经准备着谴责地球了。"布罗格胡里奥正言道,"这样一个机会可不会再有了,必须牢牢把握住并充分利用,不能因为胆怯和优柔寡断而浪费掉。"他轻蔑地看着那位科学家,"这就是为什么是我发布命令,而你执行。天才很清楚可接受的冒险和鲁莽之间的区别,然后下更大的赌注。伟大的事物从来都不是通过折中来获得的。"他哼了一声,"此外,苏利恩人能做什么?他们根本无法硬碰硬。遗传特性让他们先天不足,无力面对支配宇宙的法则和现实。"

"然而,他们已经幸存很久了。"埃斯托杜评论道。

"因为他们从来都不曾面对我们所面对的考验。"维洛特将军说道,从布罗格胡里奥的角度巩固着战略路线,"不过力量较量也是宇宙的自然法则。等到一切以更为自然的进程展开,他们就不占优势了。他们并没有被锻造成冲入银河系未知世界的先锋。"

布罗格胡里奥说道:"这才是士兵该说的话。"他冲着埃斯托杜和其他科学家露出了怒容,"你们蠢话连篇,就像是伽星人养的绵羊。身处羊圈里当然安然无事,但是当你们走出去,走在山岭之上,面对狮子的时候,谁会保护你们?"

这时,杰乌克斯又说话了:"最后一次更新的信息分析完毕。"杰乌伦人作战室里顿时一片寂静,"目标不再出现在扫描数据中。所有的踪迹已消失。摧毁行动百分之百达到效果。任务完成。"

紧张感立刻一扫而空,四面八方传来松了口气的低语声。布罗格胡里奥满足地露出一丝狞笑,挺直了身子,回应着四面八方向他献上的祝贺。他的胸中溢满了这身制服所象征的那种力量和权威感。维洛特一转身,伸出手臂干净利落地向着领导行了一个杰乌伦人的礼。其余的军人纷纷效仿。

布罗格胡里奥随手回了礼,等了片刻,让兴奋之情平息下去,然后举起一条手臂。"对于即将发生的事情来说,这只是小小的尝试。"他对众人说着,声音十分有力,传遍了房间的每一个角落,"当杰乌伦人大踏步奔向自己的天命时,不会有任何东西挡在我们的路上。苏利恩人只不过是飓风中的几簇小草而已,这股飓风将首先席卷太阳系,然后是银河系。你们有没有勇气追随我?"

众人一齐响应高呼:"我们将勇往直前!"

布罗格胡里奥又笑了。"你们不会失望的。"他许下承诺。等房间里静下来后,他用更为温和的语调说道:"但与此同时,我们要尽好自己的职责,在我们的伽星人主子面前演好戏。"说后半句的时候,他的嘴撇着,讥讽之情溢于言表,在他的追随者当中引来一片笑声。他微微扬起头,"杰乌克斯,通过维萨联系凯拉赞提出请求,就说埃斯托杜、维洛特还有我想要立刻见他,事态万分紧急。"

"是,阁下。"杰乌克斯应道。片刻后,杰乌克斯汇报道:"维萨通知我说,凯拉赞目前正在开会,问能否等等。"

"我刚刚收到消息,是最严重的事情。"布罗格胡里奥说道,"不能等。向凯拉赞传达我的歉意,并告知维萨,我必须立刻前往苏利恩。因为我们有理由相信'沙普龙号'遭遇了劫难。"

一两分钟后,杰乌克斯宣布:"凯拉赞立刻接见你。"

27

在休斯敦的办公室里，柯德维尔向亨特讲述了暗中盘踞在整个世界若干世纪的权力网络，它所做的就是通过反对并操控科学进程来维护特权，提升自身利益。他们先是拖延与苏利恩之间的通信，然后干脆彻底断掉联络，这种手段与这样的权力结构和政策似乎颇为一致。

早些时候，丹切克一脸兴奋地从麦克拉斯基打来电话，说卡伦·赫勒尔给整个事态开启了一个全新的维度。之后的几个小时，亨特和柯德维尔到达阿拉斯加后，知悉了杰乌伦人干涉地球技术发展的一些迹象，那是从地球历史发端时就开始的。当时杰乌伦人的数量开始激增，他们进行了整顿，并通过学习伽星人的知识而获益匪浅。这一推断实在令人惊诧，原本谁都没法在那两方面的信息之间找出什么联系，直到琳从华盛顿带来那个令人震惊的消息：斯威兰森不仅跟杰乌伦人有联系，而且这事儿他显然已经干了好些年了；还有，从那尊雕塑来看，杰乌伦人还在持续亲自造访地球，至少会不时造访。换句话说，杰乌伦人在早期通过不止一种手段对地球进行干涉；佩希和索波洛斯基揭露的那些正在发生的事情都是杰乌伦人一手操作的。

这个消息立刻引发了一大堆全新的问题。斯威兰森只是一个充当合作者的土生土长的地球人，还是他实际上是安插在地球社会里的杰乌伦人特工，利用着若干年前在非洲被杀的一个瑞典人的身份？不管答案是什么，像他这样的人还有多少？都是谁？为什么杰乌伦人要歪曲他们的报告，把地球塑造成好战的样子？有没有可能是这个原因：他们想找个借口向伽星人证明，他们保有自己的军事力量是一种"保险措施"，以防未来地球人飞出太阳系对他们进行侵略？

如果是这样，杰乌伦人指挥军事力量打算对付的是谁？苏利恩人？以此作为伽星人统治时代的终结？或者是针对地球？借此清算五万年前的旧账？如果是地球，那斯威兰森的关系网络近几十年推动战略裁军与和平共存的行动算不算是一种深谋远虑的策略？谋划着让地球失去防御能力，让它在被接管的时候是一个工业与经济的实体，而不是因全力抵抗最终化为一片焦土的星球。如果真是这么回事儿，那杰乌伦人当时是怎么跟苏利恩人达成协议的？如果这一切真的发生，苏利恩人不太可能坐视不管。

有这些原因便足以跟伽星人单刀直入地讲了，于是，凯拉赞在苏里奥斯召集来了每一个人，包括"沙普龙号"上的加鲁夫、施洛欣、孟查尔。经过两个多小时喋喋不休的辩论之后，维萨打断了他们，通知说有什么东西刚刚摧毁了"沙普龙号"的替代物。几分钟后，伊麦尔斯·布罗格胡里奥，杰乌伦诸世界的首相，联系凯拉赞，请求立刻约见。

亨特跟来自麦克拉斯基的其他人坐在苏里奥斯行政中心一所房间里的一端，紧张地等候着第一次跟杰乌伦人面对面的会见，这些人随时都会出现。来自"沙普龙号"的加鲁夫和他的两个同伴组成了另一群人，坐在对面；凯拉赞、伊希安、肖姆，还有其他几个苏利恩人则聚在另一端。伽星人仍然因为刚刚获知的这些尔虞我诈的计谋坐立难安，这远远超出他们最疯狂的想象。甚至连芙瑞努·肖姆也承认，如若没有能力非凡的人类看穿这样的狡诈欺瞒，真怀疑伽星人能否探出底细。怀疑一件事另有玄机这种能力似乎是伴随着猎食者的思维所产生的，而伽星人偏偏就不是猎食者。"地球上有句老话，'以其人之道还治其人之身'。"加鲁夫说道，"显然换个说法也没错，要想制伏一群人类，就得把这事儿交给另一群人类。"

卡伦·赫勒尔在丹切克耳边低声道："他们可能是伟大的科学家，但肯定是很糟糕的律师。"丹切克哼了一声，什么都没说。凯拉赞很好奇，想要看看如果放出足够长的引线，杰乌伦人还会编造出多少东西来；还有，他希望在暴露自己掌握了多少情况之前，从他们身上了解到更多的东西。出于这些原因，他并不想在地球人和"沙普龙号"的伽星人在场的情况下，马上跟他们会面。因此，他命令维萨将这两组人员的所有信息全都从发往杰乌克斯的数据流当中删除掉，因此杰乌伦的参与者无从知晓他们的存在。这就意味着，亨特、加鲁夫以及他们的同伴虽然在场，但对于杰乌伦人来说，他们是完全隐形的。这么个花招对于苏利恩的公序良俗和法律来说，简直骇人听闻。无数个世纪以来，他们都不曾如此使用过维萨。然而，凯拉赞判定，鉴于杰乌伦人自身的所作所为，此事另当别论。亨特眼巴巴地盼着看个究竟。

这时候，维萨一一介绍道："首相布罗格胡里奥，秘书长维洛特，科学顾问埃斯托杜。"亨特紧张起来。只见三个人影出现在房间另一头凯拉赞和一众苏利恩人的对面。亨特立刻就看出来了，中间那位必定就是布罗格胡里奥。他站着至少有六英尺三英寸高，漆黑的眼睛闪着凶光，一头浓密的黑发，桀骜不驯的嘴，胡须修得很短，这一切让这张脸显出威吓之势。他的身材粗壮魁梧、肩宽背厚，穿着散发出金色光泽的短外套，内衬紫红色束腰上衣。

凯拉赞用一种不寻常的短促音调问道:"'沙普龙号'怎么了?"亨特本想着鉴于布罗格胡里奥的级别,用某种正式的开场白应该是比较合适的。他注意到另外两个杰乌伦人的脸上闪过一丝惊讶,似乎他们也是这么想的。他们其中一人望向亨特坐着的地方,目光直接穿透过去。这感觉真够奇怪的。

布罗格胡里奥开口了:"很抱歉我如此打扰。"他的声音低沉却刺耳,说起话来很紧绷,那姿态就像是在尽职尽责地进行表演,而这场表演所需要的情感远超他所能表现的。"我们刚刚收到性质最为恶劣的消息:那艘飞船所有的踪迹都从我们的追踪数据中消失了。我们只能断定它被摧毁了。"他顿了顿,目光环视了一圈看看效果,"有一种可能性不容忽视,这可能是一次蓄意的破坏。"

苏利恩人默不作声地回视着,似乎过了很长时间。他们并没有试图假装关切或是沮丧的样子……哪怕是惊讶都没有。布罗格胡里奥在伽星人的脸上搜寻着反应,他的目光有了一丝游移。显然这大大出乎他的预料。

另两人中的一个,个头也很高,一身深蓝与黑色相间的衣服颇显阴沉,蓝眼睛里透着冰冷,一头油光锃亮的银发向后梳得平平整整,红润的脸蛋略显浮肿,似乎并没有看出这些迹象。布罗格胡里奥说道:"我们想要警告你们。"说着恳切地摊开双手,按照预想中苏利恩人此时可能会有的那种悲痛,像模像样地装出感同身受的样子。"我们之前极力向你们提议拦截那艘飞船。"这真是无中生有。他在话语中投入了无比的真挚。"我们告诉过你们,地球绝不会允许'沙普龙号'抵达苏利恩。"房间另一头,加鲁夫的目光变得无比坚毅,他的神色已经是伽星人所能达到的最接近于恶狠狠的样子了。"耐心点,加鲁夫。"亨特叫道,"用不了多久你就能开火了。"

加鲁夫答道:"幸运的是,伽星人最擅长压住火。"这些话杰乌伦人自然是什么都听不到。真是太不可思议了。

"真的吗？"凯拉赞顿了顿才说道。听起来他既不信服也没被打动，"你们的关切太令人感动了，维洛特秘书长。听上去你几乎都像是相信你自己的谎言了。"

维洛特僵住了，张着的嘴合不拢了，显然是大吃一惊。第三个杰乌伦人肯定就是埃斯托杜了，他身材颀长，面容消瘦，鹰钩鼻，穿着一身精心修饰的两件套淡绿色服装，黄色的衬衫上饰以金色的刺绣。他猛地抬起双手，"谎言？我不明白。为什么这么说？你们自己也在追踪那艘飞船啊。维萨难道没有确认数据？"

布罗格胡里奥的表情阴沉下来。"你羞辱了我们。"他阴恻恻地嚷着，"你是不是在对我们说，维萨没有证实我们所说的事情？"

"我并不是对数据提出质疑。"凯拉赞告诉他，"但我会忠告你们再好好想一想你们对此做出的解释。"

布罗格胡里奥挺起身来，强硬地面对着苏利恩人。显然他是打算无耻到底了。"你自己先解释一下，凯拉赞！"他号叫起来。

"但我们是在等待你们亲自做出解释。"肖姆从凯拉赞身边发话了。她的声音很低，犹如耳语，但气势逼人。布罗格胡里奥猛一转脸望向她，他的眼睛惊疑不定地转来转去，好像是第六感告诉他，自己已经走进了陷阱。"咱们暂且把'沙普龙号'放在一边。"肖姆继续道，"杰乌克斯篡改地球的报告有多长时间了？"

"什么？"布罗格胡里奥的眼珠子鼓了出来，"我不明白。这又是什么……"

"多久了？"肖姆又问了一遍，她的声音突然升高，犹如半空中的霹雳惊雷。她的语气和其他苏利恩人的表情清清楚楚地表明，任何打算否认此事的企图都将是徒劳的。布罗格胡里奥的脸涨成了酱紫色，但他似乎彻底晕了，根本想不出该如何回答。

"你们如此指控有何证据？"维洛特问道，"实施监控的部门由我负责。我将此认定为是对个人的攻击。"

"证据？"肖姆十分轻蔑地复述这个词，就好像这个问题太荒唐，没必要严肃对待，"地球在其本世纪的第二个十年里就做了战略性的裁军，自此之后便走上各国和平共存的道路，但杰乌克斯从未提及此事。相反，杰乌克斯汇报说核武器部署在轨道上，辐射发射器安置在月球上，军事设施遍布太阳系，全都是些从来都不存在的胡编滥造。你否认吗？"

埃斯托杜一边听着，一边发了疯似的想着对策。他突然脱口而出："校正，那些都是校正，并非篡改。我们的消息源令我们相信地球的政府发现了监控，所以密谋隐藏他们的好战倾向。我们指示杰乌克斯通过推算来引入校正元素，推算出如果监控没被发现，会发生什么样的进展，我们将这些作为事实呈上，为的是确保我们的保护性措施不会松懈。"苏利恩人投来的目光里透出明白无误的蔑视，他只得给自己打圆场，"当然了，也有可能是那些校正……一定程度上被无意识地夸大了。"

"那我再问你们一次，多久了？"肖姆说道，"这种做法实施多久了？"

"十年，也许二十年……我不记得了。"

"你不知道？"她看着维洛特，"这可是你的部门啊。你们没有记录吗？"

"杰乌克斯保留着记录。"维洛特木呆呆地答道。

"维萨，"凯拉赞说道，"从杰乌克斯那里为我们调取记录。"

"这是不可接受的！"布罗格胡里奥喊了起来，他的脸都气得发黑了。"监控程序是根据长期协议委托给我们的。你们无权做这样的要求。这是经过谈判商定的。"

凯拉赞没有理会他。几秒钟后，维萨通知他们："我得不到任何有意义的响应。要么是记录讹误，要么是杰乌克斯得到指示不释放信息。"

肖姆似乎一点都不惊讶。"没关系。"说着，她望向埃斯托杜，"咱们就按你说的，二十年。因此在那之前，杰乌克斯汇报的任何东西都不曾被更改过。这么说对吧？"

"也许更久一些。"埃斯托杜匆忙说道，"也许二十五年，三十年也不一定。"

"那咱们干脆再往前一些。地球上的第二次世界大战结束于八十六年前。我查看过一些那个时期的记录，也就是杰乌克斯在那个时候汇报的。我来给你们找几个例子。根据杰乌克斯所说，汉堡、德累斯顿、柏林这些城市并不是因为常规饱和轰炸遭到破坏的，而是因为核武器。还有，20世纪50年代的朝鲜半岛冲突升级为美苏军力的大规模对抗。可实际上呢，这类事情根本没有发生。60年代和70年代的中东战争并没有使用战略级核武器，90年代也没有爆发中苏战事。"肖姆总结的时候，声音变得冷若冰霜，"而且'沙普龙号'也没有被木卫三上的美国军事要塞俘房。美国在木卫三上从来都没有军事要塞。"

埃斯托杜无言以对。维洛特呆若木鸡，目光茫然地看着前方。布罗格胡里奥似乎义愤填膺。"我们要求出示证据！"他大发雷霆，"这都不是证据。这都是信口雌黄。你的证据在哪儿？你的证人在哪儿？你这番令人无法容忍的行为用什么予以证实？"

"交给我吧。"赫勒尔说着，从柯德维尔身旁站起身来。这一次，可别想着让他挡了她的道儿。从亨特坐着的地方看，什么变化都没有，但是那三个杰乌伦人的脑袋猛地转过来盯住了她，毫无疑问，维萨突然间把她推上了舞台。

不等他们当中有人说话，凯拉赞开口了："请允许我介绍，这位也许能满足各位的要求——卡伦·赫勒尔，美国国务院派驻苏利恩的特使。"

埃斯托杜的脸登时就白了，维洛特的嘴一张一合，半天发不出声来。布罗格胡里奥站在那里紧握双拳,气得浑身哆嗦。凯拉赞说道:"我们有很多证人,实际上有九十亿。但是目前呢,有几个代表就足够了。"其余地球人代表现身时,杰乌伦人的眼睛都瞪圆了。但他们当中没有人去看对面的方向,这表明凯拉赞还没有命令维萨让加鲁夫和"沙普龙号"上的其他人露面。

卡伦·赫勒尔已经就杰乌伦人涉嫌操纵地球事件的问题编纂了一份长长的明细,其中没有哪条是她能证实的。可再没有比此时此刻更合适的机会对杰乌伦人虚张声势一番了,她径直上前,没留给他们一丁点儿喘气的时间,"自从慧神星大战后,兰比亚人就被苏利恩人从月球带走,他们从来都没有忘记跟赛里奥斯人之间的敌对关系,一直都将地球看作潜在的威胁,终有一日必须将其消灭。他们期待着那一天来临,于是利用伽星人的科技取得优势,并且制订了详尽的计划确保宿敌处于落后状态,阻止他们重新对自己构成挑战,直到吸收掉最后一丁点儿知识和技术,认为自己能够无敌于天下为止。"她下意识地向着凯拉赞和苏利恩人说着这番话,仿佛他们是法官和陪审团,而这是在进行诉讼审理。他们安静地听着,她停了一下,转到另一个话题。

"知识是什么?"她问他们,"真正的知识,现实的知识,而非它可能表现的,或是一个人可能希望它所呈现的那样,它是什么?能够有效地从谬误中分辨出事实,从神话中分辨出真理,从错觉中分辨出现实的唯一的思想体系是什么?"她又停了停,然后说道,"是科学!我们所知道的所有的真理,都是通过科学方法所提供的理性的过程来揭示的,而并非有些人盲目选择的信仰,仿佛他们信仰的力量是能够影响事实的。只有科学能产生出理性的信仰的基础,而这种信仰的正确性可以得到证实,因为它们预言的结果是可以经受检验的。另外……"她的声音一沉,转过头扫视着坐在周围的地球人,"数千年来,地球上的种族坚守着他们的宗教、迷信、不合理的教义和那些百无是处的偶像，拒绝接受眼睛告诉他们的那些事情——他们所信仰的、所渴求的那种魔法般的神秘力量其实都是虚假的，其成效甚微，预言毫无力量，缺乏实用性。简而言之，它们都是毫无价值的，当然也不会造成任何对你们有害的结果。而这对兰比亚人，或者说是杰乌伦人，构成了一个显然很便利的局面。对他们实在太有利了，不可能只是巧合。"赫勒尔转过头冷冷地看着杰乌伦人，"我们知道，它不仅仅是一个巧合。绝非如此。"

丹切克一脸惊讶地转向亨特，凑近了点，低声道："太出色了！我从来都不相信能听到她做出如此精彩的演说。"

"我也从来不相信能有这事儿。"亨特咕哝着，"你对她都做了些什么？"

赫勒尔仍然看着杰乌伦人，继续道："我们知道早期那些超自然的信仰是由你们招募并训练的'奇迹缔造者'建立起来的。他们作为特工安插下来，推广了大量建立在神话之上的运动和反文明行为，就是为了破坏并诋毁任何通往思维理性体系的萌芽，因为那可能会带来先进的科技、对环境的掌控，并挑战你们的地位。你们否认吗？"她可以从他们的脸上看到这番虚张声势卓有成效。他们僵直地站在那里，一动不动，震惊之余已然麻木，无力反应。赫勒尔感觉更有信心了，她望着苏利恩人，继续道："地球上早期文明的迷信和宗教都是经过仔细策划并培养起来的。比如巴比伦、玛雅、古埃及那些信仰，都是建立在超自然、魔法、传奇和民间传说的基础上的，就是为了削弱他们发展逻辑思维的任何潜在可能。建立在这些基础之上的文明修建了城市，发展出艺术和农业，建造船只和简单的机械，但从来不曾发展出真正的科学，而只有科学才能够在宏大的尺度上解放出真正的力量。所以，他们对你们构不成威胁。"

低低的议论声在苏利恩人中间扩散开来，他们中的一些人才刚刚开始意识到地球人所揭示的这些东西蕴含的全部分量。"那地球后来的历史又怎样呢?"凯拉赞问道,因为还有些苏利恩人并不像他这样深谙此事,他是替他们问的。

"同样的模式贯穿着更近的时代。"赫勒尔答道,"那些通过传达神谕和表演奇迹创造了传奇的圣徒和幽灵都是杰乌伦派遣的特工,就是为了强化刺激,为了确保万无一失。那些将信仰永远拘泥于招魂术与奥义秘术的宗教及各种运动都是有意的、人为的,就是为了减缓真正的科学与理性的进程,超自然科学与其他这类毫无意义的事物在十九世纪的欧洲和北美就十分流行。甚至在二十世纪,所谓的反对科学、反对技术、反对经济增长、反对核能之类的流行行为,实际上都是经过精心设计的。"

"你的回应呢?"凯拉赞盯着布罗格胡里奥,简短地问道。

布罗格胡里奥抱着双臂,深吸一口气,缓缓将脸转向赫勒尔站立的地方。他似乎是缓过劲儿来了,显然还远远不会承认失败呢。他挑衅地盯着地球人看了一会儿,然后转过头望向凯拉赞,"是的,就是这样。事实正如她所述。然而动机并非如此。只有地球人的思想才会构想出这样的动机,这其实反映了他们的邪恶。"他伸出一只手责难地指向地球人,"你们知道他们行星的历史,凯拉赞。毁灭了慧神星的所有暴力和嗜血之心都存续在如今的地球上。我没有必要向你重复他们那无休止的充满了争吵、战争、暴力、杀戮的历史。提醒你一下,这还是在我们努力扼制他们的情况下!是的,我们安插了特工去引导他们远离科学,远离理性。你能责备我们吗?你能不能想象得到,如果允许他们在数万年前就重返太空,今天便会有席卷银河系的大灾难?你能否想象得出那对于你们和我们都会造成的威胁?"他又看了看地球人坐的地方,一脸厌恶地怒目而视,"他们就是原始人。疯子!他们永远都是。我们让他们的星球保持落后,其原因正如同我们不会让孩子玩火——是为了保护他们,也是保护我们自己,更是为了保护你们。就算从头再来,我们仍会这么做。

我无须道歉。"

"你的行为违背了你的言语。"芙瑞努·肖姆反驳道,"如果你相信你们已经平定了一颗好战的行星,那你就应该对此成就感到骄傲,就不会隐藏事实。但你的所作所为恰恰相反。你献上一幅篡改过的图景,显示出地球好战的特性,而实际上它正是朝着你所期望的方向发展。你成功地延缓了它的进步,直到它的慧神星遗产被最大限度地稀释掉,令其无法发展。可你不但隐瞒事实,还去篡改。对此你做何解释?"

"他们的表现只是一时的异常。"布罗格胡里奥答道,"但是究其根本并没有变化。我们修改的是更为近期的发展,以便于你们不被误导。这一问题仍然必须诉诸最终的解决方案。"

赫勒尔听着的时候,心思飞转。"最终的解决方案",必定意味着杰乌伦人已经利用地球的好战性作为借口积蓄着自己的军事力量,正如她所怀疑的那样。这似乎也支持了另一条思路,她的研究使得她做出了那样的思考,此刻正好有机会验证它。但这么做,她就不得不再次采取虚张声势的手法。"我对这种解释表示不满。"她说道,"到目前为止,我所讲述的只是杰乌伦人所作所为的一部分。"房间里所有的脑袋一齐转向她。"到了十九世纪的时候,尽管他们做出了种种努力想要阻挠地球的发展,但很显然,西方文明已经在全球迅速传播科学和工业技术。就在那时,杰乌伦人改变了策略。他们开始通过在不同领域泄露信息来刺激并加速科学发现,进而促使出现诸多重大的突破。"她稍稍转过头去,"亨特博士,是否能请您做一番评论?"

亨特正盼着呢。他站起来说道:"十九世纪末到二十世纪初,在物理和数学方面引发重大突破的那种显著的不连续性和非线性发展,长久以来都是不解之谜。依我看,如果没有某种外部影响,这种现象级的科学革命在那个时代是无法发生的。"

赫勒尔说道:"谢谢。"亨特坐了下来。她的目光转回苏利恩人,他们当中不少人一脸迷惑。"那么,为什么杰乌伦人会做这样的事情呢?他们的政策之前一直都是阻碍对手的发展啊。这是因为,他们不得不接受这样的事实:他们没法再继续压制地球的发展了。因为,不管怎样,地球都要变成一个高度技术化的行星了。既然如此,杰乌伦人就决定使用他们已经建立起来的那套用以施加影响的系统来予以引导,让这种进步转向另一种方向,让他们的对手自我毁灭。换句话说,他们以这种方式来布局工程技术,在他们引导之下发展起来的科学不会用于根除那些深植于人类历史中的各种灾难祸患,而是以史无前例的强度来进行全球规模的战争。"她说话时仔细观察着布罗格胡里奥,看来自己确实击中了要害。现在,她要发出致命一击了。

"杰乌伦人的特工在十九世纪末渗透进欧洲贵族当中,制造内部矛盾,最终以第一次世界大战告终。"她突然提高声音厉声质问,"另外,组成国际联盟本该是通过和平手段来消除仇恨,而你们在战后德国的废墟上设立的杰乌伦人集团则是为了重燃仇恨。这些你们都要一一否认吗?这些事情都是由某些经过精心挑选、刻意训练的人来引导的,对吧?真正的阿道夫·希特勒怎么样了?或者,也许是你们藏在幕后来操纵……也许是利用了阿尔弗雷德·罗森堡[1]?"那三个杰乌伦人什么都说不出了。他们僵硬的姿态、眩晕的神情,无不是此番讲述的证实。赫勒尔转过头望向苏利恩人,解释说:"第二次世界大战本是要打一场核战争。所需的科学、政治、社会、经济方面的先决条件都被精心设置好了。虽说并没有按他们的计划运作,但也就是毫厘之差。"

---

1. 阿尔弗雷德·罗森堡(1893-1946),第二次世界大战中纳粹德国的一名重要成员,是纳粹党党内的思想领袖。

苏利恩人中间又爆发出一阵低声的议论。赫勒尔等着静下来，然后用更为平静的声音说道："紧张局势持续了超过半个世纪，但不管杰乌伦人如何努力，他们所期望的世界性灾难却并没有发生。"下面这部分就纯属猜测了，但她的语调毫无波澜，"他们推断，自己有一天将不得不亲自面对对手，于是着手实施一个计划，夸大地球的战争和军备发展，向苏利恩人证明他们创建自己的'保护性'力量是正确的。与此同时，他们扭转了针对地球的方针，利用他们的关系网来缓和紧张局势，促进裁军，允许地球人按照他们一直以来想要的方式去创造性地发展他们的天赋和资源。当然，这样做的目的就是让地球成为一个毫无防御能力的目标。为了让他们自己不断增强武装力量有正当的理由，他们向苏利恩人提供的信息逐渐变成了完全虚假的东西，都是通过杰乌克斯人为编造出来的。"

赫勒尔又停了停，但这次周围一片寂静。她转过身朝向杰乌伦人，声音提高了，充满了谴责的味道："他们指责我们相互杀戮，但他们一直以来都很清楚，是他们的特工密谋策划了地球历史上最惨无人道、最血腥的浩劫。他们杀害的人要比地球上所有的首领杀害的人加在一起还要多。"她的声音沉了下来，带着不祥的意味，"不过，'沙普龙号'出人意料的到来打乱了所有计划。因为这群伽星人如果与苏利恩接触，一定会戳穿谎言。所以现在，我们明白了，为什么'沙普龙号'的存在从未被他们透露过。"布罗格胡里奥的脸上已经没了血色。维洛特满脸通红，似乎都喘不上气了；而布罗格胡里奥另一侧的埃斯托杜已经是汗如雨下，浑身战栗。房间另一头，加鲁夫、施洛欣、孟查尔坐着的身子不由自主地向前倾斜着，他们感觉自己露面的时刻就要到了。

赫勒尔说道："现在，我们就得谈谈'沙普龙号'的问题了。"她的语调很柔和，但注视着杰乌伦人的眼睛里闪着威慑的光芒，"我们之前听过一个说法，说地球人蓄意将其摧毁。这个说法是建立在众所周知的谎言上的。'沙普龙号'在地球的六个月期间从未遭遇过任何危险。相反,我们跟伽星人的关系很友好。我们有海量的记录可以证明。"她稍做停顿,"而我们倒也不必依赖那些记录来证明地球并没有伤害过飞船及船上人员。我们有更为直观的证据。"房间另一头,加鲁夫和他的同伴一挺身。凯拉赞就要给维萨发布指令了。

可就在这时,杰乌伦人消失了。

他们站立的地方突然空空如也。四面八方传来惊讶的低语声。过了几秒钟,维萨说道:"杰乌克斯切断了所有链接。我没有任何权限接入它了。它对于重新建立链接的请求毫不理睬。"

"什么意思?"凯拉赞问道,"你跟杰乌伦星的通信完全断掉了?"

"整颗星球把它自己隔离起来了。"维萨答道,"杰乌伦人所有的星球都断掉了联系。杰乌克斯孤立出去了,成了一个独立的系统。在它运行的地区内,无法再进行通信或是访问。"

苏利恩人中间爆发出一阵惊恐,这意味着某种非同寻常的事情发生了。亨特看到了丹切克询问的目光,耸了耸肩,说道:"看上去像是杰乌克斯破坏了外交关系。"

"你觉得是什么意思?"丹切克问道。

"谁知道呢?听起来像是封锁。他们躲在了杰乌克斯控制的地盘里,而杰乌克斯不跟任何人交流。所以我猜除了派飞船过去,没有其他办法建立联系。"

"可能没那么简单。"琳在亨特另一侧说道,"如果他们正在将自己打造成银河系警察,那就有问题了。"

苏利恩人突然静了下来。凯拉赞和肖姆不安地注视着对方;伊希安目光低垂,笨拙地摆弄着指节。地球人和"沙普龙号"的伽星人好奇地看着他们。最终,凯拉赞叹了口气,抬起眼来,"如何从杰乌伦人那里得到真相,你们的展示令人赞叹。然而,你们的假设当中有一个错误。我们从未同意过任何杰乌伦人关于维持军事力量的提议,不管是为了地球可能带来的侵略性扩张,还是任何其他原因。"

赫勒尔坐下来的时候似乎并不太信服这番话。"现在你们知道他们的作为了,"她说道,"你怎么能确定他们没有秘密发展武装力量呢?"

"我们不能确定。"凯拉赞承认,"如果他们做了,那情况对于我们两个文明来说就很严重了。"

柯德维尔还是不明白。他的眉头皱了半天,好像是在整理脑子里的头绪。他盯着赫勒尔看了一会儿,然后望向凯拉赞。"但这很可能就是他们伪造那些故事的原因。"他说道,"如果不是这个原因,那还会是什么?"

苏利恩人看上去更加不安了。肖姆转向凯拉赞,摊开双手,仿佛是要退一步,承认有些事情不能再隐瞒了。凯拉赞犹豫了一下,然后点点头。"现在,对我们来说有件事很清楚,就是杰乌伦人为什么要篡改他们的报告。"肖姆说着,转头环视整个房间。随着她话语一顿,全场安静下来。她深吸了一口气,继续道:"事情不是这么简单,但到目前为止,我们一直都感觉还是不提此事为妙……"她转头看了加鲁夫和同伴们一眼,"向你们中的任何人都不要提。"他们等着。她接着说道:"长久以来,伽星人都担心慧神星的悲剧会重演,而这一次可能会扩展到整个银河系。就在不到一个世纪之前,杰乌伦人让我们的先辈相信,地球正处于那样的边缘,我们急需寻求一个解决方法来永久性地抑制地球的扩张。苏利恩人据此开始制订一项应急计划。由于杰乌伦人给了我们虚假的信息画面,我们一直持续地为实施该计划做着准备。如果我们早就知道地球的真实情况,肯定会终止那个想法。显然,杰乌伦人误导了我们,以便利用我们的科技来永久性地抑制他们的对手,并在以后的时代里消除银河系中能与他们一较高下的敌手。当布罗格胡里奥提及最终解决方案的时候,他指的就是这个。"

地球人过了一会儿才明白肖姆说的是什么。"我不确定我跟上你的意思了。"丹切克最后说道,"抑制地球的扩张,用什么手段?你说的自然不是武力。"

凯拉赞缓缓摇头。"那不是伽星人的方式。我们说的是抑制,不是反对。用词是很斟酌的。"

亨特一皱眉,揣摩着凯拉赞到底是什么意思。抑制地球?现在已经迟了;人类的文明已经远远散播到地球之外了。那它只能意味着……他的眼睛突然瞪圆了,简直不敢相信。自然,就算是苏利恩人的思维也不可能想到如此宏大的规模。"不会是太阳系吧?"他喘了口气,惊骇地盯着凯拉赞。"你们不会是打算封闭整个太阳系吧?"

凯拉赞郑重地点了点头,"我们设计了一个方案,使用我们的重力科学制造一个重力梯度陡变的壳层,一切物质……地球人、地球人的侵略,甚至连光本身都无法从中逃离出来。壳层内部的环境依然是正常的,地球还会自由追寻它选择的任何道路。而壳层之外,我们也一样。"凯拉赞四下看了看,惊骇而又厌恶的目光正注视着他。他又说道:"那便是我们的最终解决方案。"

28

伽星人发现，这是他们历史上第一次面临战争，或者说至少处于类似战争的局面下，两者的差异只在学术层面罢了。他们对于杰乌伦人的反应是迅速而极具破坏性的。有不少杰乌伦人身处苏利恩星以及其他由伽星人控制的世界中，凯拉赞命令维萨撤回所有针对他们的服务。所有这些人对于随时随地进行即时通信与即时旅行都习以为常了，习惯任何服务随叫随到，他们生存的方方面面完全依赖着机器，却在突然间发现自己被隔离在社会之外，而那是他们唯一知道的生存方式。他们无计可施，惊慌失措。几小时内，他们便陷入无能为力的境地，很快就被围捕羁押起来，与其说是为了防止他们造成危害，还不如说是为了他们自身的安全和精神正常。他们会被一直扣押到伽星人决定如何处理他们为止。因此，所有散布于伽星人世界中的杰乌伦人被一网打尽了，绝无漏网之鱼。

剩下的敌方总部杰乌伦星以及它的同盟世界都是由杰乌克斯服务的，而并非维萨。结果显示，这可是块硬骨头，仅仅派出几艘飞船是没法突破的，亨特之前曾做此打算。

问题是，杰乌伦星距离巨人星有好几光年，将飞船送往那里的唯一方法就是让维萨投射黑洞超环面。但当维萨试图投射几个测试能量束进入杰乌克斯运行的区域时，却发现杰乌克斯能轻而易举地扰乱能量束，显然杰乌伦人早就计划着跟苏利恩决裂了；而且维萨也无法将超环面投射到杰乌克斯有效干扰范围的边缘地带，让他们从那里自行进入杰乌伦星。因为所有的苏利恩飞船都要依靠能量来提供动力、导航和控制信号，可问题在于，这些能量束都是通过苏利恩的超级网络从中央发生器和总控中心发送的，而杰乌克斯同样可以轻而易举地干扰这些能量束。换句话说，只要杰乌克斯在运作，什么东西都无法进入杰乌伦人的系统当中，而阻止它运行的唯一方法就是得把什么东西送进去。这简直就是个死局。

更严重的是，长久以来，杰乌伦人可能早已在秘密囤积武器，而且按照现在已经既成的事实推测，他们早就建造出自带动力系统和导航控制能力的飞船来进行运输了。如果真是这样，他们就能够将自己的军队毫无阻碍地运送到维萨控制的区域，一路前进，不会遇到任何对抗和威胁，按照他们的计划为所欲为。局势万分紧张。苏里奥斯事件显然迫使杰乌伦人的决裂比本打算的更早，这让苏利恩人的反应更为迅速，形成了更好的机会来对付杰乌伦人，因为他们尚未完全准备好。但伽星人这个种族对于如何抵御全副武装的对手是毫无经验的，即便他们手中拿着武器也不知该如何应对，更不知道如何接近对手。谁都提不出任何解决方案，直到苏里奥斯会议的一天之后，加鲁夫、施洛欣和伊希安请求与凯拉赞进行一次私下的会面。

"我没有任何不敬的意思，但你的专家正在对显而易见的事情视而不见。"加鲁夫说道，"长久以来，他们已经对先进的苏利恩科技习以为常了，想不到还有其他变数。"

凯拉赞警觉地抬起手,说道:"镇定,别再挥舞你们的胳膊了,告诉我你们到底要说什么。"

施洛欣说道:"进入杰乌伦的办法现在就在苏利恩的轨道上空——'沙普龙号'。它按照你们的标准可能是过时了,但它有自己的舰载动力,而且不需要使用任何的能量网络系统,左拉克就能让它完美地运行。"

凯拉赞盯着他们看了很久,一语不发,看样子很惊讶。他们说得对——自从杰乌克斯切断联系之后,一直讨论这个问题的科学家们都没考虑过"沙普龙号"。这似乎太显而易见了,以至于凯拉赞不由得确信这当中肯定有什么漏洞。他用怀疑的目光看向伊希安。

"我看不出为什么不行。"伊希安说道,"正如施洛欣所说,杰乌克斯没办法阻止它。"

这个动议背后隐藏着什么,凯拉赞在加鲁夫的脸上感觉得到。有件事并没人提起,同样显而易见的是,就算杰乌克斯无法阻止"沙普龙号"进入它的控制区,但却可能有足够的其他手段在飞船到达后来对付它。加鲁夫昨天还特别迫切地要面对杰乌伦人,但却在最后一刻沮丧万分。他现在是要让自己,还有他的船员、他的飞船,冒着风险草率地去了结他跟布罗格胡里奥的个人恩怨吗?凯拉赞不能允许这么做。"'沙普龙号'仍然会被探测到。"他指出,"杰乌伦人在他们的星系里到处都安装有传感器和扫描器。你们可能会碰到意外。一艘孤立的飞船,与苏利恩的通信隔绝,没有任何形式的防御装备……"他把话留了一半没说完,话里的意思都在他的表情里了。

"我们认为,有个对策可行。"施洛欣说道,"我们能让飞船的探测器与低能量超链接通信器适配起来,这不会被杰乌克斯的探测器发觉,而且可以在距离'沙普龙号'大约二十英里以外调动它们作为掩护屏障。这会十分有效地提供超光速通信链接到飞船的计算机。

左拉克就能制造出抵消效应,将屏蔽信号加进飞船反射的光学和雷达波长里,探测器就能向外转发这种信号,这样一来,一定距离之内任何方向上的读数都是零。换句话说,它在电磁波层面就是隐形的。"

"它仍然能被超维度扫描探测到。"凯拉赞反对道,"杰乌克斯能探测到它的主驱动应力场。"

"我们完全没有必要使用主驱动器。"施洛欣回应道,"维萨能让飞船在超空间加速,并且将它在出口弹出,由此产生的动量足以保证它在一天之内到达杰乌伦星。等飞船接近了,就能借助辅助动力进行减速和飞行,产生的辐射值是低于探测阈值的。"

"但你仍然得在星系外投射一个出口,"凯拉赞说道,"你无法在杰乌克斯眼前隐藏如此规模的扰动。它会知道有事情发生了。"

"所以我们另外再派出一两艘飞船作为假目标……无人飞船。"施洛欣答道,"让杰乌克斯阻击那些飞船,认为那就是全部了。实际上,这是让它从'沙普龙号'转移注意力的好计策。"

凯拉赞仍然不喜欢这个动议。他转过身去,双手握在背后,在房间里缓缓踱着步子,盯着墙壁,心里翻来覆去想着这个问题。他不是技术专家,但根据他所知道的来看,这个方案理论上是可行的。苏利恩飞船上有舰载式补偿器,它与投射出的超环面相互作用,将其压缩,可以使周围产生的重力扰动最小化。所以苏利恩飞船能够在一天的常规巡航之后航行到行星系外,然后就能传送进超空间了。"沙普龙号"当然没有这样的部件,所以需要数月的时间来避免扰动太阳系的引力。即便凯拉赞想到了这一点,但还是意识到这其中也有一个很简单的解决方案:"沙普龙号"能够在几天之内装备上苏利恩的补偿器。不管怎样,如果有严重的技术困难,伊希安早就发现了。

凯拉赞没有必要去问这番行动的目的是什么。杰乌克斯是由与维萨类似的超级网络构成的,除了超通信设备,它还拥有密集的常规电磁信号束网络,这是在杰乌伦周围距离适中的范围内进行本地通信用的。如果苏利恩人能拦截到其中一路,或者最好拦截到若干路这样的信号束,然后冒充正常的信号束,借此掩人耳目,那就有机会让他们获得授权进入杰乌克斯的核心进行操作,让系统从内部垮掉。如果他们成功了,整个杰乌伦世界的运作都会随之停摆,就像一天前发生在苏利恩的杰乌伦人身上的那样。不过,问题是如何让必需的硬件进入到拦截信号束的位置。伊希安手下的科学家已经就此讨论一天多了,到目前为止并没形成有用的建议。

最后,凯拉赞一转身,再次面向众人。"非常好,你们似乎都考虑好了。"他承认道,"但是,如果还有什么问题我没想到,就告诉我。还有个事情得说说:要让杰乌克斯这样的系统崩溃,所需的计算能力将会是现象级的。左拉克永远做不到。现有的唯一可能做到的就是维萨,但你们没法把维萨与左拉克相连,因为那需要超链接,而你们在杰乌克斯运转的条件下无法接通超链接。"

"这就要赌了。"伊希安承认道,"但左拉克没必要击垮整个杰乌克斯系统。它所要做的,就是打开一个通道让维萨进入。我们的想法是给'沙普龙号'和它的一套子探测器配备上超链接设备,能与维萨相连,并且将这些设备散播开,拦截一定数量的通信频段,从而接入杰乌克斯。然后,如果左拉克能足够深入杰乌克斯的系统,封闭它的干扰阻塞能力,我们就能紧跟着左拉克把维萨的全部力量投入其中,立刻从各个方向打击杰乌克斯。剩下的交给维萨就行了。"

确实有机会,凯拉赞不由得承认。他不知道这个计划成功的概率有多大,但这是个机会;而且加鲁夫的想法要比其他任何人的想法都更可行。不过,他心中浮现出"沙普龙号"冒险独自进入敌方空域的画面:没有武器,毫无防御力量,小小的左拉克让自己深入虎穴对抗杰乌克斯的威力。一想到这些,他就不由得一激灵。他缓缓走回到房间中心,另三位伽星人紧张地看着他。他们的神情很清楚地说明他们想让他说什么。"你们很清楚,这可能意味着要让你们的飞船承受巨大的风险。"他郑重地说着,看向加鲁夫,"杰乌伦人那边有什么等着你们,我们一无所知。一旦你们进去了,如果遭遇困境,我们没有任何办法赶过去。如果你们不暴露自己,都没法联系我们,到那个时候,就算联系我们通信都会被立刻阻截。你们得完全依靠自己。"

加鲁夫答道:"我知道。"他的表情很坚毅,声音却超乎寻常的紧张,"我会去的。我不会要求我手下的任何人跟我一起去。这得他们自己决定。"

"我已经决定了,"施洛欣说道,"没必要全员出动。想要去的人远远多于需要的人。"

凯拉赞心里开始对他们这番无可辩驳的逻辑让步了。时间宝贵,不管要做什么去扼制杰乌伦人野心,少浪费一天时间就可能让成功的概率大大增加。不过凯拉赞也知道,加鲁夫的科学家和左拉克并不拥有苏利恩的电脑技术知识,不足以发起一场针对杰乌克斯的智能战争;这次远征必须得带上一些苏利恩的专家。

伊希安似乎看出了他的心思。"我也会去。"他平静地说道,"我的专家队伍中也会有不少志愿者,远超我们所需。你完全不用担心。"

沉重的寂静持续了好长时间,然后施洛欣说道:"格雷戈·柯德维尔想要快速做出一个困难的决定时,有时候会用这个办法:忘掉问题本身,考虑各种其他的解决方案;如果其他的都不可接受,那就可以决定了。这方法很适合目前的局势。"

凯拉赞深吸了一口气。她是对的。的确有风险,但如果什么都不做,过段时间无论如何都得面对杰乌伦人蓄谋已久的挑战,他们的计划早就领先一步了,拖得越久,风险可能就越大。"你的看法呢,维萨?"他问道。

"同意以上所有观点,特别是最后一条。"维萨简洁地回答。

"你对于攻击杰乌克斯有把握吗?"

"只要让我连接上就行。"

"仅仅通过左拉克进行连接,你就能有效行动?你能在此基础上压制杰乌克斯吗?"

"压制它?我会把它撕成碎片!"

凯拉赞惊得眉毛一挑。这话听起来,似乎维萨跟地球人聊天聊得太多了。他又做了一番思考,表情再次严肃起来,然后点了点头。就这么决定了。他的举止立刻变得更加有条不紊。"现在最重要的就是时间。"他告诉他们,"你们考虑好了?做出详细的方案了吗?"

"用一天时间选出我的十名科学家并告知他们任务相关信息;用五天给'沙普龙号'安装补偿器,让它能在最短的时间内离开巨人星;用五天将飞船及探测器与超链接、屏蔽硬件连接好。"伊希安立刻答道,"但我们应该能将这些工作并行处理,在航行中完成测试。我们需要一天时间远离巨人星,再要一天时间从出口飞抵杰乌伦星,考虑到维克多·亨特说的墨菲定律,额外再加一天。这就是说,我们能够在六天内离开苏利恩。"

"太好了。"凯拉赞点点头,"如果我们都同意时间很重要,那就绝不能浪费时间了。咱们马上开始。"

加鲁夫说:"还有件事。"显得有些迟疑。

凯拉赞等了等,问道:"怎么了,指挥官?"

加鲁夫双手一摊,把手垂在身子两侧。"地球人。他们也想来,我了解他们。他们想要利用感知机亲身到苏利恩来加入我们。"他恳切地看着施洛欣和伊希安,仿佛是在寻求支持,"但这场……战争将只会用先进的伽星人科技来打。地球人什么忙都帮不上啊。没有理由让他们将自己置身于危险之中。除此之外,到目前为止,我们在信息方面已经从地球得到了巨大的帮助,后面应该还是如此。换句话说，在这样的情况下，我们不能失去连通麦克拉斯基的通信频道。他们身处那里是更有价值的。因此，我的意思是，请否决他们任何前往的要求……这完全是为他们好，也是为大家好。"

凯拉赞注视着加鲁夫的眼睛，再一次看到了那种坚定，当布罗格胡里奥宣布"沙普龙号"被摧毁的时候，他就看到过这种眼神。正如同凯拉赞忧虑的那样——这是加鲁夫跟布罗格胡里奥的个人恩怨，他不想外人插手，甚至不想要亨特和他的同僚们插手。在伽星人身上发现这种反应很奇怪。他看着施洛欣和伊希安，看得出他们也早已对此心知肚明。不过，他们不会明言此事去冒犯加鲁夫的骄傲与自尊。凯拉赞也不会。

"好极了。"他点点头，同意道，"就按你的要求办。"

29

　　夜幕笼罩下，苏联军用喷气机掠过法兰士约瑟夫地群岛与北极之间的冰原向北飞去。克里姆林宫以及整个苏联统治集团内部仍在酣战，国家军队的忠诚值得怀疑。因此，这次飞行是秘密进行的，以期将风险降到最小。幽暗的机舱后部，卫瑞科夫僵直地坐在两名全副武装的士兵中间，周围座位里的另外几名军官要么在打盹儿，要么在低声聊天，米科连·索波洛斯基透过身边的窗户望着漆黑的夜色，心里思索着过去四十八小时里发生的不可思议的事件。

　　他发现，外星人在审讯之下挺不了多久。至少嘛，这个外星人卫瑞科夫不行。这个人是来自苏利恩社会的人类，负责实施监控操作，是其特工网络中的一员。这些特工在整个历史进程中都渗透在地球社会里。尼尔斯·斯威兰森也是。让地球去军事化这件事就是这些人精心设计的，为的是让他们以统治精英的身份露面，而这个统治阶层则是由杰乌伦人一手打造的，斯威兰森将成为这颗行星的领主。地球最终会被去工业化，成为杰乌伦贵族的游乐场，并且提供广阔的庄园给那些忠心耿耿的仆从作为奖励。退化到这种状态的星球如何能供养它的人口呢？不需要劳动，不需要服务，他们将被怎样处置呢？这件事并没有得到解释。

一旦这些事情串起来了，卫瑞科夫这条命的价值也就暴跌了。为了保住这条命，他提出合作，为了证明自己可靠，他坦白了杰乌伦和地球据点之间通信链接的细节，其位置就在斯威兰森位于康涅狄格州的家里，是利用杰乌伦人的技术安装的，出面施工的是一家美国建筑公司，这家公司是杰乌伦人为了搞其他一些活动设置的幌子。通过这个据点，斯威兰森能够将苏利恩通过月背跟地球秘密交流的细节汇报上去，也能接收发给他的指令，让他控制地球这端的对话。诺曼·佩希跟索波洛斯基说过美国的通信线路，而他发现卫瑞科夫对此一无所知。因此，尽管杰乌伦人精心构建了情报系统，至少那个秘密仍然很安全。

索波洛斯基已经下定决心，破坏这个网络的第一步，就是必须趁着康涅狄格那边尚未发觉自己已经暴露，尽快切断它的链接。这样一来，杰乌伦人就会被打个措手不及。这显然必须得到华盛顿方面某人的帮助才能完成，而且由于没有人知道整个网络的广度或是其成员可能都有谁，甚至卫瑞科夫都不知道，这就意味着只有诺曼·佩希能担此任。索波洛斯基已经呼叫了苏联大使馆的"伊万"，用预先定好的听起来没什么特别的暗语给佩希传了个信儿。八小时后，美国国务院打来一个电话到莫斯科的一间办公室，说是一支俄国外交官的参观团预约的酒店已经准备好了，这就表明信息已经收到并理解。

"五分钟后着陆。"飞行员的声音从头顶上方黑暗中的一个内部通话器传了出来。机舱里亮起暗淡的灯光，索波洛斯基和其他军官开始收起香烟盒、资料以及散落在他们周围的其他零碎，然后穿上厚重的极地外套准备迎接外面的寒风。

几分钟后，飞机从夜色中钻了出来，缓缓降落，停在了被灯光照得雪亮的着陆场上,这里是一处美国的科研基地兼极地气象站。一架美国军用运输机停在一侧的阴影里,引擎开着,一小群模糊的身影聚集在前面。机舱的前门敞开,一架阶梯向下伸出。索波洛斯基和他的随从人员下了飞机,两名军官押着卫瑞科夫走在队伍正中,迅速穿过冰面。他们在等候着的美国人面前稍稍停了一下。

"你看,说到底也没等多长时间啊。"诺曼·佩希对索波洛斯基说道,他们隔着厚厚的手套握着对方的手。

"我们有很多事情要谈,"索波洛斯基说道,"整件事的走向远超你最疯狂的想象。"

"拭目以待吧。"佩希回答着,咧嘴一笑,"我们也没有原地踏步,还有一些惊喜等着你呢。"

队伍开始登机,同时他们身后那架苏联喷气机的引擎轰鸣起来,飞机腾空而起,又消失在了夜色里。三十秒之后,美国运输机起飞了,机首转向北方,这条线路会让他们越过北极,然后向东穿过加拿大到达华盛顿特区。

现在已经是麦克拉斯基的深夜了。基地一片宁静。一排飞机沿着外围护栏井然有序地停靠在幽暗昏黄的灯光下。不远处,亨特、琳和丹切克正望着金牛座的方向。

他们争论过、哄劝过、抗议过,说这件事对于地球的重要性不亚于任何人,如果加鲁夫和伊希安能让自己冒险,真诚与正义也会让地球人以身试险,不论结果如何。但这番努力徒劳无益;凯拉赞态度坚决,感知机不能移动。他们不敢联络更高层的权威人士,不管是联合国还是美国政府,不敢让他们来撑腰,因为说不清哪些人在给杰乌伦人干活。因此,他们什么都做不了,只能听天由命,满怀希望地干等着。

"太疯狂了。"过了一会儿,琳说道,"在他们的历史上,从来没打过仗,可现在他们打算搞一次突袭,还试图消灭整颗行星。我从来不知道伽星人还会这样。你们觉得加鲁夫是失去理智了还是怎么着?"

"他只是想再次驾驶他的飞船飞行。"亨特咕哝着,毫无幽默感地哼了一声,"你们会想,过了两千五百万年,他这个船长肯定是当够了。"还有个念头徘徊在亨特脑海里,也许加鲁夫决心跟它同生共死,就像传说中的船长那样。不过这话他没说出口。

"这是一种崇高的姿态。"丹切克说道。他摇着头叹了口气,"但我感觉不对劲。我不明白为什么感知机必须留在这里。听起来像是个借口。即便我们在技术方面做不出什么贡献,还是能在别的方面有所作为啊,我担心加鲁夫和他的朋友遭遇困境的时候,可能会很需要我们这方面的本事。"

"你什么意思?"琳问道。

"我觉得那太明显了。"丹切克答道,"我们已经看到了,伽星人和人类的思维方式有多么不同。杰乌伦人可能拥有一些天赋去搞搞阴谋、玩玩欺诈,但他们并非这门艺术的大师,而他们显然认为自己是。然而,还是需要有人类在场去识别并利用他们愚蠢的疏漏才行。"

"他们只擅长跟伽星人打交道,"亨特说道,"而我们有好几千年的时间践行尔虞我诈。"

"正是如此。"

接下来又是一阵沉默,然后琳心不在焉地说道:"你们知道我想要看到什么吗? 如果那些杰乌伦的家伙认为他们那么聪明,我就想看看他们怎么对付真正的行家,让他们瞧瞧什么是真正的阴谋诡计。维萨跟咱们是一伙的,我们也应该让合适的设备来做正确的事。"

亨特看着她,一皱眉,"你在说什么呢?"

"说真的,我也不确定。"她想了想,耸了耸肩,"我就是在想,杰乌克斯能伪造所有那些信息那么多年,并把它交给苏利恩人,如果我们也对他们做些同样的事情,肯定很不错……管他是什么呢。"

"干些什么样的事情?"亨特问道,仍然一头雾水。

琳又望向夜空,露出高深莫测的表情,"好吧,比方说这么幻想一下。杰乌克斯肯定有所有那些它编造的关于武器、炸弹等等的故事,都存储在它存储器的某个位置,对吧?而在另外的什么地方,肯定有所有那些关于地球的真实信息,都是通过它的监控系统搜集到的——换句话说,也就是它知道所有关于地球的真实信息。不过,它又怎么分得清哪份记录是真的,哪份是编造的呢?"

"我不明白。"亨特想了想,耸了耸肩,"我猜它肯定是用某种标签系统标出来了吧。"

"我就是这么想的。"琳点了点头,"现在假设维萨想方设法进入杰乌克斯,把那些标签搞乱,让杰乌克斯分不清,这就会让杰乌克斯相信所有编造的故事都是真的。想象一下,如果它开始那样认为,会发生什么。布罗格胡里奥和他的那帮人会疯掉的。明白我的意思吧——这场戏肯定很好看。"

"这想法太绝了。"丹切克咕哝着,有了兴致。他心里琢磨着这事儿,一丝坏笑爬上面孔,"多可惜啊,咱们从来没跟凯拉赞提过这个建议。不管有没有战争,伽星人都会忍不住要这么干的。"

亨特想着这事儿,也不由得露出笑容。按这个想法,能做的事情可远远不止琳想的这些。如果维萨进入杰乌克斯的存储系统都能更改标签了,那这只是一小步,接着它就能添加一些它自己构想出来的额外的故事。比方说,如果维萨能获得授权进入杰乌克斯控制地球监控的那部分数据,那想让杰乌克斯觉得地球发生了什么,就能让它认为地球确实发生了什么——比如一整支大型舰队整装待发,准备把杰乌伦人轰出银河系。正如丹切克所说的,这想法太绝了。

"你可以假造一份跟苏利恩的协议,说是用他们的超环面把一支进攻大军送到杰乌伦,"亨特说道,"这样,就能让杰乌克斯以为军队会在数天内到达。如果已经搞乱了它很长时间以来的存储记录,那就能让它认为这些东西跟它多年来汇报的东西是一致的。杰乌伦人会知道并不是这样……不过,如果他们有生以来从不曾质疑过它,也许他们就不会知道是怎么回事。你们觉得布罗格胡里奥会识破吗?"

"他会心脏病发作的。"琳说道,"你觉得怎么样,克里斯?"

丹切克突然一脸严肃。"我不知道。"他答道,"但这就是我正在说的那种事情。想个办法来迷惑敌军,这想法对于人类来说自然而然,但对伽星人来说则不然。他们打算勇往直前冲上去搞垮杰乌克斯——直截了当,符合逻辑,没有任何狡诈的想法。但是假设杰乌伦人早就有所准备,有备用系统能独立运作,就不怕没有杰乌克斯。如果是那样,'沙普龙号'在攻击杰乌克斯的时候必然暴露自己,假设它能成功,仍然会发现自己暴露于可怕的危险中。我相信你们明白我的意思。"丹切克向那两位投去郑重的目光,然后继续道:"不过另一方面呢,如果他们的计划就是控制杰乌克斯,而不一定是让它失效,是要通过你说的那种诡计让杰乌伦人晕头转向,那也许各种各样把水搅浑的机会就会自行出现了。要是按部就班,这样的机会永远创造不出来。"他再次抬头看着天空,悲伤地摇了摇头,"恐怕我怎么都想象不出咱们的伽星人朋友会采用这样的策略。"

亨特听着,几分钟之前的愉悦之色已经从他脸上消失了。他试过,柯德维尔试过,赫勒尔也试过,但他仍然无法摆脱那种挥之不去的不安,也许他们还得再努把力。现在,丹切克向他们说明了,他从中听到了之前压在自己心里的想法。"我们应该跟他们一起去。"他的声音很深沉,"我们应该让格雷戈向他们施压。"

"我表示怀疑,这恐怕不会有什么不同。"丹切克说道,"难道你看不出加鲁夫跟布罗格胡里奥有个人恩怨?原则上他不想有任何其他人插手。凯拉赞也知道这点。不管我们说什么都不会有任何区别。"

亨特叹道："我猜你是对的。"他又望向了金牛座，盯着它看了一会儿。突然，他从沉思中回过神，来来回回看着琳和丹切克。"越来越冷了，"他说道，"咱们进去弄点咖啡吧。"

他们回身迈步穿过停机坪，朝着大厅缓缓走去。

很多光年之外，"沙普龙号"静静地滑行出了苏利恩上空的轨道。在一天多一点的时间内，维萨跟踪它飞出巨人星系，穿越超空间，到了杰乌伦星系边缘杰乌克斯控制区域的外面。连接着那两艘诱饵无人舰的动力束和控制信号束立刻就被阻塞了，它们无助地飘浮在杰乌克斯空间的边缘，"沙普龙号"继续向里移动，从维萨的探测设备上消失了，进入了敌星周围深不可测的星渊之中。

30

在太空中飘浮的这个结构体是一个空心的方形,每条边长超过五百英里。从它的每一个角向内倾斜,伸出一根二十英里粗的杆状物,支撑着中心那个直径二百英里的球体。外层那个方形的表面上布满了尖角状的凸出物、成片的支撑条、半球形的结构,所有部件都呈现出黑色和金属灰的色调,显得有些粗糙,中心的球体及其支撑物的一些部位绕着巨大的线圈。在它后面,一排一模一样的物体排列整齐,向着太空深处渐渐远去,它们彼此间隔两千英里,随着距离越来越远而显得越来越小,渐渐隐没在背景的星空里。

伊麦尔斯·布罗格胡里奥是苏利恩世界中杰乌伦人的首相,现在是刚刚宣布独立的杰乌伦世界保护国领地的领主,他身穿着那身最高军事指挥官的黑色制服,双臂抱在胸前,在一个气泡状的穹顶里怒视着外面的景象,这个气泡室位于数千英里之外的一艘太空飞船的外壳上。在它侧下方,那个暗淡的粗犷球体便是尤坦星,在黑暗中犹如一弯新月,看着就像一个攥在手里的网球。维洛特和一些来自杰乌伦各个军事辖区的将军站在他身后,埃斯托杜和几位民间顾问跟他们站在一起。另一边,看上去不太高兴的是尼尔斯·斯威兰森和四屈结构体的技术协调员费朗·特尔。

布罗格胡里奥朝着外面的景象挥出一只手臂。"我们被迫在最短的时间内尽最大可能加快计划进度。"他简短地说着,瞅了一眼特尔,"我希望你至少尽力而为了。"

"但这种规模的工程没法因为那种原因而提速,不是下道命令就能完成的。"特尔抗议道,"我们仍然缺少五十个单元的能量。那至少要耗费两年时间,哪怕夜以继日地以最严格的……"

"两年时间不可接受。"布罗格胡里奥断然说道,"我已经向你提出了要求,我想得到你的确认,就今天,将它交付。告诉我,这番变动需要什么。保护国领地现在处于战时经济状态,不论需要什么,资源都手到擒来。"

"这不单单是资源的问题。"特尔坚持道,"要把这么多四屈体传送到目的地所需的动力在两年内是无法获得的。克莱洛特最新的估算表明……"

"克莱洛特已经被撤职了。"布罗格胡里奥对他说道,"那个办公室现在归军方控制。生成器阵列将会依照紧急程序进行拓展,已经开始实施了,所需动力将会如约到位。"

"我……"特尔刚一开口,布罗格胡里奥不耐烦地摆摆手打断了他。

"从现在算起,你和你的手下有二十四小时讨论修改方案。我很期待到时候在杰乌伦星的战略计划理事会上听到你的报告。我可不想听到什么站不住脚的借口。我的话讲得够明白了吗?"

"是的,大人。"特尔咕哝着。

布罗格胡里奥无声地向杰乌克斯发布指令,让它当天晚些时候提醒他考虑一下特尔在尤坦星的接替者。然后,他的眼睛轻蔑地转向了斯威兰森,"很显然,我这位据称已经把地球局势'牢牢控制住了'的'精明强干的副官'也是同样的无能。"他讥笑着,"好吧,你都有什么样的发现?苏利恩人怎么能在你的眼皮底下跟地球人联系上?他们的设备在什么位置?你有什么计划来摧毁它?他们是怎么渗透你的行动的?是谁走漏了消息?我希望你有不错的答案,斯威兰森。"

"我必须抗议。"斯威兰森的声音里透出惊惧,"没错,我承认苏利恩人建立了某种链接。但谴责说我们的行动被人渗透是毫无根据的。没有证据表明……"

"你不是瞎就是蠢!"布罗格胡里奥呸了一声,"我当时就在那里——苏里奥斯,而你不在。告诉你,他们知道每一件事。地球人肯定已经让你那个组织里的一半人都叛变了,让他们跟我们对着干了好些年了。他们在地球上跟维萨进行直接链接有多久了?"

"我们……暂时无法查明此事,大人。"斯威兰森承认道。

"显然他们在月背行动的很久之前就有链接了!"布罗格胡里奥说道,"整个布鲁诺天文台的运作就是一个假象,用来愚弄你的,让你脱不开身,而你把这个鱼钩全都给吞下去了。"他扭曲着面孔模仿着阿谀奉承的语调,"我得到确切消息,'我们已经获得了完全的控制,大人。'呸!"布罗格胡里奥把拳头猛地砸在手掌里,"控制!他们要你就像是牵线木偶。他们恐怕已经耍了你好些年了。地球领主?你也就是个管理幼儿园的笑柄。"斯威兰森面色苍白,下巴紧绷着,但什么都没说。

布罗格胡里奥向着面前的其他人抬起双臂,就像是邀请他们亲眼看看他的窘境,"你们看到了,我都要跟什么人进行争辩——饭桶工程师和饭桶特工。你们呢?很显然,敌人可不会在我们做准备的时候坐在那儿什么都不干。但有人告诉我们说,这需要花费两年时间。因此我们的境况有些困难,现在要有所行动,让我们能掌握主动权。你们有什么建议?"

一些将军相互看了看，心里没底。最终，维洛特犹豫着答道："我们仍在分析最新的进展。目前的局势急需全面调整每一个——"

"别考虑你的学术分析和评估了。你有没有确定的能够实施攻击的计划？就现在，在四屈体即将完工的这段时间里能确保我们的安全。"

"没有，不过我们从未……"

"这位将军没有计划。"布罗格胡里奥告诉其他人，"你们看看——我不得不对付各方面的饭桶。但对于我们所有人来说，幸运的是我有一个计划。我们在尤坦这里生产的武器开始显现出效果了，对吧？我们有飞船，有军备，还有充足的动力源把它们立刻传送到巨人星去，而苏利恩人一无所有。展现勇气的时候到了。"

维洛特似乎有些担心。"这并非我们一直以来计划的那样。"他说道，"我们的计划从来不包含向苏利恩发起无端的打击。那些武器是用来对抗赛里奥斯人的。我们会很难向人民证明这样的行动是正义的。这不会得到支持的。"

"我说过任何要攻击苏利恩的话吗？"布罗格胡里奥问道，"你还能不能想出什么比动粗更好的点子来？你就不会动动心思吗？"他转过头冲着在场的所有人，"战争，心理的作用不亚于武器，特别是要对敌方的心理了如指掌。研究一下地球的历史，或者哪怕是慧神星的历史。很多伟大的胜利都是通过把握适当的心理时机来取胜的，这样的时刻现在就出现在我们眼前了。"

"您有什么打算？"埃斯托杜不安地问道，"我们威吓苏利恩让它投降？"

布罗格胡里奥惊讶地看着他，毫不掩饰赞赏之意，"对于一个科学家来说，你总算是思维敏捷了一次。"他说着，提高了声音，"你们听到了？这位科学家考虑问题更像是一位将军，胜过你们任何人。苏利恩人从未品尝过战争，甚至对它毫无概念。此时此刻，他们相信我们已经撤退到保护壳里了,未来很长一段时间都不会招惹他们。他们在这段时间里感觉很安全,因此,也就最容易受到攻击。"

他缓缓迈步走到穹顶一侧,望着外面远处的尤坦星看了一会儿。然后,他又回到舱室正中,继续道:"我要告诉你们此时此刻苏利恩人正在想什么。他们意识到我们代表着一种威胁,而他们并不愿来面对它,可是地球人很愿意。另外,他们拥有应对威胁所需的技术,而地球人却没有。所以他们显而易见的策略是什么呢?"

维洛特开始缓缓点头。"将地球人武装起来组成一支代理部队。"他说道,"苏利恩为了自己的利益将会招募地球来打仗。"

"一点不错!"布罗格胡里奥说道:"但地球已经去军事化了,不管怎样都无法在技术上跟我们匹敌,而且此时此刻,苏利恩也没有东西能武装他们。"他环顾四周,目光里闪现着凯旋的光芒,"换句话说,他们的解决方案需要时间。而我们不需要时间,因为现在我们就有东西,而他们什么都没有。我们的武力跟他们以后的力量可能是没法比,但眼下的局势让我们占尽了优势。这种优势不会永远存在,而且也永远不会再像现在这样以对我们有利的情势延续下去。因此,现在就是行动的时间,而不是以后。"

维洛特两眼放光,开始明白布罗格胡里奥的用意何在了。"使用自驱动飞船,我们派出一支部队,并给苏利恩人发出最后通牒,要求将维萨置于我们的控制之下。"他说道,"作为伽星人,他们别无选择。然后他们就无能为力了,我们就能夺取整个杰乌克斯与维萨联合帝国的完全控制权。"

"而地球人将会被缴械,"布罗格胡里奥总结道,"没有了苏利恩人,两年之内他们就再也没有希望跟我们匹敌了。因此我们就能争取到所需要的时间,做好对付地球的准备,也做好永久消灭苏利恩的准备。"他转身正对着维洛特,将双臂抱在了胸前,下巴一翘,"将军,这就是计划——我的计划。"

维洛特赞道:"神来之笔。"附和的赞美声此起彼伏。"我们立刻就细节问题进行讨论。"

布罗格胡里奥命令道:"用点儿心思。"他一转身,怒视着斯威兰森,"还有你,如果觉得有能力给自己赎罪,就回地球去。我想要你把组织里的每一个叛徒都挖出来、追踪到并处理掉。全都处理了,除了B2及以上级别的。这些高级别的都扣起来,我们会安排一次着陆把他们都带回杰乌伦。我要亲自处理他们。"他的声音低沉下来,化作一阵恶狠狠的号叫,眼睛里燃着怒火,"如果这事儿搞砸了,斯威兰森,肯定会把你抓回来的,哪怕我不得不亲自去地球也要把你抓回来。"

31

　　几天过去了,没有一点"沙普龙号"的消息。维萨分析了所有可以找到的关于设计杰乌克斯的相关数据,认为左拉克利用电子方式解锁、穿透安全检查层面,获取进入敌方受保护的系统权限,有百分之五的胜算。可问题是,杰乌克斯那套伽星人设计的分子电路是在亚纳秒[1]的速度下运行的,能够在它正常的操作中间插入大量的自我检查运算。这样一来,左拉克想要在杰乌克斯盔甲的缝隙上插入楔子的话,立刻就会被探测到,不等维萨发力把楔子插到位,缝隙就会消失了。换句话说,杰乌克斯扫描自身内部的过程太迅速了,或者正如亨特对柯德维尔说的那样,"它内部的运行速度太快了。如果我们能在一定程度上分散它的注意力,干扰它的运行速度哪怕几秒钟时间,左拉克就能够打开通道,让维萨进入。"但他们如何分散杰乌克斯的注意力呢?他们连接它的唯一的通信线路得通过左拉克来建立,而不解除杰乌克斯的干扰,左拉克就无法接入。

---

1. 1亚纳秒等于一百亿分之一秒。

这时候，维萨报告巨人星系外出现一系列重力扰动，紧接着不断出现一些物体，越来越多，似乎是某种飞船正陆续从某个地方传送过来。之后不久，那些物体开始朝着苏利恩移动。维萨探测不到超网络动力或是控制信号束，也无法探知它们的进程。这些都是自带动力的、全副武装的杰乌伦战舰，有五十艘。随着它们成扇形展开，包围苏利恩，杰乌克斯短暂地重启了与维萨的联系，传达了杰乌伦人的最后通牒：苏利恩人有四十八小时将他们全部的智能系统置于杰乌伦人控制之下。如果到那时还不同意，杰乌伦人会把苏利恩的城市一个接一个消灭掉，就从威兰尼克斯开始。就是这样，没有商讨的余地。

苏里奥斯中央政府内部的气氛无比紧张。所有来自麦克拉斯基的地球人跟凯拉赞、肖姆以及精心挑选出来的工程、技术方面的专家都在一起，包括伊希安的助理莫利扎尔。他们已经接到最后通牒六小时了。

"不过，肯定有些什么事情是你们能做到的。"柯德维尔嚷嚷着，懊恼地在房间里来来回回走个不停，"你们就不能试着用遥控飞船撞击它们吗？维萨就不能造几个黑洞把它们吸走之类的？肯定有办法的。"

"我同意。"肖姆说着，望向凯拉赞，"我们应该试试。我知道这让人厌恶，但杰乌伦人就是这么做的。你就没想过变通一下吗？"

"不等撞击舰接近，他们就能把它拦截掉。"莫利扎尔说道，"他们能探测到黑洞形成，不等陷入早就躲开了。而且那时候，顶多也就是有希望干掉几艘。可剩下的战舰还是会把苏利恩毁掉，都不会等到最后时限了。"

"此外，那也不是办法。"最后凯拉赞说道，双手一挥，"伽星人从未期望通过战争或是暴力解决问题。我无法宽恕那样的事情。我们不能自降身份变得像杰乌伦人那样残暴。"

"可以前你们从未面对过这样的威胁啊。"卡伦·赫勒尔指出,"还有什么别的方法应对呢?"

"她是对的。"肖姆说道,"杰乌伦人的军力并不强大。现在是很好的机会,他们目前只有这么点实力。六个月之后情况就不同了。地球的逻辑很残酷,但话说回来,现实就是这样:现在失去一些人能够换回时间,在以后挽救更多的人。这是地球人历史得出的教训,而我们也不得不如此。"

"这不是办法。"凯拉赞再次说道,"你们已经看到地球的历史了。那种逻辑总是会让事态无限制升级。那太疯狂了。我不会允许往那条路走。"

"布罗格胡里奥才疯了呢。"肖姆坚持着,"没别的办法了。"

"肯定有。我们需要时间好好想想。"

"我们没时间了。"

接下来是一阵沉重的寂静。房间一边,亨特捕捉到了琳的目光,无望地耸了耸肩。她挑起眉毛叹了口气。没什么可说的。形势看上去不妙啊。不远处,丹切克焦虑不安。他摘掉眼镜,举在面前晃来晃去,眯着眼睛从镜片往外看,然后重新戴上,开始用拇指和食指捏鼻梁。他脑子里有东西。亨特好奇地看着他,等着。

"假设一下……"丹切克开口了,又想了一会儿,然后把头转向凯拉赞和莫利扎尔,"假设我们能诱使杰乌伦人延缓他们的进攻意图,让他们的军力转向防御……换句话说,撤回杰乌伦星,"他说道,"这就能给我们争取一些时间。"

凯拉赞看着他,一脸迷惑,"他们为什么这么做?要防御什么?我们没有任何能攻击他们的东西来施加威胁,你们也没有。"

"同意。"丹切克说道,"但也许有个办法能让他们以为我们有。"伽星人盯着他,愈发不解。他解释说:"琳和维克最近正在谈论一个想法,在维萨内部假造对杰乌伦全力袭击的信息,并传给杰乌克斯,当然前提是左拉克为维萨打开了通道。通过适当操控杰乌克斯内部的记录,维萨也许能给杰乌克斯灌输一些很坚定的想法,让它以为我们拥有这样的武力,而且与它多年来观察到的信息是一致的。你明白我的意思吗?这样一条诡计可能会在杰乌伦的大本营制造出足够的混乱让他们撤军,而且会产生相当大的不确定性,他们也许就不会冒险向苏利恩开火了,直到辨清真实情况。到那时该怎么办我是想不出的,不过这至少让我们在目前的困境中有了喘息之机。"

肖姆听着,露出奇怪的表情。"那几乎跟他们对我们做的事情一模一样啊。"她咕哝着,"我们就是以其人之道还治其人之身。"

"是的,这也是碰到什么人就用什么招数嘛。"丹切克同意道。

丹切克回应着莫利扎尔的问题,讲述了更多的细节。等他讲完,伽星人狐疑地面面相觑,但争论之下,没有人能找出什么致命的漏洞。"你说呢?维萨?"凯拉赞待他们讨论之后问道。

"计划可行,不过最好的情况还是只有百分之五的胜算。"维萨答道,"依然是同样的问题:我能接入杰乌克斯的唯一途径就是左拉克能关闭它的干扰系统,到目前为止,左拉克似乎还没那么走运。我仍然收不到它的消息。"

"你还有什么别的建议吗?"

过了几秒钟。"没有。"维萨承认道,"我可以在地球人的帮助下开始着手制造那些信息,并使其处于待命状态,一旦左拉克侥幸能让我进去,我就立即发送信号束,不过仍然是百分之五的机会。换句话说,别指望它。"

讨论进行的过程中,亨特的眼睛里透出了恍惚的神情。房间里的脑袋一个接一个好奇地朝他转过来,"还是吸引杰乌克斯注意力的那个问题,"他说道,"难道不是吗?如果我们能冻结它的自检测功能几秒钟,左拉克就能关闭干扰线路,开启超链接,维萨就能永久维持住链接,做完剩下的事情。"

"确实，但关键是什么呢？"维萨说道，"我们已经把这事儿想透了，但我们什么都做不了，因为唯一接入的方法就是先得通过左拉克。"

"我想我们也许能。"亨特出神地说着。房间里静了下来。他的眼睛突然一亮，看着众人。他们都等着呢。"我们不能通过左拉克来转移视线，因为左拉克是在那个系统之外试图要接入进去。"他说道，"但我们已经有了另外一条直接接入的通道……直接接入杰乌克斯的核心。"

柯德维尔摇了摇头，一脸茫然，"你在说什么呢？什么通道？在哪里？"

"康涅狄格啊！"亨特对他们说道。他盯着琳看了一会儿，然后又看着其他人，"我打赌斯威兰森的房子里有接入杰乌克斯的全套通信设施——没准儿还有它自己的神经连接装置。要不还能是什么？我们能通过它进行突破。"

众人花了一点时间才完全明白他的话。莫利扎尔似乎有点懵。"通过它干什么？"他问道，"怎么用它？"

亨特耸耸肩，"我还没细想呢，不过肯定有些用。也许我们能用它告诉杰乌克斯，维萨编造的所有东西都是事实——地球全副武装，已经很多年了；现在彻底毁灭杰乌伦星的攻击编队已经在路上了……所有支持这些话的证据，反正就这类东西呗。这应该能让它震荡个一两秒的。"

"这是我听过的最疯狂的事情了。"柯德维尔无助地摇了摇头，"它为什么会相信你？它甚至都不知道你是谁。不管怎样，你愿意坐在那东西里让杰乌克斯进入你的脑袋吗？"

"不，我才不愿意呢。"亨特说道，"但是杰乌克斯认识斯威兰森，会相信他说的话。那才会真的吓它一跳。"

"为什么斯威兰森要干那种事儿啊？"赫勒尔问道，"是什么让你觉得他愿意配合？"

亨特耸了耸肩，"我们用枪顶着这王八蛋的脑袋让他干。"他简单说道。

一阵沉默再次降临。这建议太不靠谱了，没人拿它当回事儿。伽星人惊诧地相互对视着，除了芙瑞努·肖姆，她那表情好像是说，干脆就这么办了。最终，柯德维尔狐疑地问道："你怎么进去？琳说那里武装到牙齿了。"

"那就动武呗。"亨特说道，"杰罗尔·派克阿德和诺曼·佩希肯定认识一些能搞定的人。"

他们越是考虑这个想法，就越是有信心了。"可是，你怎么知道能迫使他做那样的事情呢？而且还不让杰乌克斯知道你在那儿搞鬼？"赫勒尔问道，"我是说，维萨能看到麦克拉斯基的感知机里的人，哪怕他们没有坐上躺椅。你怎么知道斯威兰森的那个地方就不是这样？"

亨特承认道："我不知道。"他恳切地摊开双手，"有风险。但这风险可比你们让凯拉赞去实施的那个方案的风险小他妈的太多了。此外，伽星人也已经冒了太多的风险了。"

亨特说到这儿的时候，柯德维尔干脆利索地点了点头，"我同意。咱们就这么办吧。"

凯拉赞叫道："维萨？"突然变化的情形还是让他有点晕。

"我从未听说过这样的事情。"维萨陈述着，"但如果这能给百分之五的胜算加一点儿筹码，那就值得试试。我多久开始制作那些影片？"

柯德维尔说道："马上开始。"他走到大伙儿中间，那一刻，旧日里熟悉的那种指挥作战的感觉又出现了，"卡伦和我留在这里进行协助。你最好也留下，克里斯，再解释一下整个想法。维克需要去华盛顿告诉派克阿德，说清楚我们想怎么做，琳最好跟他一起去，因为她了解那房子的布局。"

"听起来好像我们应该考虑让你作为行动指挥。"凯拉赞说道。

"谢谢。"柯德维尔点点头,环顾了一下房间里的众人。"好吧,"他说道,"咱们从头再捋一捋整件事,越细越好,尽量做到两头同步进行。"

亨特和琳在当天下午晚些时候到了华盛顿。柯德维尔已经从阿拉斯加联系到了派克阿德,于是正如他们所想,亨特和琳到达的时候,已经看到派克阿德、佩希以及中情局的克利福德·本森在等着他们了。他们没想到的是,一支苏联军官的代表团也在那里,领头的是米科连·索波洛斯基。更令人意想不到的是,他们获知有一个扮作地球科学家的杰乌伦特工也在这栋建筑里,关在另一个地方,就是那位卫瑞科夫。

大部分俄国人听了亨特和琳的话都无比震惊,一时间全然想不出什么对策来。不过,索波洛斯基很快就消化了他们的故事,并且根据卫瑞科夫告诉他的事情对此进行了印证——斯威兰森那栋房子的办公区确实有连接杰乌克斯的完备的通信系统,包括一套神经连接器。实际上,卫瑞科夫自己就不止一次用它拜访过杰乌伦。这让索波洛斯基想到了一个办法来大大简化亨特和琳描述的计划。"正如你们所说,强迫斯威兰森这么做太冒风险了,杰乌克斯可能会察觉发生了什么。"他说道,"不过也许根本就没必要那么做。如果我们能获取那台设备的使用权,卫瑞科夫就可以自愿去按要求做事了。杰乌克斯已经认识卫瑞科夫了。这其中看不出什么异常的。"

十分钟后,他们都离开这个房间,下了一层楼,进入了那间由两名全副武装的卫兵把守的房间。卫瑞科夫就在里面,另有两名索波洛斯基的军官看着他。按照索波洛斯基的要求,卫瑞科夫在壁挂显示器上绘制了斯威兰森房子的草图,标明了通信室的位置以及进入这一区域的门的位置,同时还对这栋房子的防御措施进行了描述。"你看呢?"卫瑞科夫讲完后,佩希看着琳问道。

她点点头,"百分之百精确。就是这样,就是这么布局的。"

"看来他讲的是真话。"派克阿德说道,听上去很满意,"而且他对索波洛斯基讲的每一件事都跟维克多·亨特告诉我们的一致。我想我们信得过他。"

卫瑞科夫的眼睛瞪了起来。他伸手在画的草图上挥了挥,然后又指着琳,"她已经知道了?怎么可能?她怎么能知道连接器?"

"要解释的话就太费时间了。"索波洛斯基说道,"跟我们说说杰乌克斯在那栋房子周围都有什么样的视觉传感器。在所有的房间里、通信室的里里外外以及其他地方都有吗?"

"只在通信室里面有。"卫瑞科夫答道。他大惑不解地左顾右盼。

"那么在那间屋子外面的任何地方不管发生什么事情,杰乌克斯都是不会知道的。"索波洛斯基说道。

卫瑞科夫摇了摇头,"不会知道。"

"那周围的常规入侵警报系统呢?"佩希问道,"那地方安装有这类东西吗?有没有可能翻墙或是越过护栏进去而不被探测到?"

卫瑞科夫答道:"那里连接了大范围的网络,"他的表情开始警惕,意识到这些问题所为何来,"肯定会被探测到的。"

"那地方有没有被杰乌伦人的监控系统从轨道上进行监视?"亨特问道,"能不能对它实施攻击而不被上报?"

"就我所知,会有周期性的检查,但不是持续的。"

"检查频率呢?"

"我不知道。"

"斯威兰森的家佣呢?"琳问道,"他们也是杰乌伦人吗?或者只是他雇佣的当地人?他们知道多少?"

"全都是精挑细选的杰乌伦人卫兵。"

"有多少？"索波洛斯基问道，"他们有武装吗？都是什么装备？"

"有十个人。至少有六个一直在房子里。他们随时随地全副武装。都是普通的地球武器。"

派克阿德瞅了瞅其他人。他们一个个缓缓点头回应着他。"看起来，我们碰碰运气还是能进去的。"他说道，"该找找专业人员了，听听他们的想法。"

卫瑞科夫似乎突然明白了。"怎么回事儿？你们要实施攻击？"他问道，"你们要去那里？"

"我们要去那里。"索波洛斯基对他说道。

卫瑞科夫开始反对，但当他看到索波洛斯基目光中的威吓，便住了口。他舔了舔嘴唇，点点头，"你们想要我做什么？"他问道。

一个小时后，一架垂直起降机载着这整组人员越过波托马克河，抵达了迈尔堡军事基地。他们会见了席瑞尔上校，他统领着一支反恐特种兵小队，已经下达指示随时待命。接下来是持续不断的计划和简报会议，直到第二天一早，黎明的东方显现出第一道曙光，一架空军运输机从迈尔堡起飞了，顺着海岸线直奔新英格兰。不到三十分钟后，它悄无声息地降落在一处偏远的军用供给仓库，这里位于距康涅狄格州斯坦福市二十多英里外的山地丛林当中。

32

杰乌伦人仍在窃听地球的通信网络。地球知道他们在窃听，而杰乌伦人也知道地球知道他们在窃听。因此，柯德维尔推断，杰乌伦人很想得到地球各政府之间的高层通信联系，特别是关于即将来临的进攻杰乌伦星方面的任何消息，还都要用那种通常认为是无法破解的方式进行加密；如若不然，看着就不怎么可信了。但是如果密码真的没法破解，那甭管给杰乌克斯编造多真实的加密信息也没什么用，因为杰乌克斯根本就搞不清楚它说的是什么。

按照柯德维尔的要求，麦克拉斯基的科学家将地球目前使用的高等级安保加密算法的细节通过感知机发送了出去。维萨研究了一下，认定杰乌克斯破解这个毫无问题。科学家们将信将疑。作为测试，维萨请他们编写一条加密信息发送过去，他们照做了。维萨不到一分钟就把明码电文翻译好发了回来。大为震惊的科学家们总算明白了，他们对于算法还有很多东西要学。不过眼下倒是很令人满意：杰乌克斯会被诱导并相信它窃听到的地球上安保等级最高的通信内容。

从这时起,维萨就忙着编纂地球过去几十年的伪历史,比如超级大国并没有裁军,而是继续将他们的战略军力扩大到了疯狂的程度,地球的领导人秘密开会商议,最终达成一致,组成一个临时的联盟,利用苏利恩人的传送系统把联合军投放到可以攻击杰乌伦星的距离之内。最终的成品在苏里奥斯的中央政府进行预览,画面中有一场会议,会议上一些参与了联合行动计划的高级官员向他们的手下传达初步的简报。有一位基尔威将军,维萨已经将他任命为美国最高指挥官,他开始讲话了:

"我们要跟一支敌军作战,他们拥有大大领先于我们的技术、未知的力量以及实施报复的能力。但两方面的因素对我们有利,使双方势力得以均衡——时间和备战状态。我们现在处于随时可以行动的状态,而来自苏利恩人的情报让我们相信,敌人并非如此。因此,我们策略的基础便是将这些因素发挥到极致。我们将预先制订详细的计划,并大力依靠本地指挥官的主动性快速行动,对敌人实施出乎意料的、不遗余力的闪电式攻击,对其造成彻底破坏,绝不妥协。这不是考量道德心的时候。我们可能只有一次机会。"

一位俄国将军身子向前一靠,接着说道:"这次突袭的开始阶段被命名为'女妖'。十五架远距离辐射投射器将对杰乌伦星上的指定目标实施区域清除,在驱逐舰和近距离支援作战单元的掩护之下,从一百万英里外开火。另有五架投射器作为后备力量守在一千万英里之外。轰炸将会吸引并攻击防御力量,与此同时,先头部队深入到行星周围开始实施行动。"

一位欧洲空军司令继续道:"'女妖'阶段将以全面清除杰乌伦近空所有的敌方硬件设施作为目标。紧接着,将会立即快速部署混合打击的轨道系统,用以清除主要的军事设施以及可观测到的地面集中物。第二波进攻将集中在人口中心和行政中心,通过制造恐慌、扰乱通信给防御力量造成混乱。与此同时,低空拦截单位与杀伤性卫星将与杰乌伦人的空天力量进行对抗,以运输机为中心的战术小队实施选择性的地面打击与火力反击。我们这里的目标是在先头部队行动之后的十二小时内获得地面以上的完全控制权。这一阶段的行动胜利完成之后,将会发出密码'双刃剑'。"

一位中国将军总结了最后的部分:"'双刃剑'发出之后,局势就已经确定,可以占领地面的桥头堡了。这个阶段命名为'龙王'。第一轮袭击将由遥控诱饵着陆器完成,让幸存的防御工事彻底暴露,并由安排就位的轨道轰炸部队予以摧毁。剩余的轨道部队将重新部署,为着陆提供近距离火力支持,实施地面压制的运输机部队将开始发射飞行器。等到下降通道清理出来之后,地面部队就会被投放到十二个战略要地。这些行动的细节目前正在由各自的桥头堡指挥官予以完善。高空的战略轰炸会一直持续,用以阻止对着陆区域进行的集中防御。"

"情况基本就是这样。"基尔威说道,"各个单位的任务、时间表、呼号[1]稍后发布。随时待命。"

画面播放完之后,柯德维尔问道:"你们看怎么样?"

"我被震撼到了。"赫勒尔回答,"该死的,这真是吓到我了。"

"太可怕了。"凯拉赞木然地说道,"多亏你们没跟着'沙普龙号'一起走。我们永远都想不出这样的东西。"

丹切克似乎并不十分开心。"这还是没有表现出我们必须要传达的那种紧迫感。"他说道,"这里边没有提及任何特定的日期。"

"我是有意这么做的,"柯德维尔告诉他,"如果要让人相信,就不得不让地球的飞船花费数月时间飞出太阳系。最好的方法似乎就是让这事儿不确定。还有别的办法吗?"

"我不知道,但我还是不喜欢这点。"丹切克说道。

---

1. 无线电通信中使用的各种代号。

好半天没人说话，然后莫利扎尔说道："好吧，苏利恩人在太阳系外可以提供传送通道。我们能更进一步，让地球飞船安装苏利恩提供的超网络助推火箭。这样一来，就能让他们一天之内离开太阳系。"

"整支舰队？"赫勒尔狐疑地问道，"一整支舰队能这么快配备上？"

"可行。"莫利扎尔答道，"相当简单的工作。只要有伽星人工程师倾力相助，这就行得通。"

"这听起来怎么样？"柯德维尔看着丹切克问道。

"听起来更像是我们想要的那种东西。"丹切克点头同意。

维萨又说道："假设我将最后这部分改成这样呢？"画面再次出现了，又显示出基尔威将军，正在做总结。

"基本情况就是这样。"他说道，"该计划没有重大的修订要做汇报。超网络助推火箭目前正由苏利恩人进行装配，第一支攻击部队将于今天十八点整准时从地球出发。根据目前的状况来看，所有的军力将会按计划在三天后于敌方星系外完成集结。随后，部队将再次进入超空间进行加速，重新回到普通空间后，将会在二十二小时内移动至杰乌伦星。所以我们会在四天后实施攻击。祝你们所有人好运。各个单位的任务、时间表、呼号稍后发布。随时待命。"

然后，画面消失了。

"棒极了。"丹切克低声道。

"我需要进行的下一件事，就是做一些要发送过去的地球监控数据。"维萨说道，"但首先，我需要一些地球现在军事硬件和设施的参考信息。你能通过麦克拉斯基发送过来吗？"

"给我一条线路，"柯德维尔说道，"我让他们马上就动起来。"他转过头去，表情严峻地看着另一幅画面，那是维萨用本地搜集的数据构建起来的，展现的是杰乌伦战舰包围苏利恩的布局模式。"有任何'沙普龙号'的消息吗?"他问道。

"没有。"维萨的音调毫无起伏。

此时,柯德维尔面前几英尺远的空中出现了一幅画面,是一个显示框,里面是麦克拉斯基控制员的身影。柯德维尔从杰乌伦兵临城下的画面前转回头来,注意力重新放回手头的工作上。

33

"该死！该死！该死！"尼尔斯·斯威兰森狂躁地捶打着数据网络终端机的触摸式键盘，屏幕还是毫无动静，他不由得将拳头重重砸在机器上。斯威兰森转过身，焦躁地走向L形的中庭。"维克尔斯！"他叫道，"你在哪儿？看在上帝的分儿上！我想那些修理数据电话的该死的家伙现在应该都到这儿了。"

维克尔斯是斯威兰森家佣的总管，身材魁梧，肤色黝黑，从一条走廊里走了出来，"我十分钟前才回来。他们说这就过来。"

"好，可他们为什么还没到？"斯威兰森暴躁地问道，"我有电话要打，必须马上打。服务必须立刻恢复。"

维克尔斯耸耸肩，"我已经跟他们说了。还需要我做什么？"

斯威兰森开始用手揉捏自己的拳头，来来回回踱着步子，低声咒骂着："为什么这种事情总是发生在这种时候？连简单的通信服务都不能保证，都是些什么样的蠢货？噢，这整件事都让人无法容忍。"

这时候，从窗户的方向传来飞行车接近的嗡嗡声。维克尔斯探头听了听,然后走过去隔着一面玻璃墙张望。"是出租车。"他回过头说道,"越过屋顶下来了。"他们听到出租车落在房子另一侧,在前面的车道上。片刻后,门铃响了,紧跟着一名女仆的脚步声响起,她急匆匆往前厅去了。他隐约听到一阵女性的对话声,过了一会儿,女仆把笑容满面的琳·加兰德带进来了。斯威兰森的嘴张得老大,又是意外又是惊诧。

"尼尔斯!"她叫嚷着,"我试过给你打电话来着,但你的线路好像有问题。不管怎样,我想你是不会介意我过来的。我好好想了想你说的话,也许你是对的。我想也许我们能弥补一下。"她说话的时候,一只手随意地搁在背包上。斯威兰森不在通信室里,这正是席瑞尔上校一再明确要求的。在他行动之前,斯威兰森一定要在通信室外。背包顶部里边,琳的手指摸到微型发报器的按钮,连摁了三次。

"噢,现在不行!"斯威兰森吼起来,"你应该很明白,这样打扰别人是不对的。我是个很忙的人,有事情要做。不管怎样,我想我对于咱们之前的会面讲得很清楚了,那实在不怎么令人怀念。回见!维克尔斯,好好带着加兰德小姐回她的出租车去。"

"这边走。"维克尔斯说着,迈出一步,冲着女仆那边歪了歪头,女仆还等在一旁呢。

"噢,你确实说得很清楚了。"琳说道,看着斯威兰森,根本没理会维克尔斯,"你说得很清楚。我太傻了,对吧,就跟你说的一样。但现在我好好想过了,听起来并……"

"把她从这儿弄出去,"斯威兰森咕哝着,转向一旁,"我今天可没什么闲工夫听这么个蠢女人瞎唠叨。"维克尔斯抓住琳的胳膊,强行带她顺着走廊往前厅走去,女仆跑在前头拉开了门。出租车还在那儿。就在他们走到门口的时候,新英格兰南部数据电话公司的维修卡车在车道上转了个弯儿,停在了房子前面,但距离出租车太近了，车子侧面挂着的梯子垂下来正好挡住了它的起飞路径。

出租车司机摇下窗户，探身朝维修车前端的方向吼起来："嗨！蠢货！谁教你这么开车的？你他妈让我怎么从这儿出去？"两名维修工从卡车的乘客门跳出来，另一个人从后面钻了出来。卡车引擎随着一连串吃力的电子打火声又轰鸣起来，然后一阵颤抖，熄了火。

"我车出问题了。"卡车敞开的司机窗口里有声音喊出来，"我刚才离开办公室的时候就这样。"

"好吧，好好捣鼓捣鼓你那该死的东西，好吗？我还要挣钱吃饭呢。"

维克尔斯放开了琳的胳膊，嗓子眼儿里低声咒骂着。看着车道上乱成一团，他和那个女仆都没注意到琳悄悄转回身去了大厅。

"看在老天的分儿上，到底怎么了？难道你连怎么倒车都不知道吗？"

"我能怎么办？看不到我车后面有多热闹吗？你是需要眼镜，还是需要老天爷帮忙才能看见？"

另一个技术人员正从卡车后面出来。他们的人数远远超过了简单的家庭维修工作所需，但维克尔斯和女仆都被吵架的场面吸引了，一时间根本没意识到发生了什么。他们也没注意到车道两侧的树梢顶上传来越来越响的飞机引擎声。

等琳再次出现在屋子里L形的区域时，斯威兰森正站在对面的一扇窗户前往外瞅，他向上看去，四面八方传来的轰鸣声突然笼罩了整栋房子。就在这时，两辆陆军突击登陆车从天而降，落在了泳池旁的台地上，穿着卡其色军装的身影从车门里拥了出来，房子的上层传来爆炸声和玻璃碎裂的声音，眼角瞥处，前厅拥入了更多的人，维克尔斯和女仆被掀翻在地，紧接着，一声震响夹杂着一团烟雾遮蔽了走廊里的一切。

眩晕弹和催泪弹砸碎落地玻璃窗的时候，琳从背包里取出防毒面具扣在了脸上，将固定带勒在脑后。到处是爆炸声和烟雾，不时响起喊叫声、玻璃破碎声、门被砸开的声音，以及零星的几声枪响。一个家佣出现在通往主楼梯的廊道里，冲着身后的上方疯狂地打着手势。"他们在屋顶！士兵从屋顶冲进来了！他们……"剩下的话淹没在爆炸声里，从身后涌出来的烟雾将他团团裹住。

斯威兰森已经从窗前缩了回来，琳能看到他在房屋中间使劲揉着眼睛，努力想辨清方位。不管发生了什么，现在都不能允许他去通信室。她小心翼翼地顺着墙边挡在他和通向办公区的走廊中间。斯威兰森透过烟雾看到了动静，走近了一些。"你！"他认出了琳，面孔由于愤怒而扭曲着，面颊上扑满了灰土，又被眼泪冲出几道湿漉漉的印痕，让这张面孔更显诡异。琳的心脏在胸腔里一阵狂跳。她退后一步，但仍然朝着走廊挪了过去。斯威兰森的身影在烟雾中浮现，直冲她而来。这时，房子里传来军事号令的声音，似乎离客房那个方向不远。斯威兰森回头瞅了一眼，有些犹豫。朦胧的身影在厨房外面的走廊里扭打在一起，泳池方向有更多的动静。他转过身，猛地朝办公区跑去。琳想都没想就抄起一把椅子，顺着地板往他腿上砸去。斯威兰森重重地跌倒在地，直挺挺地趴着，脑袋正好撞在墙上。

但是透过烟雾，琳能看到他还在动。她绝望地四下瞅了瞅，从边桌上拿起一个巨大的花瓶，拼命咽了咽口水，努力让自己的手别抖，强迫自己走近些。斯威兰森正要坐起来，一只手捂着头，手指间渗出一缕血水。他撑起一只脚，伸出胳膊扶着墙，试图让自己站起来。琳用双手高高举起花瓶。而斯威兰森的腿动弹不得，他摇晃了几下，大叫一声，又跌倒了。惊愕之中，琳仍然保持着刚才的姿势站着，一直等到第一批戴着防毒面具、穿着陆军作战服、端着突击步枪的人影从她周围的烟雾中钻出来。他们中的一个人轻轻从她手中接过花瓶。"交给我们好了。"一个低沉的声音对她说道，"你还好吗?"她无声地点了点头,前边有两个特种兵把斯威兰森架了起来。

"表现真是太好了。"一个英国口音在她身后的某个地方评论道,"你知道吗?如果你再练练,都能跟精英特种部队一起干活儿了。"她转过身,发现亨特正赞赏地看着她。席瑞尔就站在他身边。亨特走到她身旁伸手搂住了她的腰,安慰地使劲搂了搂。她把头歪在亨特的肩膀上紧紧贴着,一下子松懈下来,浑身一阵颤抖,一时半会儿什么也说不出来了。

他们周围的声音渐渐平静下来,烟雾散去,斯威兰森的家佣都被缴了械,在房间拐角接受搜查,然后全都关押在了客房里。突击部队和房子里的其他人摘掉防毒面具,一群美国和苏联军官进入了现场。跟随着他们的是一些作战夹克下面穿着平民服装的人。斯威兰森看清楚后,眼珠子难以置信地鼓了起来。"嗨,"诺曼·佩希说着,露出十分满意的样子,"记得我们吗?"

"对于你来说,战争已经结束了,我的朋友。"索波洛斯基对他说道,"实际上,一切都结束了。很遗憾布鲁诺天文台达不到你的舒适标准。可是跟你今后要去的地方相比,那里可是太奢华了。"斯威兰森的脸愤怒地扭曲着,但他似乎仍然很晕,做不出什么回应。

一名中士穿过房间,敬了个礼,向席瑞尔报告:"没有伤亡,长官。只是些皮外伤,基本都是对方的。他们无人逃走。整栋房子很安全。"

席瑞尔点点头,"立刻把他们带出去。在监视系统看到之前,把那些登陆车开走。卫瑞科夫和中情局的人呢?"就在他说话的时候,另一组人员进入了房间。听到那个名字的时候,斯威兰森的脑袋猛地转了过去,下巴耷拉了下来。卫瑞科夫就在离他几尺远的地方,站在那里对他怒目而视。

"所以,是你⋯⋯"斯威兰森吸了口气,"你⋯⋯叛徒?"他不由自主地往前一冲，胸口立刻就挨了一枪托，痛得他弯下了身子。他瘫软下去的时候，那两名士兵一把抓住，把他架了起来。

"他随时随地都带着那把进入通信室的钥匙。"卫瑞科夫说道，"应该就在他脖子那儿挂着的链子上。"席瑞尔一把扯开斯威兰森胸前的衬衫，找到了钥匙，取下来递给了卫瑞科夫。

"你要为这些暴行付出代价，上校。"斯威兰森虚弱地哼哼着，"记着我的话。我毁掉过比你更大牌的人。"

"暴行？"席瑞尔探寻地把头转向一旁，"你知道他在说什么吗？中士？"

"不知道，长官。"

"你看到什么了吗？"

"什么都没看到，长官。"

"你觉得这个人为什么要捂着自己的肚子？"

"可能是消化不良，长官。"

斯威兰森被带到那伙家佣中间的时候，席瑞尔转过去对克利福德·本森说道："我立刻就带走我的人，留下十个作为这栋房子的卫兵。我猜你已经准备好接管了。"

"你干得很棒，上校。"本森说着，转向其他人，"好了，时间宝贵。咱们动起来吧。"

卫瑞科夫领路走进通向办公区的走廊，大家从两旁让出一条路，在他身后几步远的地方跟着。走廊尽头，他来到一扇巨大的、看着很坚固的木门前。"我不确定杰乌克斯的视觉范围多大。"他冲着众人说道，"你们尽量退后一些会更好。"其他人都退后挤在了一起，亨特、索波洛斯基、琳、本森和佩希没在最前面。卫瑞科夫告诉他们："我需要一分钟打理一下自己。"他们等着，他掸掉了衣服上的几个烟尘斑点，捋了捋头发，用手帕抹了抹脸。"我看上去一切正常吗？"他问道。

"很好。"亨特回应。

卫瑞科夫点了点头,转向门前,打开门锁。然后他深吸一口气,攥住门把手,推开了门。其他人瞥到了精密的设备面板和一排排闪亮的机器,然后卫瑞科夫迈步走了进去。

34

"沙普龙号"的指挥舱几天来始终无比紧张,好似快要绷断的弦。伊希安站在中央,抬头注视着主显示屏,上边显示着一张巨大的网络,连接着许多形状和框体,上面标注着各种符号,这便是连接进入杰乌克斯的地图,都是左拉克通过探测器信号获得的反馈,利用统计学分析尽其所能拼凑出来的。但左拉克尚未接触到系统核心,要想扰乱杰乌克斯的干扰能力,就必须渗透进核心。它的企图不断被杰乌克斯持续的自检测常规程序探测到,随即就被初始纠错进程自动阻挡了。现在有个大问题要做出决定,杰乌克斯内部的故障诊断数据不断积累,监督功能迟早会发出警示,让杰乌伦人发现异常。而在此之前,他们还有多长时间能让左拉克进行尝试呢?各种意见基本上分成两派:来自苏利恩的伊希安手下的科学家想叫停整件事,而加鲁夫和他的船员似乎更愿意冒一冒险——那架势,伊希安越看越觉得是要慷慨赴死。

"三号探测器的功能指令已经是第三次受到怀疑了。"旁边工作站的一位科学家说道,"首波响应分析表明,我们的侵入意图再次遭到防御。"他望向伊希安，摇了摇头，"太危险了。我们必须暂停这个频段的探测了，恢复只有普通信道的状态。"

"活跃模式关联到一组新的执行诊断指数。"另一个科学家叫道，"我们已尝试高等级故障检测。"

"我们必须关闭三号探测器。"站在伊希安身边的另一个人说道，"太容易暴露了。"

伊希安严峻地望着主屏幕，一组确认警告的提示符在一侧不住滚动。

"你怎么看，左拉克？"他问道。

"我已经减少了询问优先权，但故障标志仍在出现。很棘手，但这是到目前为止我们最接近目标的状态。我想再试一次，冒个险，不然就撤下来，让机会溜走。看你的决定了。"

伊希安望向加鲁夫，后者正紧张地看着孟查尔和施洛欣。加鲁夫的嘴紧闭着，几乎无法察觉地点了点头。伊希安深吸了一口气，"再试一次，左拉克。"他下了指令。指挥舱一片寂静，所有的眼睛都抬起来望向大屏幕。

接下来的一两秒，一条十亿比特的信息在左拉克和太空里一个遥远的杰乌伦通信转发器之间来回穿梭。紧接着，突然间，一组新的方框出现在阵列当中。其中的字符都映衬在不断闪烁的红色背景里。一位科学家惊得喊叫起来。

"警报。"左拉克报告，"通用监督警报被激发。我认为我们刚刚触发了它。"这意味着杰乌克斯知道他们在这儿了。

伊希安垂头看着地板。没什么可说的了。加鲁夫茫然地摇着头，无声地表示着不服，就像是拒绝接受正在发生的事情。施洛欣走近了一步，伸手搭在他的肩头。"你尽力了，"她平静地说着，"你不得不尽力一试。这是唯一的机会。"

加鲁夫回目四顾，仿佛刚刚从梦中惊醒。"我在想什么啊？"他低声道,"我没有权力这么做。"

"这是必须做的。"施洛欣坚定地告诉他。

"一万英里外有两个物体正快速向这边飞来。"左拉克汇报道,"也许是防御武器来清理这片区域。"事态严重。能够隐藏"沙普龙号"的屏障可经不住近距离探测。

"还要多久我们会显示在它们的设备上?"伊希安嘶哑着声音问道。

"最多几分钟。"左拉克答道。

杰乌伦人的作战室里,伊麦尔斯·布罗格胡里奥站在那里盯着显示屏,他的任务部队在苏利恩周边地区的部署显示在上面。尽管飞船位于维萨控制的空域,维萨却并没有干扰它们跟杰乌伦星的通信。无疑,苏利恩人猜到了,部队早就有了命令,如果有任何形式的干涉,就自行发起进攻行动。至少他们没冒这个风险,而他很准确地预估到伽星人这么一个胆怯的、过分谨慎的种族一定不敢轻举妄动。这再一次证实他的直觉是绝对可靠的。苏利恩人最终还是暴露了他们到底是什么样的人:面对由他铸就的这样勇气十足、力量强大、意志坚定的敌手时,他们一无是处。一种深深的满足感和成就感油然而生,同时他也意识到结局已经一目了然了。

如果到了某个时间还没收到反馈,按计划他们将会对苏利恩星表面某些无人区有选择地进行毁灭性打击,以此作为最后通牒严重后果的示范。现在,时间到了,布罗格胡里奥的副官紧张而又充满期待地等候着命令。他简短地命令道:"汇报目前舰队状态。"

"没有变化。"杰乌克斯答道,"轰炸中队准备就绪,正在候命。次级能量束解锁,按区域饱和度装填武器。按选定区域对目标进行坐标编程。"

布罗格胡里奥瞅着环绕在身边的诸位将军,让这种气氛多维持了一些时间,然后张嘴要发布命令。就在这时,杰乌克斯又开口了:"我不得不打断一下,大人。地球来的线路刚刚开启,最高优先级。您需要立即做出回应。"

布罗格胡里奥得意的笑容消失了,"我跟斯威兰森没什么好说的。他自有他的指令。想干什么?"

"不是斯威兰森,大人。是卫瑞科夫。"

布罗格胡里奥神色一变,横眉怒目,"卫瑞科夫?这个时候他在那边有什么事情?他应该掌控俄国的形势才对啊。他以这样的方式无视协议到底是什么意思?"

杰乌克斯似乎犹豫了一下,"他……说,他有给您本人的最后通牒,大人。"

布罗格胡里奥看上去就像是脸上突然被人砸了一拳。他一动不动地站在那儿呆了片刻,胡须下面的皮肉泛起一层不祥的深紫色,这片紫色从他的衣领上泛起,一直爬上了头皮。他周围的诸位将军交换着震惊的、难以理解的神色。布罗格胡里奥舔了舔嘴唇,松开拳头垂在身侧。"把他接过来。"他号叫着,"还有,杰乌克斯,如果我没有发话,不要中断他的链接。"

"很遗憾那是不可能的,大人。"杰乌克斯答道,"卫瑞科夫没有进行神经接入。他只是进行通话和影像链接。"一面墙上的屏幕亮了起来,看得出卫瑞科夫是站在斯威兰森的通信室中央,显然是认真考虑过要不要把自己托付给那张躺椅,它就在身后。进入这个房间后,他已经截然不同了。卫瑞科夫的双臂坚定地抱在胸前,从屏幕里往外看着,看上去很镇定,信心十足的样子。

"看看吧,教科书式的军阀。"卫瑞科夫的嘴一撇,露出轻蔑的笑容,"你真不该把我们派到地球来,布罗格胡里奥。能够亲自面见真正的武士真是一种荣耀,也是一种教训。相信我的话——你把你手下一群玩儿票的傻瓜派到这儿来对付地球人,可是跟他们一比,你简直就是彻头彻尾的大傻瓜。如果你动手,他们就将消灭你。这就是我的信息。"

布罗格胡里奥的眼睛瞪圆了,脖子上的血管突突直跳。"你这个叛徒!"他吼了一声,"现在我们看到了,这个寄生虫终于暴露了。你说的那个最后通牒又是怎么回事?"

"叛徒?不。"卫瑞科夫镇定自若,"纯粹是计算胜率的问题,这毕竟是你自己的格言。你设计让我们以为很快就能控制地球,我们为此感谢你,但对你来说很不幸,这把我们推到了胜利的一方。你觉得我们是宁愿……给你那个帝国做前哨站的看守呢,还是愿意当自己的主人?答案应该不难吧。"

"你说'我们'是什么意思?"布罗格胡里奥质问道,"这事儿后面你们有多少人?"

"当然是我们所有人。我们操控地球上所有主要国家的政府,因此也控制了它的战略武装力量。我们很喜欢跟苏利恩人合作,已经很长时间了哦。要不然,在你毫不知情的情况下,你觉得他们怎么能跟地球人联系?他们知道你才是银河系真正的威胁,而不是地球人,我们劝说苏利恩人让我们全权来应对此事。所以,我们是统领着一颗武装到牙齿的星球,有苏利恩人的科技作为支撑。全都结束了,布罗格胡里奥。你现在所能做的也就是保住你自己这条小命。"

就在卫瑞科夫讲话的这个房间门外不远处,亨特满脸惊异之色,他转向琳,贴到她耳边低声道:"我没想到他还有这天赋。这家伙能得奥斯卡。"他们身边,索波洛斯基看上去也是一副难以置信的样子,垂下了手中一直指着卫瑞科夫的手枪。

布罗格胡里奥看上去大惑不解,"战略武装力量?什么战略武装力量?地球没有任何战略武装。"

这时,杰乌克斯再次插话:"我们在第五区发现一个警报状态。有某种无法识别的东西正在试图渗透网络。两架驱逐舰已经从基站出发前去侦查。"

"现在别用那些事儿烦我!"布罗格胡里奥不耐烦地挥动着手臂,怒吼道,"授权给区域控制中心,回头再汇报。"他又看向卫瑞科夫,"地球很多年前就已经去军事化了。"

"你很相信这些吗?"卫瑞科夫不加掩饰地睥睨着他,"你这可怜的蠢货。你不是真的幻想着我们让地球解除武装了吧?我们可是知道这一天迟早会来的啊。那故事纯粹就是为了打发你的。讽刺的是,你几乎把它当成了真理。这可是让苏利恩人笑掉了大牙啊。"

布罗格胡里奥还是想不明白。"地球已经裁军了。"他坚持道,"我们的监控……杰乌克斯向我们展示了……"

"杰乌克斯!"卫瑞科夫嘲笑着,"这些年来,维萨已经给杰乌克斯灌输了太多神话故事了。"他的表情变得强硬起来,颇具威胁,"听我说,布罗格胡里奥,我可没心情一遍又一遍重复自己的话。你们在苏利恩的所作所为太过火了。伽星人现在已经看到你是什么货色,他们可没有要阻止我们的想法,没什么可顾忌的了。所以,这是我们给你的最后通牒:要么你现在从苏利恩撤军,同意将你全部的军事指挥权无条件地置于我们的管辖之下;要么苏利恩人将会把一支地球联合军传送到杰乌伦星,将你们炸成星尘——你,你的整颗行星,还有你们称之为智能系统的那堆可笑的废物。"

杰乌克斯的运算出现了片刻的卡顿。系统内运行的上百万条任务在一团忙乱中突然停滞了,核心发出最高等级的指令重新定义了整个结构的优先分配任务,强行对新数据进行紧急分析。在这一切发生时,通过超空间进行扫描、侦测探测器的常规程序下了线。这也就是几秒钟而已,不过嘛……

在苏利恩,值守的人已经好几个小时沉寂无声。突然,维萨打破了沉默:"有事情发生了!我连上左拉克了!"柯德维尔当时就蹦了起来,房间另一端的赫勒尔和丹切克扬起头,一脸惊讶。二进制的数据洪流跨越太空涌向数光年外的"沙普龙号",维萨已经开始分析左拉克汇总起来的模型。

"情况如何?"凯拉赞紧张地问道,"飞船还好吗?他们渗透进杰乌克斯有多深?"

"他们碰到问题了。"过了一会儿,维萨说道,"再给我几秒钟。这需要高速运作。"

"沙普龙号"的指挥舱里,一个已经好几天没听到过的熟悉声音突然开始讲话,打破了绝望带来的沉默:"说真的,你们这儿有点麻烦。坐稳了,我来处置。"

伊希安的下巴难以置信地耷拉了下来。加鲁夫瘫坐在一个无人的工作站旁边的椅子里,瞠目结舌地抬头看去。他们周围那些茫然无措的伽星人也听到了,但谁也不敢相信。"维萨?"伊希安低声说着,好像是担心出现了幻听,"左拉克,是维萨吗?"

"它很忙。"左拉克的声音答道,"别问我发生了什么,但没错,就是它。有什么东西让杰乌克斯的自检测功能失效了,我关掉了干扰程序。我们跟苏利恩连上了。"

左拉克说话的时候,维萨破解了杰乌克斯诊断子系统的授权密码,删除了在那里发现的一整套数据,用自己的新数据做了替换,重置了警报指示。杰乌伦第五防区内部的控制中心里,一面屏幕的画面一变,宣布是误报,是由远方一台出故障的通信转发器引起的。太空深处,两架驱逐舰掉头返回了它们的基站,重新开始日常巡逻。维萨已经将大量信息倾泻进了杰乌克斯,这耗费了巨大的算力,让它甚至没时间给左拉克和"沙普龙号"上的人解释发生了什么。与此同时,它一路势如破竹地进入了杰乌克斯的通信子系统,获取了通向地球的通信线路控制权。

一个声音突然在斯威兰森的通信室里响了起来,卫瑞科夫听出那是维萨:"好了,我们做到了。如果维克多·亨特和其他人在那边的什么地方,你可以把他们带进来,看看接下来发生的事情。我能把他们从发往杰乌伦的数据流中间编辑掉。现在你尽快下线。"

卫瑞科夫尽量不表现出惊讶的样子。他身后,亨特和其他人已经听到了,慢慢走进门来,都惊得什么也说不出了。布罗格胡里奥显然看不到他们的存在,仍然从屏幕里呆呆地望着。卫瑞科夫集中精神,迅速做出反应。"你有一小时给出答复,布罗格胡里奥。"他说道,"还有,如果苏利恩星那边有一艘飞船做出哪怕一丁点儿看起来有敌意的行动,我们就将依照命令实施攻击,一旦命令下去了,就绝无更改。你有一个小时。"

屏幕上什么变化都没有,不过维萨出声了:"好了,你下线了。"一头雾水的卫瑞科夫听到了一阵祝贺和欢呼。佩希和本森正从门口心存疑虑地看着,刚刚进门的索波洛斯基把手枪暗暗揣回了夹克。

此时,另一块屏幕亮了起来,画面中是"沙普龙号"的指挥舱。维萨继续融入杰乌克斯的通信功能当中,正在逐步接管它本身的网络。几秒钟后,又一块屏幕显示出苏里奥斯中央政府的画面。这肯定是有史以来最异乎寻常的远程计算机连接了,亨特心里想着,眼珠转来转去,将一切尽收眼底。柯德维尔、赫勒尔、丹切克本人都在阿拉斯加,然而他通过链接看到他们了,这条链接从康涅狄格伸向若干光年之外一颗杰乌伦人的星球,又回到"沙普龙号",再从那里连到第二颗星球巨人星,最后从巨人星返回到麦克拉斯基的感知机。

"你们……显然是临危不乱啊。"伊希安在"沙普龙号"上说着,看上去仍然很震惊。

"你担心得太多了。"柯德维尔告诉他,注意着屏幕外的一个点,"我们知道怎么处理好事情。"他的目光转到了康涅狄格的屏幕,"事情进行得如何?大家都好吗?斯威兰森呢?"

"我们的计划有点变动。"亨特答道,"回头我告诉你。这里的人都很好。"

显示着杰乌伦作战室的屏幕上,布罗格胡里奥从杰乌克斯那里要来了一份目前监控地球的报告。杰乌克斯提供了地球领导人秘密会议的记录,是在商讨联合攻击杰乌伦的细节。杰乌克斯回答着已经彻底晕头转向的布罗格胡里奥的问题,还特意提醒这已经是历史了。目前进攻计划已经完成,准备工作进展得很好。杰乌克斯最新截获的信息是来自地球联合指挥部高级军官的简报,正在进行播放。布罗格胡里奥听着,只觉得越来越晕,越来越慌乱。

"解释一下,杰乌克斯。"他的声音听起来都要窒息了,"那些原始人说的军力都是什么?那些武器又是什么?"

"我最令人尊敬的大人,那显然是一目了然的。"杰乌克斯答道,"地球已经发展了相当一段时间的战略军力。那些武器指的就是地球上各个国家目前部署的那些典型的武器。"

布罗格胡里奥眉头紧锁,胡须乱颤。他怒目看着周围那些紧张的面孔,好像都被突如其来的疑虑给吓住了,仿佛只剩下他一个神志正常的人。"目前地球部署的什么典型的武器?你从来没跟我们提过。"

无形的手指在杰乌克斯的记忆库里飞速翻查着,数十万条记录飞速交换,"很遗憾,我必须对这番陈述提出质疑,大人。我曾经不断汇报过细节。"

布罗格胡里奥的脸都黑了,"你在说什么?汇报过什么细节?"

杰乌克斯对他说道:"尖端的行星际攻防能力,地球早在几十年前就在发展了。"

"杰乌克斯,你在说什么?"布罗格胡里奥暴跳如雷,"地球多年前就裁军了。你一直在这么汇报。解释一下!"

"没什么可解释的。我一直汇报的都是我刚才说的那些。"

布罗格胡里奥抬起手使劲揉了揉眼睛,然后猛一转身,伸出双手向着周围众人做出拜托的手势。"我是疯了吗?还是那台白痴机器抽风了?"他问道,"有没有人能告诉我,我看到的、听到的跟我多年来所见所闻都是一码事吗?我是在想入非非吗?是有人告诉我们说地球裁军了?还是说没这事儿?我们刚听到的那些武器都存在吗?还是根本不存在?我是这间屋子里唯一正常的人吗?还是说我是唯一不正常的?有没有人告诉我到底发生什么了?"

"杰乌克斯只汇报事实。"埃斯托杜心虚地说着,仿佛这就能解释一切。

"它汇报的怎么能是事实?!"布罗格胡里奥叫道,"它这是自我矛盾。事实就是事实,它们不可能矛盾。"

"我没有任何矛盾。"杰乌克斯反驳道,"我的记录全都表明……"

"闭嘴!我让你说话,你才能说话。"

"我很抱歉,大人。"

"卫瑞科夫所说的关于维萨的事情肯定都是真的。"埃斯托杜咕哝着,听得出来忧心忡忡,"维萨和杰乌克斯连在一起的时候,它就在操纵杰乌克斯了,在杰乌克斯断开连接之前……持续了很多年,可能是这样。现在杰乌克斯隔离开了,很可能我们这是第一次接收到真实的信息。"作战室里的惊恐声此起彼伏。

布罗格胡里奥舔了舔嘴唇,突然间看上去自己也不那么确定了。"杰乌克斯。"他命令道。

"大人?"

"那些报告——它们都是直接从监控系统接收的吗?"

"当然了,大人。"

"那些武器都存在?它们现在都在调动?"

"是的,大人。"

维洛特看上去不太确定。"我们怎么能确定呢?"他反驳道,"杰乌克斯之前和现在说的完全不同。我们怎么知道真实情况是什么?"

"所以，我们是不是什么都不做？"布罗格胡里奥问他，"你会不会只是坐在那里盼望地球人进攻的军力并不存在？怎样才能让你信服——等到十万大军掐住你的喉咙？那时你会怎么做？蠢货！"维洛特不出声了。作战室里的其他人惶惶不安，面面相觑。

布罗格胡里奥双手握在背后，开始缓缓踱步。"我们的手里仍然有一张牌。"过了一会儿，他说道，"我们解密了他们最高等级的安保通信，知道他们的计划了。可能我们拥有的武器没那么多，但我们的科技遥遥领先于地球。我们统领着一支火力上相当占优势的部队。"他抬头看了看，眼睛里开始闪出光芒，"你们听到这些原始人……他们所能指望的最主要的优势就是出其不意。而现在，他们不再拥有这个优势了。卫瑞科夫把我们叫作废物，对吧？让他把他的地球原始人派出来吧。我们将等候着他们。等他们来跟杰乌伦的武器碰一下，就会发现谁才是废物。"

布罗格胡里奥转回身面对着维洛特。"苏利恩的行动必须暂缓一段时间。"他宣布道，"立刻召回我们的军队，重新部署他们防卫杰乌伦星。这种时候可不是操心巨人星的时候。将传送通道投射到飞船现在的位置，让它们尽可能迅速回来。我想让它们明天这个时候全都到位。"

新的命令发给了苏利恩任务部队的指挥官们，他们立刻准备让飞船传送返回。但他们正位于维萨控制的空域，杰乌克斯汇报说它投射入口到那个区域的举动被干扰了；不远离巨人星，飞船就无法返回。布罗格胡里奥别无选择，只能把时限延长一天，命令他的军队依靠自身的动力撤离。一小时后，飞船全速飞行，直奔苏利恩星系边缘地带。

柯德维尔在苏里奥斯满意地宣布："第一阶段胜利完成。"他看着显示在中央政府的数据，"我们让那些混蛋滚蛋了。现在，咱们要确保让事情按照这个方向走。"

35

传送通道准备就绪,按照预定安排等候在巨人星系外,杰乌伦战舰以训练有素的军事化精准度迅速脱离阵形,一个接一个进入了通道。但有件事他们并不知道,此时此刻,控制着传送系统的是维萨,而不是杰乌克斯,这是维萨在杰乌克斯的内部功能上实施的操作,而杰乌克斯对此则是一无所知。从出口回到普通空间后,一支中队发现自己来到了天狼星,另一支中队在毕宿五,还有一支靠近老人星,其余的也都三三两两散布于大角星、南河三、北河二、北极星、参宿七等各处星系之间。因此,它们一时之间不会造成什么危害了,而且后面也便于围捕。至此,柯德维尔第二阶段的计划已完成。

亨特一只手夹着一支烟,另一只手端着一杯黑咖啡,站在斯威兰森房子外的露台上,看着一群衣着光鲜的家伙不服不忿地被赶进泳池旁的一架空军运兵车里,一段距离外,警戒的特种兵围成半圆盯着他们。最新抓的这批俘虏是特意来找斯威兰森聚会的,但却发现等待他们的是中情局。随着维萨控制了监控系统,这栋房子周围的活动不再有必要做任何隐藏了,因为不用再担心轨道上的监控。不过,克利福德·本森还是决定继续维持低调,主要是利用这样的机会保持优势,便于从斯威兰森结交的人当中扩大嫌疑人员范围。这其实也是一种预防措施,以期找出杰乌伦人在地球招募的同伙。维萨已经在杰乌克斯的记录中找到了地球上杰乌伦行动完整的组织架构图,现在本森和索波洛斯基手里有了这个信息,网络中的其余人员很快就会被清扫干净。

伽星人太空船在杰乌伦星系边缘地带进行了一次集结,那个时候,维萨本有机会关闭杰乌克斯对杰乌伦人的一切服务功能,就跟当初在苏利恩管辖的世界对杰乌伦人所做的一样。然而,杰乌伦人显然已经为战争状态做了长久的准备,所以说不清楚他们拥有什么样的独立系统和备份系统,这样的系统在没有杰乌克斯的情况下依然可能运行。因此,亨特和柯德维尔认为不能就这么简单地拔掉插头,派伽星人过去,然后祈祷事情往好的方向发展。于是,他们决定继续施压,直到杰乌伦人要么按照卫瑞科夫的提议无条件投降,要么从杰乌伦内部分崩离析。他们还希望通过观察杰乌伦人作战室内部的反应了解更多情况,看看杰乌伦人没有杰乌克斯能否继续运作下去,以及运作到哪种程度。

房屋受到破坏的地方用塑料布临时修理了一下,亨特身后的帘布掀开,琳迈步走出原本是拐角屋玻璃幕墙的地方。她走向亨特站立的位置,伸臂轻轻挽住了他的胳膊。"我猜这地方从现在开始不会再搞聚会了。"她说着,望向了泳池旁的垂直起降飞机。

"都让我碰上了。"亨特咕哝着,"我刚一听说有姑娘到了,她们就被带走了。谁会盼着过这样的生活?"

琳问道:"这就是你操心的事儿?"她的眼睛眨巴着,声音里隐隐透出调笑的味道。

"当然,还要看看老伙计斯威兰森的下场。还有别的吗?"

"噢，真的，"琳柔声嘲弄着说道，"我从格雷戈那里听说的可不是这样噢。"

"噢。"亨特一皱眉，"他……他跟你说的？"

"格雷戈和我工作很默契。你应该知道的。"她紧紧搂住了他的手臂，"听起来我感觉有人很不高兴呢。"

"原则啊。"亨特顿了顿，拘谨地说道，"想想好了，我被派去麦克拉斯基那样的苦寒之地，而某人却在这里晒太阳，与人嬉笑。这就是原则。我可是原则性很强的。"

"噢，你这白痴。"琳叹了口气。

他们走回屋里。索波洛斯基正站在他的几名军官旁边，卫瑞科夫坐在房间另一头的沙发上，跟本森还有几个中情局官员、苏联官员谈话。诺曼·佩希不见踪影；也许他还在通信室，亨特刚才离开的时候，他就在那里。亨特捕捉到了索波洛斯基的目光，便冲着卫瑞科夫那边歪了歪头。"那家伙干得不错，很卖力。"他低声说着，"希望他能减刑。"

索波洛斯基说道："我们会看看能做些什么。"他的语调不卑不亢，但亨特从中听到了保证的意味。

"什么？"像是布罗格胡里奥尖叫的声音远远地从通往通信室的走廊里传了出来，"你已经尽力确定他们的位置了？"

"喔，我想有人刚刚发现了他的舰队的去向。"亨特说着，咧嘴一笑，"来吧。咱们过去看好戏。"他们朝着走廊走去，屋里所有人都站了起来，跟在他们身后。似乎没有人想错过这么一场好戏。

"肯定是杰乌克斯出故障了。"进攻苏利恩任务的部队最高指挥官用求饶的语气说道，布罗格胡里奥朝他逼近的时候，他不由自主地往后缩，"每一件事都是仓促决定的。没时间完整测试传送系统。"

"这是事实。"面色苍白的维洛特从后面说道，"没有足够时间。没法按照这样的时间表实施星际传送操作。这是不可能的。"

布罗格胡里奥猛一转身，伸出一根手指指着屏幕，上面显示着地球人战役命令的最新细节。"可他们做得到！"他怒火中烧，"那颗行星上每一个生产自行车和尿盆的工厂都在制造武器。"他一转身，朝着整个房间恳切地说道，"而我的专家们跟我说什么？两年完成四届结构体计划！十二个月让额外的生成器上线！'但我们有着压倒性的技术优势，大人。'跟我说的可是这话！"他面色铁青，举起紧握的双拳高举过顶，"难道银河系所有的饭桶都在我这边吗？给我一打那样的地球人，我就能征服宇宙。"他转向埃斯托杜，"把他们带回这里。就算你把他们的出口放在行星系中间，也要在今天把他们都带回来。"

"这……似乎……没那么容易。"埃斯托杜郁郁地嘟囔着，"杰乌克斯报告说传送系统的控制遇到不少困难。"

"杰乌克斯，这个蠢材在唠叨什么呢？"布罗格胡里奥厉声道，"中央能量束同步系统无响应，大人。"杰乌克斯答道，"我很困惑，无法解释诊断报告。"

布罗格胡里奥的眼睛闭了一会儿，努力控制住自己，"那就在没有杰乌克斯的情况下去做。"他对埃斯托杜说道，"使用尤坦星上的备用传送设施。"

埃斯托杜咽了咽口水。"尤坦系统并非为此目的而设的。"他指出，"它只是用来给杰乌伦星进行物资补给传送。舰队分布在十五个不同的星系，尤坦不得不挨个儿校准。这得花费一周时间。"

布罗格胡里奥恼怒地转过身去，气哼哼地走来走去。他猛地停在了本地防御系统的司令将军面前，"他们已经在方方面面把进攻计划搞得天衣无缝，甚至都计划好了把你部队里最后一个饭桶清除干净后安排谁来挖茅坑。你有一条直接连接着他们通信网络的线路，能解码他们的信号。你知道他们的动向。你的防御计划在哪里呢？"

"什么？我……"这位将军无助地吭哧着，"你怎么……"

"你的防御计划,在哪里?"

"但是……我们没有武器。"

"你们没有武器储备?你当的什么将军?!"

"只有几艘机器人驱逐舰,都是由杰乌克斯控制的。能依靠它们吗?储备的东西都发往苏利恩星了。"这都是按照布罗格胡里奥的意愿安排的,但没人敢提醒他这个事实。

死一般的寂静笼罩着杰乌伦作战室。最后,维洛特坚定地说道:"停战。没有别的选项。我们必须请求停战。"

"什么?"布罗格胡里奥直瞪瞪地看着他,"都已经宣布成立保护国领地了,你竟然说我们应该向原始人卑躬屈膝?这都是什么话?"

"权宜之计。"维洛特争辩道,"直到尤坦星生产能力充足,建立起储备物资。给部队时间积攒力量,加强训练。很多个世纪以来,地球一直在备战。我们可不是,这有区别。我们跟苏利恩决裂得太早了。"

"这恐怕是我们唯一的机会了,大人。"埃斯托杜说道。

"杰乌克斯重新开通了一条线路。"维萨说道,"布罗格胡里奥希望跟凯拉赞私下通话。"凯拉赞正盼着来电呢,他独自坐在中央政府房间的一侧等待,同时,柯德维尔、丹切克、赫勒尔以及苏利恩人在房间另一端看着。

布罗格胡里奥的半身像出现在凯拉赞面前的显示框中间。布罗格胡里奥看上去又是吃惊又是心里没底的样子,"我们为什么要这样谈话?我要求前往苏利恩。"

"我并不觉得那样亲密接触很合适。"凯拉赞答道,"你希望讨论什么?"

布罗格胡里奥咽了咽口水,看得出是费了好大的劲儿才说出这番话来:"我考虑了最近的……进展。再三考虑之下,看起来也许我们是被地球人的自大搞糊涂了。我们的反应或许有点草率。我提议商讨一下重新考虑我们两个种族之间的关系。"

"这不再是我关心的事务了。"凯拉赞告诉他,"我已经同意地球人不再插手你们之间的事务。他们已经给你发话了。你接受吗?"

"他们的话令人难以容忍,"布罗格胡里奥抗议道,"我们得进行磋商。"

"跟地球人磋商吧。"

布罗格胡里奥脸上露出警觉的神色,"但他们都是野蛮人。难道你忘了?任由他们按照自己的方式行事将意味着什么?"

"我什么都没忘。难道你忘了'沙普龙号'?"

布罗格胡里奥脸色煞白,"那是一个不可原谅的错误。那些责任方将会受到惩罚。但这个……这个不一样。你们是伽星人。我们千万年来都站在你们这边。现在你们不能站到一旁弃我们于不顾。"

"你们蒙骗了我们千万年。"凯拉赞冷冷地答道,"我们不希望月球人的暴力扩散到银河系,但现在已经在银河系传开了。我们试图改变你们,但失败了。如果唯一的解决方案是地球人,那就随他们去吧。伽星人无能为力。"

"我们必须讨论这事儿,凯拉赞。你不能允许这种事情发生。"

"你接受地球人的提议吗?"

"事情没那么严重,肯定有磋商的余地。"

"那就跟地球人磋商嘛。我没什么好说的了。现在很抱歉,就这样了。"通话断开了。

凯拉赞转身面对着房间另一头的那些面孔。"我做得如何?"他问道。

"了不起。"卡伦·赫勒尔告诉他,"你应该在联合国有个位子。"

"按照地球人的风格摆出不讲情面的样子是何感觉?"肖姆好奇地问道。

凯拉赞站起来挺直了身子，深吸一口气，考虑着这个问题。"你知道吗？我发现这相当的……令人振奋。"他坦然承认。

柯德维尔转头望向地球那边的观众。"看起来没那么糟。"他说道，"他们弄不回去他们的飞船，似乎也没什么多余的飞船了。我们现在可以釜底抽薪了。你们觉得呢？"

亨特看上去有些迟疑。"布罗格胡里奥在发抖，但他还没有垮掉。"他说道，"有很大的可能性他还会变得恶毒起来，特别是如果只有毫无军事装备的苏利恩飞船出现的话。我还是想先看到他再动摇一点儿。"

"我们也是。"加鲁夫说道。他的语气表明对这事儿毫不怀疑。

柯德维尔想了想，点了点头。"我赞同。"他一挺下巴，一只眼睛冲着亨特眨了眨，"而且维萨做了一件很了不起的工作，准备了所有这些材料。浪费了就太对不起人了，对吧？"

"浪费可耻。"亨特郑重其事地表示同意。

36

杰乌伦作战室里呈现出的画面是,地球作战联合舰队列出阵形从地球出发。打头的是驱逐舰编队——娴熟、老练、充满威慑——正移动就位,加入一支逐渐铺开的舰队,整支庞大的舰队一直延伸到目力难及的远方。随着第一个编队融入阵列当中,越来越多的编队从画面两侧纷纷驰来,不断壮大着这幅全景画面。第一支舰队船身绘着苏联的红星旗,下一支则绘着美国的星条旗,接下来是欧洲合众国、加拿大、澳大利亚以及中国的旗帜。更远处,缓缓在飞船后方移动的是一排排硕大的战舰,它们质朴、硬朗的外表面布满了武器罩以及一簇一簇的外挂式导弹发射架。后面是任务部队和补给护卫舰、轰炸平台、战斗巡洋舰、截击母舰、地面压制轨道发射器、穿梭机发射器、装甲运兵机以及其他运输工具,而且全都有密集的辅助护卫舰随同左右——随着距离越来越远,逐渐化作了针尖大小的光点,映衬在星空里,似乎一动不动。但画面的表象极具欺骗性,由无数舰艇组成的这个威武的"星座"正悄无声息而又毫不留情地从地球疾速飞出——朝着伽星人的传送通道飞去。

杰乌克斯的评论声传来:"第一波舰队,从接近月球的集结区域出发。经测量,其加速度与地球人声明的抵达时间吻合。"

布罗格胡里奥面色愈发苍白。"第一波?"他倒抽一口凉气,"还有更多的?"

作为回应,画面一变,显示出某个巨大的基地的俯瞰图,一片荒凉的戈壁沙漠中,有一块树立着围栏的封闭区域。围栏一边有一排排的小圆点,随着画面放大,它们迅速扩张开来,随即化作一行行的地面穿梭机,正在进行装载。前边摆满了坦克、火炮、运兵车以及数以万计的部队,队伍整齐划一。"常规军作战师正在登船,准备摆渡到轨道上集结,为第二波进发做准备。"杰乌克斯说道。

画面又一变,显示出相似的场景,但这一次是在森林茂密的山地间。"常规低空超音速轰炸机以及高空截击机正在西伯利亚进行装载。"

随后又是一幅画面。"导弹群和反坦克激光单位在美国西部装船。在各个地方还有更多的、难以预料的计划在为第三波做准备。"

布罗格胡里奥脸上渗出了汗珠。他闭上眼睛,嘴唇无声地翕动着,努力保持着镇定。"请容许我提议,大人,那个……"维洛特开口了,但布罗格胡里奥大手一挥止住了他。

"安静。我需要时间思考。"布罗格胡里奥抬起手摸着下巴,神经质地揪着自己的胡子。他将另一只手背在背后握紧了拳头,不停地在作战室里来回踱步。然后他转回来,"杰乌克斯。"

"大人?"

"维萨肯定有一条链接通过苏利恩的设施连到地球的通信网。通过维萨给我接通一条线路。我想跟美国总统通话,还有苏联的总理,或者维萨能联系到的任何高层领导。立刻!"

苏里奥斯的中央政府里,维萨问道:"你想让我如何处置?"

"我们不能让计划停顿。"柯德维尔说道,"无条件投降是他唯一的出路。坚守这一点,让他觉得除了卫瑞科夫之外,他跟任何人的通信都断掉了。"

布罗格胡里奥又是焦急又是不耐烦,又开始踱步了。这时候,杰乌克斯说道:"维萨否决了请求。它得到指示要顺从苏利恩的政策,绝不插手地球-杰乌伦事件。"

布罗格胡里奥的双腿几乎撑不住了。"苏利恩人正在把那些战舰传送到这里来消灭我们!"他叫喊起来,"这是哪门子不插手政策?告诉维萨我坚持要接过去。"

"维萨带着敬意让我向你转达:'大人,见鬼去吧。'"

布罗格胡里奥简直是无比震惊,连愤怒的反应都做不出了。"那告诉维萨,再次让我跟凯拉赞通话。"他的声音如鲠在喉。

"维萨拒绝了。"

"那就让维萨跟我通话。"

"维萨已经切断了所有联系。我无法获得更多响应。"

布罗格胡里奥开始浑身哆嗦,又是恼怒又是恐惧。他的脑袋疯狂地转来转去,眼睛瞪得都露出了眼白。"卫瑞科夫是唯一的选择,"维洛特说道,"您不得不接受最后通牒。"

"绝不!"布罗格胡里奥喊道,"我绝不让我的军队毫发无伤地投降。我们还有两天。我们能撤回所有的军官队伍、我们的科学家、我们的工程师,在尤坦巩固防御。我们要在那里建立防御。尤坦拥有永久性的防御措施,地球人将会发现他们难以应对。如果他们跟着我们跑到那里,还会发现一些留给他们的意外惊喜。"他看着维洛特,"跟杰乌克斯一起制订计划,两天之内从杰乌伦星撤出尽可能多的人员。立刻开始。忽略其他所有任务。"

"我想我们应该试一下那个开关了。"亨特一边看着一边说,"他们要有所准备了。"

"你真的打算试那个?"施洛欣在"沙普龙号"上问道,听上去表示怀疑,"那太不合逻辑了。"

"你怎么看,克里斯?"柯德维尔回头问道。

"他们现在不得已接受了自相矛盾的事情。"丹切克说道,"这时候是个好机会,他们无法足够清醒地去思考问题并对此产生怀疑。"

"他们都要恐慌了。"索波洛斯基在亨特身边评论着,"恐慌和逻辑是不可能并存的。"

"我还是不确定我能理解你们说的这种恐慌现象。""沙普龙号"上的伊希安说道。

"看我们能不能给你们演示一下。"柯德维尔说着,给维萨发了一道指令。

"抱歉,大人。"杰乌克斯表示质疑,"但您所说的两天显然不切实际。"

"什么?"布罗格胡里奥停住了脚步,"你什么意思?不切实际?"

"我不明白您为什么要具体说明是两天。"杰乌克斯答道。

布罗格胡里奥晃了晃头,有点莫名其妙,"这很显然,难道不是吗?地球人的攻击将会在两天后开始,不是吗?"

"我不明白,大人。"

布罗格胡里奥眉头紧皱环视了一圈。他的副官们同样大惑不解地回视着他。"攻击将在两天后发起,不是吗?"他又说道。

"绝无推迟,大人。攻击仍将在今天如期进行,从现在起十二小时后。"

几秒钟的时间里,现场一片死寂。

然后,布罗格胡里奥抬起手缓缓地、从容地揉着眉毛,在脸上拍打了几下。"杰乌克斯,"他平静地说着,同时拼尽全力控制自己,"你刚刚告诉我们说第一波舰队现在正在离开地球的过程中。"

"抱歉,大人,但我没有记录表明说过那样的话。"

太过分了。布罗格胡里奥的声音提了起来,而且止不住地颤抖着。"地球人怎么能在一天之内离开?"他问道,"他们现在是离开地球了还是没离开?"

"他们两天前开始离开地球。"杰乌克斯答道,"他们已经进入杰乌伦星系空间,将会在十二小时内发起进攻。"

布罗格胡里奥的面色唰的一下都紫了,"你刚刚呈上的那些监控报告,它们到底是不是像你陈述的那样是此时此刻来自地球的直播信号?"

"正如我所述,它们都是两天前的记录。"

"你没这么说!"布罗格胡里奥尖叫起来。

"我说了。我的记录确认了。需要我重播吗?"

布罗格胡里奥转过身向着屋里众人哀求起来:"你们都听到了。那白痴机器是怎么说的?那些画面到底是不是直播的信号?"

但没人在听。一位副官在原地打转儿,语无伦次;另一位在抓自己的脸,呻吟呜咽。同时,惊恐惶惑从四面八方爆发出来。

"不可能是两天前的。"

"你怎么知道?你怎么知道那是不是正在发生的?你知道些什么?"

"杰乌克斯说的。"

"它也说了相反的话。"

"杰乌克斯可能疯了。"

"但杰乌克斯说……"

"杰乌克斯不知道它在说什么。我们不能信任任何东西。"

"地球人正在赶过来!只剩下几小时了!"

房间一侧的那位科学家,埃斯托杜悄悄地消失了。混乱之中没人注意到。

布罗格胡里奥挥动着双臂,在一片喧嚣声中高喊着:"十二小时!十二小时!而你还跟我说没有武器!他们径直过来就要大开杀戒,因为他们不知道我们会怎样反击……而我们毫无反击能力！一船的小孩子都能走进来接管我们，可地球甚至都不知道这个情况。我拿什么阻止他们？饭桶将军、饭桶科学家，还有一台饭桶计算机！"

维洛特挤到布罗格胡里奥站立的地方。"别无选择。"他说道，"你必须接受卫瑞科夫的条件。至少那样还有翻身之日。"布罗格胡里奥转过头来怒目而视，但他的眼睛里写着与维洛特相同的想法。不过，他仍然无法让自己发布这样的命令。维洛特等了一会儿，然后抬起头，在喧嚣声中高声叫道："杰乌克斯。通过你自己连接地球的线路呼叫斯威兰森。让卫瑞科夫上线。"

"这就来，将军。"杰乌克斯说道。

康涅狄格的通信室里，亨特转头望向卫瑞科夫，他正从门外朝里看着，"你最好进来。看起来好像你得再次上线了，接受投降。一切就都结束了。"卫瑞科夫走到房屋中间，其他人退开给他周围让出一个小圈子。屏幕上显示出杰乌伦人作战室，维洛特和布罗格胡里奥已经转过脸来望着这边，正满怀期待地等候着杰乌克斯接通连线。卫瑞科夫抱起双臂，摆出盛气凌人的姿态。突然，屏幕一片空白。

房间里登时一片困惑。"维萨？"过了几秒钟，亨特说道，"维萨，出什么事了？"但没有答复。连接着苏利恩和"沙普龙号"的屏幕也是一片空白。

卫瑞科夫赶紧走向房间一侧摆着一排设备的那边，迅速着手一系列检查。"死机了。"他抬头看着其他人说道，"整个系统都死掉了。我们没有通往任何地方的任何线路了，随便什么我都打不开。有什么东西把我们和杰乌克斯彻底断开了。"

苏里奥斯中央政府那边的柯德维尔也是一样困惑。"维萨，出什么事了？"他问道，"来自地球和杰乌伦的画面呢？你把它们弄丢了还是怎么的？"

几秒钟过去了,维萨答道:"比那更糟。我不仅是失去了康涅狄格和作战室,还失去了来自杰乌克斯的一切联系。我完全无法与它进行任何联系。整个系统都关闭了。"

"杰乌伦发生的事情你一点都不知道吗?"莫利扎尔惊愕地问道。

"不知道。"维萨回答,"我之所以能深入到杰乌克斯控制的世界系统中的任何地方,唯一的线路就是通过'沙普龙号'建立的那条通道。但杰乌克斯似乎是死掉了。整个系统也就垮了。"

布罗格胡里奥斜倚在自己位于战略计划理事会所处的综合体的地下深处的私人房间里。他猛地坐起来,不确定到底发生了什么。刚刚他还在作战室,跟维洛特在一起,等待着联系卫瑞科夫。他甚至还记得,他内心深处的画面又一次呈现出了来自地球的舰队,在那一刻横扫杰乌伦星。他疯狂地四下看着。

"杰乌克斯?"

没有回应。

"杰乌克斯,回答我。"

什么都没有。

他的胃里好像有什么又冷又沉重的东西在翻滚。他一挺身站了起来,摸索着找了一件长袍披在衬衣和短裤外面,急匆匆去到隔壁房间查看套房监控面板上的状态指示。灯光、空调、通信、服务……一切都跳转到了应急模式。杰乌克斯没有运行。他试着激活通信操作台,但屏幕上唯一能显示出来的就是一条信息,说所有的线路都饱和了。这就是说,这种情况很普遍,并不只是本地有问题;整个杰乌伦世界处于恐慌之中。他奔向卧室,开始发了疯似的从壁橱里翻找衣服。

他正在扣束腰上衣的纽扣,走道的门外传来门铃声。布罗格胡里奥赶紧往外走去,拇指按在指纹锁上让门消隐。门外是埃斯托杜跟两名副官。叫喊声和骚乱声从他们身后传来。

"出什么事了?"布罗格胡里奥问道,"整个系统都死机了。"

"是我把它关掉了。"埃斯托杜告诉他,"我手动关闭了控制室核心的断路器。我把杰乌克斯彻底关掉了。"

布罗格胡里奥的胡须直颤,双目圆睁。"你什么……"他开口刚要说话,可埃斯托杜一只手不耐烦地挥了挥让他安静。在布罗格胡里奥眼里,这手势简直太没大没小了。

"难道你还不明白出什么事了吗?"埃斯托杜迅速而又急迫地说着,"杰乌克斯功能失常了。有东西从它内部施加了影响,那只可能是维萨。维萨在一定程度上获得了它的控制权。这就意味着,苏利恩人正在看着我们的每一个动向。我们还有十二个小时,如果动作快,就能逃走。我们仍然有应急通信线路联系尤坦,还有备用传送系统能投射出通往杰乌伦星的入口通道。杰乌克斯失效,维萨也就瞎了,我们就能按照自己的计划行事,不用冒险受到苏利恩或是地球人的干扰。距离最近的地球飞船还得飞十二小时呢。等他们到这儿的时候,我们早就走了,他们没办法知道我们去哪儿了。等到他们想到去尤坦星寻找时,我们也就做好充分的准备了。你不明白吗?这是唯一的办法。有杰乌克斯运行着,我们就没法在制订转移计划的同时不让他们知道。"

布罗格胡里奥边听边思考着。没时间争执了,不管怎样,埃斯托杜是对的。他点点头,说道:"每一个精神还正常的人都去作战室。"他看着埃斯托杜,"找到兰特亚,告诉他,我要五组可靠的船员,召齐之后今天十八点整带到吉尔班。你……"他的目光望向埃斯托杜身后的一名副官,"联系吉尔班的操作指挥官,告诉他,在那个时间准备好五艘E级运输船,尤坦星投射通道的动力随时待命,等到杰乌伦的运输船准备就绪就实施传送。"他朝另一个副官做了个手势,"还有你,找到维洛特将军,告诉他组织四支卫兵队伍,还要组织起从这里到吉尔班的空中输送,准备十七点三十分离开。我需要有两千人。有必要的话,你可以从任何地方征用,可以使用武力。明白吗?"布罗格胡里奥扯了扯衣领,回到卧室,系好了腰带和随身武器。"我现在要去作战室!"他冲他们叫道,"你们三个最迟一个小时后到那里向我汇报。按我说的行动,明天这个时候我们都已经到尤坦星了。"

37

"沙普龙号"距离杰乌伦星更近了,等待着来自苏利恩的伽星人飞船到达,它们已经从星系边缘开始向内移动,但还得等好几个小时。指挥舱主屏幕上显示出杰乌伦星的地面,是高度较低的探测器发回的。这颗行星似乎一片混乱。没有任何飞行的东西,但很多地方的人已经开始离开城市,有的徒步,有的夹杂在无序的车流中间,原本只是用于本地辅助交通或用来消遣的高速路系统,很快就堵得水泄不通了。几个地方爆发了骚乱,不过大部分人都只是聚集在开阔地,毫无头绪,不知所措。从地面传来的通信一片混乱,表明根本没有人维持秩序或是维护重要的服务功能。简而言之,伽星人要想让一切恢复正常可得花大力气了。

加鲁夫很紧张,也很忧虑。他站在指挥舱中心看着各路报告。维萨并没有搞垮杰乌克斯,因此肇事者只能是杰乌伦人自己。他们多多少少发现了自己在毫不知情的情况下通过杰乌克斯成了被监控的对象,于是就关闭系统让维萨无从知晓他们在做什么。换句话说,他们有所计谋,但还没办法知道他们到底要做什么。加鲁夫不喜欢这样。

另一件让他内心深处尤感心烦的事情,是那种失败感。尽管有伊希安、施洛欣、孟查尔以及其他人的安慰,说他带领"沙普龙号"到杰乌伦星拯救了苏利恩,可加鲁夫强烈地意识到是自己让他们险些丧命,是因为亨特和地球上的其他人行动迅速才死里逃生。他不负责任地让他的船员、伊希安的科学家还有那些帮助自己脱离险境的人一起冒险。是的,苏利恩星受到的威胁解除了,但加鲁夫并不觉得自己应该因此受到赞扬。他应该做出更多的贡献,苏利恩如潮水般献上的祝贺之辞只会让他愈加不安。

船舱一侧一块小一些的屏幕上,亨特正扭头跟其他人说话,那些人挤在康涅狄格一个房间里,那是杰乌伦人渗透地球行动的总部。"你能不能想象得到,我们在这颗行星上给那么多人未来若干年的生活制造了多大的麻烦?"

"你什么意思?"诺曼·佩希的声音从背景里传来,他是美国政府代表。

亨特半转过身,冲着面前的屏幕挥了挥手,"有一天,人们可能会送他们的孩子去苏利恩念大学,假设那些孩子自己搞明白了这些奇技淫巧,开始给家里打电话而且是让接听人付费。"

杰乌克斯停止联络并关闭了通信设施之后,康涅狄格的这群人通过麦克拉斯基控制室的电话重新建立了通信联系,链接通过感知机的数据束连回维萨。他们则通过斯威兰森办公室的数据网络终端机串起了两条线路,就在通信室隔壁,一块屏幕连接着"沙普龙号",另一块连接着苏里奥斯的中央政府。

"我还是不相信这事儿。"中情局官员本森坐在窗边的一张椅子上说道,隔着亨特的肩膀能看到他,"就算我看到某人拿起电话,呼叫某颗遥远的星星那边的外星飞船上的应答计算机,我还是不相信这事儿。"本森转过头冲着屏幕外的什么人示意,"天呐!中情局好些年前就应该有这种东西了。我们甚至能接入克里姆林宫里边某人的房间听听你这些家伙都在说什么。"

"我想真要是用上,需要使用那种东西的日子也不会多长久的,我的朋友。"从某个地方传来答话的声音,加鲁夫猜测这是俄国人的口音。

他心中暗想,就算他们亲身在"沙普龙号"上也没什么分别,他们会用同样的方式玩笑、取乐;不管遇到什么样的危险,不管遇到什么样的未知,他们都能去尝试、失败、忘却、大笑,然后再次尝试——而且可能会成功。他们与灾难只一线之隔,可这并不会让他们烦扰。他们赢了一个回合,现在那已经过去了,他们现在唯一的想法就是要打下一个回合。有时候,加鲁夫挺羡慕地球人的。

这时,左拉克突然说话了,语气很紧急:"请注意,有个新情况。四号探测器探测到有飞船从杰乌伦星另一侧的表面快速升空——五艘飞船密集编队。"与此同时,主屏幕上显示出行星圆弧状的表面,云雾斑驳,五个亮点正从背景往上缓缓爬行。

辅助屏幕上,亨特正倚着身子看着,其他人都挤在他身后。他们不再聊天了。毗邻的屏幕上是凯拉赞和苏里奥斯的那些人,都一样紧张。

"肯定是布罗格胡里奥和他的手下。"过了一会儿,凯拉赞说道,"他们一定是要突围去尤坦星。埃斯托杜说过他们有后备的传送系统,在杰乌伦和尤坦星之间运行。这就是他们的计划!我们应该想到的。"

伊希安走到指挥舱中心的加鲁夫身旁。施洛欣、孟查尔和一些科学家纷纷从房间各处聚集而来。"必须得阻止他们。"伊希安说着,声音里透出担忧,"他们会让尤坦星做好准备进行防御,作为后备基地。如果他们到了那里并重新集结,就能下定决心大干一场了。他们迟早会搞清楚咱其实并没有什么真正能挑战他们的东西,这只是时间问题。尤坦星在他们手里,我们才是真的麻烦了。"

"尤坦星是什么？"亨特从屏幕里问道。

伊希安从加鲁夫跟前转身走开，仿佛出了神，努力回想着说道："一个没有空气、没有水的岩石星球，位于杰乌伦世界的边缘，但富含金属。杰乌伦人很久以前就将其作为原料产地，用来建造他们的工业设施。显然，他们的武器就是来自那里。但如果我们怀疑的没错，他们已经把整颗星球都变成了军工要塞。我们得阻止布罗格胡里奥去那儿。"

伊希安跟亨特说话的时候，加鲁夫快速回想了一下他所能想到的关于苏利恩超传送系统的东西。维萨或是杰乌克斯之所以能够干扰投射到各自空域的超能量束，凭借的是它们所拥有的密集的传感器网络，这能让它们监测传送超环面刚刚开始形成时的场的参数，然后扰乱从超空间传送来的能量流。没有传感器，就无法进行干扰。但杰乌伦区域所有的传感器都是杰乌克斯控制的，维萨无法使用，只能通过杰乌克斯来运行，而杰乌克斯已经下线了，因此来自尤坦的能量束无法被维萨干扰。所以，这就是杰乌伦人切断系统的原因了。

"我们什么都做不了。"凯拉赞从另一块屏幕里说着，"我们在那边什么都没有。我们的飞船距那边至少有八小时的路程。"

指挥舱里陷入一片痛苦的寂静。凯拉赞无助地看着左右两边的人，在他另一边，亨特和地球上的人一动不动。主屏幕上，五艘杰乌伦飞船已经飞到了星球圆盘的边缘。

突然间，一切情况都了然于胸了，冷静而又自信的感觉缓缓注入加鲁夫的血脉中，连他自己好半天都没意识到。他要做什么是毫无疑问的了。他又成了往日的自己，对自己信心十足，统领着他的飞船，"我们正好就在这里。"

伊希安盯着他瞅了半天，然后转过头不太确定地望着主屏幕上的五个亮点，现在它们正迅速消失在繁星点点的太空里。"我们能抓住他们吗?"他狐疑地问道。

加鲁夫露出强硬的笑容。"那些只不过是杰乌伦的行星际运输机。"他说道,"你忘了吗?'沙普龙号'可是星际飞船。"不等凯拉赞做出反应,他抬起头大声叫道:"左拉克,调遣四号探测器立即追踪,重启部署各个探测器,把飞船升到高轨道,让所有舰载探测器进行最大范围探测,主驱动准备全速航行。我们要追上它们。"

"然后你怎么做?"凯拉赞问道。

"回头再操那个心吧。"加鲁夫答道,"首先别把它们丢了。"

"呔!发现目标!"左拉克高叫一声,居然模仿着一口完美的英国口音。

一块屏幕上,亨特挺身坐直了,惊讶地眨了眨眼,"那可恶的家伙是从哪儿学来的这一套?"他问道。

"第二次世界大战英国战斗机飞行员的纪录片。"左拉克说道,"这都多亏了你呀,维克。我知道你会欣赏的。"

38

布罗格胡里奥站在杰乌伦旗舰的舰桥上横眉怒目,技术人员和科学人员都聚集在他面前的数据显示屏阵列周围,浏览着远距离扫描计算机传来的报告细节。窃窃私语的声音越来越大,时不时因为难以置信而传出嘶嘶的吸气声。"怎么?"他的耐心终于耗尽了,不由得问道。

埃斯托杜从人群中转过身来。他双眼圆睁,满是惊恐之色。"这不可能。"他低声说着,冲着身后做了个含糊的手势,"但这是真的……毫无疑问。"

"什么事?"布罗格胡里奥恼怒地问道。

埃斯托杜咽了咽口水,"那个……'沙普龙号',它正驶离杰乌伦星,往这边来了。"

布罗格胡里奥盯着他,就好像觉得他疯了,然后哼了一声,拉开两个技术人员自己凑上前去看。他的嘴登时就闭紧了,胡须哆嗦起来,脑子不住地拒绝着眼睛看到的一切。然后,另一块屏幕亮起来,显示出远距光学成像仪传来的放大画面,事实无可争议。布罗格胡里奥转身盯着维洛特,这位将军正站在身后几英尺的地方,呆若木鸡地看着画面。"你怎么解释?!"布罗格胡里奥喝道。

维洛特摇头表示抗议,"不可能的。它被摧毁了。我知道它被摧毁了。"

"那现在直冲着我们来的是个什么?"

布罗格胡里奥转向科学家们:"它到杰乌伦星多长时间了?在这里干什么?为什么你们当中没人知道它的存在?"

船长的声音从舰桥上方他们头顶的区域传来:"我从没见过这样的加速度!它的矢量方向正对着我们。我们永远都甩不掉它的。"

"可他们什么都做不了。"维洛特都快窒息了,"没有武力。"

"傻瓜!"布罗格胡里奥喝道,"如果它没被摧毁,那肯定被传送到苏利恩去了。地球人可能也被传送到苏利恩了。所以船上肯定有地球人,还带着地球武器。它们能把我们炸成碎片,在你们搞了那么一番破坏活动之后,'沙普龙号'的船员才不会阻止他们呐,连手指头都不会抬一下。"维洛特舔了舔嘴唇,什么都没说。

"'沙普龙号'周围的应力场迅速生成。"远距监控操作员从头顶的一个工作站喊道,"我们正在丢失雷达和光学信号。超扫描显示它正在维持轨道并加速。"

埃斯托杜焦躁地想了想,突然说道:"我们可能有个机会,大人。"布罗格胡里奥猛地转过头,询问似的伸了伸下巴。埃斯托杜继续道:"那个时代的伽星人飞船没有应力场传送校正功能,超扫描设备那时还不存在。换句话说,他们在主驱动运行条件下无法跟踪我们。他们将不得不盲飞来拦截我们的预定路线,不时要减速进行校正。我们也许能够在他们的盲飞阶段改变路线甩掉他们。"

就在此时,另一个操作员叫了起来:"船尾和右舷出现重力异常!距离九百八十英里,强度七,还在增强。读数表明是一个五级出口通道。超扫描显示与'沙普龙号'周边区域的入口通道一致。"舰桥上的紧张气氛瞬间爆发了。这意味着维萨正在投射两个能量束制造出一对关联的传送通道——能够通过超空间从"沙普龙号"连接到杰乌伦飞船的"隧道"。五级通道容纳的物体相对较小。操作员的声音又来了,高声警示:"一个物体出现在这一端。往这边来了,非常快!"

"炸弹!"有人尖叫起来,"他们送出了一枚炸弹!"

舰桥上一片惊恐。布罗格胡里奥大瞪双眼,冷汗涔涔。维洛特瘫软在一张椅子上。

操作员的声音又来了:"物体已识别。是'沙普龙号'的一个机器人探测器……正在适配我们的路线和速度。出口消失了。"

远距监控操作员又说道:"'沙普龙号'正在接近,仍在加速。距离二十二万英里。"

"避开它!"布罗格胡里奥冲着头顶那层吼起来,"船长,把那玩意儿摆脱掉!"

船长发出一系列航线校正指令,计算机确认执行。

"探测器正在适配,"报告传来,"规避无效。'沙普龙号'校正到新矢量,仍在接近。"

布罗格胡里奥一脸暴怒,转向埃斯托杜,"你说他们是盲飞!他们甚至都没减速。"埃斯托杜双手一摊,无助地晃了晃脑袋。布罗格胡里奥看着其余的科学家,"好了,他们是怎么做到的?你们中就没人能搞清楚吗?"他等了一会儿,然后愤怒地伸手指着显示"沙普龙号"跟踪数据的屏幕,"那艘船上有些天才想到了一些办法,而我身边到处都是饭桶。"他开始在舰桥上踱步,"这都是怎么发生的?他们那儿全都是天才,我这边全都是饭桶。给我……"

"探测器!"埃斯托杜突然嚷起来,"他们肯定是让探测器通过超链接跟'沙普龙号'配合。探测器能够监测我们的每一个动作,然后通过维萨调整'沙普龙号'的飞行控制系统。我们永远都甩不掉它了。"

布罗格胡里奥瞪着他看了几秒钟,然后望向通信官。"我们现在必须传送去尤坦星。"他说道,"那边什么状态?"

"发生器能量达标,准备就绪。"军官告诉他,"它们已锁定我们的信标,随时可以往这里投射通道。"

"要是那个探测器跟着我们一起传送过去怎么办?"埃斯托杜说道,"等它在尤坦重新出现,维萨就会定位。那会暴露我们的目的地。"

"那些天才肯定已经猜到我们的目的地了。"布罗格胡里奥反驳道,"就算那样,他们能怎么着?我们能把靠近尤坦星的任何东西都炸成原子。"

"但我们仍然太靠近杰乌伦星。"埃斯托杜看上去吓坏了,"这会让整个星球……一片混乱。"

"那你是宁愿待在这儿喽?"布罗格胡里奥嗤笑一声,"难道你还不懂吗?这探测器只是个警告。接下来他们从隧道传过来的就会是一枚炸弹了。"他扫视了一眼舰桥,让任何想要跟他争辩的人都闭了嘴。没人敢提出异议。他扬起头,"船长,现在传送,去尤坦。"

命令被转发到了尤坦,没过几秒钟,巨大的发生器将能量倾泻到了这五艘杰乌伦飞船前方的一片狭小的空间里。时空出现了褶皱,然后扭曲变形、膨胀起来,随即自行坍塌跌落到宇宙之外。一个不住旋转的旋涡开始生长,打开了通向另一个空间的大门,先是真空里出现了一圈淡淡的星光,然后变得越来越亮、越来越密、越来越刺眼,缓缓扩张着,中间是一团无形无迹的黑暗。

接着,一幅逆向旋转的折射图出现在第一个图像里。层层旋涡合成的图像不断地闪烁、跃动,时间与空间扭结成了由短程线织成的线团。有什么东西很不对劲。通道开始变得极不稳定。"出什么事了?"布罗格胡里奥问道。

埃斯托杜的脑袋慌乱地转来转去,目光在各个显示屏和数据报告上跳转。"有什么东西在让通道结构变形……场的多样性被打乱了。我从未见过这样的东西。只能是维萨。"

"这不可能!"另一位科学家喊起来,"维萨不可能进行干扰!没有传感器。杰乌克斯被关掉了。"

"这不是干扰。"埃斯托杜咕哝着说道,"通道开始成形了。它另有所图……"他的眼睛再一次捕捉到了"沙普龙号"。"探测器!维萨正在用探测器监测入口通道的结构。它无法干扰能量束,所以试图从巨人星投射一个互补的模式,借此抵消来自尤坦的超环面。它正在试图中和它。"

"不可能。"又一位科学家表示反对,"只通过一台探测器不可能得到足够的解析度。它只能是在瞎碰。"

"巨人星和尤坦星的能量束会在同一量级产生结构上的相互影响。"有一位指出,"如果有不稳定的共振发生,任何事都有可能发生。"

"这就是不稳定的共振!"埃斯托杜指着屏幕叫道,"我跟你们说,维萨干的就是这个。"

"维萨永远不会冒这种风险。"

这几艘飞船的前方,巨大的能量喷射流从两个点不停地灌注进来,不断叠加,让一个不停地扭动抽搐、多方位相连通的大旋涡沸腾起来,而这两个点却相距数光年之遥。核心先收缩后膨胀,碎裂后又重新聚合在一起。与此同时,他们仍然朝着它的中心前进。

布罗格胡里奥听够了。他抬头望向船长那边,船长正在候命呢。就在最后一秒,埃斯托杜的注意力被什么东西吸引了过去。

埃斯托杜站在那里,纹丝不动,一脸奇怪的表情盯着"沙普龙号"的画面。他正在低声自言自语,似乎全然忘了周遭的一切。"通过探测器进行超链接,"他呢喃着,"维萨就是这样进入杰乌克斯的。"他的眼睛瞪了起来,面如死灰,一个念头重重砸在心头,"杰乌克斯报告的那些事就是这么来的！其实从来不存在，完全不存在。他们一直都是通过'沙普龙号'做的……我们是在一艘毫无武装的飞船前面逃命。"

"怎么回事？"布罗格胡里奥厉声道，"你怎么那副模样？"

埃斯托杜面无表情地看着他，"那些事并不存在……地球人的攻击部队并不存在。从来都不存在。维萨通过'沙普龙号'把它写进杰乌克斯。整件事都是编出来的。整个过程里只有'沙普龙号'，别的什么都没有。"

船长从上面探出身来。"大人，我们必须得……"他看到布罗格胡里奥并没有听，便住了口，犹豫了一下，然后转回身去招呼身后的什么地方，"解除正向补偿器。切换到应急推进模式，全力逆转。计算规避功能并立即实施。"

"什么？……你说什么？"布罗格胡里奥转过身去，面对着在他身后围成半圈的畏畏缩缩的一众人等，"你是在跟我说，地球人把你们全都当傻子给耍了？"

从上方传来计算机那毫无语气变化的人工合成的声音：

"功能失常。功能失常。所有措施失效。飞船正在不可逆的梯度上加速。现在不可能进行校正。重复：现在不可能进行校正。"

但布罗格胡里奥根本没听到，甚至没发现周围的变化，飞船一头扎进了疯狂扭结在一起的时空线团里。"你们这群饭桶！"他喘着气，声音提得老高，开始无法控制地颤抖。他将双拳高举过顶，"饭桶！饭桶！你——们——都——是——饭——桶！"

"我的上帝啊，他们直冲进去了！"对着显示"沙普龙号"指挥舱的屏幕，亨特吸了口气。主屏幕上的画面是从二十万英里外的探测器发送回来的，它可是依然顽强地紧追着杰乌伦飞船不放呢。惊恐之中，一片寂静。

"出什么事了？"伊希安低声问道。

"剧烈震荡造成的不稳定性遇上了由能量束频谱不一致引发的错误超频率。"维萨答道，"该区域的特性超出了分析能力。"

另一块屏幕上，凯拉赞震惊地张大了嘴巴，不停地摇着头。"我从来也没打算这样的，"他的声音有些哽咽，"他们为什么不转身逃出来？我只是想要消除他们的通道啊。"

"左拉克，关闭主驱动，减速。"加鲁夫的声音很干脆，毫无感情，"等我们恢复正常，就立刻对该地区进行光学扫描。"

现在，主屏幕上只剩下了黑暗中一团紊乱的光流。其间五个光点越来越小……突然全都被一团混沌吞没了。随着那艘探测器跟着它们一头扎进去，乱流狂涌一下子不见了，然后"沙普龙号"的应力场也消失了，画面立刻一变，左拉克通过飞船自身的扫描器送来了远程画面。维萨汇报说："不稳定现象终止了。"

"共振已经衰退为紊乱的涡流。如果那里还有隧道，也正在坍塌。"屏幕上，那些图案化作了飞旋的流光碎片，被迅速吸进旋涡里，与此同时越来越小，越来越暗，越来越红，随后黯淡下去，最终消失不见了。那片星空闪烁了一会儿，标识着这场巨变曾经发生的地方，接着一切恢复如常，仿佛什么都没发生过。

好半天，指挥舱里一片寂静，没有人动。屏幕里那些地球人和苏利恩人的面孔都异常严肃。

这时候，维萨又开口了。它的声音里透着掩饰不住的难以置信的语调："我有进一步的报告。现在别问我怎么做到的，不过看起来它们好像穿过去了。隧道关闭的时候，探测器仍然在传送，最后的信号显示它重新进入了普通空间。"指挥舱仍然沉浸在惊讶中，主屏幕上的画面一变，显示出探测器最后传送回来的画面。五艘杰乌伦飞船队形散乱，飘浮其间的那个地方看着挺像是普通的太空，那里缀满了看起来很正常的星星。上边的一角有个大一些的斑点，应该是一颗行星。画面在这里就静止了。"传送在此停止。"维萨说道。

"他们幸存下来了?"伊希安结结巴巴地说着,"那是哪里?他们出现在了太空中的什么地方?"

"我不知道,"维萨回答,"他们肯定是想去尤坦,但什么事都有可能发生。我正试着将星空背景与尤坦那边进行比对,但得花些时间。"

"我们不能冒险干等着。"凯拉赞说道,"尽管尤坦星可能防御完备,我也不得不从巨人星派出后备飞船,在布罗格胡里奥到达那颗行星之前截住他。"他等了一下,没人反对。他的声音愈加沉重,"维萨,给我联系后备队指挥官。"

"我们在这里没什么可做的了。"加鲁夫的声音变得非常平静,非常镇定,"左拉克,让飞船返回杰乌伦。我们在那里等候苏利恩人到来。"

"沙普龙号"掉头的时候,一组超环面在巨人星系外不远处短暂开启,早已守候多时的苏利恩飞船后备中队传送进了超空间,然后出现在尤坦星系外。杰乌伦人的远距监控设施探测到了它们以不亚于光速的速度疾驰而来。尤坦星的指挥官认定那是地球攻击部队当中的一支,没过一会儿,每一个紧急信号波段就都传出了他们无条件投降的信息。苏利恩人几小时后抵达了尤坦星,毫无抵抗地就接管了这里。

结果出人意料,而原因更是让人意想不到:布罗格胡里奥的飞船根本就没有出现在尤坦星,或是附近任何地方。在他们从杰乌伦星消失的时候,尤坦星的指挥层就失去了跟他们的联系,也无法将其定位。没有了领导,尤坦星的防御者选择不战而降。

所以,那五艘杰乌伦飞船到哪儿去了?维萨汇报说,在它所控制的太空区域内的任何地方都没见到它们重新现身,等它在目前由杰乌克斯管理的诸多星际世界投射出小型传送通道,发送出传感器和各种搜寻探测器之后,在那些空间里也还是找不到那些飞船。它们似乎是从已探索过的银河系区域里完全消失了。

然而,苏利恩人在尤坦星发现了一些别的东西——让他们大为震惊的同时又大惑不解的东西。太空里飘浮着一些处于不同建造阶段的一排排巨大的工程结构体。每一个都是中空的四方形,每边五百英里长,中心有一个直径两百英里的球体,由四个角上向对角方向伸出的连杆支撑着。

39

"我不明白，"凯拉赞从一艘飘浮在尤坦星附近的苏利恩飞船上向外望着，"那些都是全尺寸大小的四屈体，跟我们设计的一模一样。杰乌伦人建造出了数百个。"

"我也不懂，"肖姆在他身边摇着头应道，"这毫无意义啊。"

赫勒尔、柯德维尔、丹切克彼此对视着。"什么是四屈体？"柯德维尔问道。

凯拉赞叹了口气。没什么好回避的了。"我们本来是打算用这些装置封锁太阳系的。"他说道，"它们应该是被安置在冥王星之外相当远的地方，其安置点在星系周围形成一个类似球面的结构。每个四屈体通过超场与相邻的四个四屈体形成网格，共同作用，在边界处制造出渐渐增强的时空畸变，这就相当于一个防止逃逸的重力陷阱。

"我们用一些缩小比例的原型机做过前期测试，实际上我们已经开始建造一些全尺寸版本的机器，但距离计划最终实施还有很长的路要走。"凯拉赞冲着飞船外面的景象一挥手，"可是杰乌伦人显然是在秘密复制我们的设计，他们的进程大大提前了。我不明白这是为什么。"

丹切克镜片后的眼睛使劲眨了眨，眉头一皱，心里思忖着这个谜题。他多多少少有种感觉，这个神秘洋葱的最后一层就要剥开了，里面似乎包裹着跟杰乌伦人有关的每一件事。杰乌伦人先是夸大地球的侵略性，然后伪造证据，借此让伽星人相信地球的扩张必须被扼制，而如若缺乏物理防护手段是无法加以扼制的。伽星人被说服了，据此他们开始进行所需的准备，直到最近才有所转变。但杰乌伦人实际上早就冒着风险着手实施计划了，而且在伽星人面前隐藏了事实。这是为什么？又意味着什么？

丹切克望着维萨传来的"沙普龙号"指挥舱和康涅狄格那边斯威兰森办公室的画面，但那边也没有任何提示。"沙普龙号"上的伽星人全神贯注地看着飞船主屏幕上的情况。另一幅画面上，他只看得见亨特和其他人的背影，都挤在房间另一边的终端机前，终端机连接着"沙普龙号"。看来那两方面正在进行着令人兴奋的对话，但这中间的事情让人琢磨不透。

卡伦·赫勒尔最后说道："有没有可能是他们打算自己干？"

"出于什么理由呢？"凯拉赞问道，"我们已经在做这事儿了。他们没必要这么做。"

"时间？"柯德维尔猜测道。

凯拉赞摇了摇头，"如果对他们来说时间很紧，他们就会劝说我们加快进度，还会捎带着想办法说他们必须要参与其中。我们当然拥有足够的资源完成他们提出的任何时间要求。"

芙瑞努·肖姆若有所思。"还有件事挺奇怪，"她沉思着，"有几次我们要加速进程，杰乌伦人却说地球扩张的风险又降低了，仿佛他们是在尽力让我们的研究进行下去，但又不急着看我们实际成果。"

"他们是在压榨技术，"柯德维尔哼了一声，"然后确保自己的进程能大大领先于你们。"他顿了顿，问道："除了一个星系，这东西还能否用来隔绝别的什么东西呢？"

"不太可能。"凯拉赞回答，然后又说道，"喔，我推测它们能用来封锁任何一个相当大的东西……或者说小一些的什么东西，看情况了。"

"嗯……"柯德维尔又陷入了沉思。

赫勒尔耸了耸肩，举起双手。"如果他们不是打算封闭太阳系，肯定计划着要封闭其他的……"她的声音消失了，突然之间，对于她和其他每个人来说，答案是那么的显而易见。

凯拉赞和肖姆无声地对视了半晌。"我们？"凯拉赞最终勉强地说着，"苏利恩？他们打算封闭巨人星？"肖姆的手扶在了眉毛上，摇着头，努力琢磨着其中的意味。柯德维尔和赫勒尔一时间呆呆地站在那里。

整件事在丹切克的脑海里慢慢清晰起来。"是的！"他叫道，向前走到人群中间，站立了片刻，理了理思绪，然后十分有力地点了点头。"没错！"他继续道，"这无疑是唯一可以接受的解释。"他兴奋地看着众人，好像是期望他们当即表示同意。但他们只是茫然地看着他，谁都不知道他在说什么。丹切克等了一会儿，然后开始了详尽地解说："我从来都无法完全接受一件事——兰比亚人和赛里奥斯人之间的纠葛会一直存在于杰乌伦人的心里，特别是在他们深受伽星人影响之后。这事儿就没让你们心里打过鼓吗？你们当中就没有人感觉到这背后肯定是有别的什么事情？"他再一次探询地看着众人。

几秒钟后，柯德维尔说道："我猜没有，克里斯。为什么呢？你要说的是什么意思？"

丹切克润了润嘴唇，"这是个有意思的想法，不是吗？有那么一个实体，始终都在事情的幕后，一代又一代杰乌伦人生老病死，而它却永恒不变地存在着。"

一阵寂静后,赫勒尔盯着他吸了口气,"杰乌克斯?你是在说,整件事的幕后黑手是那台计算机?"

丹切克迅速地点了点头,"杰乌克斯很久以前就建造起来了。很难想象它的基础设计和程序在一定程度上不含有其创造者与生俱来的那种残忍的本性,以及他们的野心抱负——它的创造者正是原始兰比亚人的后裔啊,是不是这样?意识到这样的野心,难道它不会将杰乌伦人的精英当作它的工具吗?但是,如果是这样,它就会发现自己面临着一系列障碍,而那些障碍正是来自苏利恩人。"

柯德维尔开始点头了。"它肯定会想办法把苏利恩人踢出去。"他同意道。

"要做得恰到好处,"丹切克说道,"但又不能太迅速。首先它要从苏利恩人那里学很多东西。真正狡猾的是最后的阶段,苏利恩人自己的才智和技术会为杰乌伦人提供消灭苏利恩人的方法。然后,凭借偷来的伽星人科学,有杰乌克斯作为他们的领导,全副武装的杰乌伦人会掌控整个银河系。想想所有那些正在发展的星球吧,还有能够瞬息之间跨越若干光年的技术。他们会成为已知太空的每一个角落的主人,随时可以毫无节制地进行帝国扩张,唯一潜在的对手将被锁在重力外壳里,无法逃出来。"丹切克扯了扯自己的衣领,左右看着周围众人惊异的表情,"所以现在,我们终于看到了幕后的一切——他们一直在进行的终极设计,可能从慧神星时代就开始了。他们距离成功简直只有一步之遥啊!"

"所以尤坦星的武器……"凯拉赞迟疑地说着,仍在努力理解这一切暴行,"从来都不是打算用来对付苏利恩的?"

"我很怀疑。"丹切克说道,"或许它们都是为了以后准备的,等到时机来临,他们用来搞扩张的。"

"是的,猜猜他们名单上的头一个是谁?"赫勒尔说道,"他们是兰比亚人,我们是赛里奥斯人。"

"当然!"肖姆低声道,"地球已经完全没有防御能力了。他们在我们面前隐瞒你们的去军事化进程就是为了这个目的。"她缓缓点了点头,不情愿地生出一丝钦佩之意,"这事儿清楚了。首先,在他们变得强大、有了知识以后,就开始阻碍地球进步。然后,他们突然加速地球上各种新发现的速度,设计让其最终变成一种威胁,而他们要利用伽星人的协助来予以消除。最后,他们会自己消除这种威胁,但向伽星人隐瞒事实,哄骗伽星人发展出一些技术手段,再用这种技术反过来消灭伽星人。这会让他们不受干涉地清算他们跟赛里奥斯人的旧账,而且还稳操胜券。"

"我们根本毫无胜算。"柯德维尔喘了口气,这次是真的震惊了。

"而杰乌伦人会重新占据太阳系,我猜那一直都是他们的首要目标。"丹切克说道,"我想,他们一直都认为太阳系是属于他们的。而且他们再也不用给伽星人打下手了,他们显然永远都无法欣然接受这种地位。"

"这样就说得通了。"凯拉赞深表认同,"他们之所以坚持要自主管理,自治那么多的星球……之所以需要一个独立于维萨的系统,控制它自己的空域,就是这个原因。"他看着肖姆,点了点头,"很多事情现在都说得通了。"

他沉默了一会儿,再次开口的时候,声音清亮了许多:"如果这一切都是真的,那我们接下来的问题就很容易了。假如这一切的根源更多的是在杰乌克斯,而不是杰乌伦人身上,那说到底,他们可能还是有希望的。令人不快的惩罚措施可能就没必要了。"

肖姆的眼睛里透出意味深长的眼神。"是——啊。"她缓缓说着,也点了点头,"也许吧,给予正确的帮助,他们可以按新的模式重建文明,由此成为一个成熟、善良的种族。我们也许还没失败。"

"这确实给了我们一个明确的目标,一个要完成的任务。"凯拉赞说着，听上去有了些热情，"尽管有这些挫折，一切都还是可以迎来成功的结局的。正如你所说，我们也许还没失败。"

"啊，目前来说，这还只是假设，你明白的。"丹切克赶紧说道，"不过可能有个方法来验证一下。如果整件事确实是由杰乌克斯引起的，就可以去追查一下我们谈论的一些事情的源头，只要进入埋藏在杰乌克斯内部的早期档案，对一些概念化的子网络进行查找就行。"他看着凯拉赞，"我推测只要你们的人完全控制了杰乌伦，就有可能以能够控制的形式重新激活部分杰乌克斯，让维萨全面检查它的记录。"

凯拉赞已经在点头了，"我也是这样考虑的。要商讨此事，伊希安是不二人选。"他看向"沙普龙号"指挥舱的画面，"他现在还没空吗？那边有什么事？"

画面中挤在主屏幕下的伽星人爆发出惊恐之声。与此同时，另一幅画面里传来众人惊呼的声音，那是地球方面的画面，亨特和其他人正互相推推搡搡，拥向终端机，那台机器连接着尤坦的苏利恩飞船。丹切克、凯拉赞和周围的其他人已经忘了刚才的对话，只是吃惊地看着。亨特走到屏幕前的时候，几乎都语无伦次了："发现他们了！左拉克重新处理了那颗行星的画面。我们知道他们去哪儿了。但那不可能！"

丹切克盯着他，不住眨着眼，"维克，你在嘟囔什么呢？镇定下来，把你要说的事情说清楚喽。"

亨特尽力让自己平复了一下。"那五艘杰乌伦飞船，我们知道他们出什么事了。"他停了停，喘了几口气，然后转过头去招呼身后的人到终端机前，"左拉克，把这个片段传给维萨，行吗？告诉维萨在尤坦播放。"丹切克所处的那艘飞船里，一幅画面显示出了"沙普龙号"的探测器在隧道坍塌之前传送回来的最后画面。"你看到了吗？"亨特问道。

丹切克点了点头,"是的。怎么了?"

"右上角那个圆点是颗行星。"亨特说道,"我们问左拉克,它有没有什么办法能进一步处理一下那部分的画面,放大一下,给我们一个更好的图像。它做到了。我们知道那颗行星是什么了。"

丹切克问道:"什么?"他有些迷惑,顿了顿,"那是哪里?"

"更合适的问题是那是什么时候?"亨特告诉他。

丹切克一皱眉,四下看了看,所有人的表情跟他一样困惑,"维克,你在说什么啊?"他问道。

亨特应声道:"维萨,给他们看看。"

那个光斑立刻放大了,变成一个圆盘占据了整个屏幕。那是一颗星球,映衬在繁星之中闪耀着明亮的光芒,云雾缭绕,海水波光粼粼。分辨率不怎么好,但辨得出大陆的轮廓。凯拉赞和肖姆愣住了。紧接着,丹切克知道是怎么回事了。

他看到的那个东西可不算陌生啊。跟亨特一样,他曾经研究过这颗行星两极冰帽[1]之间的每一处岛屿、地峡[2]、河口、海岸线,研究过很多次了——就在休斯敦,在两年多前调查月球人的过程中。他转过目光,凯拉赞和肖姆仍然惊惧地看着,现在柯德维尔也难以置信地瞪大了双眼。丹切克缓缓转过头,又一次顺着他们的目光望了过去。它就在那里。他不敢想象。

那颗行星正是慧神星。

---

1. 一种规模比大陆冰盖小,外形与其相似,而穹形更为突出的覆盖型冰川。
2. 连接两块较大陆地或较大陆地与半岛间的狭窄地带。

40

没人能确切说明维萨和尤坦星的投射器在相互搏斗、争夺数光年之外同一片区域的控制权时，最后的几秒钟里究竟发生了什么，而且很多人相信没人能说得清。不过，亨特最后很不情愿地接受了这么一种说法——那是保罗·谢林当初在休斯敦说的，就是卡伦·赫勒尔和诺曼·佩希过来跟柯德维尔谈话的那天——伽星人的物理方程描述了空间点对点传送的可能性，同样也可以得出进行时间传送的可能，抑或两者皆可。不管怎么说，那五艘杰乌伦飞船确实跨越了数光年的空间，并往回飞跃了数万年的时间，出现在了太阳系里，因为当时慧神星还存在着。实际上，根据对星空背景的仔细测量来看，伽星人的科学家已经非常精准地确定了当时的时间：那大约是月球人最终大战发生的两百年前。

当然了，这也解释了兰比亚这个超级种族从何而来，为何他们仿佛一夜之间就出现了，所拥有的科技远超这颗行星其他任何族群。这也大体上解释了为什么这颗行星在好不容易纠正了好战的路子，开始做建设性的工作，一起为了移民地球而合作的时候，却突然间分裂成两个敌对集团,最终毁灭了彼此。赛里奥斯人是土生土长的,是由伽星人在两千五百万年前从地球运来的祖先进化而成的;而兰比亚人来自五万年之后的杰乌伦星。兰比亚人以前从未出现过,他们是从别处过来的。

未来的很多年里,这其中还有很多谜题留给科学家去争论。比方说,兰比亚人怎么能是他们自己子孙的子孙?他们的贪婪和对权力的欲望最终被看作是他们这个团体的特性,而不是人类种族整体的特性,但话说回来,这种特性又源自何处?杰乌伦人是由兰比亚人血脉传承下来的,兰比亚人又是从着陆在慧神星的杰乌伦人传承下来的。所以,这一切是从哪里、从什么时候发端的呢?丹切克推断他们穿越混乱时空区域的那条通道可能让他们产生了某种形式的心理失常,从而开启了这一切,但这个想法并不十分令人满意,因为"开启"这个词儿在这个语义背景下太过于晦涩。

随后的事件又浮现出另一个疑点。杰乌伦人回到慧神星应该是带有不少知识的,如果他们了解接下来的两百年,知道那场战争,知道千年之后跟苏利恩人的事情,以及他们最终败在维萨手里,那他们为什么还允许这样的事情发生?他们对于改变后来的事件无能为力吗?当然不会。如果一部全新的历史在时间循环里书写,抹掉并替换"以前"已经存在的其他事情,那又会怎样?抑或在仓促之间,他们随身携带的记录并不多?再加上遭遇应激性遗忘症,导致他们到达时已经不知道自己是谁、来自哪里,结果命中注定要陷入无休止的、一成不变的循环当中?

苏利恩人对这些问题也难以解答,这已涉及他们理论研究的前沿区域。可能总有那么一天,未来的某一代伽星人和地球人数学家与物理学家能够推演出这种怪异情况的逻辑,明白这种事情是如何发生的。但话说回来,也可能永远没人能搞明白。

不过,有一个谜倒是解开了,这个谜团一直困扰着地球人、伽星人，乃至杰乌伦人——冥王星外围那台设备，它回应了月球背面传出的第一条古伽星语编码信息，并将它直接转发给了维萨。苏利恩人猜想那是杰乌伦人放置在那里的，杰乌伦人猜测那是苏利恩人放置的，由于形势所限，双方都不曾向对方提出过此事。现在，它被毁掉了，也就没有办法去调查了。那它到底是什么呢？它又是怎么到那儿的呢？

答案只能是那台探测器，紧跟着杰乌伦飞船穿过隧道的那台探测器。它的程序自然能响应自己母船的通信协议，而且它也经过了适配，可以接通苏利恩的超链接。通过对最后几秒钟交换信息的日志分析看，施洛欣手下的科学家确定，就在隧道关闭前，探测器处于被动模式，等待来自"沙普龙号"的下一条指令。显然它一直等待了很久很久。在维萨的指令催促之下，它一直加速追踪杰乌伦飞船，出现在了慧神星附近，然后努力远离太阳飞行，最终在冥王星外一条遥远的轨道上稳定下来。它一直等待着，终于听到一条它能理解的命令，并将其转发给维萨，因为它的指令就是如此。它并不知道此时已经过去了五万年。

于是，慧神星、早期伽星人、由兰比亚人和赛里奥斯人组成的月球人、查理和寇里尔、地球和智人，再加上巨人之星，这个完整的环终于闭合了。它始于它的终点，而杰乌克斯、布罗格胡里奥以及兰比亚人被封闭在这个无法打破的闭环里，牢固地、永久地嵌入了往昔岁月。讽刺的是，这个牢笼甚至比他们自己设想的那个防逃逸装置还要坚固。

消除了使其堕落的因素，杰乌伦星的人们看起来跟人类其实没有多大的不同。他们完全可以自己动手，带着全新的合作与乐观精神重建自己的社会。但这需要大量艰苦的劳动，也需要社会和政治的重构。因为受破坏的范围很广，主要是布罗格胡里奥的大逃亡造成的引力扰动引发了洪水，所以凯拉赞安排加鲁夫作为临时的行星主管来监督管理相关事宜。杰乌伦星在未来的一段时间里将处于观察阶段，杰乌克斯下线之后，将会有很长一段时间没有覆盖整颗行星的系统；然而，实施计划和实现其他一些功能依然需要大规模的信息处理能力，幸运的是，这种规模的机器现成的就有，那就是左拉克。"沙普龙号"永久安置在了杰乌伦星，左拉克成了新的试验网络的核心，终有一天，它会担当起行星际的运作，融入维萨。

此外，杰乌伦星暂时的非计算机化的世界为"沙普龙号"上加鲁夫的那帮人提供了一个理想的环境，他们距离自己的文化已经有两千五百万年之遥了，他们要借此休养、调整，适应苏利恩人的生活方式。与此同时，他们还能扮演关键的角色，帮助加鲁夫重建这颗行星，为杰乌伦人的政府开创一个新的机制。于是，加鲁夫和他的人马，还有左拉克就有了忙不完的工作，眼前是充满挑战的未来，他们又有了自己的家园。

而在地球上，随着之前那个统治集团的垮台，米科连·索波洛斯基在新秩序下成了苏联的外交部部长。通过克里姆林宫内部的神秘运作，卫瑞科夫最终成了外星科学顾问，成为第一个申请并享有地球人公民身份的外星人。

美国国务院里，卡伦·赫勒尔和诺曼·佩希率领着一支由派克阿德委派的队伍草拟了一项政策，致力于消除东西方相互猜忌的障碍。在杰乌克斯内部的记录里，他们发现了酝酿两次世界大战的那个国际网络，之后数年还一手制造了中东与东南亚危机，图谋通过核武器竞赛让全世界为它买单，里面还有很长的明细，包含了很多有意思的事情，巨细无遗。现在，这个网络也将随之崩溃。

联合国这边呢，原本计划暗中操纵将全世界的权力集于一身，再全部转交到杰乌伦人手中，但现在也将一一肃清，重新打造成地球加入星际社群的沟通渠道。在这样的社群里，它将扮演重要的角色——而像克利福德·本森、席瑞尔上校、索波洛斯基手下的将军这样的人物，在这里仍然会有一席之地。

伽星人那边呢，除了科学与技术，他们还学会了如何维持一支强大的军事力量；没人知道还有多少布罗格胡里奥潜藏在银河系未曾探索的区域里等候时机。

这样的日子会到来的，但仍然很遥远。与此同时，有很多准备要做——整颗星球要重新进行教育，自然科学的整个体系要推翻重新来过。联合国太空军团制订了试验性的计划，将航通部融合进柯德维尔麾下一个新的超级部门，他会迁往华盛顿开启一项宏大的任务，在伽星人技术的眷顾下重新规划太空计划的远景，并着手研究将一部分地球通信网络连入维萨。亨特将会成为这个新机构的副主任；丹切克呢，因为可以通过视觉信号无限制地研究各个外星球独有的外星生物和外星生物的演化而欣喜若狂，因此也接受了一份邀请，成为外星生命科学部的主任。至少，丹切克就是找这个借口说他想搬到华盛顿的。柯德维尔在机构组织图里当然也为琳保留了一个席位。

但是这场战争真正的英雄，是任何地方的任何人或是任何事物都不能替代的，这就是维萨。凯拉赞同意让维萨接管尤坦星，全权管理这颗行星，享受它独立做主的喜悦。在此过程中，它可以以自己的方式，按照自己的设计，更进一步自由发展自己的智能。但维萨与其创造者的关系不会被打破。在今后的数年乃至若干世纪里，向银河系的扩张将会证明，人类与伽星人的联盟、有机体与无机体的联盟、本能与能力的联盟，将会是所向披靡的组合，这是已经经过实践验证的。

尾 声

　　由黑色豪华轿车组成的队伍缓缓停了下来,前面是仪仗队和一排排外国使节,他们都站在马里兰州安德鲁斯空军基地机场的边上,这里距离华盛顿特区只有几英里。阳光明媚,天气晴朗,围栏外已经围满了数以万计的民众,但这一次,他们都静得出奇。

　　亨特身穿黑色细纹三件套西装,袖口和衣领挺括无褶,领带紧紧勒着脖子,这身打扮让他觉得既古怪又正式,头一辆车的车头上飘着总统旗,亨特迈步走出第二辆车,司机把着车门,他扶着身后的琳下了车。接着出现的是丹切克,他那身打扮和亨特差不多,但看上去好像总觉得哪儿不合适。他后边跟着柯德维尔和太空军团的一批高级行政人员。亨特四下看了看,在不远处停靠的一排飞机中间认出了感知机。"这儿可真没有家的感觉,对吧。"他评论道,"没有一扇窗户是用木板封住的,周围还应该有点儿雪,再来点儿山岭什么的。"

　　"我从来没想过你还这么多愁善感。"琳说着,抬头看了看,"蓝天,这么多绿色。我会迷上这儿的。"

"我察觉到了,你不是个怀旧的浪漫人儿。"丹切克说道。

琳摇了摇头,"我在那地方来来回回飞了那么多趟,就算再也见不到麦克拉斯基我也不在乎。"

"用不了多长时间,我们可能就要派你去更远的地方喽。"柯德维尔咕哝着。

苏联总理和他的代表团还没有从他们前边的轿车里出现,但美国总统和他的随行人员正往前聚拢。卡伦·赫勒尔和诺曼·佩希从队伍里走了出来。"好了,习惯一下吧。"佩希说着,伸出手臂一挥,"这里在一段时间内将是你们的新家。我有种感觉,这地方将变得像是你们的私人机场了。你们这些人将会忙得不可开交。"

"我们正在说这事儿呢,"琳说道,"维克似乎更喜欢麦克拉斯基。"

"你们什么时候高迁到特区啊?"赫勒尔问道。

柯德维尔回答:"至少还得几个月吧。"

她看着丹切克,"我们要做的第一件事就是找个地方一起吃顿饭,克里斯。好好弥补一下在阿拉斯加食堂吃的那些东西。"

"值得称赞的提议,"丹切克答道,"我完全赞同。"这时候,琳戳了戳亨特的肋骨,亨特望向别处,一脸笑容。

佩希看了看手表,转头望去。索波洛斯基正带着苏联代表团走出前边的车辆。"差不多到时间了。"他说道,"我们最好赶紧过去。"他们上前迎上了苏联的队伍,所有人早已在贵宾厅见过了,整支队伍一起走向豪华车队前面总统的那支队伍。他们停住脚步的时候,索波洛斯基靠近了佩希,"这一天终于来了,我的朋友。"他说道,"孩子们将会在不一样的星空下看到不一样的世界。"

"我告诉过你,你会看到这一天的。"佩希说道。

派克阿德好奇地看着佩希,"这是什么意思?"他问道。

佩希一笑,"那可是一个很长的故事了。我回头跟你好好讲讲。"

派克阿德向柯德维尔转过头去,"好了,至少我知道这次可以期待些什么,格雷戈。你知道的,我可不会就这么让他忘了。"

"别操那个心了。"柯德维尔对他说道,"我们其余人也都很好奇呢。"

他们朝着基地的开阔区域走去,然后又停了一下,跟麦克拉斯基的队伍一起排成了整齐的方形队列,杰罗尔·派克阿德站在麦克拉斯基队伍的前头,美国和苏联的领导人身后跟着他们各自的人员,佩希和索波洛斯基站在他们各自国家代表团的前列,太空军团和其他团体列队在后边。每一颗脑袋都仰望着天空,等待着。突然,尽管没有听到什么,大家却已有所察觉,一股兴奋的浪潮在整个基地蔓延开来,一直掠过外面汇聚的人群。

飞船出现了,犹如一个微小的亮点,在碧蓝的晴空下渐渐变大。太阳高悬空中,使它全身上下披上一层璀璨的银光,光华闪耀,随即显现出优雅的弧线,形如纤细的楔形,两端尖细,有两个针尖般的机舱。它仍在不断变大。

亨特的嘴张得老大,只见飞船的外壳上有许多突出的部分,底面鼓出来许多辅助舱盖,整流罩、吊舱、泡状圆顶舱、转台都渐渐显出了形状,层层细节越来越清晰,也让众人对这艘飞船的真实尺寸感到敬畏。惊叹声从四周传来,外面的人群似乎已经呆住了。它的长度肯定得有数英里……数十英里,没办法说得清。它就在他们头顶伸展开去,填满了半个天空,犹如神话中的某种巨鸟悬浮在整个马里兰州上空。它可能仍然在平流层呢,或者比那还高。

他已经见识过苏利恩的能量发生器,知晓它们长达数千英里,但那是在空阔的外太空,没有参照物,他的感官没有直面时的那种冲击感,只能去想象那些数字意味着什么。而这可不一样。他就站在地球上,周围到处都是树木、建筑以及构成了这个熟悉的、无可置疑的世界的一切事物,这样的冲击在这个世界是从未有过的。甚至远到地平线那头的地方也会呈现出一种重新定义已知规则和限制的景象。然而，他在潜意识里很清楚，这样遥远的距离是无法直接目视到的。苏利恩太空飞船在人类已知的体系中根本不存在，它属于一种全然不同的量级，打破了每一条已知的规则，让通常的那些限制毫无意义。他感觉就像一只昆虫刚刚领会了它面前那个脚指甲的意义，或是一个细菌瞥见了一片海洋。他的思维无法处理这样的信息，感官拒绝接受眼前的一切，大脑拼尽全力想联系上这辈子所经历的那些有把握的事情，但他做不到，于是放弃了。

最后，一道光映射到飞船底面，跃入视野，亨特终于从催眠般的状态中清醒过来。他周围那些早已惊得一动不动的人也看到了，不由得激动起来。有什么东西正在落下，比飞船离地面更近；它肯定已经降落一段时间了，只不过刚刚进入可视范围。它敏捷地移动着，悄无声息，直冲基地中心而来，渐渐化作一个纯金色的、扁平的、拉得很长的椭圆形，表面光滑如镜，只有上表面伸出两个低垂的后掠式机翼。它无声无息地降落在一段距离之外，船舱指向亨特他们所处的位置。大概有十秒钟时间，基地里没有任何声音、任何动作，一切仿佛都凝固了。

然后，底面靠前的那部分缓缓向下张开，形成一道宽阔的、平缓的坡道通向地面。一团明亮的黄光倾泻而出，让坡道连接机身的部分仿佛消失不见了。琳伸手摸到亨特的手指，紧紧握住，因为她看见第一排八英尺高的身影出现了。阴影中，大约有十几个人并排而立，他们开始走下坡道。到了坡道底部，他们停下来望了望等待着自己的地球人队伍。

站在中心的是凯拉赞，很容易认得出来，哪怕他没穿那身熟悉的银色披肩和绿色束腰上衣，他的一侧站着芙瑞努·肖姆、波辛克·伊希安以及伊希安的助理莫利扎尔。加鲁夫在凯拉赞的另一侧，还有施洛欣、孟查尔和"沙普龙号"上的其他伽星人，他们浅灰色的皮肤跟那些肤色更深、体型不那么粗壮的苏利恩人很好区分开来。先前去过麦克拉斯基的那支队伍等待这一刻已经很久了。感知机刚着陆时，他们还犹豫着要不要进去呢。可自从那时起，这还是他们第一次亲眼看到苏利恩人，而不是通过相距若干光年的神经模拟传送信号。这一次，苏利恩人是真实的。

这时候，背景里的乐队开始奏乐了。人群仍然被塞满头顶天空的奇观震撼着，依然静悄悄的。接着，伽星人开始庄严而有条不紊地向前移动，柯德维尔率领着麦克拉斯基的队伍迈步上前迎接他们。

他们向前走动的时候，琳悄声说道："有时候想想挺吓人的，不过我想地球已经熬过来了。"

"听上去，你的意思是说这一切都结束了。"亨特在她身边低声道，"这只不过刚刚开始而已。"

确实如此。对于伽星人而言，这是一项任务的结束，他们已经为此忙碌了数千年；对于杰乌伦星的居民而言，这是心灵与发展方向的转折点；对于维萨而言，这是存在的新阶段。

而对于智人，这是一个全新的开始。

星之继承者正昂首迎接他们所继承的一切。

附 录

填字游戏答案

（注：由于英文填字游戏无法完全用汉语解读，因此用英汉对照方式解说，具体谜面参看本书第四章内容。）

横排

1 SHANNON —— Irish river. (flow-er, not flower).

5 DECODE —— find the meaning of. "Ode" (poem) added to "DEC."

9 INNOCENT —— opposite of "guilty." "0" (zero) "cent" (money) after "inn" (pub).

10 BEACON —— guiding light. Literally in "could (be a con)-fused".

12 DEEP END —— profound conclusion. "Pen" (writer) jumping into (hint) "deed" (action).

13 EXTREME —— ultimate. Literally in "t"(ext reme)dies.

14 EULER —— Swiss mathematician. "E" (east, i.e. oriental) plus changed (anagram of) "rule."

16 INTRO —— colloquial short form of "introduction," i.e. preamble. Wild (anagram of) "riot" about (around) "N" (compass point).

17 EXTRA —— something more. "Ex" ("expert" less four letters of six) plus "tra," i.e. "art" back(ward).

18 APART —— separated. A-part (piece).

20 AFRICAN —— continental. Maybe (anagram of) "i" (one) "fan car."

21 ANNULAR —— ring-shaped, around. Annul (abolish) a (right).

23 RETAIN —— keep. "E" and "T" (head and tail of "elephant") in(side) "rain."

24 DISTRESS —— heartache. Di's (Dianna's) tress (lock of hair).

25 YEMENI —— type of Arab. "Men" and "I" after "ye" (half of "year," i.e. six months).

26 ENCASES —— surrounds. "Ease" surrounding (double use) "NC" added to "S" (compass point).

纵排

1 SWINDLE — something not fair. "Win" in(side) perhaps (anagram of) "sled."

2 ANNIE — noted (musical) lady. Advised to get a gun (arms).

3 NUCLEAR REACTION — powerful reaction (response) from nucleus (heart). Extra hint: "r" (right) taken from "heart" gives "heat."

4 NON-ADDICTING — not habit-forming. Possibly (anagram of) "did on gin can't."

6 ELECTROMAGNETIC — a (kind of) wave. Generated from charges of the kind (brigade) that produce light (i.e., accelerating electric ones).

7 ORCHESTRA — something that makes harmony. "H" (chemical symbol for hydrogen) in(side) turbulent (anagram of) "star core."

8 ERNIE — man's name. "N" (head of "Norman") in(side) "Erie" (lake).

11 TEST DATA FILE — experimental results. Reorganized (anagram of) "let's fit a date."

15 LOGARITHM — type of number. Phonetically similar to "logger" (lumberjack) "rhythm" (music).

19 THRUSTS — urges progress (mechanically, not politically). "H" (initial of "Hoover") in(side) "trust," over (literally) "S" (South).

20 ARRAY — matrix. "Ar" (chemical symbol for argon) plus "ray" (beam).

22 LOESS — geological deposit. "0" (nothing) in(side) "less" (smaller amount).

横排

1 香农——爱尔兰一条河的名称，香农河。"flow"（流动），"flow-er"（流动的事物）与"flower"（花朵）形似。

5 解码——找出这句话的意义。"诗歌"（poem）的近义词是"颂歌"（ode），再加上数码公司缩写DEC就是"decode"（解码）。

9 清白——"有罪"的反义词就是"清白"。没钱就是"0分钱"（0 cent），把"o cent"放在"inn"（酒馆）后边就组成了"innocent"（清白）。"Pub"和"inn"都是"酒馆"的意思。

10 信标——意思就是指路灯。在后半句的"could be a confused"（迷途）中找出六个字母，由其中的"beacon"组成谜底。

12 底线——大有深意的结尾也就是最底层的那条线。"Pen"有"作家"的意思，"action"（行动），英语里"deed"也有"行动"的意思，"进入行动"就是把"pen"插入到"deed"中，组成"deep end"（底线）。

13 极限——对应"最终"。字面意思就是在"text remedies"（文字补救）这个短语中间找出7个字母，组成谜底的单词"extreme"（极限）。

14 欧拉——瑞士数学家。"Oriental"就是"东方"，也可以用英文"east"表达，简写为"E"。再改变一下"rule"（法则）的顺序就成了"uler"。"E"加上"uler"就组成了"Euler"（欧拉）。

16 前言——"introduction"（前言）的英语缩写为"intro"。"Wild"（疯狂）表示要把"riot"（乱象）的字母顺序打乱，"极点"（point）暗示字母"n"（北极点），于是组成了"intro"（前言），与谜面上的"preamble"是同义词。

17 额外的——意思就是更多的东西。"Expert"（专家）去掉三分之二的字母，剩下"ex"。"带回本事"就是把"art"（本事）颠倒个来回，成了"tra"。"Ex"加上"tra"就组成了"extra"（额外的）。

18 分离——断下来。也就是"a part"（一片）组成"apart"（分离）。

20 非洲人——人自然是在大陆上的。"可能是"意味着要把"one fan car"（一个风扇的车子）的字母顺序打乱，"one"也就是"1"，与字母"i"相近。这样，"I fan car"字母打乱之后就是"African"（非洲人）。

21 环形——也就是围成一圈。"abolish"（废除）在英语里同义词是"annul"，"a right"（一项权利）简写为"a r"。"annul"再加上"a r"就成了"annular"（环形）。

23 保留——就是"留在"的意思。"大象的脑袋和尾巴"就是英语"elephant"（大象）的首字母和尾字母"e"和"t"。"雨"是"rain"。"脑袋和尾巴留在雨里"就是把字母"e"和"t"放到"rain"中间，组成单词"retain"（保留）。

24 求救——对应心痛。"Dianna's"（戴安娜的）简写为"Dis"。"Lock"是"发丝"的意思，同义词是"tress"。"Dis"加上"tress"就是"distress"（痛苦），符合"心痛"的意思，同时"distress"也有"求救"的意思。

25 也门人——是阿拉伯人的一支。六个月之后，就是半年的后面，英语"年"是"year"，"年的一半"就是"ye"。"Men"（人们）和"I"（我）跟在"半年"的后边就是"Yemeni"（也门人）。

26 包围——就是环绕。"North Carolina"（北卡罗来纳）简写为"NC"，用"easy"（轻松）把"NC"环绕起来，到一个"极点"（南极点"S"）。在"easy"中间插入"nc"和"S"，就组成了"encases"（包围）。

纵排

1 诈骗——不公平的事。在"sled"（雪橇）中"win"（赢），就是把"win"放在"sled"中间。"或许"就是说还要打乱一下字母顺序，就组成了"swindle"（诈骗）。

2 安妮——"noted"是"著名"的意思，"note"在英语里有"音符"的意思，所以"著名的女士"也可以说是"与音乐有关的女士"。建议她拿起"arms"（武器），也就是建议她拿起"gun"（枪）。百老汇40年代有部音乐剧叫 Annie get your gun（《安妮拿起你的枪》），中文又译作《飞燕金枪》。那这位女士的名字"Annie"就是谜底了。

3 核反应——"response"（反应）同义词是"reaction"。来自"内心"（heart）就是来自"核心"（nuclear）。合起来就是"nuclear reaction"（核反应）。还有一条额外的线索，"发自内心"（right from heart），"right"简写为"r"，就是把"r"从"heart"里边拿掉，就成了"heat"（高温），核反应带来高温。

4 没有上瘾——就是"没有形成习惯"。"有可能"就是指要把字母顺序打乱。把"did on gin"（喝杜松子酒）和"can't —"（不行——）的字母打乱顺序，就组成了"non-addicting"（没有上瘾）。

6 电磁——"波动"表示"一种波"，"轻骑兵"的英文"light brigade"中，"light"又有光的意思，表明是光波，即一种电磁波。

7 管弦乐队——能够制造出和谐的音乐。"H"（氢的化学元素符号），"狂暴"代表要把字母顺序打乱，那么把"恒星核心"（star core）的字母顺序打乱，再把"H"放进去，就组成了"orchestra"（管弦乐队）。

8 厄尼——男子名。"head of Norman"（诺曼的脑袋）就是说"Norman"的首字母"N"。"湖"指北美洲大湖伊利湖（Erie）。把字母"N"放在"Erie"里面，就组成了"Ernie"（厄尼）。

11 测试数据文件——意思就是试验结果。"重新整合"表示要把字母顺序打乱。把"Let's fit a date"（咱们找个日子）的字母顺序打乱，重新组合就成了"test data file"

（测试数据文件）。

15 对数——数学名词。"lumberjack"（伐木工）同义词"logger"。"伐木工的劳动号子"就是"伐木工的节奏"（logger rhythm），发音和"logarithm"（对数）相近。

19 推力——推动发展（物理上的推动，不是政治上的）。"Hoover"（胡佛）的简写是"H"。"胡佛很受信赖"的英文"H in trust"字面意思就是把"H"放在"trust"里边，组成"thrust"。"南方"（south）简写是"S"。合在一起就是"thrusts"（推力）。

20 阵列——也就是矩阵。"Ar"（氩原子的化学元素符号），"beam"（束）的同义词是"ray"。"Ar"加上"ray"就是"array"（阵列）。

22 黄土——地质沉积物，"deposit"就是"沉积，存下"。"nothing"就是"0"。"smaller amount"（一丁点儿）同义词是"less"。这样，"Nothing in the smaller amount"就是把"0"放到"less"中间，构成"loess"（黄土）。